EDITORES

Los JET de Plaza & Janés

BIBLIOTECA DE

VICENTE BLASCO IBAÑEZ

La bodega

Vicente Blasco Ibáñez

Patrik Vandenberghe
Lanzarote juin 91

Plaza & Janés Editores, S.A.

Portada de

GS-GRAFICS, S. A.

Pintura de **MANUEL BARAHONA**
EL MANIJERO (detalle)
Iconografía de **ROSA TEJEDOR**

Primera edición en esta colección: Febrero, 1991

Editado por PLAZA & JANES EDITORES, S. A.
Virgen de Guadalupe, 21-33
Esplugues de Llobregat (Barcelona)

Printed in Spain — Impreso en España

ISBN: 84-01-49166-5 (Col. Jet)
ISBN: 84-01-49811-2 (Vol. 166/11)
Depósito Legal: B. 45.820 - 1990

Impreso en Litografía Rosés, S. A. — Cobalto, 7-9 — Barcelona

I

Apresuradamente, como en los tiempos que llegaba tarde a la escuela, entró Fermín Montenegro en el escritorio de la casa Dupont, la primera bodega de Jerez, conocida en toda España; «Dupont Hermanos», dueños del famoso vino de Marchamalo, y fabricantes de coñac cuyos méritos se pregonan en la cuarta plana de los periódicos, en los rótulos multicolores de las estaciones de ferrocarril, en los muros de las casas viejas destinados a anuncios y hasta en el fondo de las garrafas de agua de los cafés.

Era lunes, y el joven empleado llegaba al escritorio con una hora de retraso. Sus compañeros apenas levantaron la vista de los papeles cuando él entró, como si temieran hacerse cómplices con un gesto, con una palabra, de esta falta inaudita de puntualidad. Fermín miró con inquietud el vasto salón del escritorio y se fijó después en un despacho contiguo, donde en medio de la soledad alzábase majestuoso un *bureau* de lustrosa madera americana. «El amo» no había llegado aún. Y el joven, más tranquilo ya, sentóse ante su mesa y comenzó a clasificar los papeles, ordenando el trabajo del día.

Aquella mañana encontraba al escritorio algo de nuevo, de extraordinario, como si entrase en él por primera vez, como si no hubiesen transcurrido allí quince años de su vida, desde que le aceptaron como *zagal* para llevar cartas al correo y hacer recados, en vida de don Pablo, el segundo Dupont de la dinastía, el fundador del famoso coñac que abrió «un nuevo horizonte al negocio de las bodegas», según decían pomposamente los prospectos de la casa hablando de él como de un conquistador; el padre de los «Dupont Hermanos» actuales, reyes de un estado industrial formado por el esfuerzo y la buena suerte de tres generaciones.

Fermín nada veía de nuevo en aquel salón blanco, de una blancura de panteón, fría y cruda, con su pavimento de mármol, sus paredes estucadas y brillantes, sus grandes ventanales de cristal mate, que rasgaban el muro hasta el techo, dando a la luz exterior una láctea suavidad. Los armarios, las mesas y las taquillas de madera oscura, eran el único tono caliente de este decorado que daba frío. Junto a las mesas, los calendarios de papel ostentaban grandes imágenes de santos y de vírgenes al cromo. Algunos empleados, abandonando toda discreción, para halagar al amo, habían clavado junto a sus mesas, al lado de almanaques ingleses con figuras modernistas, estampas de imágenes milagrosas, con su oración impresa al pie y la nota de indulgencias. El gran reloj, que desde el fondo del salón alteraba el silencio con sus latidos, tenía la forma de un templete gótico, erizado de místicas agujas y pináculos medievales, como una catedral dorada de bisutería.

Esta decoración semirreligiosa de una oficina de vinos y coñacs era lo que despertaba cierta extrañeza en Fermín, después de haberla visto durante muchos años. Persistían aún en él las impresiones del día anterior. Había permanecido hasta hora muy avanzada de la noche con don Fernando Salvatierra, que volvía a Jerez después de ocho años de reclusión en un presidio del Norte de España. El famoso revolucionario volvía a su tierra modestamente, sin alarde alguno, como si los años transcurridos los hubiese pasado en un viaje de recreo.

Fermín le encontraba casi igual que la última vez que le vio, antes de marchar él a Londres para perfeccionar sus estudios de inglés. Era el don Fernando que había conocido en su adolescencia; igual voz paternal y suave, la misma sonrisa bondadosa; los ojos claros y serenos, lacrimosos por la debilidad, brillando tras unas gafas azuladas. Las privaciones del presidio habían encanecido sus cabellos rubios en las sienes y blanqueado su barba rala, pero el gesto sereno de la juventud seguía animando su rostro.

Era un «santo laico», según confesaban sus adversarios. Nacido dos siglos antes, hubiese sido un religioso mendicante preocupado por el dolor ajeno y tal vez habría llegado a figurar en los altares. Mezclado en las agitaciones de un período de luchas, era un revolucionario. Se conmovía con el lloro de un niño: desprovisto de todo egoísmo, no había acción que considerase indigna para auxiliar a los desgraciados, y, sin embargo, su nombre producía escándalo y temor en los ricos, y le bastaba, en su existencia errante, mostrarse algunas semanas en Andalucía, para que al momento se alarmasen las autoridades y se concentrara la fuerza pública. Iba de un lado a otro como un Asheverus de la rebeldía, incapaz de hacer daño por sí mismo, odiando la violencia, pero predicándola a los de abajo como único medio de salvación.

Fermín recordaba su última aventura. Estaba él en Londres cuando leyó la prisión y la sentencia de Salvatierra. Había aparecido en la campiña de Jerez, cuando los trabajadores del campo acababan de iniciar una de sus huelgas.

Su presencia entre los rebeldes fue el único delito. Le prendieron, y al interrogarle el juez militar, se negó a jurar por Dios. La sospecha de complicidad en la huelga y su irreligiosidad inaudita bastaron para enviarle a presidio. Fue una injusticia que el miedo social se permitió con un ser peligroso. El juez le abofeteó durante un interrogatorio, y Salvatierra, que de joven se había batido en las insurrecciones del período revolucionario, limitóse, con una serenidad evangélica, a pedir que pusieran en observación al violento juez, pues debía sufrir una enfermedad mental.

En el presidio, sus costumbres habían causado asombro. Dedicado por afición al estudio de la Medicina, servía de enfermero a los presos, dándoles su comida y sus ropas. Iba haraposo, casi desnudo; cuanto le enviaban sus amigos de Andalucía pasaba inmediatamente a poder de los más desgraciados. Los guardianes, viendo en él al antiguo diputado, al agitador famoso que en el período de la República se había negado a ser ministro, le llamaban don Fernando, con instintivo respeto.

—Llamadme Fernando a secas —decía con sencillez—. Habladme de tú, como yo os hablo. No somos más que hombres.

Al llegar a Jerez, después de permanecer algunos días en Madrid entre los periodistas y los antiguos compañeros de vida política, que le habían conseguido el indulto sin hacer caso de su resistencia a aceptarlo, Salvatierra se dirigió en busca de los amigos que aún le restaban fieles. Había pasado el domingo en una pequeña viña que tenía cerca de Jerez un corredor de vinos, antiguo compañero de armas del período de la Revolución. Todos los admiradores habían acudido al enterarse del regreso de don Fernando. Llegaban viejos arrumbadores de las bodegas, que de muchachos habían marchado a las órdenes de Salvatierra por las asperezas de la inmediata serranía, disparando su escopeta por la República Federal: jóvenes braceros del campo que adoraban al don Fermín de la segunda época, hablando del reparto de las tierras y de los absurdos irritantes de la propiedad.

Fermín también había ido a ver al maestro. Recordaba sus años de la infancia; el respeto con que oía a aquel hombre, admirado por su padre y que durante largas temporadas vivía en su casa. Sentía agradecimiento al recordar la paciencia con que le había enseñado a leer y escribir, cómo le había dado las primeras lecciones de inglés y cómo le inculcó las más nobles aspiraciones de su alma; aquel amor a la Humanidad en que parecía arder el maestro.

Al verle tras su largo cautiverio, don Fernando le estrechó la mano, sin la más leve emoción, como si se hubiesen encontrado poco antes, y le preguntó por su padre y su hermana con voz suave y gesto plácido. Era el hombre de siempre, insensible para el dolor propio, conmovido ante el sufrimiento de los demás.

Toda la tarde y gran parte de la noche permaneció en la casita de la viña el grupo de amigos de Salvatierra. El dueño, rumboso y entusiasmado por la vuelta del grande hombre, sabía obsequiar a la reunión. Las cañas de color de oro circulaban a docenas sobre la mesa cubierta de platos de aceitunas, lonchas de jamón y otros comestibles que servían de pretexto para desear el vino. Todos lo saboreaban entre palabra y palabra, con la prodigalidad en el beber propia de la tierra. Al cerrar la noche muchos se mostraban perturbados: únicamente Salvatierra estaba sereno. Él sólo bebía agua, y en cuanto a comer, se resistió a tomar otra cosa que un pedazo de pan y otro de queso. Ésta era su comida dos veces al día desde que salió de presidio, y sus amigos debían respetarla. Con treinta céntimos tenía lo necesario para su existencia. Había decidido que mientras durase el desconcierto social y millones de semejantes perecieran lentamente por la escasez de alimentación, él no tenía derecho a más.

¡Oh, la desigualdad! Salvatierra se enardecía, abandonaba su flema bondadosa al pensar en las injusticias sociales. Centenares de miles de seres morían de hambre todos los años. La sociedad fingía no saberlo, porque no caían de repente en medio de las calles como perros abandonados; pero morían en los hospitales, en sus tugurios, víctimas en apariencia de diversas enfermedades; pero en el fondo, ¡hambre! ¡Todo hambre...! ¡Y pensar que en el mundo había reservas de vida para todos! ¡Maldita organización que tales crímenes consentía...!

Y Salvatierra, ante el silencio respetuoso de sus amigos, hacía el elogio del porvenir revolucionario, de la sociedad comunista, ensueño generoso, en la cual los hombres encontrarían la felicidad material y la paz del alma. Los males del presente eran una consecuencia de la desigualdad. Las mismas enfermedades eran otra consecuencia. En lo futuro, el hombre moriría por el desgaste de su máquina, sin conocer el sufrimiento.

Montenegro, escuchando a su maestro, evocaba uno de los recuerdos de su juventud, una de las paradojas más famosas de don Fernando, antes de que éste fuera al presidio y él partiese para Londres.

Salvatierra hablaba en un mitin explicando a los obreros lo que sería la sociedad del porvenir. ¡No más opresores y falsarios! Todas las dignidades y profesiones del presente habían de desaparecer. Quedarían suprimidos los sacerdotes, los guerreros, los políticos, los abogados...

—¿Y los médicos? —preguntó una voz desde el fondo de la sala.

—Los médicos también —afirmó Salvatierra con su fría tranquilidad.

Hubo un murmullo de asombro y extrañeza, como si el público que le admirase fuese a reírse de él.

—Los médicos también, porque el día que triunfe nuestra revolución se acabarán las enfermedades.

Y como presintiese que iba a estallar una carcajada de incredulidad, se apresuró a añadir:

—Se acabarán las enfermedades, porque las que ahora existen son por haber hecho ostentación de la riqueza, comiendo más de lo que necesita el organismo, o por comer menos la pobreza de lo que exige el sostenimiento de su vida. La nueva sociedad, repartiendo equitativamente los medios de subsistencia, equilibrará la vida suprimiendo las enfermedades.

Y el revolucionario ponía tal convicción, tal fe en sus palabras, que éstas y otras paradojas imponían silencio, siendo acogidas por los creyentes con el mismo respeto que las simples turbas medievales escuchaban al apóstol iluminado que les anunciaba el reinado de Dios.

Los compañeros de armas de don Fernando recordaban el período heroico de su vida, las partidas en la Sierra, dando cada uno gran abultamiento a sus hazañas y penalidades, con el espejismo del tiempo y de la imaginación meridional, mientras el antiguo jefe sonreía como si escuchase el relato de juegos infantiles. Aquélla había sido la época romántica de su existencia. ¡Luchar por formas de gobierno...! En el mundo había algo más. Y Salvatierra recordaba su desilusión en la corta República del 73, que nada pudo hacer, ni de nada sirvió. Sus compañeros de la Asamblea, que cada semana tumbaban un gobierno y creaban otro para entretenerse, habían querido hacerle ministro. ¿Ministro él? ¿Y para qué? Únicamente lo hubiese sido para evitar que en Madrid hombres, niños y mujeres durmieran a la intemperie en las noches de invierno, refugiándose en los quicios de las puertas y en los respiraderos de las cuadras, mientras permanecían cerrados e inservibles en el paseo de la Castellana los grandes hoteles de la gente rica, hostil al gobierno, que se había trasladado a París cerca de los Borbones para trabajar por su restauración. Pero este programa ministerial no había gustado a nadie.

Después, los amigos, al remontarse en su memoria hasta las conspiraciones en Cádiz, antes de la sublevación de la escuadra, habían recordado a la madre de Salvatierra... ¡Mamá! Los ojos del revolucionario se mostraron más lacrimosos y brillantes detrás de las gafas azuladas. ¡Mamá...! Su gesto, sonriente y bondadoso, se borró bajo una contracción de dolor. Era su única familia, y había muerto mientras él permanecía en el presidio. Todos estaban acostumbrados a oírle hablar con infantil sencillez de aquella buena anciana, que no tenía una palabra de reproche para sus audacias y encontraba aceptables sus prodigalidades de filántropo, que le hacían volver a casa medio desnudo si encontraba un *compañero* falto de ropa. Era como las madres de los santos de la leyenda cristiana, cómplices sonrientes de todas las generosas locuras y disparatados desprendimientos de sus hijos. «Esperad que avise a mamá, y soy con vosotros», decía horas antes de una intentona revolucionaria, como si ésta fuese su única precaución personal. Y mamá había visto sin protesta cómo en estas empresas se gastaba la modesta fortuna de la familia, y le seguía a Ceuta cuando le indultaban de la pena de muerte por la de reclusión perpetua; siempre animosa y sin permitirse el más leve reproche; comprendiendo que la vida de su hijo había de ser así forzosamente, no queriendo causarle molestias con inoportunos consejos, orgullosa, tal vez, de que su Fernando arrastrase a los hombres con la fuerza de los ideales y asombrara a los enemigos con su virtud y su desinterés. ¡Mamá...! Todo el cariño de célibe, de hombre que, subyugado por una pasión humanitaria, no había tenido ocasión de fijarse en la mujer, lo concentraba Salvatierra en su animosa vieja. ¡Y ya no vería más a mamá! ¡No encontraría aquella vejez que le rodeaba de mimos maternales como si viese en él un eterno niño...!

Quería ir a Cádiz para contemplar su tumba; la capa de tierra que le ocultaba a mamá para siempre. Y había en su voz y en su mirada algo de desesperación; la tristeza de no poder aceptar el engaño consolador de otra vida; la certidumbre de que más allá de la muerte se abría la eterna noche de la nada.

La tristeza de su soledad le hacía agarrarse con nueva fuerza a sus entusiasmos de rebelde. Dedicaría lo que le restaba de existencia a sus ideales. Por segunda vez le sacaban de presidio y volvería a él siempre que los hombres quisieran. Mientras se mantuviera de pie, pelearía contra la injusticia social.

Y las últimas palabras de Salvatierra, de negación para lo existente, de guerra a la propiedad y a Dios, tapujo de todas las iniquidades del mundo, zumbaban aún en los oídos de Fermín Montenegro, cuando a la mañana siguiente ocupó su puesto en la casa Dupont. La diferencia radical entre el ambiente casi monástico del escritorio, con sus empleados silenciosos, encorvados junto a las imágenes de los santos, y aquel grupo que rodeaba a Salvatierra de veteranos de la revolución romántica y jóvenes combatientes de la conquista del pan, turbaba al joven Montenegro.

Conocía de antiguo a todos sus compañeros de oficina, su ductilidad ante el carácter imperioso de don Pablo Dupont, el jefe de la casa. Él era el único empleado que se permitía cierta independencia, sin duda por el afecto que la familia del jefe profesaba a la suya. Dos empleados extranjeros, uno francés y otro sueco, eran tolerados como necesarios para la correspondencia extranjera; pero don Pablo les mostraba cierto despego, al uno por su falta de religiosidad y al otro por ser luterano. Los demás empleados, que eran españoles, vivían sujetos a la voluntad del jefe, cuidándose, más que de los trabajos de la oficina, de asistir a todas las ceremonias religiosas que organizaba don Pablo en la iglesia de los Padres Jesuitas.

Montenegro temía que su jefe supiera a aquellas horas dónde había pasado el domingo. Conocía las costumbres de la casa: el espionaje a que se dedicaban los empleados para ganarse el afecto de don Pablo. Varias veces notó que don Ramón, el jefe de la oficina y director de la publicidad, le miraba con cierto asombro. Debía estar enterado de la reunión; pero a éste no le tenía miedo. Conocía su pasado: su juventud, transcurrida en los bajos fondos del periodismo de Madrid, batallando contra todo lo existente, sin conquistar un mendrugo de pan para la vejez, hasta que, cansado de la lucha, acosado por el hambre, y bajo el pesimismo del fracaso y la miseria, se había refugiado en el escritorio de Dupont para redactar los anuncios originales y los pomposos catálogos que popularizaban los productos de la casa. Don Ramón, por sus anuncios y sus alardes de religiosidad, era la persona de confianza de Dupont el mayor; pero Montenegro no le temía, conociendo las creencias del pasado que aún perduraban en él.

Más de media hora pasó el joven examinando sus papeles, sin dejar de mirar, de vez en cuando, al vecino despacho, que seguía desierto. Como si quisiera retardar el momento de ver a su jefe, buscó un pretexto para salir del escritorio y cogió una carta de Inglaterra.

—¿Adónde vas? —preguntó don Ramón viéndole salir del escritorio, después de haber llegado con tanto retraso.

—Al depósito de las *referencias*. Tengo que explicar el pedido.

Y salió del escritorio para internarse en las bodegas, que formaban casi un pueblo, con su agitada población de arrumbadores, mozos de carga y toneleros, trabajando en las explanadas, al aire libre o en las galerías cubiertas, entre las filas de barricas.

Las bodegas de Dupont ocupaban todo un barrio de Jerez. Eran aglomeraciones de techumbres que cubrían la pendiente de una colina, asomando entre ellas la arboleda de un gran jardín. Todos los Duponts habían ido añadiendo nuevas construcciones a la antigua bodega, conforme se agrandaban sus negocios, convirtiéndose a las tres generaciones, el primitivo y modesto cobertizo, en una ciudad industrial, sin humo, sin ruido, plácida y sonriente bajo el cielo azul cargado de luz, con las paredes de una blancura nítida y creciendo las flores entre los toneles alineados en las grandes explanadas.

Fermín pasó frente a la puerta de lo que llamaban el *Tabernáculo*, un pabellón ovalado, con montura de cristales, inmediato al cuerpo de edificio donde estaban el escritorio y la oficina de expedición. El *Tabernáculo* contenía lo más selecto de la casa. Una fila de toneles derechos ostentaban en sus panzas de roble los títulos de los famosos vinos que sólo se dedicaban al embotellado; líquidos que brillaban con todos los tonos del oro, desde el resplandor rojizo del rayo de sol al reflejo pálido y aterciopelado de las joyas antiguas: caldos de suave fuego que, aprisionados en cárceles de cristal, iban a derramarse en el ambiente brumoso de Inglaterra o bajo el cielo noruego de boreales esplendores. En el fondo del pabellón, frente a la puerta, estaban los colosos de esta asamblea silenciosa e inmóvil; los *Doce Apóstoles*, barricas enormes de roble tallado y lustroso como si fuesen muebles de lujo; y, presidiéndolos, el *Cristo*, un tonel con tiras de roble esculpidas en forma de racimos y pámpanos, como un bajorrelieve báquico de un artista ateniense. En su panza dormía una oleada de vino; treinta y tres botas, según constaba en los registros de la casa, y el gigante, en su inmovilidad, parecía orgulloso de su sangre, que bastaba para hacer perder la razón a todo un pueblo.

En el centro del *Tabernáculo*, sobre una mesa redonda, mostrábanse formadas en círculo todas las botellas de la casa, desde el vino, casi fabuloso, viejo de un siglo, que se vende a treinta francos para las fiestas tormentosas de archiduques, grandes-duques y famosas *cocottes*, hasta el jerez popular que envejece tristemente en los escaparates de las tiendas de comestibles y ayuda al pobre en sus enfermedades.

Fermín echó una mirada al interior del *Tabernáculo*, Nadie. Los toneles inmóviles, hinchados por la sangre ardorosa de sus vientres, con el pintarrajeo de sus marcas y escudos, parecían viejos ídolos rodeados de una calma ultraterrena. La lluvia de oro del sol, filtrándose al través de los cristales de la cubierta, formaba en torno de ellos un nimbo de luz irisada. El roble tallado y oscuro parecía reír con los temblones colores del rayo de sol.

Montenegro siguió adelante. Las bodegas de Dupont formaban un escalonamiento de edificios. De unos a otros extendíanse las explanadas, y en ellas alineaban los arrumbadores las filas de toneles para que los caldease el sol. Era el vino barato, el jerez cotidiano, que para envejecerse rápidamente era expuesto al calor solar. Fermín recordaba la suma de tiempo y trabajo necesario para producir un buen jerez. Diez años eran precisos para criar el famoso vino: diez fermentaciones fuertes se necesitaban para que se formase, con el perfume selvático y el ligero sabor de avellana que ningún otro vino podía copiar. Pero las necesidades de la concurrencia mercantil, el deseo de producir barato, aunque fuese malo, obligaba a apresurar el envejecimiento del vino, poniéndolo al sol para acelerar su evaporación.

Montenegro, pasando por los tortuosos senderos que formaban las filas de toneles, llegó a la bodega de los *Gigantes*, el gran depósito de la casa, el almacén inmenso de los caldos antes de adquirir éstos forma y nombre, el Limbo de los vinos, donde se agitaban sus espíritus en la vaguedad de lo indeterminado. Hasta la alta techumbre llegaban los conos pintados de rojo con aros negros; torreones de madera semejantes a las antiguas torres de asedio; gigantes que daban su nombre al departamento y contenían cada uno en sus entrañas más de setenta mil litros. Bombas movidas a vapor trasegaban los líquidos, mezclándolos. Las mangas de goma iban de uno a otro gigante como tentáculos absorbentes que chupaban la esencia de su vida. El estallido de una de estas torres podía inundar de pronto con mortal oleada todo el almacén, ahogando a los hombres que conversaban al pie de los conos. Saludaron los trabajadores a Montenegro, y éste, por una puerta lateral de la bodega de los *Gigantes*, pasó a la llamada «de Embarque», donde estaban los vinos sin marca para la imitación de todos los tipos.

Era una nave grandiosa con la bóveda sostenida por dos filas de pilastras. Junto a éstas alineábanse los toneles en tres hileras superpuestas, formando calles.

Don Ramón, el jefe del escritorio, recordando sus antiguas aficiones, comparaba la bodega de embarque con la paleta de un pintor. Los vinos eran colores sueltos: pero llegaba el *técnico*, el encargado de las combinaciones, y cogiendo un poco de aquí y otro de allá, creaba el Madera, el Oporto, el Marsala, todos los vinos del mundo, imitados con arreglo a la petición del comprador.

Ésta era la parte de la bodega de los Dupont dedicada al engaño industrial. Las necesidades del comercio moderno obligaban a los monopolizadores de uno de los primeros vinos del mundo, a intervenir en estos amaños y combinaciones, que constituían con el coñac la mayor exportación de la casa. En el fondo de la bodega de embarque estaba el cuarto de las *referencias*, «la biblioteca de la casa», como decía Montenegro. Una anaquelería con puertas de cristales guardaba alineados en compactas filas miles y miles de pequeños frascos, cuidadosamente tapados, cada uno con su etiqueta, en la que se consignaba una fecha. Esta aglomeración de botellas era como la historia de los negocios de la casa. Cada frasco guardaba la muestra de un envío; la *referencia* de un líquido fabricado con arreglo al deseo del consumidor. Para que se repitiera la remesa no tenía el cliente más que recordar la fecha, y el encargado de las *referencias* buscaba la muestra, elaborando de nuevo el líquido.

La bodega de embarque contenía cuatro mil botas de distintos vinos para las combinaciones. En un cuarto lóbrego, sin otra luz que un ventanillo cerrado por un vidrio rojo, estaba la *cámara oscura*. Allí el técnico examinaba, al través del rayo luminoso, la copa de vino del barril recién abierto.

Con arreglo a las *referencias* o a la nota enviada del escritorio, combinaba el nuevo vino con los diversos líquidos y después marcaba con clarión en las caras de los toneles el número de jarras que había que extraer de cada uno para formar la mixtura. Los arrumbadores, mocetones fornidos, en cuerpo de camisa, arremangados y con la amplia faja negra bien ceñida a los riñones, iban de un lado a otro con sus jarras de metal, trasegando los vinos de la combinación al tonel nuevo del envío.

Montenegro conocía desde su niñez al técnico de la bodega de embarque. Era el empleado más antiguo de la casa. Había alcanzado a ver en su niñez al primer Dupont, fundador del establecimiento. El segundo le había tratado como a un compañero, y al actual jefe, a Dupont el joven, lo había tenido en sus brazos, uniéndose al tuteo de la confianza paternal el miedo que le inspiraba don Pablo con su carácter imperioso de dueño a estilo antiguo.

Era un viejo que parecía hinchado por el ambiente de la bodega. Su piel, surcada por las arrugas, tenía el brillo de una eterna humedad, como si el vino volatilizado penetrase por todos sus poros y se escurriese por el borde de su bigote en forma de lágrimas.

Aislado en su bodega, obligado al silencio por los largos encierros en la cámara oscura, sentía la comezón de hablar cuando se presentaba alguno del escritorio, especialmente Montenegro, que, lo mismo que él, podía tenerse por hijo de la casa.

—¿Y tu padre? —preguntó a Fermín—. Siempre en la viña, ¿eh...? Allí se está mejor que en esta cueva húmeda. De seguro que vivirá más años que yo.

Y al fijarse en el papel que le ofrecía Montenegro, hizo un mohín de disgusto.

—¡Otro encarguito! —exclamó irónicamente—. ¡Vino combinado para el embarque...! Bien van los negocios, señor Dios. Antes éramos la primera casa del mundo, la única, por nuestros vinos y nuestras soleras del país. Ahora fabricamos *mejunjes*, vinos de extranjería, el Madera, el Oporto, el Marsala, o imitamos el Tintillo de Rota y el Málaga. ¡Y para esto cría Dios los caldos de Jerez y da fuerza a nuestras viñas! ¡Para que neguemos nuestro nombre...! ¡Vamos, que siento un deseo de que la filoxera acabe con todo para no aguantar más falsificaciones y mentiras...!

Montenegro conocía las manías del viejo. No le presentaba una nota de embarque que no prorrumpiese en maldiciones contra la decadencia de los vinos de Jerez.

—Tú no has alcanzado la buena época, Ferminillo —continuó—; por esto tomas las cosas con tanta pachorra. Tú eres de los modernos, de los que creen que las cosas marchan bien porque vendemos mucho coñac como cualquier casa de esos países extranjeros, cuyas viñas sólo producen porquería, sin que Dios les conceda la menor cosa que se parezca al jerez... Dime, tú que has corrido mundo, ¿dónde has visto nuestra uva de *Palomino*, ni la de *Vidueño*, ni el *Mantuo de Pila*, ni el *Cañocaso*, ni el *Perruno*, ni el *Pedro Ximénez*...? ¡Qué has de ver! Eso sólo se cría en esta tierra: es un regalo de Dios...; y, con tanta riqueza, fabricamos coñac o vinos de imitación porque el jerez, el verdadero jerez ya no está de moda, según dicen esos señores del extranjero. Aquí se acaban las bodegas. Esto son licorerías, boticas, cualquier cosa, menos lo que fueron en otro tiempo y ¡vamos!, que me dan ganas de echar a volar para no volver, cuando os presentáis con esos papelillos, pidiéndome que haga otra falsificación.

El viejo se indignaba oyendo las repuestas de Fermín.

—Son exigencias del comercio moderno, señor Vicente; han cambiado los negocios y el gusto del público.

—Pues que no beban, ¡porra!, que nos dejen tranquilos, sin exigirnos que disfracemos nuestros vinos; los guardaremos almacenados para que envejezcan tranquilamente, y estoy seguro de que algún día nos harán justicia viniendo a buscarlos de rodillas... Esto ha cambiado mucho. La Inglaterra debe de estar perdida. No necesito que me lo digas; demasiado lo veo yo aquí recibiendo visitas. Antes venían menos ingleses a la bodega; pero los viajeros eran gentes de distinción: *lores* y *loresas*, los que menos. Daba gloria ver con qué aire de señorío se *apimplaban*. ¡Copa de aquí, para hacer un pedido! ¡copa de allá, para comparar!, y así iban por la bodega, serios como sacerdotes, hasta que a la salida tenían que tumbarlos en el calesín para llevarles a la fonda. Sabían catar y hacer justicia a lo bueno... Ahora, cuando toca en Cádiz barco de ingleses, llegan en manada, con un guía al frente; prueban de todo porque se da gratis y, si compran algo, se contentan con botellas de a tres pesetas. No saben emborracharse con señorío: gritan, arman camorra y se van por la calle haciendo *eses* para que rían los zagales. Yo creía antes que todos los ingleses eran ricos, y resulta que estos que viajan en cuadrilla son cualquier cosa; zapateros o tenderos de Londres que salen a tomar el aire con los ahorros del año... Así marchan los negocios.

Montenegro sonreía escuchando las incoherentes lamentaciones del viejo.

—Además —continuó el bodeguero— en Inglaterra, lo mismo que aquí, se pierden las costumbres antiguas. Muchos ingleses no beben más que agua, y, según me han dicho, ya no es elegante, después de comer, que las señoras se vayan a charlar a un salón, mientras los hombres se quedan bebiendo, hasta que los criados se toman el trabajo de sacarlos de debajo de la mesa. Ya no necesitan por la noche, como gorro de dormir, un par de botellas de jerez que costaban un buen puñado de chelines. Los que aún se emborrachan para demostrar que son unos señores, usan lo que llaman *bebidas largas* —¿no es esto, tú que has estado allí?— porquerías que cuestan poco y permiten beber y beber antes de *apimplarse*; el *wischy* con soda y otras mixturas asquerosas. La ordinariez los domina. Ya no piden *Xerrrez* como cuando vienen aquí y lo encuentran gratis. El jerez únicamente sabemos apreciarlo los de la tierra; dentro de poco sólo lo compraremos nosotros. Ellos se emborrachan con cosas baratas, y así marchan sus asuntos. En el Transvaal casi los revientan. El mejor día les pegarán en el mar con todas sus guapezas. Decaen: ya no son los mismos de aquellos tiempos en que la casa Dupont era una bodega poco más grande que una barraca, pero enviaba sus botellas y hasta sus barricas al señor Pitt, al señor Nelson, al señor *Velintón* y a otros caballeros cuyos nombres figuran en las soleras más antiguas de la bodega grande.

Montenegro seguía riendo al oír estas lamentaciones.

—Ríe, muchacho, ríe. Todos sois lo mismo: no habéis conocido lo bueno y os extraña que los viejos encontremos tan malo lo presente. ¿Sabes a cómo se pagaba antes la bota de treinta y una arrobas? Pues llegó a valer 230 pesos; y ahora se ha vendido en algunos años a 21 pesos. Pregúntale a tu padre, que aunque menos viejo que yo, también ha conocido los tiempos de oro. El dinero circulaba en Jerez lo mismo que el aire. Había cosecheros que usaban calañés y vivían en un casucho de las afueras como pobres, alumbrándose con un velón; pero al pagar una cuenta tiraban de un saco que tenían debajo de la mesilla de pino como si fuese un saco de patatas, y ¡eche usté onzas! Los trabajadores de las viñas cobraban de treinta a cuarenta reales de jornal, y se permitían la fantasía de ir al tajo en calesín y con zapatos de charol. Nada de periódicos, ni de soflamas, ni de mítines. Allí donde se reunía la gente sonaba la guitarra, soltándose cada seguidilla y cada martinete que a Dios le temblaban la carne de gusto... Si entonces hubiese aparecido Fernando Salvatierra, el amigote de tu padre, con todas esas cosas de pobres y ricos, de repartos de tierras y rivoluciones, le habrían ofrecido una caña y le hubieran dicho: «Siéntese su mercé en el corro, camará; beba, cante, eche un baile con las mocitas si en ello tiene gusto y no se haga mala sangre pensando en nuestra vida, que no es de las peores...» Pero los ingleses apenas nos beben: el dinero entra con menos frecuencia en Jerez, y se oculta de tal modo el condenado, que nadie lo ve. Los trabajadores de las viñas ganan diez reales y tienen cara de vinagre. Por si han de podar con cuchilla o con tijeras, se matan entre ellos; hay *Mano Negra* y en la plaza de la cárcel se da garrote a los hombres, lo que no se había visto en Jerez en muchísimos años. El jornalero pincha como un erizo apenas se le habla, y el amo es peor que antes. Ya no se ve a los señores alternando con los pobres en las vendimias, bailando con las muchachas y resquebrándolas como un gañán joven. La guardia civil corre el campo como en los tiempos que salían bandidos a las carreteras... ¿Y todo por qué, señor? Por lo que yo digo: porque los ingleses se han aficionado al maldito *whischy* y no hacen caso del buen *palo cortado*, ni de la *palma*, ni de ninguna otra de las exelencias de esta bendita tierra... Lo que yo digo: dinero, venga dinero: que vuelvan aquí, como en otros tiempos, las libras, las guineas y los chelines ¡y se acabaron las huelgas, y los sermones de Salvatierra y sus partidarios, y los malos gestos de los civiles, y todas las miserias y vergüenzas que ahora vemos...!

Del fondo de la bodega salió un grito llamando al señor Vicente. Era un arrumbador que dudaba ante los números blancos trazados al frente de una bota y pedía una aclaración al bodeguero.

—¡Voy, hijo! —gritó el viejo—. ¡Cuidado con equivocarse en la medicina...!

Y añadió dirigiéndose a Montenegro:

—Déjame ese papelillo en la cámara oscura y ojalá se os caigan las manos antes de traerme más recetas, como si fuese yo un boticario.

El viejo se alejó con paso tardo y balanceante hacia el fondo de la bodega, y Montenegro salió de ella pasando por el taller de tonelería antes de regresar al escritorio.

Era un amplio patio con cobertizos, debajo de los cuales trabajaban los toneleros golpeando con sus manos los aros que aprisionaban la madera. Los toneles a medio construir, con sólo la parte superior sujeta por los aros de hierro, abrían sus duelas sobre un fuego de virutas que las caldeaba, encorvándolas para que facilitasen el cierre.

Los negocios de la casa obligaban a este taller a una incesante producción. Centenares de toneles salían de él todas las semanas para ser embarcados en Cádiz, esparciendo los vinos de Dupont por todo el mundo.

En un lado del patio alzábase una torre formada con duelas. En lo más alto del frágil edificio estaban dos aprendices recogiendo las que les arrojaban desde abajo, entrecruzándolas, añadiendo nueva altura a la frágil construcción que sobrepasaba los tejados y amenazaba derrumbarse cimbreándose al menor movimiento como una torre de naipes.

El encargado de la tonelería, un hombre robusto, de sonrisa bondadosa, se aproximó a Montenegro.

—¿Cómo está don Fernando...?

Sentía por el agitador un gran respeto desde sus tiempos de jornalero. La protección de los Dupont y la ductibilidad con que se plegaba a todas sus manías, le habían elevado. Pero, como compensación a este servilismo que le había convertido en jefe del taller, guardaba un secreto afecto al revolucionario y a todos sus compañeros de la época de miseria. Se enteró minuciosamente de cómo había vuelto Salvatierra del presidio y de sus futuros planes de vida.

—Yo iré a verle cuando pueda —dijo bajando la voz—, cuando el amo no se entere... Ayer tuvimos gran fiesta en la iglesia de los jesuitas y por la tarde fui con mis niñas a visitar a la señora... Ya sé que pasasteis bien el día. Me lo han dicho aquí, en la bodega.

Con el miedo de un servidor bien cebado que teme perder el bienestar, daba consejos al joven. ¡Ojo, Ferminillo! La casa estaba llena de soplones. Cuando él estaba enterado, no sería de extrañar que don Pablo tuviese ya noticia de que Montenegro había visitado a Salvatierra.

Y como si temiese hablar demasiado y que alguien le espiase, se despidió apresuradamente de Fermín, volviendo al lado de los trabajadores que golpeaban los toneles. Montenegro siguió adelante, entrando en la principal bodega de la casa, donde se guardaban las soleras antiguas y envejecían los vinos de crianza.

Era como una catedral; pero una catedral blanca, nítida, luminosa, con sus cinco naves separadas por tres hileras de columnas de sencillo capitel. Agrandábase el ruido de los pasos lo mismo que en un templo. Las bóvedas tronaban con el sonido de las voces, repitiéndolas ensanchadas por el eco. Las paredes estaban rasgadas por ventanales de blancos vidrios y en los dos frontis se abrían dos grandes rosetones, también blancos, por uno de los cuales penetraba el sol, moviéndose en su faja de luz las inquietas e irisadas moléculas de polvo.

A lo largo de las columnas alineábase en andanas la riqueza de la casa, la triple fila de toneles acostados, que llevaban en sus caras la cifra del año de la cosecha. Había barricas venerables cubiertas de telarañas y polvo, con la madera tan húmeda, que parecía próxima a deshacerse. Eran los patriarcas de la bodega: estaban bautizados con los nombres de los héroes que gozaban de fama universal cuando ellos nacieron. Un barril se llamaba *Napoleón*, otro *Nelson*; los había adornados con la corona real de

Inglaterra, porque de ellos habían bebido monarcas de la Gran Bretaña. Una barrica antiquísima, completamente aislada, como si el roce con las otras pudiera despanzurrarla, exhibía el venerable nombre de *Noé*. Era la mayor antigüedad de la casa: se remontaba a mediados del siglo XVIII y el primero de los Dupont la había adquirido ya como una reliquia. Cerca de ella se alineaban otros toneles que llevaba bajo el escudo real de España los nombres de todos los monarcas e infantes que habían visitado Jerez en el curso del siglo.

El resto de la bodega lo llevaban las muestras de todas las cosechas, a partir de los primeros años del siglo. Un tonel aislado esparcía un perfume acre, que, como decía Montenegro, «llenaba la boca de agua». Era un vinagre famoso, de una vejez de ciento treinta años. Y a este olor seco y punzante uníanse el perfume azucarado de los vinos dulces, y el suave, de cuero, de los secos. El vaho alcohólico que transpiraba el roble de los toneles y el olor de las gotas derramadas en el suelo por el trasiego, impregnaban con un perfume de dulce locura el tranquilo ambiente de aquella bodega, blanca, como un palacio de hielo, bajo la caricia temblona de los vidrios inflamados por el sol.

Fermín la atravesó, e iba ya a salir de ella cuando oyó que le llamaban desde el fondo. Experimentó cierto sobresalto al conocer la voz. Era «el amo», que acompañaba a unos forasteros. Con él estaba su primo Luis, un Dupont, que siendo menor sólo en algunos años a don Pablo, le respetaba como a jefe de la familia, sin privarse por esto de darle grandes disgustos con su conducta desarreglada.

Los dos Dupont acompañaban a unos recién casados venidos de Madrid, enseñándoles las bodegas. Él era un antiguo amigo de Luis, un camarada de alegre vida madrileña que había sentado al fin la cabeza, casándose.

—Han de salir ustedes de aquí borrachos —decía el joven Dupont a los recién casados—. Es de ritual: nos consideraríamos deshonrados si un amigo saliera de esta casa lo mismo que entró.

Y Dupont el mayor acogía con sonrisa benévola las palabras de su primo, mientras enumeraba las excelencias de cada vino famoso. El encargado de la bodega, rígido como un soldado, se colocaba ante los toneles con dos copas en una mano y en la otra la *avenencia*, una varilla de hierro rematada por un estrecho cazo.

—¡Saca, Juanito! —ordenaba imperiosamente el amo.

La *avenencia* iba hundiéndose en diversos toneles, y de un solo golpe, sin que se derramase una gota, llenaba las copas. Salían al aire los vinos dorados y luminosos, coronándose de brillantes al caer en el cristal, esparciendo en torno un intenso perfume de ancianidad. Todas las tonalidades del ámbar, desde el gris suave al amarillo pálido, brillaban en aquellos líquidos densos a la vista como el aceite, pero de una transparencia nítida. Un lejano perfume exótico, que hacía pensar en flores fantásticas de un mundo sobrenatural donde fuese eterna la existencia, emanaba de estos líquidos extraídos del misterio de los toneles. La vida parecía acrecentarse al paladearlos; los sentidos cobraban nueva intensidad; la sangre ardía atropellándose en su circulación, y el olfato se excitaba sintiendo anhelos desconocidos, como si husmease una electricidad nueva en la atmósfera. La pareja de viajeros bebía de todo, después de resistir con débiles protestas las invitaciones de Luis.

—¡Hola, barbián! —dijo Dupont el menor al ver a Montenegro—. ¿Cómo está tu familia? Un día de estos iré a la viña. Quiero probar un caballo que compré ayer.

Y después de estrechar la mano de Montenegro y darle varias palmadas en los hombros, satisfecho de poder demostrar la fuerza de sus manazas ante aquellos amigos, le volvió la espalda.

Fermín tenía con este señorito gran confianza. Se tuteaban, se habían criado juntos en la viña de Marchamalo, con aquella llaneza de trato que los Dupont permitían a su familia.

Con don Pablo, era otra la situación. El amo no se diferenciaba de Fermín en más de media docena de años; también lo había visto él correr como un muchacho por la viña en tiempos del difunto don Pablo; pero ahora era el jefe de la familia, el director de la casa, y él entendía la autoridad a uso antiguo, ceñuda e indiscutible como la de Dios, con gritos y arrebatos de cólera, apenas adivinaba la más ligera desobediencia.

—Quédate —ordenó brevemente a Montenegro—; tengo que hablarte.

Y le volvió la espalda para seguir hablando a los forasteros de su tesoro de vinos.

Fermín, obligado a seguirles silencioso y encogido como un doméstico en su marcha lenta por entre los toneles, miraba a don Pablo.

Aún era joven, no había llegado a los cuarenta años, pero la obesidad desfiguraba su cuerpo a pesar de la vida activa a que le impulsaban sus entusiasmos de jinete. Los brazos parecían cortos al descansar algo encorvados sobre el abultado contorno de su cuerpo. Su juventud revelábase únicamente en la cara mofletuda, de labios carnosos y salientes, sobre los cuales la virilidad sólo había trazado un ligero bigote. El cabello se ensortijaba en la frente formando un rizo apretado, un moñete al que llevaba con frecuencia su mano carnosa. Era, por lo común, bondadoso y pacífico, pero bastaba que se creyese desobedecido o contrariado para que se le enrojeciera la cara, atiplándose su voz con el tono aflautado de la cólera. El concepto que tenía de la autoridad, el hábito de mandar desde su primera juventud viéndose al frente de las bodegas por la muerte de su padre, le hacían ser despótico con los subordinados y su propia familia.

Fermín le temía sin odiarle. Veía en él un enfermo, «un degenerado», capaz de las mayores extravagancias por su exaltación religiosa. Para Dupont, el amo lo era por derecho divino, como los antiguos reyes. Dios quería que existiesen pobres y ricos, y los de abajo debían obedecer a los de arriba, porque así lo ordenaba una jerarquía social de origen celeste. No era tacaño en asuntos de dinero, antes bien, se mostraba generoso en la remuneración de los servicios, aunque su largueza tenía mucho de veleidosa e intermitente, fijándose más en el aspecto simpático de las personas que en sus méritos. Algunas veces, al encontrar en la calle a obreros despedidos de sus bodegas, indignábase porque no le saludaban. «¡Tú! —decía imperiosamente—; aunque no estés en mi casa, tu deber es saludarme siempre, porque fui tu amo.»

Y este don Pablo, que con la fuerza industrial acumulada por sus antecesores y con la impetuosidad de su carácter era la pesadilla de un millar de hombres, hacía gala de humildad y llegaba hasta el servilismo cuando algún sacerdote secular o los frailes de las diversas Órdenes establecidas en Jerez le visitaban en su escritorio. Intentaba arrodillarse al besarles la mano, no haciéndolo porque ellos se lo impedían con bondadosa sonrisa; celebraba con un gesto de satisfacción el que los visitantes le tuteasen ante los empleados, llamándole Pablito, como en los tiempos en que era su educando.

¡Jesús y su Santa Madre, por encima de todas las combinaciones comerciales! Ellos velaban por los intereses de la casa y él, que no era más que un simple pecador, limitábase a recibir sus inspiraciones. A ellos se debía la buena suerte de los primeros Dupont, y don Pablo se desvivía por remediar con su fervor la tibieza religiosa de sus ascendientes. Los celestiales protectores eran los que le habían sugerido la idea de establecer la destilería del coñac, dando nuevos alientos a la casa; ellos también los que hacían que la marca Dupont, con la ayuda de los anuncios, se esparciese por toda España sin miedo a rivalidades, favor inmenso que todos los años agradecía dedicando una parte de las ganancias al auxilio de las nuevas Órdenes religiosas establecidas en Jerez o ayudando a su madre, la noble doña Elvira, que siempre tenía capillas por restaurar o un manto costoso en confección para alguna Virgen.

Las extravagancias religiosas de don Pablo Dupont hacían reír a toda la ciudad; pero eran muchos los que reían con cierto temor, pues dependiendo más o menos directamente del poderío industrial de la casa, necesitaban de su apoyo para los negocios y temían su cólera.

Montenegro recordaba la estupefacción de la gente un año antes, cuando un perro de los que guardaban por la noche las bodegas mordió a varios trabajadores. Dupont había acudido en su auxilio, temiendo que el mordisco les produjera la hidrofobia y, para evitarla, les hizo tragar en el primer momento, en forma de píldoras, una estampa de santo milagroso que guardaba su madre. Era tan estupendo aquello, que Fermín, después de haber presenciado el hecho, comenzaba a dudar, con el transcurso del tiempo, de que fuese cierto. Bien es verdad que después, el mismo don Pablo pagó con largueza el viaje a los enfermos para que fuesen curados por un médico célebre. Dupont explicaba su conducta cuando le hablaban de este suceso con una sencillez que daba espanto: «Primero, la Fe; después, la Ciencia, que algunas veces hace grandes cosas, pero es porque se lo permtie Dios.»

Fermín se asombraba ante la incoherencia de aquel hombre, experto en los negocios, que hacía marchar la gran explotación industrial heredada de sus antecesores, agrandándola con certeras iniciativas, que había viajado y tenía alguna cultura, y, sin embargo, era capaz de las mayores extravagancias milagreras, creyendo en intervenciones sobrenaturales, con la misma simpleza de alma de un lego de convento.

Dupont, luego de acompañar a su primo y a los amigos

de éste por toda la bodega, decidió retirarse, como si su dignidad de amo sólo le permitiera enseñar la parte más selecta de la casa. Luis les mostraba las otras bodegas, la destilería del coñac, los talleres de embotellado: él tenía que hacer en el escritorio. Y saludando a los forasteros con un gesto de bondad altiva y señorial, que Montenegro había visto muchas veces en doña Elvira, el temible Dupont hizo un ademán a su empleado para que le siguiese.

Fuera de la bodega detúvose don Pablo, quedando los dos hombres al aire libre, con la cabeza descubierta, en medio de una explanada.

—Ayer no te vi —dijo Dupont frunciendo el ceño y coloreándosele las mejillas.

—No pude ir, don Pablo. Me retrasé... unos amigos...

—Ya hablaremos de eso. ¿Tú sabes qué fiesta fue la de ayer? Te hubieras conmovido viéndola.

Y con repentino entusiasmo, olvidando su enojo, comenzó a explicar con una delectación de artista la ceremonia del día anterior en la iglesia de los que él, por antonomasia, llamaba los Padres. Primer domingo del mes: fiesta extraordinaria. El templo lleno: los oficinistas y trabajadores de la casa Dupont hermanos estaban con sus familias; casi todos (¿eh, Fermín?), casi todos: muy pocos faltaban. Había pronunciado el sermón el padre Urizábal, un gran orador, un sabio que hizo llorar a todos (¿eh, Montenegro?); ¡a todos...! menos a los que no estaban. Y después, había llegado el acto más conmovedor. Él, como un caudillo, acercándose a la sagrada mesa rodeado de su madre, su esposa, sus dos hermanos, que habían venido de Londres; el Estado Mayor de la casa; y después todos los que comían el pan de los Dupont, con sus familias, mientras arriba, en el coro, sonaba el armónium con melodías dulcísimas.

Don Pablo se exaltaba al recordar la hermosura de la fiesta; le brillaban los ojos, humedecidos por la emoción, y aspiraba el aire como si aún percibiera el olor de la cera y del incienso, el perfume de las flores que su jardinero había puesto en el altar.

—¡Y qué bien se siente el alma después de una fiesta así! —añadió con delectación—. Ayer fue uno de los días mejores de mi vida. ¿Puede haber cosa más santa? La resurrección de los buenos tiempos, de las sencillas costumbres: el señor comulgando con sus servidores. Ahora ya no hay señores como en otros tiempos: pero el rico, el gran industrial, el comerciante, debe imitar el antiguo ejemplo y presentarse ante Dios seguido de todos aquellos a quienes da el pan.

Pero pasando de la ternura a la cólera, con su vehemencia de impulsivo, se fijó en Fermín, como si hasta entonces, hablando de la fiesta, se hubiese olvidado de él.

—¡Y tú no viniste! —exclamó rojo de indignación, mirándole duramente—. ¿Por qué...? Pero no hables: no mientas. Te advierto que lo sé todo.

Y siguió hablando a Montenegro en tono amenazador. Tal vez era de él la culpa, ya que toleraba desobediencias en su escritorio. Tenía dos empleados herejes, un francés y un noruego encargados de la correspondencia extranjera, los cuales, con el pretexto de no ser católicos, daban el mal ejemplo no asistiendo a las fiestas del domingo. Y Fermín, porque había viajado, porque había vivido en Londres y leído unos libracos venenosos para su alma, se creía con derecho a imitarlos. ¿Acaso era él extranjero? ¿No lo habían bautizado al nacer? ¿O es que por haber ido a Inglaterra, a costa del bolsillo de su difunto padre, se creía superior a los demás...?

—Esto se acabará —continuó Dupont, exaltándose con sus propias palabras—. Si esos extranjeros no van a la iglesia como los demás, los despediré: no quiero que den en mi casa malos ejemplos y que te sirvan de pretexto para echarlas de hereje.

A Montenegro no le infundían temor estas amenazas. Las había oído muchas veces: después de un domingo de gran fiesta, el amo hablaba siempre de despedir a los *extranjeros*; pero luego sus conveniencias comerciantes le hacían aplazar la resolución, en vista de los buenos servicios que prestaban en el escritorio.

Pero cuando Fermín se alarmó fue al ver que don Pablo, cambiando de gesto y con una frialdad irónica, le preguntaba repetidas veces dónde había pasado el día anterior.

—¿Tú crees que no lo sé...? —continuó—. Nada de excusas, Fermín: no mientas. Yo lo sé todo. Un amo cristiano debe preocuparse no sólo de la vida de sus dependientes, sino de su alma. No contento con huir de la casa de Dios has pasado el día con ese Salvatierra, que acaba de librarse del presidio, donde debía seguir por todo el resto de sus días.

Montenegro se indignó ante el tono despectivo con que hablaba Dupont de su maestro. Palideció de cólera, estremeciéndose como si acabase de recibir un latigazo, y miró de frente con cierta arrogancia a su jefe.

—Don Fernando Salvatierra —dijo con voz trémula, haciendo esfuerzos por contener su indignación— fue mi maestro y le debo mucho. Además, es el mejor amigo de mi padre, y yo sería un desagradecido sin entrañas si no fuese a verle después de sus desgracias.

—¡Tu padre! —exclamó don Pablo—. ¡Un bobalicón que nunca aprenderá a vivir...! ¡Que nadie le toque a su antiguo cabecilla! Y yo le preguntaría qué sacó de ir por los montes y por las calles de Cádiz disparando tiros por su República Federal y su don Fernando. Si mi padre no le hubiese apreciado por su sencillez y su hombría de bien, seguramente que habría muerto de hambre, y tú, en vez de ser un señorito, estarías cavando en las viñas.

—Pues su padre de usted, don Pablo —dijo Fermín—, también fue amigo de don Fernando Salvatierra y más de una vez acudió a él pidiéndole apoyo en aquella época de pronunciamientos y cantones.

—¡Mi padre! —contestó Dupont con cierta indecisión—. También era como era: hijo de una época de revueltas y un poco tibio en lo que más debe importarle al hombre: la religión... Además, Fermín, los tiempos han cambiado; aquellos republicanos de entonces eran muchos de ellos personas extraviadas, pero de excelente corazón. Yo he conocido algunos que no podían pasar sin su misa y eran unos santos varones que odiaban a los reyes, pero respetaban a los sacerdotes de Dios. ¿Tú crees, Fermín, que a mí me asusta la República? Yo soy más republicano que tú; yo soy un hombre moderno.

Y con ademanes descompuestos, golpeándose el pecho, hablaba de sus convicciones. Él no tenía simpatía alguna por los gobiernos actuales; al fin, todos eran unos ladrones, y en punto a fe religiosa unos hipócritas que fingían sostener el catolicismo porque lo consideraban una fuerza. La monarquía era una bandera social, como decía su amigo el padre Urizábal: conforme; pero él se fijaba poco en banderas y colores; lo importante era que Dios estuviese sobre todo, que reinase Cristo con monarquía o con república, y los gobernantes fuesen hijos sumisos del Papa. A él no le infundía miedo la República. Miraba con gran simpatía algunas de la América del Sur, pueblos ideales y felices donde la Purísima Concepción era capitana generala de los ejércitos y el Corazón de Jesús figuraba en las banderas y en los uniformes de los soldados, formándose los gobiernos bajo la sabia inspiración de los Padres de la

Compañía. Una república de esta clase podía venir, por él, cuando quisiera. Daría por su triunfo la mitad de su fortuna.

—Te digo, Fermín, que soy más republicano que tú y que de todo corazón estaría con aquellos buenos señores que conocí de niño, a los que miraba la gente como unos descamisados, siendo excelentes personas... ¡Pero el Salvatierra de ahora! ¡Y todos vosotros, los jovenzuelos que le escucháis, mequetrefes que os parece poco ser republicanos y habláis de la igualdad, y de repartirlo todo, y decís que la religión es cosa de viejas...!

Dupont abría sus ojos desmesuradamente para expresar el asombro y la repugnancia que le inspiraban los nuevos rebeldes.

—Y no creas, Fermín, que yo soy de los que me asusto por lo que ese Salvatierra y sus amigos llaman reivindicaciones sociales. Ya sabes que no riño por cuestiones de dinero. ¿Qué piden los trabajadores unos céntimos más de jornal o un nuevo rato de descanso para echar otro cigarro? Pues si puedo, lo doy, ya que gracias al Señor, que tanto me protege, lo que menos me falta es dinero. Yo no soy como esos otros amos que viviendo en perpetuo ahogo regatean el sudor del pobre. ¡Caridad, mucha caridad! Que se vea que el cristianismo sirve de arreglo para todo... Pero lo que me revuelve la sangre es que se pretenda que todos seamos iguales, como si no existieran jerarquías hasta en el cielo; que se hable de Justicia al pedir algo, como si favoreciendo yo a un pobre no hiciese más que lo que debo y mi sacrificio no significase una buena acción. Y, sobre todo, esa infernal manía de ir contra Dios, de quitar al pobre sus sentimientos religiosos, de hacer responsable a la Iglesia de todo lo malo que ocurre, y que no es más que obra del maldito liberalismo...

Don Pablo se indignaba al recordar la impiedad de la gente rebelde. En esto no transigía. Salvatierra y cuantos fuesen contra la religión le encontrarían enfrente. En su casa, todo menos eso. Aún temblaba de cólera recordando cómo despidió, dos semanas antes, a un tonelero, un mentecato adulterado por la lectura, al que había sorprendido haciendo alarde de incredulidad ante sus compañeros.

—Figúrate que decía que las religiones son hijas del miedo y la ignorancia: que el hombre, en sus primeros tiempos, no creyó en nada sobrenatural, pero que ante el rayo y el trueno, ante el incendio y la muerte, no pudiendo explicarse tales misterios, había inventado a Dios. ¡Vamos, no sé cómo me contuve y no le di de bofetadas! Aparte de estas locuras, un buen muchacho que sabía su oficio: pero buena penitencia lleva, pues en Jerez nadie le ha dado trabajo por no molestarme, viéndolo expulsado de mi casa, y ahora tal vez vaya por el mundo royéndose los codos de hambre. Ése acabará por echar bombas, que es el final de todos los que niegan a Dios.

Don Pablo y su empleado iban lentamente hacia el escritorio.

—Ya sabes mi resolución, Fermín —dijo Dupont antes de entrar en la oficina—. Te quiero por tu familia y porque casi hemos sido compañeros de infancia. Además, eres como un hermano de mi primo Luis. Pero ya me conoces; Dios sobre todo: por él soy capaz de abandonar a mi familia. Si no estás contento en mi casa, habla, si te parece escaso el sueldo, dilo. Contigo no regateo, porque me eres simpático a pesar de tus necedades. Pero no faltes el domingo a la misa de la casa: aléjate del chiflado de Salvatierra y todos los perdidos que se juntan con él. Y si no haces esto, nos veremos las caras, ¿sabes, Fermín? Tú y yo acabaremos mal.

Dupont fue a instalarse en su despacho y acudió presuroso don Ramón, el encargado de la publicidad, con un lío de papeles que presentó a su jefe, acompañándolo con una sonrisa de cortesano viejo.

Montenegro, desde su mesa, veía al jefe discutir con el director del escritorio, removiendo los papeles y haciéndole preguntas sobre los negocios, con un acierto que revelaba que todas sus facultades útiles se habían concentrado al servicio de la industria.

Había transcurrido más de una hora, cuando Fermín se vio llamado por el jefe. La casa tenía que aclarar una cuenta con el escritorio de otra bodega: era asunto largo que no podía discutirse por teléfono, y Dupont enviaba a Montenegro como dependiente de confianza. Don Pablo, serenado ya por el trabajo, parecía querer borrar con esta distinción la dureza amenazadora con que había tratado al joven.

Fermín púsose el sombrero y la capa y salió sin prisa alguna, disponiendo del día entero para desempeñar su comisión. El amo no era exigente en el trabajo cuando se veía obedecido. En la calle, el sol de noviembre, tibio y dulce como un sol primaveral, hacía resaltar bajo su lluvia de oro las casas blancas, de verdes balcones, recortando la línea de sus azoteas africanas sobre un cielo de intenso azul.

Montenegro vio venir hacia él un airoso jinete en traje de campo. Era un mocetón moreno, vestido como los contrabandistas o los bandidos caballerescos que sólo existen ya en los relatos populares. Al trotar su caballo, movíanse las alas de su chaqueta corta de cordoncillo de Grazalema, con coderas de paño negro ribeteadas de seda y bolsillos de media luna forrados de rojo. El sombrero, de alas grandes y rectas, estaba sostenido por un barbuquejo. Calzaba botines de cuero amarillo con grandes espuelas y las piernas las resguardaba del frío con unos zajones de piel, amplio delantal sujeto con correas. Delante de la silla iba plegada la manta oscura de grueso borlaje; en la grupa las alforjas, y a un lado la escopeta con el doble cañón asomando por debajo de la panza del animal. Cabalgaba elegantemente, con una gallardía árabe, como si hubiese nacido sobre los lomos del corcel y éste y su jinete formasen un solo cuerpo.

—¡Olé, los caballistas! —gritó Fermín al reconocerle—. Buenos días, Rafaelillo.

Y el jinete paró su caballo de un tirón que le hizo tocar con las ancas el suelo, al mismo tiempo que levantaba las patas delanteras.

—¡Buen animal! —dijo Montenegro dando palmadas en el cuello del corcel.

Y los dos jóvenes quedaron silenciosos examinando la inquieta nerviosidad de la bestia, con el fervor de unas gentes que aman la equitación como el estado perfecto del hombre y consideran al caballo cual el mejor amigo.

Montenegro, a pesar de su vida sedentaria de oficinista, sentía moverse en él atávicos entusiasmos a la vista de un corcel de precio; sentía la admiración del nómada africano ante el animal, eterno compañero de su vida. De la riqueza de su jefe don Pablo, sólo envidiaba la docena de caballos, los más caros y famosos de las ganaderías de Jerez, que tenía en sus cuadras. También aquel hombre obeso, que parecía no sentir otros entusiasmos que los que le inspiraban su religión y su bodega, olvidaba momentáneamente a Dios y al coñac al ver un caballo hermoso que no fuese suyo, y sonreía agradecido cuando le elogiaban como el primer jinete de la campiña jerezana.

Rafael era el aperador del cortijo de Matanzuela, la finca de más valía que le quedaba a Luis Dupont, el primo escandaloso y pródigo de don Pablo. Inclinado sobre el cuello de la jaca, explicaba a Fermín su viaje a Jerez.

—He venido a encargá unas cosillas para allá y llevo prisa. Pero antes de volver, echaré un galope para ir a la viña y ver a tu padre. Me farta algo cuando no veo al padrino.

Fermín sonrió con malicia.

—¿Y a mi hermana, no la verás? ¿No te falta también algo, cuando pasan días sin ver a María de la Luz?

—Naturalmente —dijo el mocetón ruborizándose.

Y como si sintiera repentina vergüenza, espoleó su caballo.

—Con Dios, Ferminillo, y a ver si un día vienes al cortijo.

Montenegro le vio alejarse rápidamente, calle abajo, con dirección a la campiña.

—Es un angelote —pensaba—. ¡Que le vaya a éste Salvatierra con que el mundo está mal arreglado y hay que volverlo como quien dice del revés...!

Montenegro pasó por la calle Larga, la principal de la ciudad; una vía ancha con casas de deslumbrante blancura. Las portadas señoriales del siglo XVII, estaban enjalbegadas cuidadosamente lo mismo que los escudos de armas de la clave. Los escarolados y nervios de la piedra labrada ocultábanse bajo una capa de cal. En los balcones verdes mostrábanse a aquellas horas de la mañana cabezas de mujeres morenas, de rasgados ojos negros, con flores en el pelo.

Fermín siguió una de las amplias aceras limitadas por dos filas de naranjos agrios. Los principales casinos de la ciudad, los mejores cafés, abrían sus ventanales de vidrios sobre la calle. Montenegro lanzó una mirada al interior del *Círculo Caballista.* Era la sociedad más famosa de Jerez, el centro de reunión de la gente rica, el refugio de la juventud que había nacido poseedora de cortijos y bodegas. Por las tardes, la respetable asamblea discutía sus aficiones: caballos, mujeres y perros de caza. La conversación no tenía otros temas. Escasos periódicos en las mesas, y en lo más oscuro de la secretaría un armario con libros de lomos dorados y chillones cuyas vidrieras no se abrían nunca. Salvatierra llamaba a esta sociedad de ricos el «Ateneo Marroquí».

A los pocos pasos, Montenegro vio venir hacia él una mujer que, con paso vivo, su gesto arrogante y el incitador meneo de su cuerpo, parecía alborotar la calle. Los hombres detenían el paso para verla y la seguían con los ojos; las mujeres volvían la cabeza con un desdén afectado, y después que pasaba cuchicheaban señalándola con un dedo. En los balcones, las jóvenes gritaban hacia el interior de la casa, y salían otras apresuradamente, interesadas por el llamamiento.

Fermín sonrió al notar la curiosidad y el escándalo que esparcía al andar aquella joven. Asomaban entre las blondas de su mantilla unos rizos rubios, y bajo los ojos negros y ardientes una naricilla sonrosada parecía desafiar a todos con sus graciosas contracciones. La audacia con que se recogía la falda, marcando las curvas más opulentas de su cuerpo y dejando al descubierto gran parte de las medias, irritaba a las mujeres.

—¡Vaya usted con Dios, marquesita salerosa! —dijo Fermín cerrándola el paso.

Se había terciado la capa, tomando un aire de majo galante, satisfecho de detener en la calle más céntrica, a la vista de todos, a una mujer que tal escándalo promovía.

—Marquesa, ya no, hijo —contestó ella con gracioso ceceo—. Ahora crío cerdos... y muchas gracias.

Se tuteaban como dos buenos camaradas; sonreían con la franqueza de la juventud, sin mirar en torno de ellos, pero alegrándose al pensar que muchos ojos estaban fijos en sus personas. Ella hablaba manoteando, amenazándolo con sus uñas sonrosadas cada vez que le decía algo *fuerte*; acompañando sus risas con un taconeo infantil cuando elogiaba su hermosura.

—Siempre lo mismo. ¡Pero qué rebuenísima sombra tienes, hijo...! Ven a verme alguna vez: ya sabes que te quiero... siempre con buen fin; como hermanitos. ¡Y eso que el bruto de mi marido te tenía celos...! ¿Vendrás?

—Lo pensaré. No quiero tener una cuestión con el tratante en cerdos.

La joven prorrumpió en una carcajada.

—Es todo un caballero, ¿sabes, Fermín? Vale más con su chaquetón de monte que todos esos señoritos del *Caballista*. Yo estoy por lo popular: yo soy muy gitana...

Y dando al joven un ligero bofetón con su manecita acariciadora, siguió la marcha, volviendo varias veces la cabeza para sonreír a Fermín, que la seguía con la vista.

—¡Lástima de muchacha! —se dijo—. Con su cabeza de chorlito, es la más buena de la familia. ¡Y don Pablo que se muestra tan orgulloso de la nobleza de su madre...! Ésta y su hermana son de las que nos consuelan haciendo acabar en punta los linajes orgullosos...

Continuó su marcha Montenegro, entre las miradas de

asombro o las sonrisas maliciosas de los que habían presenciado su conversación con la *Marquesita.*

En la plaza Nueva, pasó entre los grupos que se estacionan allí habitualmente: corredores de vino y de ganado; vendedores de cereales, obreros de bodega sin colocación, gañanes enjutos y tostados que esperan a que alguien alquile sus brazos inactivos, cruzados sobre el pecho.

De un grupo salió un hombre, llamándole:

—¡Don Fermín!, ¡don Fermín...!

Era un arrumbador de las bodegas de Dupont.

—Ya no estoy allá, ¿sabe usté? Me han despedido esta mañana. Al presentarme en la bodega, el encargado me ha dicho, de parte de don Pablo, que estaba de más. ¡Después de cuatro años de trabajo y buena conducta! ¿Es esto justicia, don Fermín...?

Como éste preguntase con su mirada el motivo de la desgracia, el arrumbador continuó con exaltación:

—De too tiene la culpa la beatería cochina. ¿Sabe usté mi delito...? No ir a entregá la papeleta que me dieron el sábado con el jornal.

Y como si Montenegro no conociese las costumbres de la casa, el buen hombre relataba detalladamente lo ocurrido. El sábado, al cobrar la semana los trabajadores de la bodega, el encargado les entregaba *la papeleta* a todos: una invitación para que al día siguiente asistiesen a la misa que costeaba la familia de Dupont en la iglesia de San Ignacio. Si la fiesta era con comunión general, el convite aún resultaba más ineludible. El domingo, los encargados de la bodega recogían a cada obrero la papeleta en la misma puerta de la iglesia, y al recontarlas sabían, por los nombres, quiénes eran los que habían faltado.

—Y yo no fuí ayer, don Fermín; farté como he fartao otros días: porque no me da la gana de levantarme temprano los domingos, porque en la noche del sábado me gusta *tomarla* con los compañeros. ¿Pa qué trabaja uno, sino pa tené un rato de alegría...?

Además; él era dueño de sus domingos. El amo le pagaba por su trabajo; él trabajaba y no había por qué cercenarle su día de descanso.

—¿Es eso justo, don Fermín? Porque no hago comedias, como toos esos... soplones y lamecosas que van a la misa de don Pablo, con toa su familia y toman la comunión después de pasar la noche de juerga, me echan a la caye. Sea usté franco; diga la verdad; y aunque usté trabaje como un perro, es usté un pillo: ¿No es eso, cabayeros...?

Y se volvía al grupo de amigos que a cierta distancia oían sus palabras, comentándolas con maldiciones a Dupont.

Fermín siguió su camino con cierto apresuramiento. El instinto de conservación le avisaba lo peligroso de permanecer allí entre una gente que abominaba de su principal.

Y mientras iba hacia el escritorio donde le aguardaban para las cuentas, pensaba en el vehemente Dupont, en su fervor religioso, que parecía endurecerle las entrañas.

—Y, realmente, no es malo —murmuraba.

Malo, no. Fermín recordaba la largueza caprichosa y desordenada con que algunas veces socorría a las gentes en desgracia. Pero su bondad era estrechísima: dividía en castas la pobreza; y a cambio del dinero exigía una supeditación absoluta a todo lo que él pensase y amase. Era capaz de aborrecer a su propia familia, de sitiarla por hambre, si creía con ello servir a su Dios; a aquel Dios a quien profesaba inmensa gratitud porque hacía prosperar los negocios de la casa y era el sostén del orden social.

II

Cuando don Pablo Dupont iba a pasar un día con su familia en la famosa viña de Marchamalo, una de sus diversiones era mostrar el señor Fermín, el antiguo capataz, a los Padres de la Compañía o a los frailes dominicos, sin cuya presencia no creía posible una excursión feliz.

—A ver, señor Fermín —decía sacando el viejo a la gran explanada que se extendía frente a las casas de Marchamalo, que casi formaban un pueblo—. Eche usted una voz de mando; pero con arrogancia, como cuando era usted de los rojos y marchaba de partida por la sierra.

El capataz sonreía viendo que el amo y sus acompañantes de sotana o capucha mostraban gran placer en oírle; pero su sonrisa de campesino socarrón, no llegaba a saberse si era de burla o de agrado por la confianza del señor. Contento de proporcionar un rato de descanso a los muchachos que se encorvaban entre las cepas, ladera abajo, levantando y abatiendo sus azadas pesadísimas, avanzaba con cómica rigidez hasta el parapeto de la explanada, prorrumpiendo en un grito prolongado y atronador:

—¡Eeeechen tabacooo...!

Cesaba de brillar entre los sarmientos el acero de las

azadas, y la larga fila de viñadores despechugados frotábanse las manos, entumecidas por el mango de la herramienta, y lentamente extraían de la faja los avíos de fumar.

El viejo les imitaba, y acogiendo con sonrisa enigmática los elogios de los señores a su voz de trueno y a la entonación de caudillo con que mandaba a la gente, liaba un cigarrillo, fumándolo con calma para que los pobres de abajo tuviesen algunos segundos más de reposo a costa del buen humor del amo.

Cuando no le quedaba más que la colilla, nueva diversión para los señores. Volvía a dar sus pasos con rigidez exagerada de intento, y su voz hacía temblar el eco de las vecinas colinas:

—¡Vaaamos a otraaa...!

Y con este llamamiento tradicional para reanudar el trabajo, los hombres volvían a encorvarse y relampagueaban las herramientas sobre sus cabezas, todas a un tiempo, en acompasadas curvas.

El señor Fermín era una de las curiosidades de Marchamalo, que don Pablo exhibía a sus acompañantes. Todos reían sus refranes, los términos rebuscados y raros de su expresión, sus consejos dichos en tono campanudo; y el viejo aceptaba el irónico elogio de los señores con la simpleza del campesino andaluz, que aún parece vivir en la época feudal; siervo del amo, aplastado por la gran propiedad, sin esa independencia enfurruñada del pequeño labrador que tiene la tierra por suya.

Además, el señor Fermín se sentía ligado por todo el resto de su existencia a la familia Dupont. Había visto a don Pablo en pañales, y aunque le trataba con el respeto que imponía su carácter imperioso, era siempre para él un niño, acogiendo con bondad paternal todas sus rarezas.

El capataz había tenido en su vida un período de dura miseria. De joven fue viñador, gozando de la buena época; aquélla de la ida al trabajo en calesín y de la cava con zapatos de charol, de la que hablaba melancólicamente el viejo bodeguero de la casa Dupont.

La abundancia hacía generosos a los trabajadores de tales tiempos; pensaban en cosas *altas* que no acertaban a definir, pero cuya grandeza presentían confusamente. Además, la nación entera estaba de revuelta. A corta distancia de Jerez, en el mar invisible cuyas brisas llegaban hasta las viñas, los barcos del Gobierno habían disparado sus cañones para anunciar a la reina que debía abandonar su trono. El tiroteo de Alcolea, al otro extremo de Andalucía, despertaba a toda España; «la raza espúrea» había huido: la vida era mejor y el vino parecía más bueno al pensar (¡consoladora ilusión!) que cada uno poseía una pequeña parte de aquel poder retenido antes por una sola persona. Además, ¡qué de músicas arrulladoras para el pobre!, ¡qué de elogios y adulaciones al pueblo que meses antes no era nada y ahora lo era todo!

El señor Fermín se conmovía recordando esta época feliz, que fue la de su matrimonio con la *pobre mártir*, como él llamaba a su difunta mujer. Se reunían los compañeros de trabajo en las tabernas todas las noches, para leer los papeles públicos, y la caña de vino circulaba sin miedo, con la largueza del jornal abundante y bien retribuido. Un ruiseñor volaba infatigable de plaza en plaza, teniendo por bosques las ciudades, y su música divina volvía locas a las gentes, haciéndolas pedir a gritos la República... pero Federal, ¿eh...? Federal o nada. Los discursos de Castelar leídos en las reuniones nocturnas, con sus maldiciones al pasado y sus himnos a la madre, al hogar, a todas las ternuras que emocionan el alma simple del pueblo, hacía caer más de una lágrima en las copas de vino. Luego, cada cuatro días, llegaba impresa en hoja suelta, con renglones cortos, alguna de las cartas que «el ciudadano Roque Barcia dirigía a sus amigos», con frecuentes exclamaciones de «óyeme bien, pueblo», «acércate, pobre, y compartiré tu frío y tu hambre», que enternecían a los viñadores, haciéndoles tener gran confianza en un señor que les trataba con esta fraternal simpleza. Y para desengrasarse de tanto lirismo, de tanta Historia comprimida, repetían las frases ingeniosas del patriarcal Orense, los chistes del marqués de Albaida, ¡un marqués que estaba con ellos, con los viñadores y los gañanes, acostumbrados a respetar con cierto temor supersticioso, como seres nacidos en otro planeta, a los aristócratas poseedores del suelo andaluz...!

El santo respeto a la jerarquía, heredado de los abuelos e ingerido hasta lo más profundo de su alma por largos siglos de servidumbre, influía en el entusiasmo de estos *ciudadanos* que hablaban a todas horas de la igualdad.

Lo que más halagaba al señor Fermín en sus entusiasmos juveniles, era la categoría social de los jefes revolucionarios. Ninguno era jornalero, y esto lo apreciaba él como un mérito de las nuevas doctrinas. Los más ilustres defensores de «la idea» en Andalucía salían de las clases que él respetaba con atávica adhesión. Eran señoritos de Cádiz, acostumbrados a la vida fácil y placentera de un gran puerto; caballeros de Jerez, dueños de cortijos, hombres de pelo en pecho, grandes jinetes, expertos en las armas e incansables corredores de juergas: hasta curas entraban en el movimiento, afirmando que Jesús fue el primer republicano y que al morir en la cruz dijo algo así como «Libertad, Igualdad y Fraternidad».

Y el señor Fermín no vaciló, cuando del mitin y de la declamación periodística, leída en alta voz, hubo que pasar a la excursión por el monte con la escopeta al hombro en defensa de aquella República que no querían aceptar los mismos generales que habían expulsado a los reyes. Y tuvo que correr por las montañas de la sierra unos cuantos días, e ir a tiros con las mismas tropas que meses antes había él aclamado cuando pasaban sublevadas por Jerez, camino de Alcolea.

En esta aventura conoció a Salvatierra, sintiendo por él una admiración que nunca había de enfriarse. La fuga y una larga temporada pasada en Tánger fueron el único resultado de sus entusiasmos y cuando al fin pudo volver a la tierra, besó a Ferminillo, el primer hijo que la *pobre mártir* le había dado a los pocos meses de su marcha a la serranía.

Volvió a trabajar en las viñas, algo desilusionado por el mal éxito de la rebelión. Además, la paternidad le hacía egoísta, pensando más en la familia que en el pueblo soberano, que podía libertarse sin necesitar de su apoyo. Al ver proclamada la República sintió renacer sus entusiasmos. ¡Por fin, ya la tenían! ¡Llegaba lo bueno...! Pero a los pocos meses le buscó Salvatierra, como a otros muchos. Los de Madrid eran unos traidores y la tal República resultaba un pastel. Había que hacerla federal o matarla; era preciso proclamar los cantones. Y otra vez Fermín, con el fusil al hombro, batiéndose en Sevilla, en Cádiz y en la montaña por cosas que no entendía, pero que debían ser verdades tan claras como el sol, ya que Salvatierra las proclamaba. De esta segunda aventura salió peor librado. Le cogieron y pasó muchos meses en el Hacho de Ceuta, confundido con prisioneros carlistas e insurrectos cubanos, en un amontonamiento y una miseria de los que aún se acordaba con horror después de tantos años.

Al recobrar la libertad, la vida le pareció en Jerez más triste y desesperada que en el presidio. La *pobre mártir* había muerto durante su ausencia, dejando en poder de unos parientes sus dos hijos, Ferminillo y María de la Luz. El trabajo escaseaba; había sobra de brazos, era reciente la indignación contra los *petroleros* perturbadores del país; los Borbones acababan de volver, y los ricos temían dar entrada en sus fincas a los que habían visto antes con el fusil en la mano, tratándoles de igual a igual, con gestos amenazadores.

El señor Fermín, para que no le viesen llegar con las manos vacías los parientes pobres que cuidaban de sus pequeñuelos, se dedicó al contrabando. Su compadre Paco el de Algar, que había ido con él en las partidas, conocía el oficio. Entre los dos existía el parentesco de la pila bautismal, el compadrazgo, más sagrado entre la gente del campo que la comunidad de sangre. Fermín era el padrino de Rafaelillo, único hijo del señor Paco, al cual también se le había muerto la mujer durante la época de persecuciones y presidio.

Los dos compadres emprendieron juntos sus penosas expediciones de contrabandistas pobres. Marchaban a pie, por las veredas más abruptas de la sierra, aprovechando los conocimientos adquiridos en las complicadas marchas de las partidas. Su pobreza no les permitía ser caballistas como otros que cabalgaban en pelotón, llevando en la grupa de sus fuertes jacas dos fardos enormes de tabaco y en la perilla de la montura la escopeta repleta de postas para pasar a *la brava* el contrabando. Eran humildes mochileros que, al llegar a San Roque o Algeciras, echábanse a cuestas tres arrobas de tabaco y emprendían el regreso a la tierra huyendo de los caminos, buscando las sendas más peligrosas, marchando de noche y ocultándose de día, a gatas por los riscos, imitando los hábitos de las bestias feroces lamentando ser hombres y no poder seguir el borde de los abismos con la misma seguridad que las bestias.

¡Oh, la vida dura de continuos riesgos, la necesidad de ganarse el pan luchando con la oscuridad, con las tempestades y con el hombre, que era el peor de los enemigos! Un ruido a lo lejos, una voz, el aleteo de los pajarracos nocturnos, el chillido de las alimañas invisibles, el ladrido de un perro, les hacían ocultarse, tenderse en el suelo entre los jarales punzantes, sofocados por el peso de la mochila. Al partir del campo fronterizo de Gibraltar pagaban por trasponer la línea del resguardo. Los venales encargados de la vigilancia les imponían contribución según su clase: tantas pesetas a los mochileros, tantos duros a la gente de a caballo. Partían todos al mismo tiempo, después de depositar la ofrenda en ciertas manos que salían de unas mangas con galones de oro, y peones y jinetes, todo el ejército del contrabando, abríase como el varillaje de un abanico en la sombra de la noche, tomando distintos caminos para esparcirse por Andalucía. Pero quedaba lo difícil: el peligro de tropezar con las rondas volantes que no habían participado del soborno y se esforzaban por cortar el paso a los defraudadores y hacer buena presa de su carga. Los caballistas infundían miedo porque contestaban a tiros al ¡quién vive!, y eran los indefensos mochileros los que sufrían toda la persecución.

Dos noches enteras necesitaban los compadres para llegar a Jerez, caminando encorvados, sudorosos en pleno invierno, zumbándoles los oídos, con el pecho oprimido por la carga. Acercábanse trémulos de inquietud a ciertos pasos de la sierra donde se apostaban los enemigos. Temblaban de miedo al entrar en ciertas gargantas en cuya oscuridad brillaba el fogonazo y silbaba la bala, al no obedecer ellos al ¡boca abajo! de los guardias emboscados. Algunos compañeros habían muerto en estos malos pasos. Además, los enemigos se vengaban de las largas esperas al acecho y de la inquietud que les inspiraban los caballistas, dando tremendas palizas a los de a pie. Más de una vez se rasgaba el silencio nocturno de la sierra con los alaridos de dolor que arrancaban los bárbaros culatazos dados al azar, en la oscuridad, lejos de toda vivienda, lejos de toda ley, en una soledad salvaje...

Pero estos peligros eran los que menos intimidaban a los dos compadres. El miedo a perder la carga les aterraba. ¡Perder la carga! ¡El único medio de existencia, el capital de su industria! ¡Verse de golpe sin las ganancias acumuladas en fuerza de exponer su vida noches y noches; tener que pedir prestado otra vez y empezar de nuevo la pelea para pagar al prestamista, cercenando su pan y el de los pequeños...!

Por no perder sus mochilas emprendían arriesgadas ascensiones en la oscuridad. A la menor alarma huían de las gargantas, dando rodeos por lugares casi inaccesibles, que infundían horror al ser vistos a la luz del sol. Los cuervos graznaban asustados en sus alturas al percibir el roce de unos animales desconocidos que gateaban en las tinieblas. Los aguiluchos aleteaban al ver interrumpido su sueño por el arrastre de extraños cuadrúpedos que, abrumados por su giba, avanzaban por el filo de los precipicios, haciendo rodar los guijarros con sus manos desolladas, en el vacío de lóbregas profundidades. El recuerdo de algún compañero muerto en estos pasos difíciles, congelaba su sangre un momento: «Allá abajo está Fulano.» *Allá abajo*, en el fondo de la sima negra que bordeaban a tientas, con el tacto de los ciegos; donde sólo podían verle los cuervos, que poco a poco dejarían blancos sus huecos bajo el peso de la mochila, mientras en la casa, la familia, hambrienta, movida por una remota esperanza, aguardaba que un día u otro se presentase.

El recuerdo de los que esperaban al compañero muerto les daba nuevas energías. También ellos tenían sus *churumbeles* que podían aguardar el pan eternamente si daban un mal paso: ¡Adelante! ¡Adelante! Y con el valor audaz que da la lucha por los hijos, los dos mochileros avanzaban al través del peligro y de la noche.

¡Ay! De los azares que el señor Fermín había corrido en su vida, de las miserias en presidio, entre gentes de todos los países, que se mataban con las cucharas afiladas para entretener el ocio del encierro; del miedo que tuvo a ser fusilado cuando lo prendieron después de derrotada la partida, nada recordaba con tanta tristeza como las tres veces que lo sorprendieron los carabineros, casi a las puertas de la ciudad, cuando ya se creía en salvo, quitándole lo que llevaba varias noches sobre sus espaldas. ¡Y luego, cuando vendía su tabaco a las gentes desocupadas, a los señores de los casinos y los cafés, aún le regateaban algunos céntimos! ¡Ay, si supieran lo que costaban aquellos paquetes, duros como ladrillos, en los que parecían haberse solidificado los sudores de una fatiga de bestia y los escalofríos del miedo...!

La desgracia, como cansada del tesón con que los dos compadres sabían eludirla, comenzó a cebarse en ellos. Era en vano que con riesgo de su vida esquivasen durante la noche los pasos difíciles de la sierra. Por tres veces les sorprendieron cerca de la ciudad, en los llanos de Caulina, cuando se creían ya a salvo. Les dieron de golpes al arrebatarles aquellas mochilas que representaban la vida para sus hijos; y hasta les amenazaron con un tiro en vista de su reincidencia. Más que las amenazas les intimidó la pérdida de sus cargas. ¡Adiós los ahorros! Los tres fracasos les dejaban más pobres que antes de comenzar el contrabando, con deudas que les parecían enormes. Ya nadie querría prestarles para continuar el *negocio*.

El compadre, llevando de la mano a Rafaelillo, que era

ya un rapaz, marchó a Algar, a su pueblo de la serranía, para ser gañán en un cortijo, si es que le aceptaban viéndole entrado en años y enfermo.

El señor Fermín no tuvo otro refugio que Jerez, y fue todas las madrugadas a la plaza Nueva a formar grupo con los jornaleros que esperaban trabajo, acogiendo con resignación el gesto desdeñoso de los capataces que le repelían por su antigua fama de cantonal y por las recientes aventuras del contrabando, que le habían hecho vivir algunos días en la cárcel. ¡Ay, las mañanas tristes, pasadas en la plaza, estremeciéndose con el frío del amanecer, sin más alimento en el desfallecido estómago que alguna copa de aguardiente de Cazalla, ofrecida por los amigos! ¡Y después la vuelta desalentada a su tugurio, la sonrisa inocente de los hijos y el grito de tristeza de la mísera cuñada, al verle aparecer a la hora en que los demás trabajaban!

—¿Tampoco hoy...?

—Tampoco... pero ten carma, mujer: arreglaos como podáis y no penséis en mí.

Entonces conoció Fermín a su «ángel protector», como él le llamaba; al hombre que, después de Salvatierra, era el dueño de su voluntad, a Dupont el viejo, que, viéndole un día, recordó vagamente ciertas muestras de respeto, ciertos pequeños favores a su casa y a su persona, en la época en que aquel infeliz iba por Jerez con aire de amo, orgulloso de su gorro colorado y de las armas que hacía resonar a cada paso, con un estrépito de ferretería vieja.

Fue una genialidad de gran señor, un capricho de millonario que se admiraba a sí mismo proporcionando un mendrugo a un desesperado que encontraba obstruidos todos los caminos de la vida. Fermín halló un jornal en la viña de Marchamalo, la gran propiedad de los Dupont. Poco a poco fue conquistando la confianza del amo, el cual se fijaba atentamente en su trabajo.

Cuando el antiguo rebelde llegó a ser capataz de la viña, había ya sufrido una gran transformación en sus ideas. Se consideraba como una parte de la casa Dupont. Le enorgullecía la importancia de las bodegas de don Pablo y comenzaba a reconocer que los señores no eran tan malos como creían los pobres. Hasta dejó a un lado el respeto que profesaba a Salvatierra, el cual andaba por entonces fugitivo fuera de España, y se atrevió a confesar a los amigos que las cosas no iban del todo mal después del desastre de sus ilusiones políticas. Él era el de siempre, federal, sobre todo federal: hasta que no viniese la suya, España no sería feliz, pero mientras tanto, a pesar de los malos gobiernos y de que «el pobre pueblo estaba oprimido», él se creía mejor que en los tiempos pasados. La niña y la cuñada vivían en la viña, en un caserón antiguo, espacioso como un cuartel: el muchacho iba a la escuela en Jerez, y don Pablo le había tomado ley y prometía hacerlo «todo un hombre», en vista de su inteligencia despierta. Él, tenía tres pesetas diarias, sin otra obligación que llevar la cuenta de los jornales, reclutar la gente y vigilarla, para que los remolones no descansasen antes de que él diese la voz para fumar un cigarro.

De sus tiempos de miseria le quedaba la conmiseración para los jornaleros, fingiendo no ver sus descuidos y negligencias. Pero sus actos valían más que sus palabras, pues queriendo demostrar gran interés por el amo, hablaba duramente a los braceros, con ese exceso de autoridad que revela el humilde apenas se ve elevado sobre sus camaradas.

El señor Fermín y sus hijos penetraban sin darse cuenta en la familia del amo, hasta llegar a confundirse con ella. La simpleza del capataz, alegre e hidalga como la de todos los labriegos andaluces, le hacían captarse la confianza de los de la casa señorial. Don Pablo el viejo reía haciéndole relatar sus fugas por la montaña, unas veces de guerrillero y otras de contrabandista, siempre perseguido por los carabineros. Los hijos del amo jugaban con él, prefiriendo sus marrullerías y chistes de hombre de campo al gesto hosco de la aya inglesa que cuidaba de ellos. Hasta la orgullosa doña Elvira, la hermana del marqués de San Dionisio, siempre ceñuda y de noble mal humor, como si se creyese postergada por haberse unido con un Dupont, concedía cierta confianza al señor Fermín, escuchándole con gesto semejante a los que había visto en el teatro, cuando una dama se digna conversar con el viejo escudero, confidente de sus pensamientos.

El capataz creía vivir en el mejor de los mundos contemplando a sus hijos corretear por los senderos de la viña con dos de los señoritos de la casa, mientras el mayor, el futuro dueño, a pesar de ser todavía un niño, se mantenía al lado de su madre, imitando sus gestos altivos. Había días en que el carruaje de don Pablo llegaba entre una nube de polvo, a todo correr de sus cuatro briosos caballos, para depositar en Marchamalo un cargamento de chiquillos, casi una escuela. Con los hijos de Dupont llegaba Luisito, huérfano de un hermano de don Pablo, cuya cuantiosa fortuna cuidaba éste; y las hijas del marqués de San Dionisio, dos niñas revoltosas de ojos cándidos y boca insolente, que se peleaban con los muchachos y los hacían correr a pedradas, revelando en sus audacias el carácter de su famoso padre. Y Ferminillo y María de la Luz jugaban con estos niños que habían de poseer cuantiosas fortunas, de igual a igual, con la simplicidad de la infancia que parece un recuerdo de los tiempos en que los hombres vivían como hermanos, antes dc inventar las jerarquías sociales. El capataz los seguía en sus juegos con miradas de ternura, sintiendo orgullo de que sus hijos se tutearan con los hijos y parientes del amo. Era la Igualdad soñada, aquella Igualdad por la que había expuesto su vida, y que al fin llegaba para él, sólo para él.

Algunas veces se presentaba el marqués de San Dionisio, y a pesar de sus cincuenta años lo ponía todo en revolución. La devota doña Elvira se enorgullecía de los títulos nobiliarios del hermano, pero despreciaba al hombre por sus calaveradas, que daban triste celebridad al noble apellido de Torreroel.

El señor Fermín, influido por sus antiguos respetos a las jerarquías históricas, admiraba a aquel noble y alegre vividor. Estaba devorando los últimos restos de la gran fortuna de su familia, y había influido en el casamiento de su hermana con Dupont, para tener así un refugio cuando le llegase la hora de la total ruina. Su nobleza era de lo más antiguo de Jerez. El pendón de las Navas de Tolosa que sacaban con gran pompa de la casa municipal en determinadas fiestas, lo había ganado a golpes de hacha uno de sus ascendientes. Su título de marqués llevaba el nombre del santo patrón de la ciudad. En su estirpe figuraban toda clase de glorias: amigos de monarcas; Adelantados que infundían miedo a la morisma; virreyes de las Indias, santos arzobispos, almirantes de las galeras reales; pero el alegre marqués daba de barato tantos honores y tan preclaros ascendientes, pensando que hubiera sido mejor para él poseer una fortuna como la de su cuñado Dupont, aunque sin las obligaciones y trabajos de éste. Vivía en un caserón señorial, último resto de una fortaleza sarracena, restaurada y transformada por sus abuelos. En los salones, casi vacíos, sólo quedaban como recuerdos del antiguo esplendor algunos tapices astrosos, cuadros negruzcos con santos ensangrentados en posturas horripilantes, sillerías de estilo Imperio con la seda deshilachada; todo lo que no habían querido los corredores de antigüedades de Sevilla, a los que llamaba el marqués en sus momentos de apuro. Lo demás, trípticos y tablas, espadas y armaduras de los Torreroel de la Reconquista, las riquezas exóticas traídas de las Indias por los virreyes, y los regalos que varios monarcas de Europa habían hecho a sus abuelos, embajadores que dejaron en las cortes más famosas el recuerdo de su fastuosidad principesca, todo había ido desapareciendo después de noches terribles en que la fortuna le volvía la espalda en la mesa de juego, consolándose de su desgracia con *juergas* estruendosas, de las que hablaba Jerez durante mucho tiempo.

Viudo desde muy joven, tenía sus dos hijas bajo la vigilancia de criadas jóvenes, a las que más de una vez sorprendían las pequeñas señoritas abrazadas a papá y tuteándole. La señora de Dupont indignábase al conocer estos escándalos y se llevaba las sobrinas a su casa para que no presenciasen malos ejemplos. Pero ellas, verdaderas hijas de su padre, deseaban vivir en este ambiente de libertad, y protestaban con llantos desesperados y convulsiones en el suelo, hasta que las volvían a la absoluta independencia de aquel caserón por donde pasaban el dinero y el placer como un huracán de locura.

La gitanería más famosa acampaba en la casa señorial. El marqués sentíase atraído y dominado por las mujeres de piel aceitunada y ojos de tizón, como si en su pasado existiesen ocultos cruzamientos de raza, que tiraban de sus afectos con misteriosa fuerza. Se arruinaba cubriendo de joyas y vistosos pañolones a gitanas que habían trabajado en los cortijos, escardando los campos y durmiendo en la impúdica promiscuidad de las gañanías. La interminable tribu de cada una de sus favoritas, le acosaba con el lloriqueo servil y la codicia insaciable propios de la raza; y el marqués se dejaba saquear, riendo la gracia de estos parientes de la mano izquierda, que le adulaban declarando que era un *cañí* puro, más gitano que todos ellos.

Los toreros famosos pasaban por Jerez para honrar con su presencia al de San Dionisio, que organizaba fiestas estruendosas en su honor. Muchas noches despertaban las niñas en sus camas oyendo al otro extremo de la casa el rasgueo de las guitarras, los lamentos del cante hondo, el taconeo del baile; y veían pasar por las ventanas iluminadas, al otro lado del patio, grande como una plaza de armas, los hombres en mangas de camisa con la botella en la mano y la batea de cañas en la otra, y las mujeres con el peinado alborotado y las flores desmayadas y temblonas sobre una oreja, corriendo con incitante contoneo para evadir la persecución de los señores o tremolando sus pañolones de Manila como si quisieran torearles. Algunas mañanas, al levantarse las señoras, aún encontraban tendidos en los divanes hombres desconocidos que roncaban boca abajo, con los tufos de pelo sudorosos cubriéndoles las orejas, el pantalón desabrochado y más de uno con los residuos de una cena mal digerida a corta distancia de su cara. Estas juergas eran admiradas por algunos como un simpático alarde de los gustos populares del marqués.

El señor Fermín era de estos admiradores. ¡Un personaje de tantos pergaminos, que podía, sin desdoro, hacer el amor a una princesa, encaprichándose de muchachas del pueblo o de gitanas; escogiendo sus amigos entre caballistas, toreros y ganaderos y bebiéndose una copa de vino con el primer pobre que se aproximaba a pedirle algo! ¡Esto era democracia pura...! Y al entusiasmo por los gustos plebeyos del prócer que parecía querer resarcir a la gente de la altivez y el orgullo de sus empingorotados abuelos, uníase la admiración casi religiosa que la fuerza, el vigor físico, inspira siempre a la gente del campo.

El marqués era un atleta y el mejor jinete de Jerez. Había que verle a caballo, en traje de monte, con el pavero sombreando sus patillas entrecanas y gitanescas, y la garrocha terciada en la silla. Ni el Santiago de las batallas legendarias podía compararsele, cuando a falta de musulmanes derribaba los toros bravos y hacía galopar su jaca por lo más intrincado de las dehesas, pasando como un rayo entre ramas y troncos sin hacerse añicos el cráneo. Hombre sobre el cual dejaba caer su puño, caía redondo: potro cerril cuyos lomos abarcaba con sus piernas de acero, ya podía encabritarse, morder el aire y echar espumarajos de cólera, que antes se desplomaba vencido jadeante que lograba libertarse del peso de su domador.

La audacia de los primeros Torreroel de la Reconquista y la largueza de los que vivieron después en la corte arruinándose cerca de los reyes, resucitaban en él como la última llamarada de una raza próxima a extinguirse. Podía dar los mismos golpes que dieron sus antecesores al conquistar el pendón en las Navas y se arruinaban con igual indiferencia que aquellos de sus abuelos que se habían embarcado para rehacer su fortuna gobernando las Indias.

El marqués de San Dionisio mostrábase satisfecho de sus alardes de fuerza, de la rudeza de sus bromas, que terminaban casi siempre con lesiones de los campañeros. Cuando le llamaban bruto con acento de admiración, sonreía orgulloso de su raza. Bruto, sí: como lo habían sido sus mejores abuelos: como lo fueron siempre los caballeros de Jerez, espejo de la nobleza andaluza, arrogantes jinetes formados en dos siglos de batalla diaria y continua algarada en tierras de moros, pues por algo Jerez se llamaba de la Frontera. Y recapitulando en su memoria lo que había leído u oído sobre la historia de los suyos, reíase de Carlos V el gran Emperador, que, al pasar por Jerez, había querido correr unas lanzas con los jinetes famosos de la tierra que no gustaban de combates de puro juego, tomándolos en serio como si aún luchasen con moros. En el primer encuentro le rasgaron la ropilla al emperador; en el segundo le hicieron sangre, y la emperatriz, que estaba en los tablados, llamó muy angustiada a su esposo, rogándole que reservase su lanza para gentes menos rudas que los caballeros jerezanos.

El carácter bromista del marqués gozaba de tanta fama como su fuerza. El señor Fermín reía en la viña, repitiendo a los trabajadores las ocurrencias graciosas del de San Dionisio. Eran bromas de acción, en las que siempre había una víctima; genialidades crueles, para regocijar a un pueblo rudo. Un día, al pasar el marqués por el mercado, dos mendigos ciegos le reconocían por la voz y le saludaban con frases pomposas esperando que los socorriese como de costumbre. «Toma, para los dos.» Y pasaba adelante, sin dar nada, mientras los dos pordioseros se insultaban, creyendo cada uno que su camarada había recibido la limosna y le negaba la mitad, hasta que, cansados de injuriarse, enarbolaban sus palos.

Otra vez, el marqués hacía pregonar que el día de su santo daría una peseta a todo cojo que se presentase en su casa. Circulaba la noticia por todas partes y el patio del caserón llenábase de cojos de la ciudad y del campo; unos apoyados en muletas, otros arrastrándose sobre las manos como larvas humanas. Y al aparecer el marqués en un balcón, rodeado de sus amigotes, abríase la puerta de la cuadra y salía bufando con espumarajos de rabia un novillo, al que habían aguijoneado previamente los criados. Los que realmente eran cojos, corrían hacia los rincones, amontonándose, manoteando con la locura del miedo; y los fingidos soltaban las muletas, y con cómica agilidad se encaramaban por las rejas. El marqués y sus camaradas rieron como chiquillos, y Jerez pasó mucho tiempo comentando la gracia del de San Dionisio y su habitual generosidad, pues una vez vuelto el toro a la cuadra, distribuyó el dinero a manos llenas entre los lisiados, verdaderos y falsos, para que a todos les pasase el susto bebiendo algunas cañas a su salud.

El señor Fermín extrañábase de la indignación con que la hermana del marqués acogía sus originalidades. ¡Un hombre así, no debía morirse nunca...! Pero, al fin, murió. Murió cuando no le quedaba nada que gastar; cuando los salones de su casa no tenían un mueble; cuando su cuñado Dupont se negó de veras a hacerle nuevos préstamos, ofreciéndole en su casa todo lo que quisiera, cuanto vino desease, pero sin la menor cantidad de dinero.

Sus hijas, que eran casi unas mujeres y llamaban la atención por su belleza picaresca y su desenfado, abandonaron el caserón paterno, que tenía mil dueños, ya que se lo disputaban todos los acreedores del de San Dionisio, y fueron a vivir con su santa tía doña Elvira. La presencia de estos adorables diablillos produjo una serie de disgustos domésticos que amargaron los últimos años de don Pablo Dupont. Su esposa no podía tolerar el desenfado de las sobrinas, y Pablo, el hijo mayor, el favorito de la madre, apoyaba sus protestas contra aquellas parientas que venían a turbar la tranquilidad de la casa, como si con ellas trajesen un olor, un eco, de las costumbres del marqués.

—¿De qué te lamentas? —decía don Pablo aburrido—. ¿No son tus sobrinas? ¿No son sangre tuya...?

Doña Elvira no podía quejarse de los últimos momentos de su hermano. Había muerto como quien era: como un caballero cristiano, como una persona decente. La enfermedad mortal le había sorprendido en una de sus *juergas* rodeado de mujeres y mozos de valor. La sangre del primer vómito se la habían limpiado las amigas con sus pañolones bordados de chinos y rosas fantásticas. Pero al ver próxima la muerte y oír los consejos de su hermana, que después de muchos años de ausencia se decidía a entrar en su casa, quiso «dar buen ejemplo», irse del mundo con la discreción que convenía a su rango. Y sacerdotes de todos hábitos y reglas llegaron hasta su lecho, apartando al sentarse una guitarra o una enagua olvidada; hablándole del cielo, en el que, seguramente, le guardaban un sitio de preferencia por los méritos de sus mayores. Las innumerables cofradías y hermandades de Jerez, en las cuales tenía el alegre noble un cargo hereditario, acompañaron al Viático; y al morir, su cadáver fue vestido de fraile, amontonándose sobre su pecho todas las medallas que la señora de Dupont juzgó de más eficacia para que aquel vividor no sufriese retraso ni entorpecimiento en su ascensión a la gloria eterna.

Doña Elvira no podía quejarse de su hermano, que al fin había demostrado su buena sangre en los últimos instantes; no podía quejarse de sus sobrinas, pájaros inquietos que agitaban sus plumajes con cierta insolencia, pero la acompañaban sin réplica a misas y novenas con una graciosa gravedad, que daban ganas de comérselas a besos. Pero la atormentaban el recuerdo del pasado del marqués y el atolondramiento que mostraban sus hijas al hallarse en presencia de los jóvenes; sus voces y gestos desgarrados, que eran como un eco de lo que habían oído en la casa paterna.

A la noble señora le indignaba todo lo que pudiese alterar la armonía majestuosa de su existencia y de su salón. Su mismo esposo era para ella un motivo de disgusto por sus modales de hombre de trabajo, siempre ansioso de descanso, y aquel desenfado grave y un tanto excéntrico que había copiado de sus corresponsales de Inglaterra. Sólo sentía por él un débil afecto semejante al que inspira un socio comercial. Estaba unida a él por el interés común en favor de los hijos; por cierta gratitud al ver que su trabajo aseguraba la riqueza de sus descendientes. En el hijo mayor había concentrado toda la cantidad de amor de que era capaz su alma austera y orgullosa.

—Es un Torreroel: es mi hijo; mío solamente. No tiene nada de los Dupont.

Y con estas palabras reveladoras de una feroz alegría maternal, creía librar a su hijo de un peligro; como si después de haber aceptado el matrimonio con Dupont por su gran fortuna, le inspirase éste repugnancia.

Pensaba con orgullo en los millones que tendrían sus hijos, y al mismo tiempo despreciaba a los que los habían amasado. Recordaba mentalmente con cierta vergüenza el origen de los Dupont, del que hablaban los más viejos de Jerez al comentar su escandalosa fortuna. El primero de la dinastía llegaba a la ciudad a principios del siglo, como un pordiosero, para entrar al servicio de otro francés que había establecido una bodega. Durante la guerra de la Independencia, el amo huía por miedo a las cóleras populares, dejando toda su fortuna confiada al compatriota, que era su servidor de confianza, y éste, en fuerza de dar gritos contra su país y vitorear a Fernando VII, conseguía que le respetasen y hacía prosperar los negocios de la bodega, que se acostumbraba a considerar como suya. Cuando, terminada la guerra, volvía el verdadero dueño, Dupont se negaba a reconocerle, alegándose a sí mismo, para tranquilidad de la conciencia, que bien había ganado la propiedad de la casa haciendo frente al peligro. Y el confiado francés, enfermo y agobiado por la traición, desaparecía para siempre.

Los negocios de la bodega crecían y se desarrollaban con la fecundidad beneficiosa que acompaña siempre a todo crimen hábil. Comenzaba la carrera de honradez de los Dupont, gentes excelentes, con esa bondad de los que no necesitan cometer una mala acción para que sus negocios prosperen, ni ven puesta a prueba su virtud por la desgracia.

La noble doña Elvira, que hacía gala a cada momento de sus ilustres ascendientes, sentía cierto escozor al recordar esta historia; pero tranquilizábase, pensando que una parte de la gran fortuna la dedicaba a Dios con sus generosidades de devota.

La muerte de don Pablo fue para ella una solución. Sintióse más libre de preocupaciones y remordimientos. Su hijo mayor acababa de casarse y sería el dueño de la casa. Ya no era la fortuna de los Dupont, era de un Torreroel, y con esto le parecía que se borraba su vergonzoso origen, y que Dios protegería mejor los negocios de la casa. La aptitud comercial de Pablo, sus iniciativas y, especialmente, la nueva destilación del coñac, que hacía famoso el nombre de la bodega, parecían afirmar estas preocupaciones de la buena señora. ¡Dupont, en el rótulo; pero Torreroel en el alma! Su hijo le parecía un gran señor de otras épocas, de aquellos que con toda su nobleza eran agricultores y servían a Dios arado en mano. La industria serviría ahora para que afirmase su importancia social aquel descendiente de virreyes y santos arzobispos. El Señor bendeciría con su protección al coñac y las bodegas...

El capataz de Marchamalo sintió la muerte del amo más que toda la familia. No lloró, pero su hija María de la Luz, que comenzaba a ser una mocita, andaba tras él, animándolo para que saliese de su triste marasmo, para que no pasase las horas sentado en la plazoleta con la mandíbula entre las manos y la vista perdida en el horizonte, desalentado y triste como un perro sin dueño.

Eran inútiles los consuelos de la niña. ¡Cualquier día olvidaba él a su protector, al que le había sacado de la miseria! Aquel golpe era de los de prueba: únicamente podía compararse al dolor que le produciría la muerte de su héroe don Fernando. María de la Luz, para animarle, sacaba del fondo de un armario alguna botella de las que se dejaban los señoritos cuando iban a la viña, y el capataz miraba con ojos llorosos el líquido dorado de la copa. Pero al llenar ésta por tercera o cuarta vez, su tristeza tomaba un acento de dulce resignación:

—¡Lo que somos! Hoy tú... mañana yo.

Para continuar su fúnebre monólogo bebía con la calma del campesino andaluz, que mira el vino como la mayor de las riquezas y lo huele y examina, hasta que, a la media hora de este copeo solemne y refinado, su pensamiento, saltando de un afecto a otro, abandonaba a Dupont para fijarse en Salvatierra, comentando sus correrías y aventuras, siempre propagando sus ideales de tal modo, que la mayor parte del tiempo la pasaba en la cárcel.

No por esto olvidaba a su protector. ¡Ay, aquel don Pablo, cuánto bien le había hecho! Por él, su hijo Fermín era un caballero. El viejo Dupont, al ver la actividad que mostraba el muchacho en su escritorio, donde había entrado como *zagal* para los recados, quiso ayudarle con su protección. Fermín se había instruido aprovechando la presencia en Jerez de Salvatierra. El revolucionario, al volver de su emigración en Londres, ansioso de sol y de tranquilidad campestre, había ido a vivir en Marchamalo, al lado de su amigo el capataz. Algunas veces, al entrar el millonario en la viña, se encontraba con el rebelde hospedado en su propiedad sin permiso alguno. El señor Fermín creía que, tratándose de un hombre de tantos méritos, era innecesario solicitar la autorización del amo. Dupont, por su parte, respetaba el carácter probo y bondadoso del agitador, y su egoísmo de hombre de negocios le aconsejaba la benevolencia. ¡Quién sabe si aquellas gentes volverían a mandar el día menos pensado...!

El millonario y el caudillo de los pobres se estrechaban tranquilamente la mano después de tantos años de no verse, como si nada hubiese ocurrido.

—¡Hola, Salvatierra...! Me han dicho que es usted el maestro de Ferminillo. ¿Cómo va ese discípulo?

Ferminillo progresaba rápidamente. Muchas noches no quería quedarse en Jerez, y emprendía una marcha de más de una hora para ir a la viña en busca de las lecciones de don Fernando. Los domingos dedicábalos por entero a su maestro, al que adoraba con una pasión igual a la de su padre.

El señor Fermín no supo si fue por consejo de don Fernando o por propia iniciativa del amo; pero lo cierto era que éste, con el acento imperioso que empleaba para hacer el bien, manifestó su deseo de que Ferminillo fuese a Londres a expensas de la casa, para pasar una larga temporada en la sucursal que tenía en Collins Street.

Ferminillo marchó a Londres, y al escribir, de vez en cuando, mostrábase satisfecho de su vida. El capataz auguraba a su hijo un brillante porvenir. Vendría de allá sabiendo más que todos los señores que plumeaban en el escritorio de Dupont. Además, Salvatierra le había dado cartas para los amigos que tenía en Londres, todos polacos, rusos e italianos, refugiados allí porque en su tierra les querían mal; personajes que eran considerados por el capataz como seres poderosos cuya protección envolvería a su hijo mientras viviese.

Pero el señor Fermín se aburría en su retiro, sin poder hablar más que con los viñadores, que le trataban con cierta reserva, o con su hija, que prometía ser una buena moza, y sólo pensaba en el arreglo y admiración de su persona. La muchacha se dormía por las noches apenas deletreaba él a la luz del candil alguno de los folletos de la buena época, los renglones cortos de Barcia, que le entusiasmaban como una resurrección de su juventud. De tarde en tarde se presentaba don Pablo el joven, que dirigía la gran casa Dupont, dejando que sus hermanos menores se divirtiesen en la sucursal de Londres, o doña Elvira con sus sobrinas, cuyos noviazgos llevaban revuelta a toda la juventud de Jerez. La viña parecía otra, más silenciosa, más triste. Los chicuelos que corrían por ella en pasados tiempos tenían ahora otras preocupaciones. Hasta la casa de Marchamalo había envejecido tristemente; se agrietaba su vetustez de ruda construcción, que contaba más de un siglo. El impetuoso don Pablo, en su fiebre de innovaciones, hablaba de echarla abajo y levantar algo grandioso y señorial, que fuese como el castillo de los Dupont, príncipes de la industria.

¡Qué tristeza! Su protector había muerto, Salvatierra andaba por el mundo y su compadre Paco el de Algar le abandonaba para siempre, muriendo de un enfriamiento allá en un cortijo del riñón de la sierra. También el compadre había mejorado de suerte, aunque sin llegar a la buena fortuna del señor Fermín. En fuerza de trabajar como bracero y de rodar por las gañanías errante como un gitano, siempre seguido de su hijo Rafael, que se empleaba en las faenas de zagal, había acabado por ser aperador de un cortijo pobre: asunto, como él decía, de matar el hambre sin tener que doblarse ante el surco, debilitado por una vejez prematura y por los rudos lances de la conquista del pan.

Rafael, que era ya un mocetón de dieciocho años, endurecido por el trabajo, se presentó en la viña para dar la noticia a su padrino.

—Muchacho, ¿y ahora qué va a jacer? —preguntó el capataz interesándose por su ahijado.

El mocetón sonrió al oír hablar de una colocación en otro cortijo. ¡Nada de trabajar la tierra! La aborrecía. Gustábanle los caballos y las escopetas con entusiasmo juvenil, como a cualquier señorito del *Círculo Caballista*. En punto a domar un potro o a meter la bala donde ponía el ojo, no admitía rival. Además, era todo un hombre; tan hombre como el que más: le gustaban los valientes para ponerlos a prueba; ansiaba aventuras para que se supiese quién era el hijo de Paco el de Algar. Y al decir esto sacaba el pecho y tendía los brazos en cruz, haciendo alarde de la energía vital, de la juvenil acometividad depositadas en su cuerpo.

—En fin, padrino, que con lo que yo tengo naide se muere de jambre.

Y Rafael no murió de hambre. ¡Qué había de morir...! Su padrino le admiraba cuando le veía llegar a Marchamalo, montado en un alazán fuerte y de libras, vestido como un hacendado de la sierra, con fachenda de gabán campesino, asomándole ricos pañuelos de seda por los bolsillos de la chaqueta y el escopetón siempre pendiente de la montura. Al viejo contrabandista le temblaban las carnes de placer oyéndole relatar sus proezas. El muchacho vengaba a su compadre y a él de los sustos sufridos en la montaña, de los golpes que les habían dado los que él apellidaba «los esbirros». ¡De seguro que a éste no se le ponían delante para quitarle la carga...!

El mozo era de los de caballería y no se limitaba a entrar tabaco. Los judíos de Gibraltar le hacían crédito, y su alazán trotaba llevando a la grupa fardos de sedas y de vistosos pañolones de China. Ante el absorto padrino y su hija María de la Luz, que le miraban fijamente con sus ojos de brasa, el muchacho sacaba a puñados las monedas de oro, las libras inglesas, como si fuesen ochavos, y acababa por extraer de las alforjas algún pañuelo vistoso o puntilla complicada, para hacer regalo de ello a la hija del capataz.

Los dos jóvenes se miraban con cierta vehemencia; pero al hablarse experimentaban una gran timidez, como si no se conocieran desde niños, como si no hubiesen jugado juntos cuando el señor Paco venía de tarde en tarde a visitar a su viejo camarada en la viña.

El padrino sonreía socarronamente viendo la turbación de los muchachos.

—No parece sino que ustés no se han visto nunca. Hablarse sin miedo, que ya sé yo que tú buscas ser algo más que mi ahijado... ¡Lástima que andes en esa vida!

Y le aconsejaba que ahorrase, ya que la suerte se le presentaba de frente. Debía guardar sus ganancias, y cuando tuviese un capitalito, ya hablarían de lo otro, de aquello que no se nombraba nunca, pero que sabían los tres. ¡Ahorrar...! Rafael sonreía ante este consejo. Tenía en el porvenir la confianza de todos los hombres de acción seguros de su energía; la generosidad derrochadora de los que conquistan el dinero desafiando a las leyes y a los hombres; la largueza desenfadada de los bandidos románticos, de los antiguos negreros, de los contrabandistas; de todos los peligros de su vida que, acostumbrados a afrontar el peligro, consideran sin valor lo que ganan sorteando a la muerte. En los ventorrillos de la campiña, en las chozas de carboneros de la sierra, en todas partes donde se juntaban hombres para beber, él pagaba todo con largueza. En las tabernas de Jerez organizaba *juergas* de estruendo, abrumando con su generosidad a los señoritos. Vivía como los lasquenetes mercenarios condenados a la muerte, que, en unas cuantas noches de orgía pantagruélica, devoraban el precio de su sangre. Tenía sed de vivir, de gozar, y cuando en medio de su existencia azarosa le acometía la duda de lo futuro, veía, cerrando los ojos, la graciosa sonrisa de María de la Luz, escuchaba su voz, que siempre le decía lo mismo cuando él se presentaba en la viña.

—Rafaé: me dicen muchas cosas de ti y toas son malas... ¡Pero tú eres bueno! ¿verdá que cambiarás...?

Y Rafael se juraba a sí mismo que había de cambiar, para que no le mirase con sus ojazos de pena aquel ángel que le aguardaba en lo alto de una colina, cerca de Jerez, y corría cuesta abajo entre el ramaje de las cepas, al verle de lejos galopar por la polvorienta carretera.

Una noche, los perros de Marchamalo ladraron desaforadamente. Era cerca del amanecer, y el capataz, echando mano a su escopeta, abrió una ventana. Un hombre en mitad de la plazoleta sosteníase agarrado al cuello de su jaca, que respiraba jadeante, con las piernas temblonas, como si fuese a desplomarse.

—Abra usté, padrino —dijo con débil voz—. Soy yo, Rafaé, que vengo jerío. Pa mí, que me han pasao de parte a parte.

Entró en la casa, y María de la Luz, al asomarse tras la cortina de percal de su cuarto, lanzó un alarido. Olvidando todo pudor, la muchacha salió en camisa a ayudar a su padre, que apenas podía sostener al mocetón, pálido con palidez de muerte, con las ropas salpicadas de sangre negruzca y de otra fresca y roja que caía y caía por debajo de su chaquetón, goteando en el suelo. Anonadado por su esfuerzo para llegar hasta allí, Rafael se desplomó en la cama, contándolo todo con palabras entrecortadas antes de desvanecerse.

Un encuentro en la sierra al anochecer con los del resguardo. Él había herido para abrirse paso, y en la huida le alcanzó una bala en la espalda, debajo del hombro. En un ventorrillo le habían curado de cualquier modo, con la misma rudeza con que cuidaban a las bestias, y al oír, en el silencio de la noche, con su fino oído de hombre de la sierra, el trote de los caballos enemigos, había vuelto sobre la silla para no dejarse coger. Un galope de leguas, desesperado, loco, haciendo esfuerzos por mantenerse sobre los estribos, apretando sus piernas con el estertor de una voluntad próxima a desvanecerse, rodándole la cabeza, viendo nubes rojas en la oscuridad de la noche, mientras por el pecho y la espalda se escurría algo viscoso y caliente, que parecía llevársele la vida con punzante cosquilleo. Deseaba esconderse, que no le cogieran: y para esto, ningún refugio como Marchamalo, en aquella época que no era de trabajo y los viñadores estaban ausentes. Además, si su destino era morir, deseaba que fuese entre los que más quería en el mundo. Y sus ojos se dilataban al decir esto: se esforzaba por acariciar con ellos, entre el lagrimeo del dolor, a la hija de su padrino.

—¡Rafaé! ¡Rafaé! —gemía María de la Luz inclinándose sobre el herido.

Y como si la desgracia le hiciese olvidar su habitual recato, faltó muy poco para que le besase en presencia de su padre.

El caballo murió en la mañana siguiente, reventado por

la loca carrera. Su dueño se salvó después de una semana transcurrida entre la vida y la muerte. El señor Fermín había traído de Jerez un médico, gran amigo de Salvatierra, un compañero de la época heroica, acostumbrado a esta clase de lances. Tuvo delirios que le hacían gritar con el terror de la pesadilla, y cuando después de largos desvanecimientos desentornaba los ojos, veía a María de la Luz sentada junto a la cama, inclinando sobre él su cabeza, como si buscase en su aliento la llegada de la reacción vital que había de salvarle.

La convalecencia no fue larga. Una vez pasado el peligro, la herida se cicatrizó rápidamente. El capataz afirmaba, con cierto orgullo, que su ahijado tenía carne de perro. A otro lo hubiesen hecho polvo con un balazo así: ¡pero, balitas a él, que era el mozo más valiente del campo de Jerez...!

Cuando el herido abandonó la cama, acompañábale María de la Luz en sus vacilantes paseos por la explanada y los senderos inmediatos. Entre los dos había vuelto a reaparecer esa pudibundez de los amantes campesinos, ese recato tradicional que hace que los novios se adoren sin decírselo, sin declararse su pasión, bastándoles el expresarla mudamente con los ojos. La muchacha, que había vendado su herida, que había visto desnudo su pecho robusto, perforado por aquel rasguño de labios violáceos, no osaba ahora, que le veía de pie, ofrecerle su brazo cuando paseaba vacilante, apoyándose en un bastón. Entre los dos marcábase un ancho espacio, como si sus cuerpos se repeliesen instintivamente; pero los ojos se buscaban, acariciándose con timidez.

A la caída de la tarde, el señor Fermín se sentaba en un banco, bajo las arcadas de su caserón, con la guitarra en las rodillas.

—¡Venga de ahí, Mariquita de la Lú! Hay que alegrar un poquiyo al enfermo.

Y la muchacha rompía a cantar, con la cara grave y los ojos entornados, como si cumpliese una función sacerdotal. Únicamente sonreía cuando su mirada se encontraba con la de Rafael, que la escuchaba en éxtasis, acompañando con débil palmoteo el rasguear melancólico de la guitarra del señor Fermín.

¡Oh, la voz de María de la Luz! Una voz grave, de entonaciones melancólicas, como la de una mora habituada a eterna clausura que canta para oídos invisibles tras las tupidas celosías: una voz que temblaba con litúrgica solemnidad, como si meciese el sueño de una religión misteriosa sólo de ella conocida. De repente, se adelgazaba, partiendo como un relámpago hacia las alturas, hasta convertirse en un alarido agudo, en un grito que serpenteaba, formando complicados arabescos de salvaje bizarría.

Las vulgares coplas, oídas por Rafael tantas veces en sus juergas con las gitanas, parecían nuevas en los labios de María de la Luz. Adquirían un sentimentalismo conmovedor, una unción religiosa en el silencio del campo, como si aquella poesía ingenua y gallarda, cansada de rodar sobre las mesas, manchadas de vino y de sangre, se rejuveneciera al tenderse soñolienta en los surcos de la tierra bajo los pabellones de pámpanos. La voz de María de la Luz era famosa en la ciudad. En Semana Santa, la gente que presenciaba el paso de las procesiones de encapuchados a altas horas de la noche, corría para oírla de más cerca.

—Es la niña del capataz de Marchamalo que va a echarle una *saeta* al Cristo.

Y empujada por las amigas, abría los labios y ladeaba la cabeza con un gesto lacrimoso, igual al de la Dolorosa; y el silencio de la noche, que parecía agrandado por la emoción de una religiosidad lúgubre, rasgábase con el lento y melódico quejido de aquella voz de cristal que lloraba las trágicas escenas de la Pasión. Más de una vez la muchedumbre, olvidando la santidad de la noche, prorrumpía en elogios a la gracia de la chiquilla y en bendiciones a la madre que la había parido, sin respetar el aparato inquisitorial del sagrado Entierro con sus negros encapuchados y sus fúnebres blandones.

En la viña no despertaba menores entusiasmos María de la Luz. Oyéndola los dos hombres bajo las arcadas, sentíanse conmovidos, y sus almas sencillas abríanse a la ráfaga de poesía del crepúsculo, mientras se coloreaban las lejanas montañas con la puesta del sol, y Jerez teñía su blancura con resplandores de incendio, destacándose sobre un cielo de violeta en el que comenzaban a brillar las primeras estrellas.

El canto quejumbroso y melancólico de los pueblos tristes y moribundos, despertaba inexplicables recuerdos, ecos de una existencia anterior. El alma morisca se estremecía en ellos oyendo aquellas coplas de muerte, de sangre, de amores desesperados y fanfarronas amenazas. El viejo capataz, enardecido por la voz de María de la Luz, parecía olvidar que era su hija, y soltaba la guitarra para echarla su sombrero a los pies.

—¡Olé mi niña! ¡Viva su pico de oro, la mare que la crió... y el pare también!

Y recobrando su gravedad, le decía al ahijado con el tono de un profesor que enseña verdades de universal trascendencia:

—Ése es er verdadero cante jondo... ¡Jerezano puro! Y si te icen que si las seviyanas, que si las malagueñas, di que es pamplina. En Jerez está la llave der cante. Eso lo declaran toos los sabios del mundo.

Cuando Rafael se sintió fuerte tuvo que dar por terminado este período de dulce intimidad. Una tarde habló a solas con el señor Fermín. Él no podía seguir allí; pronto llegarían los viñadores, y la casa de Marchamalo recobraría su animación de pequeño pueblo. Además, don Pablo anunciaba su propósito de echar abajo el caserón, para construir aquel castillo con el que soñaba como una glorificación de su familia. ¿Cómo explicar Rafael su presencia en la viña? Era una vergüenza que un hombre de sus energías permaneciese allí, sin ocupación, viviendo al amparo de su padrino.

El asunto de aquella noche parecía olvidado. No temía que le persiguiesen, pero estaba resuelto a no volver a su antigua vida.

—Con una basta, padrino; tenía su mercé razón. Ni ésta es manera de ganarse honradamente el pan, ni hay jembra que apechugue con un mozo que por más dinero que traiga a casa puede morir de mala muerte.

Él no sentía miedo, ¡eso nunca!, pero tenía sus planes para el porvenir. Quería formarse una familia, como su padre, como su padrino, y no pasar la vida de jaque en la montaña. Buscaría una ocupación más honrada y tranquila, aunque conociese el hambre.

Y entonces fue cuando el señor Fermín, valiéndose de su influencia con los Dupont, hizo a Rafael aperador del cortijo de Matanzuela, propiedad del sobrino del difunto don Pablo.

El tal Luis había vuelto a Jerez hecho un hombre, después de una continua peregrinación por todas las Universidades de España, buscando catedráticos de manga ancha que no tuviesen empeño en malograr futuros abogados. Su tío le había impuesto la obligación de seguir una carrera, y mientras aquél vivió, se había resignado a llevar la vida de estudiante, ajustándose a los estrechos envíos de dinero y ampliándolos con préstamos feroces, por los que firmaba a ojos cerrados cuantos papeles querían presentarle los usureros. Pero al ver al frente de la familia a su primo Pablo y próxima su mayor edad, se había negado a continuar por más tiempo la comedia de sus estudios. Era rico, no quería perder el tiempo en cosas que en nada le interesaban. Y tomando posesión de sus bienes, comenzó la libre existencia de placeres con la que había soñado en su estrecha vida de estudiante.

Viajaba por toda España, pero ya no era para aprobar una asignatura aquí y otra más allá: aspiraba a ser una autoridad en el arte taurino, un grande hombre de la afición, e iba de plaza en plaza al lado de su matador favorito, presenciando todas sus corridas. En invierno, cuando descansaban sus ídolos, vivía en Jerez al cuidado de sus haciendas, y este cuidado consistía en pasarse las noches en el *Círculo Caballista,* discutiendo acaloradamente los méritos de su matador y la inferioridad de sus rivales, pero con tal vehemencia, que por si una estocada recibida años antes por un toro, del que no quedaban ni los huesos, había sido caída o en su sitio, tentábase por encima de la ropa el revólver, la navaja, todo el arsenal que llevaba sobre su persona, como garantía del valor y la arrogancia con que resolvía sus asuntos.

No salía caballo hermoso y de precio de las yeguadas jerezanas, que no lo comprase, entablando pujas con su primo, que era más rico que él. Por la noche, los montañeses de los colmados le veían entrar como un presagio de borrasca, seguros de que acabaría rompiendo botellas y platos y echando las sillas por el aire, para demostrar que era muy hombre y podía después pagarlo todo a triple precio. Su ambición estribaba en ser el continuador del glorioso marqués de San Dionisio, pero en el *Círculo Caballista* decían de él que no era más que caricatura.

—Le farta el señorío, el *aquel* del bendito marqués —decía el señor Fermín al enterarse de las hazañas de Luis, al que conocía desde niño.

Las mujeres y los valientes eran las dos pasiones del señorito. Con ellas no se mostraba muy generoso; deseaba ser adorado por sus méritos de jinete arrogante, creyendo de buena fe que todos los balcones de Jerez se estremecían con la palpitación de corazones ocultos cuando pasaba él montando el último caballo que acababa de adquirir. Con la corte que le acompañaba de parásitos y matones era más espléndido. No había en todo el término de Jerez un valentón de fama triste que no acudiese a él atraído por su liberalidad. Los que salían de presidio no tenían que preocuparse de su suerte; don Luis era un buen amigo y además de darles dinero, les admiraba. Cuando a altas horas de la noche, al final de las francachelas en los colmados, sentíase borracho, despreciaba a sus queridas para fijar toda su admiración en los hombres de bronce que le acompañaban. Hacía que le mostrasen las cicatrices de sus heridas, que le relatasen sus heroicas peleas. Muchas veces, en el *Círculo Caballista* señalaba a los amigos algún hombre malcarado que le aguardaba en la puerta.

—Ése es el *Chivo* —decía con el orgullo de un príncipe que habla de sus grandes generales—. Un hombre a quien le arrastran las borlas por el suelo. Entre tiros y cuchilladas tiene más de cincuenta cicatrices en el pellejo.

Miraba a todos con insolente superioridad, como si las cicatrices del amigote fuesen una declaración de su propio valor, y vivía feliz creyendo que en todo Jerez no había quien le disputase su guapeza con los hombres y su buena fortuna con las mujeres.

Cuando el capataz de Marchamalo le habló en favor de Rafael, el señorito lo admitió inmediatamente. Había oído hablar del muchacho; era de los suyos (y al decir esto tomaba el aire protector de un maestro), recordaba ciertos tiros en la sierra y el miedo que le tenían los del resguardo. Nada: que se quedaba con él; así le gustaban los hombres.

—Te colocaré en mi cortijo de Matanzuela —dijo acariciando con amistosas palmadas a Rafael, como si fuese un nuevo discípulo—. El aperador que tengo es un viejo medio cegato, del que se ríen los gañanes. Y ya sabemos lo que son los trabajadores: ¡mala gente! Con ellos, el pan en una mano, y el garrote en la otra. Necesito un hombre como tú, que los meta en cintura y cuide mis intereses.

Y Rafael se fue al cortijo, no volviendo a la viña más que una vez por semana, cuando iba a Jerez para hablar al amo de los asuntos de la labranza. Muchas veces tenía que buscarlo en la casa de alguna de sus protegidas. Le recibía en la cama, incorporándose sobre el almohadón, en el que descansaba otra cabeza. El nuevo aperador reía a solas las fanfarronadas de su amo, más atento a recomendarle la dureza y que «metiese en cintura» a los holgazanes que trabajaban sus campos, que a enterarse de las operaciones agrícolas, echando la culpa de las malas cosechas a los gañanes, una canalla que no quería trabajar y deseaba que los amos se convirtiesen en criados, como si el mundo pudiera volverse del revés.

Don Luis llegaba a olvidarse de sus aficiones matonescas y sus hazañas amorosas, cuando hablaba de la gente zafia de los campos que, movida por falsos apóstoles, quería repartírselo todo. Él había estudiado (lo declaraba pomposamente en el *Círculo Caballista,* sin reparar en las sonrisas de los que le escuchaban), él sabía que lo que deseaban los trabajadores eran *utopías,* eso es; *utopías* (y repetía con delectación la palabra), y que todo lo que ocurría era por culpa de los gobiernos que no «meten en cintura» a los gañanes, y también por falta de religión. Sí, señor; la religión: éste era el freno del pobre, y como cada vez había menos, los de abajo, con el pretexto del hambre, querían comerse a los de arriba.

Estas palabras ya no hacían sonreír a los socios del *Caballista,* sino que las aprobaban con fervorosos gestos, con toda su fe de ricos labradores, que encogían los hombros cuando algún iluso proponía pantanos y canales, y todos los años costeaban grandes fiestas a la Virgen de la Merced, sacándola en rogativa apenas faltaba el agua a sus campos.

A pesar de estas ideas que propalaba Luis en sus momentos de seriedad, afirmando que mejor andarían las cosas si él gobernase, don Pablo Dupont abominaba de su primo, considerándolo una vergüenza de la familia.

Este pariente, que renovaba los escándalos del San Dionisio, agravados, según doña Elvira, por su origen plebeyo, era una calamidad en una casa que siempre había infundido respeto por su nobleza y santas costumbres. Para mayor desgracia estaban las niñas del marqués, Lola y Mercedes. ¡Las veces que su tía se sofocó de indignación, sorprendiéndolas por la noche en una reja baja de su hotel, hablando con los novios, que se renovaban casi semanalmente! Tan pronto eran tenientes de la remonta, como señoritos del *Caballista,* o ingleses jóvenes, empleados en los escritorios, que se entusiasmaban *pelando la pava* al estilo del país y hacían reír a las niñas con su andaluz chapurreado británicamente. No había muchacho en Jerez que no tuviese su rato de conversación con las desenvueltas *marquesitas.* Ellas hacían frente a todos: bastaba pararse ante sus rejas para entablar diálogo, y los que pasaban sin detenerse eran perseguidos por las risas y los siseos irónicos que sonaban a sus espaldas. La viuda de Dupont no podía dominar a sus sobrinas, y éstas, por su parte, así como iban creciendo, mostrábanse más insolentes con la devota señora. Era en vano que su primo las prohibiese salir a las rejas. Burlábanse de él y su madre, añadiendo que ellas no habían nacido para monjas. Escuchaban con gesto hipócrita las pláticas del confesor de doña Elvira recomendándolas la sumisión, y hacían uso de toda clase de astucias para comunicarse con los galanes de a pie y de a caballo que rondaban la calle.

Un señorito del *Caballista*, hijo de un cosechero, gran amigo de la casa Dupont, se enamoró de Lola, pidiéndola en matrimonio apresuradamente, como si temiera que se le escapase.

Doña Elvira y su hijo aceptaron la demanda: en el *Círculo* causó asombro el valor de aquel muchacho casándose con una de las hijas del marqués de San Dionisio.

Este matrimonio fue para las dos hermanas una liberación. La soltera se marchó con la otra, gozosa de emanciparse por fin de la tía huraña y devota, y a los pocos meses volvieron a reanudar en casa del marido las costumbres que observaban cerca de los Dupont. Mercedes pasaba la noche en la reja en apretada intimidad con los novios: su hermana acompañábala con cierto aire de señora mayor, y hablaba con otros para no perder el tiempo. El marido protestaba, intentando rebelarse. Pero las dos se indignaban contra él porque osaba interpretar estas diversiones inocentes de un modo ofensivo para su pudor.

¡Qué de disgustos proporcionaron las dos *Marquesitas*, como las llamaban en la ciudad, a la austera doña Elvira...! Mercedes, la soltera, se fugó con un inglés rico. De tarde en tarde llegaban vagas noticias que hacían palidecer de rabia a la noble señora. Unas veces la veían en París, otras en Madrid, llevando una vida de *cocotte* elegante. Cambiaba con frecuencia de protectores, pues los atraía a docenas con su gracia picaresca. Además, en ciertas vanidades producía gran impresión el título de marquesa de San Dionisio, que había unido a su nombre, y la corona nobiliaria con que adornaba sus camisas de noche y las sábanas de una cama tan frecuentada como la acera de una gran calle.

La viuda de Dupont creyó morir al saber tales cosas.

¡Señor, y para esto habían nacido los preclaros varones de su familia, virreyes, arzobispos y capitanes, dándoles los monarcas títulos y señoríos! ¡Para que tanta gloria sirviese de prospecto a una mala mujer...! Y aun ésta resultaba la mejor de las dos, y si vivía en el pecado, era entre hombres de cierto linaje, siempre con personas decentes, como si influyesen en ella los respetos al rango de su familia.

Pero quedaba la otra, la mayor, la casada, y ésta quería acabar con todos los parientes matándolos de vergüenza. Su vida conyugal, después de la fuga de Mercedes, fue un infierno. El marido vivía en perpetuo recelo, marchando a ciegas en sus sospechas, no sabiendo en quién fijarse, pues su mujer miraba del mismo modo a todos los hombres, como si se ofreciera con los ojos, hablándoles con una libertad que incitaba a toda clase de audacias. Sintió celos de Fermín Montenegro, que acababa de llegar de Londres, y reanudando su intimidad infantil con Lola, la visitaba con frecuencia, atraído por su picaresco lenguaje.

Las escenas domésticas acababan a golpes. El marido, aconsejado por los amigos, acudía a la bofetada y al palo, para domar a «la mala bestia», pero la tal bestiecilla justificaba el apodo, pues al revolverse con el vigor y la acometividad de una infancia bravía digna de su ilustre padre, devolvía los golpes de tal modo, que siempre era el cónyuge el que resultaba peor librado.

Muchas veces se presentaba en el *Círculo Caballista* con arañazos en la cara o amoratadas señales.

—Con ésa no puedes tú —le decían los amigos en un tono de compasión cómica—. Es mucha mujer para ti.

Y celebraban la energía de Lola, la admiraban, con la secreta esperanza de ser algún día de los favorecidos.

El escándalo fue tan grande, que el marido se retiró a la casa de sus padres y la *Marquesita* pudo por fin vivir a sus anchas.

—Márchate —la dijo un día su primo Dupont—. Tú y tu hermana sois nuestra deshonra. Huye lejos, y donde estés yo te enviaré lo necesario para que vivas.

Pero Lola contestó con un ademán impúdico, gozándose en escandalizar a su devoto pariente. No le daba la gana de irse, y no se iba. Ella era muy *flamenca;* le gustaba la tierra y su gente. Marcharse sería poco menos que morir.

Anduvo algún tiempo por Madrid con su hermana, pero

sus viajes fueron de corta duración. Era una *cañí*, una hija legítima del marqués de San Dionisio. ¡Que no le quitasen a ella sus *juerguecitas* hasta el amanecer, tocando palmas y taconeando sentada, con las faldas en las rodillas! ¡Que no la privasen del vino de la tierra, que era su sangre y su felicidad! Si rabiaba la familia, que rabiase. Ella quería ser gitana como su padre. Aborrecía a los señoritos; le gustaban los hombres con sombrero pavero, y si llevaban zajones, mejor; pero muy hombres, oliendo a cuadra y a macho sudoroso. Y paseaba su belleza de rubia fina con carnes de porcelana por los colmados y ventorrillos, tratando con una fraternidad exagerada a las cantaoras y rameras que intervenían en las *juergas*, exigiendo que la tuteasen, y riendo con nerviosa alegría de borracha cuando los hombres, embrutecidos por el vino, sacaban las navajas y las hembras se apelotonaban asustadas en un rincón.

Esta vida de embriaguez, estrépito, pelea y caricias alcohólicas que había entrevisto de niña en la casa paterna, atraíala con fuerza ancestral, entregándose a ella sin remordimiento, como si continuase una tradición de familia. En sus excursiones nocturnas, cogida del brazo del galán rústico que disfrutaba de su momentáneo apasionamiento, se encontraba con Luis Dupont y su cortejo de gente alegre. Llamábanse primos por su lejano parentesco, se embriagaban juntos, y Luis afirmaba su resolución de ir a tiros con todo el que no confesase que la *Marquesita* era «la mujer más barbiana de la tierra». Pero a pesar de los abandonos de Lola, que permitían al calavera apreciar sus secretos físicos, y de que más de una vez la acompañó hasta su casa por las desiertas calles, haciendo esfuerzos por contener sus arrebatos de histérica que la impulsaban al escándalo, nunca sus relaciones pasaron de una intimidad amistosa. Luis sentía ciertos entorpecimientos en el deseo y dejaba para más adelante la fácil empresa, como si le cohibiese el recuerdo del período de la infancia que habían pasado juntos.

Toda la ciudad comentaba los escándalos de la *Marquesita* a la que regocijaba mucho el asombro de las gentes tranquilas.

Lo mismo la veían en las principales calles elegantemente vestida o en el Campo de la Feria en un lujoso carruaje, como se presentaba despeinada y envuelta en un mantón copiando el andar de las mozas bravas y contestando a los requiebros de los hombres con palabras que ruborizaban a muchos. Gustaba de sonreír con gestos de misteriosa complicidad a los pacíficos señores que pasaban junto a ella con sus familias. Después reía como una loca pensando en las querellas conyugales que estallaban al volver a casa aquellos matrimonios honrados y solemnes que ella había tratado cuando vivía con su esposo. En una acera de la calle Larga, ante las mesas de los principales casinos, había besado a un amigo con exagerados transportes de pasión, entre el griterío de la gente que salía a las puertas.

Su último amor era un mozo tratante en cerdos, un atleta chato y cejudo con el que vivía en el arrabal. Un secreto poder de este macho fuerte la enloquecía. Hablaba de él con orgullo, gozándose en el contraste entre su nacimiento y la profesión de su amante. De vez en cuando sufría arrebatos de veleidad y se ausentaba de la casucha del arrabal por algunos días. El zafio amante no la buscaba, dando su vuelta por segura; y al regresar el pájaro caprichoso, todo el barrio poníase en alarma con los golpes y los gritos, saliendo la *Marquesita* al balcón con el pelo suelto, pidiendo socorro, hasta que una zarpa la arrancaba de los hierros y la metía dentro para continuar el vapuleo.

Si algún amigo le hablaba con tono de zumba de las amorosas palizas, contestaba con orgullo:

—Me pega porque me aprecia, y yo le quiero porque es el único que me entiende. Mi porquero es todo un hombre.

Los escándalos de la *Marquesita* indignaban a muchos y regocijaban a los más. La gente popular la miraba con cierta simpatía, como si con sus envilecimientos halagase el instinto igualitario de los de abajo. Las familias ricas y devotas que no podían negar su parentesco con los de San Dionisio, buscado antes como un título de orgullo, decían con resignación: «Debe de estar loca; Dios tocará su alma para que se arrepienta.»

Los que no se resignaban eran los Dupont: don Pablo y su madre, que volvían a su hotel malhumorados y confusos cada vez que veían en las calles el rubio moño y la sonrisa insolente de Lola. Les parecía que la gente era menos respetuosa con ellos por culpa de la mala hembra, deshonra de la familia. Hasta creían ver en los criados cierta sonrisa, como si les alegrase la afrenta que aquella loca infería a sus parientes. Los señores de Dupont comenzaron a frecuentar menos las calles de la ciudad, pasando muchos días en su finca de Marchamalo, para evitar todo encuentro con la *Marquesita* y con las gentes que comentaban sus excentricidades.

Este alejamiento de Jerez permitió a Dupont realizar sus ensueños sobre Marchamalo. Echó abajo el antiguo caserón y construyó lagares nuevos, una hermosa casa para su familia, una capilla espaciosa y rica como un templo, y un torreón cuadrado, con puntiagudas almenas, dominando el oleaje de colinas cubiertas de cepas, que formaban el gran dominio de Marchamalo. Todo era nuevo y sólido, construido con gran derroche de dinero. Únicamente dejó Dupont en pie la casa de los viñadores, para que la finca no perdiese por completo su carácter tradicional, conservando la cocina ennegrecida por el humo de muchos años, en la que dormían los jornaleros en torno del *fogaril,* sobre una esterilla de enea, única cama que les proporcionaba el señor.

Fermín Montenegro, al ir en los días de fiesta a visitar a su familia, se encontraba siempre con los amos. Así fue aumentando insensiblemente su trato con don Pablo. En medio de la campiña, bajo el cielo de intenso azul, parecía dulcificarse el carácter imperioso de Dupont, haciéndole tratar a su subordinado con más afecto que en el escritorio.

Contemplando el oleaje de cepas que cubría las pendientes blanquecinas, el rico cosechero admiraba la fertilidad de su finca, atribuyéndola modestamente a la protección de Dios. Algunas manchas yermas extendían su trágica desolación entre el follaje de los pámpanos. Eran los rastros de la filoxera que había arruinado a medio Jerez. Los cosecheros, quebrantados por la baja de los vinos, no tenían medios para replantar sus viñas. Era aquella una tierra aristocrática y cara, que sólo los ricos podían cultivar. Poner de nuevo en explotación una aranzada costaba tanto como el mantenimiento de una familia *decente* durante un año. Pero la casa Dupont era opulenta y podía hacer frente a la plaga.

—Mira, Ferminillo —decía don Pablo—; todos esos claros los voy a plantar de vid americana. Con esto, y, sobre todo, con el auxilio de Dios, ya verás cómo la cosa marcha bien. El Señor está con los que le aman.

Doña Elvira, por su parte, no descendía a hacer confidente de sus pensamientos a la familia de Montenegro, pero se dignaba hablarla con cierta llaneza, lo que producía asombro en sus domésticos de la ciudad. La noble señora sentía ablandarse su orgullo viviendo en el campo. Hablaba con el señor Fermín queriendo averiguar a qué iglesia de Jerez iba los domingos con María de la Luz, para oír misa... Al ver a la hija del capataz abstraerse, poniendo su pensamiento lejos, muy lejos, en el cortijo donde vivía Rafael, la buena señora interpretaba esta tristeza como un anhelo de recogimiento, y la ofrecía su protección.

—No, señora —decía sonriendo la muchacha—; no quiero ser monja. A mí me tira la vida.

Para Fermín Montenegro no eran un secreto los disgustos de carácter espiritual, las grandes contrariedades que sufría la viuda de Dupont por culpa de los negocios. Su hijo tenía que tratar gentes de todas clases, herejes y hombres sin religión; extranjeros que consumían los vinos de la casa, y al pasar por Jerez habían de ser recibidos con el agasajo que merecen los buenos clientes. ¡Ser buenos servidores del Señor y tener que tratar a sus enemigos como si fuesen iguales! En vano los Padres de la iglesia de San Ignacio disipaban sus escrúpulos recordándola la importancia de los negocios y la influencia que una casa tan poderosa ejercía sobre la religiosidad de Jerez. Doña Elvira sólo se reconciliaba con sus famosas bodegas cuando una vez por año salía con destino a Roma una barrica de vino, dulce y espeso como jarabe, destinado a la misa del Pontífice por recomendación de varios obispos, amigos de la casa. Este honor la servía de lenitivo. Pero aun así, ¡qué angustias no la hacían sufrir aquéllos de leer la Biblia a su modo y en su lengua, sin creer en Su Santidad, ni ir a misa...!

Montenegro conocía uno de los últimos disgustos de la piadosa señora, que le habían relatado los criados de la casa.

Los Dupont tenían un viajante sueco, el mejor agente de su negocio. Colocaba miles y miles de botellas del vino de fuego que producía Marchamalo, en aquellos países septentrionales de noches casi eternas y días de pleno sol, que duran meses. El viajante, después de muchos años de servicios a la casa, había venido a España, pasando por Jerez, para conocer personalmente a los Dupont. Don Pablo había creído indispensable el invitarlo a comer con su familia.

Horrible tormento el que sufrió su madre ante aquel desconocido, enorme de cuerpo, rojo y hablador, con esa alegría infantil de los hombres del Norte cuando se ponen en contacto con el sol y los vinos de los países cálidos.

Doña Elvira acogía con una sonrisa traidora su charla incesante en un español trabajoso; los gritos de asombro que le arrancaba el haber visto tantas iglesias, tantos frailes y curas, tantos mendigos, los campos cultivados como en los tiempos prehistóricos, las costumbres bárbaras y pintorescas, las plazas de ciertas poblaciones llenas de hombres con los brazos cruzados y el cigarrillo en la boca, esperando que fuesen a alquilarles.

Dupont tosía fingiéndose distraído como si no oyese al huésped, mientras su madre seguía con asombro los estragos que hacía el forastero en los platos. ¡Qué manera de comer! Aquello no podía hacerlo un cristiano. Además era rojo, como Luzbel y Judas, el color de todos los enemigos de Dios, y su cara inflamada, de ogro en plena digestión, le hacía recordar las de los malos espíritus que gesticulaban horrorosos en las lágrimas de su devocionario. ¡Y tener que tratar herejes de esta clase, que se burlaban de un país cristiano porque aún conserva puros e intactos los recuerdos de tiempos más felices! ¡Verse obligada a sonreírle, porque era el mejor cliente de la casa...!

Cuando Dupont se lo llevó, terminada la comida, la señora hizo que los criados quitasen apresuradamente el cubierto, los vasos, todo lo que había servido al forastero, sin que ella se atreviese a tocarlo. ¡Que jamás volviese a ver *aquello* en la mesa! El negocio era una cosa y otra el alma, que debía conservarse limpia de todo contacto impuro.

Y al volver los criados al comedor vieron a doña Elvira, con la pililla de agua bendita de su dormitorio, rociando apresuradamente la silla en que se había sentado el ogro rojo e impío.

III

Cuando la docena de perros, bien contada, que tenía el cortijo de Matanzuela, galgos, mastines y podencos, olfateaban a medio día el regreso del aperador, saludaban con fieros aullidos y tirones de cadena el trote de la jaca, y avisado por estas señales el tío Antonio, conocido por el apodo de *Zarandilla,* asomábase al portalón para recibir a Rafael.

El viejo había sido durante mucho tiempo aperador del cortijo. Le tomó a su servicio el antiguo dueño, hermano del difunto don Pablo Dupont; pero el amo actual, el alegre don Luis, quería rodearse de gente joven, y teniendo en cuenta sus años y la debilidad de su vista, lo había sustituido con Rafael. Y muchas gracias —como él decía con su resignación de labriego— por no haberle enviado a mendigar en los campos, permitiéndole que viviese en el cortijo con su compañera, a cambio de ocuparse la vieja del cuidado de las aves que llenaban el corral y de ayudar él al encargado de las pocilgas que se alineaban a espaldas del edificio. ¡Hermoso final de una vida de incesante trabajo, con la espina quebrada por una curvatura de tantos años escardando los campos o segando el trigo...!

Los dos inválidos de la lucha con la tierra no encontraban otra satisfacción en su miseria que el excelente carácter de Rafael. Como dos perros viejos, a los que se reserva por lástima un poco de pitanza, esperaban la hora de la muerte en su tugurio junto al portalón del cortijo. Sólo la bondad del nuevo aperador hacía llevadera su suerte. El tío *Zarandilla* pasaba las horas sentado en uno de los bancos al lado de la puerta, mirando fijamente, con sus ojos opacos, los campos de interminables surcos, sin que el aperador le regañase por su indolencia senil. La vieja quería a Rafael como un hijo. Cuidaba de su ropa y comida, y él pagaba con largueza estos pequeños servicios. ¡Bendito sea Dios! El muchacho se parecía por lo bueno y lo guapo al único hijo que los viejos habían tenido; un pobrecito que había muerto siendo soldado, en tiempos de paz, en un hospital de Cuba. Todo le parecía poco a la señá Eduvigis para el aperador. Reñía al marido porque no se mostraba, según ella, bastante amable y solícito con Rafael. Antes de que los perros anunciasen su proximidad oía ella el trotar del caballo.

—¡Pero, cegato! —gritaba a su marido—. ¿No oyes que viene Rafael? Anda a sostenerle el cabayo, mardecío.

Y el viejo salía al encuentro del aperador, mirando de frente, con sus ojos inmóviles, que sólo percibían la silueta de los objetos en una niebla gris, moviendo las manos y la cabeza con un temblor de vejez exhausta y agotada que le valía el apodo de *Zarandilla*.

Entraba Rafael en el cortijo sobre su briosa jaca, erguido y arrogante como un centauro, y con gran retintín de espuelas y roce de los zajones de cuero, se apeaba en el patio, mientras su cabalgadura golpeaba los guijarros, como si aún desease emprender un nuevo golpe.

Zarandilla descolgaba la escopeta del arzón, arma que más de una vez tenía que echarse a la cara el aperador para imponer respeto a los arrieros que bajaban carbón de la sierra y al detenerse al borde del camino, soltaban a pacer sus bestias en los *manchones*, tierras sin cultivar reservadas para el ganado del cortijo cuando no estaba en la dehesa. Después recogía la *chivata* caída en el suelo, una larga pértiga de acebuche, que el jinete llevaba atravesada en la silla, para arrear a las reses que encontraba dentro de los sembrados.

Mientras el viejo llevaba el caballo a la cuadra, Rafael se despojaba de los zajones, y entraba con la alegría de la juventud y del apetito despierto en la cocina de los viejos.

—Mare Eduvigis, ¿qué tenemos hoy?

—Lo que a ti te gusta, condenao: ajito caliente.

Y los dos sonreían, aspirando el tufillo de la cazuela, donde acababan de cocerse el pan y el ajo, bien majados. La anciana ponía la mesa, sonriendo a los elogios con que celebraba Rafael sus manos de guisandera. Ya no era más que una ruina: podía burlarse de ella el muchacho, pero en otro tiempo le habían dicho cosas mejores los caballeros que venían con el difunto amo a ver los potros del cortijo, celebrando las comidas que ella les guisaba.

Al sentarse *Zarandilla* a la mesa de vuelta de la cuadra, la primera mirada de sus ojos opacos era para la botella de vino, e instintivamente avanzaba sus manos temblonas. Era un lujo que había introducido Rafael en las comidas del cortijo. ¡Bien se reconocía en esto su juventud de mozo rumboso, acostumbrado al trato con los caballeros de Jerez, y sus visitas a Marchamalo, la famosa viña de los Dupont...! Años enteros había pasado el viejo cuando era aperador sin otra alegría que la de deslizarse, a espaldas de su mujer, hasta los ventorrillos de la carretera, o la de ir a Jerez con pretexto de llevar a la familia del amo alguna cesta de huevos o un par de capones, viajes de los que regresaba cantando, con la mirada chispeante, las piernas inseguras y en la cabeza un repuesto de alegría para toda una semana. Si alguna vez había soñado con la fortuna, era sin otra ambición que la de beber como el más rico caballero de la ciudad.

Adoraba el vino con el entusiasmo de la gente del campo que no conoce otro alimento que el pan de las teleras, el pan de los gazpachos o el ajo caliente, y obligada a rociar con agua esta comida insípida, sin otra grasa que el hediondo aceite del condimento, sueña con el vino, viendo en él la energía de su existencia, la alegría de su pensamiento. Los pobres anhelaban con vehemencia de anémicos esta sangre de la tierra. El vaso de vino mitigaba el hambre y alegraba la vida un momento con su fuego: era un rayo de sol que pasaba por el estómago. Por esto, *Zarandilla*, más que de los guisos de su mujer, se preocupaba de la botella, manteniéndola al alcance de su mano, calculando previamente, con avaricia infantil, lo que podría beber Rafael, y asignándose el resto, sin consideración alguna, a la mujer que aprovechaba el menor descuido para retirarla, guardándose su parte.

Rafael, no pudiendo por los hábitos de su primera juventud acostumbrarse a la sobriedad del cortijo, encargaba al *sobajanero* (un muchacho, que iba diariamente a Jerez en un borriquillo) que renovase de vez en cuando su provisión de vino; pero la guardaba bajo llave, temiendo la intemperancia de los viejos.

La comida transcurría en medio del solemne silencio del campo, que parecía colarse en el cortijo por el abierto portón. Los gorriones piaban en los tejados; las gallinas cocleaban en el patio, picoteando, con las plumas erizadas, los intersticios del pavimento de guijarros. De la gran cuadra llegaban los relinchos de los caballos sementales y los rebuznos de los garañones, acompañados de pataleos y bufidos de gula satisfecha ante el pesebre lleno. De vez en cuando, un conejo asomaba a la puerta del tugurio sus orejas desmayadas, huyendo con medroso trote a la más leve voz, temblándole el rabillo sobre las posaderas sedosas, y de las lejanas pocilgas llegaban ronquidos de fiera, revelando una lucha de empellones de grasa y mordiscos traidores en torno de los barreños de bazofia. Cuando cesaban estos rumores de vida, tornaba a extenderse con religiosa majestad el silencio del campo, rasgado tenuemente por el arrullo de las palomas o el lejano campanilleo de una recua, deslizándose por la carretera que cortaba la inmensidad de tierras amarillas, como un río de polvo.

En esta calma patriarcal, fumando sus cigarrillos (otra buena costumbre que el viejo agradecía a Rafael), los dos hombres hablaban lentamente de los trabajos del cortijo, con toda la gravedad que las gentes del campo ponen en los asuntos de la tierra.

El aperador calculaba los viajes que había de hacer a una dehesa propiedad de don Luis, donde invernaban la torada y la yeguada del cortijo. La responsabilidad era del yegüero; pero don Luis, a quien interesaba más su ganadería que todas las cosechas, quería estar al corriente del estado de sus yeguas, y era por su salud por lo primero que preguntaba a Rafael siempre que le veía.

Al volver de sus viajes, Rafael hablaba con cierta admiración del yegüero y de los *veladores* a sus órdenes que cuidaban el ganado durante la noche. Eran hombres de una honradez primitiva, con el espíritu petrificado por la soledad y la monotonía de su existencia. Pasaban los días sin hablar, sin otra manifestación de pensamiento que los gritos a los animales sometidos a su custodia: «¡Aquí, *Careto*...!» «¡Anda a otro sitio, *Resalá*!» Y los bueyes y las yeguas obedecían sus voces y sus gestos, como si la continua comunicación de las bestias y el hombre acabase por elevar a unos y rebajar a otros, fundiendo las especies.

El antiguo contrabandista creía traer una provisión de nueva vida cuando bajaba al llano, al campo de interminables surcos que se perdían en el horizonte y sobre los cuales sudaba encorvada una muchedumbre turbulenta y miserable, roída por el odio y las necesidades.

La sierra era el escenario de su aventurera juventud, y al volver al cortijo recordaba con entusiasmo las montañas cubiertas de acebuches, alcornoques y encinas; las profundas cañadas con espesuras de lentiscos; las altas adelfas orlando los riachuelos, en cuya corriente servían de pasos grandes fragmentos de columnas con arabescos que el agua iba borrando poco a poco; y en el fondo, sobre las cumbres, las ruinas de alcázares moriscos, el castido de *Fátima*, el castillo de la *Mora Encantada*, una decoración que hacía recordar los cuentos de los crepúsculos de invierno junto a la chimenea del cortijo.

Zumbaban los insectos sobre las inquietas crestas de la maleza; arrastrábanse los lagartos entre las piedras; sonaban a lo lejos las esquilas con acompañamiento de balidos, y de vez en cuando, al trotar el caballo de Rafael por unos caminos que nunca habían conocido la rueda, abríase en lo alto de un ribazo la cortina de matorrales, asomando los cuernos y el hocico babeante de una vaca o el testuz curioso de un ternero que parecía extrañar la presencia de un hombre que no fuese el pastor.

Otras veces eran las yeguas de larga cola y sueltas crines que temblaban un momento con salvaje sorpresa al ver al jinete y huían monte arriba con violentas ondulaciones de ancas. Los potros las seguían, con las patas grotescamente cubiertas de pelo, como si llevasen pantalones.

Rafael miraba asombrado a los zagales nacidos en la sierra. Eran tímidos y huraños con la gente que llegaba de aquella llanura, a la que volvían los ojos con cierto temor supersticioso, como si en ella residiese el misterio de la vida. Eran pedazos de naturaleza, de una existencia rudimentaria y monótona. Andaban y vivían como podrían hacerlo un árbol o una piedra animados de movimiento. En su cerebro, insensible a todo lo que no fuesen sensaciones animales, apenas si las exigencias de la vida habían hecho florecer un ligero musgo de pensamiento. Miraban como fetiches milagrosos las grandes verrugas de los alcornoques, con las que podían fabricarse los *tornillos*, cazuelas naturales para confeccionar el gazpacho. Buscaban las pieles viejas de culebra, abandonadas entre los guijarros al cambiar de envoltura el reptil y festoneaban los caños de las fuentes con estos pellejos oscuros, atribuyendo a su ofrenda influencias misteriosas. Los largos días de inmovilidad en el monte, vigilando el pastar de las bestias, extinguía lentamente todo lo que en estos muchachos había de humano.

Cuando una vez por semana bajaba el mayor de los zagales a Matanzuela para llevarse las provisiones de vaqueros y yegüeros, el aperador gustaba de hablar con este muchachón rudo y sombrío, que parecía un superviviente de las razas primitivas. Siempre le hacía la misma pregunta.

—Vamos a ver. ¿Qué es lo que te gusta más? ¿Qué es lo que deseas...?

El mocetón contestaba sin vacilar; como si de antemano tuviese bien determinados todos sus deseos.

—Casáme, jartáme y moríme...

Y al decir esto, enseñaba sus dientes blancos y fuertes de salvaje, con una expresión de hambre feroz: hambre de comida y de carne femenil, deseos de atracarse de una vez de aquellas cosas maravillosas que, según vagas noticias, devoraban los ricos; de gustar de un solo trago el amor brutal que turbaba sus sueños de jayán casto; de conocer la hembra, divinidad que admiraba de lejos al descender de la sierra y cuyos tesoros ocultos creía adivinar contemplando las grupas lustrosas y ágiles de las yeguas, las ubres sonrosadas y blancas de las vacas... ¡Y después, morirse! como si conocidas y apuradas estas sensaciones misteriosas, no restase nada de bueno en su vida de trabajo y privaciones.

¡Y estos zagales, condenados al salvajismo desde su nacimiento, como las criaturas a las que se deforma para explotar su fealdad, ganaban treinta reales al mes, a más de una triste pitanza que no acallaba los estremecimientos de su estómago excitado por el aire de la montaña y las aguas puras de las fuentes! ¡Y sus jefes, los yegüeros y vaqueros, tenían dos reales y medio cuando más, sin fiesta alguna durante el año; todos los días lo mismo, viviendo aislados, con su mísera hembra que procreaba pequeños salvajes, dentro de un chozón, negro y ahumado, un verdadero ataúd sin más entrada que un agujero de madriguera, las paredes de pedruscos sueltos y una cubierta de hojas de corcho...!

Rafael admiraba su probidad. Un hombre y dos zagales viviendo en esta miseria, custodiaban rebaños que valían muchos miles de duros. En la dehesa del cortijo de Matanzuela, los pastores no ganaban entre todos más de dos pesetas, y tenían confiados a su cuidado ochocientas vacas y cien bueyes, un verdadero tesoro de carne que podía extinguirse, morir, al menor descuido. Esta carne, cuya crianza vigilaban, era para gentes desconocidas: ellos sólo la comían cuando caía alguna res, víctima de enfermedades hediondas que no permitían su conducción fraudulenta a las ciudades.

El pan del cortijo que se endurecía días y días en el chozón, algún puñado de garbanzos o habichuelas y el aceite rancio del país, eran todo su alimento. La leche les repugnaba, ahítos de su abundancia. Los pastores viejos sentían sublevarse su probidad cuando algún zagal ayudaba a la muerte de una bestia con el deseo de comer carne. ¿Dónde encontrar gente más buena y resignada...?

Al oír *Zarandilla* estas reflexiones de Rafael, las apoyaba con entusiasmo.

No había honradez como la de los pobres. ¿Y aún les tenían miedo creyéndoles malos...? Él se reía de la honradez de los señores de la ciudad.

—Mira tú, Rafaé, qué mérito tendrá que don Pablo Dupont, pongo el ejemplo, con toos sus millones sea bueno y no robe nada a naide. Los buenos de veras, son esos pobrecitos que viven como indios caribes, sin ver persona humana, muertecitos de jambre, guardándole al amo sus tesoros. Los buenos somos nosotros.

Pero el aperador, al pensar en los cortijos del llano no se mostraba tan optimista como el viejo. Los gañanes vivían también en la miseria y sufrían hambre, pero no eran gente tan noble y resignada como la del monte, que se conservaba pura en su aislamiento. Tenían los vicios de la aglomeración, eran desconfiados, veían enemigos en todas partes. A él mismo, que los trataba como hermanos de pobreza y muchas veces se exponía a que el amo le regañase por favorecerles, le miraban con odio, como si fuese un enemigo. Y sobre todo, eran holgazanes y había que azuzarlos como si fuesen esclavos.

El viejo se indignaba oyendo al aperador. ¿Y cómo quería que fuesen los gañanes? ¿Por qué habían de tener interés en trabajar...? Él, gracias a su colocación en el cortijo, había podido llegar a viejo. Aún no tenía sesenta años y estaba peor que muchos señores de más edad que parecían hijos suyos. Pero se acordaba de los tiempos en que él y Eduvigis trabajaban a jornal y se habían conocido en las noches de promiscuidad de la gañanía, acabando por casarse. De sus compañeros de miseria, hombres o mujeres, quedaban muy pocos: casi todos habían muerto, y los que quedaban eran casi cadáveres, con el espinazo torcido y los miembros secos, deformados y torpes. ¿Era aquélla vida de cristianos? ¡Trabajar todo el día bajo el sol o sufriendo frío, sin más jornal que dos reales, y cinco como retribución extraordinaria e inaudita en la época de la siega! Era verdad que el amo daba la comida, ¡pero qué comida para cuerpos que de sol a sol dejaban sobre la tierra toda su fuerza...!

—¿Tú crees, Rafaé, que eso es comé? Eso es engañá la jambre; prepará el cuerpo pa que lo coja la muerte.

En verano, durante la recolección, les daban un potaje de garbanzos, manjar extraordinario, del que se acordaban todo el año. En los meses restantes, la comida se componía de pan, sólo de pan. Pan seco en la mano y pan en la cazuela en forma de gazpacho fresco o caliente, como si en el mundo no existiera para los pobres otra cosa que el trigo. Una panilla escasa de aceite, lo que podía contener la punta de un cuerno, servía para diez hombres. Había que añadir unos dientes de ajo y un pellizco de sal, y con esto el amo daba por alimentados a unos hombres que necesitaban renovar sus energías agotadas por el trabajo y el clima.

Unos cortijos eran de *pan por cuenta*, y en ellos se daban tres libras por cabeza. Una telera de seis libras era el único alimento para dos días. Otros eran de *pan largo*, no había tasa, el gañán podía comer cuanto desease, pero el horno del cortijo sólo cocía cada diez días y las teleras cargadas de salvado eran tan ásperas y de tal modo se endurecían, que el amo, echándola de generoso, salía ganando, pues nadie osaba hincarlas el diente, más que en la suprema desesperación del hambre.

Tres comidas tenían al día los braceros, todas de pan: una alimentación de perros. A las ocho de la mañana, cuando llevaban más de dos horas trabajando, llegaba el gazpacho caliente, servido en un lebrillo. Lo guisaban en el cortijo, llevándolo a donde estaban los gañanes, muchas veces a más de una hora de la casa, cayéndole la lluvia en las mañanas de invierno. Los hombres tiraban de sus cucharas de cuerno, formando amplio círculo en torno de él. Eran tantos, que para no estorbarse se mantenían a gran distancia del lebrillo. Cada cucharada era un viaje. Debían avanzar, encorvarse sobre el barreño, que estaba en el suelo, coger la cucharada y retirarse a la fila para devorar las sopas, de una tibieza repugnante. Al aproximarse, los gruesos zapatos hacían saltar el polvo o las pellas de barro, y las últimas cucharadas tenían el mismo sabor que si comiesen tierra.

A mediodía era el gazpacho frío, preparado en el mismo campo. Pan también, pero nadando en un caldo de vinagre, que casi siempre era vino de la cosecha anterior, que se había torcido. Únicamente los zagales y los gañanes en toda la pujanza de su juventud, le metían la cuchara en las mañanas de invierno, engulléndose este refresco, mientras el vientecillo frío les hería las espaldas. Los hombres maduros, los veteranos del trabajo, con el estómago quebrantado por largos años de esta alimentación, manteníanse a distancia, rumiando un mendrugo seco.

Y por la noche, cuando regresaban a la gañanía para dormir, otro gazpacho caliente: pan guisado y pan seco, lo mismo que por la mañana. Al morir en el cortijo alguna res cuyas carnes no podían aprovecharse, se regalaba a los braceros, y los cólicos de la intoxicación alteraban por la noche el amontonamiento de carne adormilada en la gañanía. Otras veces, los que eran más brutales en su batalla con el hambre, si conseguían matar a pedradas en el campo un cuervo o algún otro pajarraco de rapiña, conducíanlo en triunfo al cortijo y lo guisaban, celebrando con una risa de desesperados este banquete extraordinario.

Los hombres empezaban de pequeños el aprendizaje de la fatiga aplastante, del hambre engañada. A la edad en que otros niños más felices iban a la escuela, ellos eran zagales de labranza por un real y los tres gazpachos. En verano servían de *rempujeros*, marchando tras las carretas, cargadas de mies, como los mastines que caminan a la zaga de los carros, recogiendo las espigas que se derramaban en el camino y esquivando los latigazos de los carreteros que los trataban como a las bestias. Después eran gañanes, trabajaban la tierra, entregándose a la faena con el entusiasmo de la juventud, con la necesidad de movimiento y el alarde fanfarrón de fuerza, propios del exceso de vida. Derrochaban su vigor con una generosidad que aprovechaban los amos. Éstos preferían siempre para sus labores la inexperiencia de los mozos y de las muchachas. Y cuando aún no habían llegado a los treinta y cinco años se sentían viejos, agrietados por dentro, como si se desplomase su vida, y comenzaban a ver rechazados sus brazos en los cortijos.

Zarandilla, que había presenciado todo esto, indignábase de que tachasen de holgazanes a los braceros. ¿Por qué habían de trabajar más? ¿Qué aliciente les ofrecía el trabajo...?

—Yo he visto mundo, Rafaé. Yo he sido sordao, no de los de ahora, que van en ferrocarril, como los señoritos, sino de los que llevaban morrión alto e iban a pie por las carreteras. Yo he corrío toda la nació matando hormigas, y he visto mucho en mis viajes.

Y evocaba el recuerdo de las campiñas de Levante, las vegas de Valencia y de Murcia, siempre verdes, pobladas como ciudades, viéndose de cada pueblo los campanarios de otros lugares vecinos; teniendo cada campo su vivienda rústica, y en ella una familia tranquila y bien alimentada, sacando su alimentación de pedazos de terreno tan pequeños, que él, en su hipérbole andaluza, los comparaba con pañuelo de bolsillo. Los hombres trabajaban lo mismo de noche que de día, ayudados por sus familias, en un noble aislamiento, sin la emulación de grupo ni el miedo al aperador. El hombre no era un esclavo en cuadrilla: rara vez se conocía allí el bracero a jornal. Cada uno cultivaba lo suyo, y los vecinos se ayudaban en las faenas difíciles. El labrador trabajaba para él, y si el campo tenía un amo, éste limitábase a cobrar el arrendamiento, procurando por la fuerza de la costumbre y por miedo al compañerismo de los pobres, no aumentar los antiguos precios.

El recuerdo de los campos, siempre verdes, alegraba después de tantos años al viejo *Zarandilla*, pasando como una visión luminosa por sus ojos oscuros.

Después hablaba con tristeza de la tierra en que vivía. Inmensos campos cuyo término perdíase en el horizonte, surcos que se juntaban y confundían a lo lejos como las varillas de un abanico, sin que ningún límite los cortase. Cuanto se abarcaba con la vista, tierras llanas o colinas, bancales labrados o manchones para el pasto, todo era de un amo. Podía un hombre caminar horas enteras sin salir de la propiedad de un solo dueño. Aquellos campos no eran para hombres: eran extensiones que sólo podían cultivar gigantes como los que aparecían en los cuentos, labrándolas con bestias que tuviesen pies y alas. Y la soledad por todas partes: ni un pueblo, ni otras viviendas que el cortijo. Había que caminar horas y más horas hasta el límite de otras propiedades.

Provincias enteras eran en Andalucía de un centenar de amos. Y la tierra, una tierra negra que llevaba en sus entrañas la reserva vital acumulada durante muchos siglos, por un cultivo débil y perezoso de brazos mercenarios, daba escape a su exceso de fuerza con un oleaje de plantas parásitas y nocivas que asomaban entre las cosechas. La escarda apenas si podía combatir esta florescencia de fuerzas perdidas.

El amo de la tierra se resignaba a aceptar lo que ésta quisiera darle. La extensión suplía la debilidad de un cultivo rutinario. Si la cosecha era mala, se hacían economías sobre el trabajo de los braceros y sobre los gazpachos que los alimentaban. Nunca faltaban esclavos que ofreciesen sus brazos. A bandadas bajaban de la sierra las mujeres y los gañanes pidiendo trabajo.

El cielo era más azul y sereno que en aquellos países de eterno verdor e incesantes cosechas que él recordaba; lucía el sol con más fuerza, pero bajo la lluvia de oro, la tierra andaluza se mostraba triste, con la soledad del cementerio, silenciosa como si pesase sobre ella la muerte, con un revoloteo de negros pajarracos en lo alto, y abajo, en los campos sin límite, centenares de hombres alineados como esclavos, moviendo sus brazos con regularidad automática, vigilados por un capataz. ¡Ni un campanario; ni una aglomeración de casas blancas como en los países donde existían verdaderos labradores! ¡Aquí sólo se veían siervos trabajando una tierra odiada que jamás podía ser suya; preparando unas cosechas de las que no tocarían un solo grano!

—Y la tierra, Rafaé, es jembra, y a las jembras, pa que sean agradecías y se porten bien, hay que quererlas. Y el hombre no puede queré a una tierra que no es suya. Sólo deja el sudor y la sangre sobre los terrones de que puede sacar el pan. ¿Digo mal, muchacho...?

Que aquella inmensidad de tierra se repartiese entre los que la trabajaban, que los pobres supieran que del surco podían sacar algo más que un puñado de céntimos y los tres gazpachos, ¡y ya se vería si los del país eran holgazanes!

Resultaban malos trabajadores porque trabajaban para

otros; porque tenían la obligación de defender su vida miserable unos cuantos años más, huyendo el cuerpo a la faena, prolongando los ratos de descanso concedidos para fumar un cigarro, llegando al tajo lo más tarde posible y retirándose cuanto antes. ¡Para lo que les daban...! Pero que tuviesen su parte de tierra, y la cuidarían, peinándola y acicalándola a todas horas como una hija, y antes de que clarease el día estarían ya en ella con la herramienta en la mano. En medio de la noche se levantarían para las faenas urgentes; aquellas llanuras serían un paraíso, y cada pobre tendría su casita, y los lagartos no irían arrastrando su lomo rugoso y polvoriento días y días sin tropezar con una vivienda humana.

Rafael oponía reparos a los ensueños del viejo. Muy hermosas eran las tierras que había visto *Zarandilla*, con sus parcelas que bastaban a alimentar una familia. Pero allí había agua en abundancia.

—Y aquí también —gritaba el viejo—. Ahí tienes la sierra, que asín que caen cuatro gotas, llora por toos los costaos.

¡Agua...! Barcos iban por los ríos de Andalucía hasta muy tierra adentro, mientras en sus orillas los campos se resquebrajaban de sed. ¿No era mejor que los hombres hicieran fructificar el suelo y comiesen con la hartura de la abundancia aunque los barcos descargasen en los puertos de la costa? ¡Agua...! que les diesen los campos a los pobres y ellos la traerían a buenas o a malas, impulsados por la necesidad. No serían como los señores, que por mal que se presente la cosecha, siempre sacan para vivir poseyendo tanta tierra, y conservan el cultivo lo mismo que los abuelos de sus abuelos. Los campos que él había admirado en otros países eran inferiores a los de Andalucía. No tenían en sus entrañas esa condensación de fuerzas que crea el abandono: estaban cansados y había que cuidarlos, dándoles continuamente el medicamento del guano. Eran, según *Zarandilla*, como las señoronas que admiraba él en Jerez, hermosas y apuestas con el atractivo del cuidado y los artificios del lujo.

—Y esta tierra nuestra, Rafaé, es como las muchachas que bajan de la sierra con el *manijero*. Van plagadas de la miseria que recogen en la gañanía; no se lavan la cara, comen mal; pero si las adecentasen, ya se vería lo bonitas que son.

Una tarde de febrero hablaban el aperador y *Zarandilla* de los trabajos del cortijo, mientras la *señá* Eduvigis lavaba la loza en la cocina. Habíase acabado la siembra de los garbanzos, los yeros y los arvejones. Ahora, las cuadrillas de muchachas y de gañanes se dedicaban a escardar los campos de cereales. Aún podían sostener el combate con el escardillo contra las hierbas parásitas. Después, cuando el trigo creciese, tendrían que arrancarlas a mano, encorvados durante el día, con los riñones quebrantados por el dolor.

Zarandilla, que falto de vista parecía haber aguzado sus oídos, interrumpió a Rafael, ladeando su cabeza como para escuchar mejor.

—Muchacho, parece que truena.

Palidecía la gran mancha de sol sobre los guijarros del patio; las gallinas corrían en rueda, cocleando, como si quisieran huir de la ráfaga de viento que erizaba sus plumas. Rafael prestó oído también. Sí que tronaba: iban a tener tempestad.

Los dos hombres salieron al portal del cortijo. Por la parte de la sierra, el cielo estaba negro y las nubes corríanse como una cortina lúgubre entenebreciendo el campo. Aún no era media tarde y todos los objetos envolvíanse en la vaguedad difusa del anochecer. El cielo parecía haber descendido, tocando las crestas de las montañas, devorándolas en su seno oscuro, como si las decapitase. Pasaban a bandadas con el pavor de la fuga, graznando estridentemente, los pájaros de presa.

—¡Camará...! ¡la que se nos viene encima! —exclamó *Zarandilla,* que ya no veía nada, como si para él hubiese cerrado la noche.

Los altos vástagos de las piteras, únicas líneas verticales que rompían la monotonía de los campos, se inclinaron unos tras otros, como si fuesen a romperse, y a continuación una ráfaga fría e impetuosa chocó contra el cortijo. Temblaron las puertas, oyóse el estrépito de las ventanas al cerrarse con violencia, y aullaron los mastines lúgubremente, tirando de sus cadenas, como si con su mirada de bestias viesen a la tempestad entrar por el portalón sacudiendo su capa de agua y relampagueándola los ojos.

Una claridad lívida inflamó el espacio, y el trueno estalló sobre el cobertizo con un estrépito seco que conmovió los cimientos, despertando en los establos un eco de mugidos, relinchos y patadas. Cayó la lluvia de golpe, en grandes masas, como si se desfondase el cielo, y los dos hombres tuvieron que refugiarse bajo el arco de entrada, no viendo más que un pedazo de campo al través de la herradura del portalón.

Del suelo, golpeado por el latigazo del agua, desprendíase un vapor tibio; el olor de tierra mojada, perfume de los aguaceros violentos. Lejos, muy lejos, por los surcos convertidos en arroyos que no podían engullir todo el golpe de agua, corrían hacia el cortijo grupos de gentes. Apenas si se les veía al través de la capa líquida de la atmósfera.

—¡Jesú! —exclamó *Zarandilla*—. ¡Y cómo van a ponerse los pobrecitos...!

El vendaval parecía empujarles. La luz de cada relámpago les mostraba más cerca; trotaban bajo la lluvia como un rebaño disperso. Al llegar los primeros grupos pasaron corriendo ante el portalón para refugiarse en la gañanía. Los hombres iban arrebujados en mantas, cayéndoles dos chorros de agua por la canal del sombrero deformado y blanducho: las mujeres pasaban chillando como ratas, cubiertas con las varias hojas de su astrosa faldamenta, llenas de borra, y mostrando sus piernas enfundadas en los pantalones masculinos que usaban para la escarda.

Habían ya llegado al cortijo casi todas las bandas de trabajadores y en la puerta de la gañanía sacudíanse mantas y refajos, derramando a chorro el agua sucia, cuando Rafael se fijó en un pequeño grupo rezagado que se aproximaba lentamente bajo la cortina oblicua de la lluvia. Eran dos hombres y un borriquillo cargado con un serón, bajo el cual apenas si asomaban las orejas y la cola.

El aperador conoció a uno de los dos hombres que tiraba del ronzal de la bestia para que acelerase la marcha. Le llamaban Manolo el de Trebujena y era un antiguo gañán que, después de una sublevación de los obreros del campo, estaba señalado por todos los amos como perturbador. Falto de trabajo después de la huelga, se ganaba el sustento yendo de cortijo en cortijo como buhonero, vendiendo a las mujeres cintas, hilos y retazos de tela, y a los hombres vino, aguardiente y periódicos libertarios cuidadosamente ocultos en aquel serón, almacén heterogéneo que, a lomos del borriquillo, vagaba de un extremo a otro de la campiña jerezana. Sólo en Matanzuela y en muy contados cortijos podía penetrar Manolo sin infundir alarma y encontrar resistencia.

Rafael miraba al acompañante del buhonero creyendo reconocerlo, pero sin determinar en su memoria quién era. Caminaba con las manos en los bolsillos, el cuello de la chaqueta levantado y el sombrero sobre las cejas, chorreando agua por todos los extremos de su traje, encogiéndose estremecido de frío, sin una manta como su camarada. Pero, a pesar de esto, marchaba sin precipitación como si no le molestasen la lluvia y el viento que combatían su débil persona.

—¡Salud, compañeros! —dijo el de Trebujena al pasar ante la puerta del cortijo, arreando su borriquillo—. Qué tiempo para los probes, ¿eh, *Zarandilla*...?

Entonces fue cuando Rafael reconoció al acompañante de Manolo, viendo su rostro exangüe de asceta, su barba rala y los ojos dulces y mortecinos tras unas gafas azuladas.

—¡Don Fernando! —exclamó con asombro—. ¡Pero si es don Fernando...!

Y saliendo del portalón, en plena lluvia, agarró de un brazo a Salvatierra, para que entrase en el cortijo. Don Fernando opuso resistencia. Iba a refugiarse en la gañanía con su compañero; no debía contrariarle, pues éste era su gusto. Pero Rafael protestaba. ¡El gran amigo de su padrino, el que había sido jefe de su padre...! ¿Cómo podía pasar por la puerta de su casa sin entrar en ella...? Y casi a viva fuerza lo metió en el cortijo, mientras Manolo seguía adelante.

—Anda, que hoy tendrás buen despacho —le dijo *Zarandilla*—. Los mozos se pirran por tus papeles y tendrán en qué entretenerse mientras llueva. Me paece que va pa largo.

Salvatierra entró en la cocina del cortijo, dejando, al sentarse, una gran mancha del agua que chorreaban sus ropas. La *señá* Eduvigis, compadeciendo al «pobre señor», encendió apresuradamente en el hogar un fuego de leña menuda.

—Que sea buena la candela, mujer; que eso y mucho más se merece el forastero —decía *Zarandilla*, orgulloso de la visita.

Y luego añadió con cierta solemnidad:

—¿Tú sabes quién es este cabayero, Eduvigis...? ¡Qué has de saber tú! Pues es don Fernando Salvatierra, ese señor tan nombrao en los papeles, que defiende a los probes.

El gesto de la vieja, al abandonar un instante la lumbre para mirar al recién llegado, fue más de curiosidad y asombro que de admiración.

Mientras tanto, el aperador iba de un lado a otro, buscando cierta botella de vino selecto que meses antes le había regalado su padrino. Por fin dio con ella, y escanciando un vaso, se lo ofreció a don Fernando.

—Gracias, no bebo.

—¡Pero si es de primera, señor...! —intervino el viejo—. Beba su mercé: esto le hará bien después de la mojadura.

Salvatierra hizo un gesto negativo.

—Gracias otra vez: yo nunca he probado el vino.

Zarandilla le miró con asombro... ¡Qué tío! Con razón tenían a aquel don Fernando por un hombre extraordinario.

Rafael quiso que comiera algo; y habló a la vieja de freír huevos, de descolgar cierto jamón que había dejado el amo en una de sus visitas; pero Salvatierra le atajó. Era inútil: él llevaba en un bolsillo las provisiones para la noche. Y extrajo de su chaqueta un papel mojado, que contenía un mendrugo y un pedazo de queso.

La sonrisa fría con que se negaba a aceptar los obsequios, cortaba toda insistencia. *Zarandilla* abría sus ojos turbios, como para ver mejor a aquel hombre asombroso.

—¿Pero al menos fumará usted, don Fernando? —dijo Rafael ofreciéndole un cigarro.

—Gracias; no he fumado nunca.

El viejo no pudo callar más tiempo. ¿Tampoco fumaba...? Ahora comprendía el asombro de ciertas gentes. Un hombre de tan pocas necesidades metía tanto miedo como una ánima del otro mundo.

Y mientras Salvatierra aproximábase a la lumbre, que comenzaba a crepitar con alegre llama, el aperador salió de la cocina. Poco después volvió, llevando al brazo su capote de monte.

—Cuando menos, déjese usted abrigar. Quítese esas ropas que chorrean.

Antes de que pudiera negarse, Rafael y la vieja le despojaron de la chaqueta y el chaleco, envolviéndole en el capote, mientras *Zarandilla* colocaba ante el fuego las ropas mojadas, que despedían un humo tenue.

Acariciado por el calor, Salvatierra se mostró más comunicativo. Le dolía contrariar con su sobriedad a aquellas gentes sencillas que le asediaban con sus obsequios.

El aperador se extrañaba de verle en el cortijo como traído por la tempestad. Su padrino le había dicho algunos días antes que don Fernando estaba en Cádiz.

—Sí, allí estuve hasta hace poco. Fui a ver la sepultura de mi madre.

Y como si quisiera pasar apresuradamente sobre este recuerdo, explicó su llegada al cortijo. Había salido por la mañana de Jerez en la *góndola* de la sierra, uno de aquellos coches que pasaban cargados de gente y de fardos por el inmediato camino. Deseaba ver al señor Antonio Matacardillos, el dueño del ventorro del Grajo, situado en la carretera, cerca del cortijo; un bravo que de joven le había seguido en todas sus aventuras revolucionarias. Estaba enfermo del corazón, con las piernas hinchadas, casi imposibilitado de moverse, no pudiendo llegar a la puerta de su choza más que entre ayes y tropezones. Al saber que Salvatierra vivía en Jerez, sus dolores parecían haberse aumentado con la desesperación que le causaba el no verle.

El viejo ventorrillero, al presentarse su antiguo jefe en la choza del Grajo, había llorado, abrazándole con tales extremos de emoción, que su familia creyó que iba a morir. ¡Ocho años sin ver a su don Fernando! ¡Ocho años, durante los cuales había enviado todos los meses un papel lleno de garabatos a aquel presidio del Norte, donde guardaban a su héroe! El pobre Matacardillos sabía que iba a morir de un momento a otro. Ya no dormía en la cama, se ahogaba, vivía casi artificialmente clavado en su sillón de paja, sin poder servir una copa, acogiendo con sonrisa triste a los arrieros y gañanes que le hablaban de su cara de salud y de su gordura, asegurando que se quejaba de vicio. Don Fernando debía volver alguna vez a verle. ¡Le molestaría poco tiempo! Iba a morir muy pronto; pero su presencia alegraría la poca vida que le quedase. Y Salvatierra había prometido volver, siempre que pudiese, a visitar al *veterano*, en compañía de Manolo el de Trebujena (otro de los suyos), al que había encontrado en el ventorro del Grajo. Con él emprendió el regreso al Jerez, cuando los alcanzó la tempestad, obligándoles a refugiarse en el cortijo.

Rafael habló a don Fernando de sus costumbres extraordinarias, que muchas veces había oído relatar al padrino: sus baños de mar en Cádiz en pleno invierno, ante la gente, que temblaba de frío; sus regresos a casa en cuerpo de camisa después de dar la chaqueta a un compañero menesteroso; su régimen alimenticio, que no podía pasar de los treinta céntimos diarios. Salvatierra permanecía impasible, como si hablasen de otro, y únicamente al extrañarse Rafael de su exiguo alimento, abrió los labios para protestar dulcemente.

—No tengo derecho a más. ¿Acaso esos pobres que se amontonan en la gañanía no comen peor que yo...?

Se hizo un largo silencio. El aperador y los dos viejos parecían cohibidos en presencia de aquel hombre, del que tanto habían oído hablar. Además, les intimidaba con un respeto casi religioso aquella sonrisa que, según pensaba *Zarandilla*, «parecía venir de otro mundo», y la firmeza de sus negativas, que no daba lugar a nuevas insistencias.

Cuando Salvatierra vio sus ropas casi secas, abandonó el capote y se las puso. Después se dirigió a la puerta, y a pesar de que seguía lloviendo quiso ir a la gañanía, en busca de su compañero. Pensaba pasar en ella la noche, ya que no era posible con aquel tiempo volver a Jerez.

El aperador protestó. ¡En la gañanía un hombre como don Fernando...! Su cama estaba dispuesta para él y si no le gustaba, abriría la habitación del señorito, que era tan buena como cualquiera de Jerez... ¡La gañanía! ¿Qué diría su padrino si él toleraba tal disparate...?

Pero la sonrisa de Salvatierra quitó al joven toda esperanza. Había dicho que dormiría con los gañanes, y era capaz de pasar la noche al raso, si no le dejaban cumplir su gusto.

—No podría dormir en tu cama, Rafael; no tengo derecho a estar sobre colchones, mientras otros, bajo el mismo tejado, duermen en esteras.

E intentaba sortear el obstáculo que le oponía el aperador, cerrándole el paso en la puerta. El viejo *Zarandilla* intervino.

—Aún quedan horas para dormir, don Fernando. Luego irá su mercé a la gañanía, si ése es su gusto. Pero ahora —añadió, dirigiéndose a Rafael— enséñale al señó algo del cortijo, la cuadra de los caballos, que es cosa de ver.

Salvatierra aceptó la invitación, ya que ésta no contrariaba su sobriedad ascética, único lujo de su vida. «Vamos a ver los caballos.» No le interesaban gran cosa, pero agradecía el buen deseo de aquella gente sencilla, ansiosa de mostrarle lo mejor de la casa.

Atravesaron el patio, bajo el azote de la lluvia, seguidos por algunos perros que sacudían el agua de sus pelos lacios. Una bocanada de aire caliente y espeso, oliendo a estiércol y a vapor animal, dio en la cara a los visitantes al abrirse la puerta de la cuadra. Los caballos cocearon y relincharon, moviendo las cabezas al sentir tras de sus grupas la presencia de gente extraña.

Zarandilla se metió entre ellos, adivinándolos por el

tacto, marchando a ciegas en la penumbra de la cuadra, acariciando a unos en los ijares, rascando a otros en la frente, llamándolos con nombres cariñosos y librándose por instinto de las patadas de impaciencia y de alegría que daban con sus cascos herrados. «¡Quieto, *Brillante*!» «¡No seas malo, *Lucero*!» Y pasaba, encorvándose, por debajo de los vientres para ir hasta el otro extremo de la cuadra, mientras el aperador explicaba a Salvatierra la valía de este tesoro.

Eran caballos jerezanos de pura sangre, verdaderos sementales de la tierra, y elogiaba su cara alegre, sus ojos saltones, el corte elegante y esbelto de su figura, su paso enérgico. Unos eran de color tordo; otros de un gris plateado, sedoso y brillante, y todos ellos temblaban desde las piernas a la grupa con fuertes estremecimientos, como si no pudiesen contener su exceso de vida en este encierro.

Rafael hablaba con admiración del valor de aquellos animales. Una verdadera fortuna: el señorito era hombre de gusto, un inteligente que no reparaba en el dinero para disputar a los más ricos del *Círculo Caballista* la posesión de un buen ejemplar. Hasta a su primo don Pablo le había arrebatado la posesión de un caballo famoso. Y señalando a cada uno de los animales, hablaba de miles y miles de pesetas, enorgulleciéndose de que tales tesoros estuviesen confiados a su custodia.

El *hierro* de Matanzuela, la marca con que se señalaba a las jacas salidas del cortijo, valía tanto como los certificados de las ganaderías más antiguas.

Mientras tanto, *Zarandilla* acariciaba con ruidosas palmadas y motes grotescos a dos asnos garañones, grandes como caballos, huesudos, angulosos, como si fuesen esculpidos a hachazos; la cara roma, los ojos casi ocultos bajo una maraña de pelos y las orejas caídas. Dos bestias de fealdad monstruosa y fantástica, que parecían surgidas de una visión apocalíptica. El viejo, apoyado en ellos, hablaba de la primavera, cuando bajaban las yeguas de la dehesa y entraban en la cuadra con la cola recogida sobre el lomo para evitar entorpecimiento, y el yegüerizo mayor se arriesgaba bajo las patas amenazantes, encauzando la fecundación.

—Aquí tiene su mercé —decía el viejo— a toos los buenos mozos que fabrican los potrancos y las mullidas de Matanzuela.

Hablaba de los misterios reproductores de aquella cuadra, con la naturalidad de la gente campesina, tímida y ruborosa en las relaciones humanas y franca hasta el impudor al hablar de las aproximaciones de las bestias. Y como si las palabras del viejo trajesen a las dilatadas narices de los caballos un lejano perfume de la deseada primavera, comenzaron a relinchar, a dar saltos, a morderse, a estremecer sus vientres con agitaciones de péndulo, a resbalar las patas delanteras sobre las grupas más cercanas, haciendo esfuerzos por libertar sus cabezas amarradas a las anillas. Unos cuantos varazos repartidos a ciegas por *Zarandilla* hicieron cesar el estruendo de coces y relinchos, y las bestias tornaron a alinearse ante los pesebres, exhalando los últimos restos de su agitación con bufidos y temblores.

El aperador condujo a Salvatierra a una habitación grande, de paredes enjalbegadas, que le servía de despacho. Empezaba a anochecer y encendió un velón de los antiguos de Lucena, puesto sobre una mesa, en la que se veía un tintero de loza enorme, con una pluma no más larga que un dedo. Allí hacía él sus cuentas, y en un armario inmediato estaban «los libros», de los que hablaba Rafael con cierto respeto. Cada gañán tenía su cuenta. Antes se llevaba la administración con una sencillez patriarcal, pero ahora los jornaleros eran quisquillosos y desconfiados. Además, había que marcar bien los días que eran por entero de trabajo, aquellos en que la faena sólo duraba medio día por la lluvia, y los de lluvia completa, en los que la gente se quedaba en la gañanía, comiéndose sus gazpachos sin hacer nada.

Después estaba el gran libro, el más precioso de la casa, lo que podía titularse la carta de nobleza de Matanzuela. Y el aperador sacaba del armario un amplio cuaderno, en el que se contenía la genealogía y la historia de todo caballo o mula salido del cortijo, con el apodo de nacimiento, padres y abuelos, descripción de la figura, talla, pelo, color de los ojos y defectos que se confesaban generosamente sobre el papel para quedar secretos, dejando a la penetración del comprador el adivinarlos.

Luego, enseñó Rafael la otra joya del cortijo: un palo largo rematado por un embudo de hierro, cuyos bordes entrantes y salientes daban la idea vaga de un dibujo. Era la marca de la ganadería, ¡el hierro!, y había que ver con qué respeto lo acariciaba Rafael. Una cruz sobre una media luna formaban la señal que llevaba en sus flancos todo el ganado de Matanzuela.

Hablaba con entusiasmo de la operación de herrar, que

don Fernando no había visto nunca. Los yegüerizos echaban sus lazos de cerda a los potros indómitos, sujetándolos por las orejas, mientras se calentaba el hierro en un fuego de boñiga seca; y al estar la marca al rojo, ¡zás!, se la aplicaban al costado, quemándose los pelos y quedando la piel señalada para siempre con la cruz y la media luna. Y con cierta conmiseración por Salvatierra que, sabiendo tanto, ignoraba unas cosas que eran para el aperador las más interesantes del mundo, continuaba éste explicando el régimen a que se sometían los caballos jóvenes, todas las operaciones que realizaba él voluntariamente en sus entusiasmos de jinete.

Primeramente los *amarraban*, al venir de la libertad de la dehesa, para que se acostumbrasen a comer en el pesebre; luego salían al campo, frente al cortijo, con cabezón y una larga cuerda, para dar vueltas como en un picadero, y que aprendiesen a *tranquear*, a poner la pata de atrás donde habían puesto la delantera, o más allá, si era posible. Tras esto llegaba la operación suprema: colocarles la silla sobre los lomos, habituando su salvaje nerviosidad a esta servidumbre; acostumbrarles a la baticola y los estribos. Y finalmente se les montaba, para hacerles dar vueltas, al principio sin soltar la cuerda, luego manejándolos con las riendas. ¡Los potros que él llevaba desbravados, animales casi salvajes, que inspiraban miedo a muchos...!

Hablaba con orgullo de sus combates de energía y voluntad con bestias fieras que relinchaban y mordían el aire, pataleando, levantándose verticalmente o hundiendo su cabeza en tierra mientras coceaban en el espacio, sin que pudieran por esto libertarse de la opresión de sus piernas de acero; hasta que al fin, después de una carrera loca, en la que parecían buscar los obstáculos para aplastar al jinete, volvían sudorosas y vencidas, sometiéndose por completo a la mano del montador.

Rafael se detuvo en la narración de sus proezas hípicas, viendo la sombra de una persona en el cuadro de la puerta, sobre el fondo de luz violácea del crepúsculo.

—¡Ah! ¿eres tú? —dijo riendo—. Pasa, *Alcaparrón*, no tengas miedo.

Entró un mozo de escasa estatura, avanzando cautelosamente, de medio lado, como si temiera rozar la pared. En su encogimiento parecía implorar perdón anticipadamente por todo lo que hiciese. Sus ojos brillaban en la sombra lo mismo que su fuerte y nítida dentadura. Al aproximarse a la luz del velón. Salvatierra se fijó en el color cobrizo de su cara, en las córneas de sus ojos, que parecían manchadas de tabaco, en sus manos de dos colores, con la palma sonrosada y el dorso de un negro que aún se hacía más intenso bajo las uñas. A pesar del frío, vestía una blusa de verano, una guayabera con pliegues, húmeda aún de la lluvia, y en la cabeza llevaba dos sombreros, uno dentro del otro, de distinto color, como sus manos. El de abajo mostraba una blancura gris y flamante en la parte inferior de sus alas; el de arriba era viejo, de un negro rojizo, con los bordes deshilachados.

Rafael agarró al mozuelo por un hombro, haciéndolo balancearse, y lo presentó a Salvatierra con una gravedad cómica.

—Éste es *Alcaparrón,* del que usté habrá oído hablar seguramente. El gitano más ladrón de too Jerez. Si hubiese justicia, hace tiempo que le habrían dao garrote en la plaza de la Cárcel.

Alcaparrón dio un respingo para librarse de la garra del aperador, y moviendo las manos con ademanes femeniles, acabó por persignarse.

—¡Huy!, zeñó Rafaé y qué malo es uzté... ¡Jozú! ¡y qué cosas dice este hombre!

El aperador continuó con el ceño fruncido y la voz grave:

—Trabaja en Matanzuela con su familia hace muchos años, pero es un ladrón como toos los gitanos y debía estar en presidio. ¿Sabé usté por qué se trae dos sombreros? Pa llenarlos de garbanzos o habichuelas así que me descuido: y él no sabe que el mejor día le meto un escopetazo.

—¡Jozú! ¡zeñó Rafael! ¿Pero qué dice usté, bendito...?

Y juntaba las manos con desesperación, mirando a Salvatierra y diciéndole con vehemencia infantil:

—No lo crea usté, zeñó; es muy malo y me dice eso por pudrirme la sangre. Por la salusita de mi mare que too es mentira...

Y explicaba el misterio de los dos sombreros superpuestos que llevaba calados hasta las orejas, rodeando su cara de pícaro de un nimbo de dos colores. El de abajo era el nuevo, el de los días de fiesta y lo desenfundaba cuando iba a Jerez. En los días de labor, no osaba dejarlo en el cortijo por miedo a los compañeros, que se permitían toda clase de burlas con él porque era «un pobrecito gitano», y lo cubría con el viejo para que no perdiese el color gris y sedoso que era su orgullo.

El aperador continuaba exasperando al gitano con ese humor campesino que se goza en enfurecer a los pobres de espíritu y a los vagabundos.

—Oye, *Alcaparrón*, ¿tú sabes quién es este señor? Pues es don Fernando Salvatierra. ¿No has oído hablar nunca de él...?

El gitano hizo un gesto de asombro, abriendo los ojos desmesuradamente.

—¡Pues poco nombrao que es el señó! En la gañanía hace dos horas que no hablan más que de él. ¡Por muchos años, señó! M'alegro de conosé una persona tan fina y de tanto aquel. Bien se ve que su mersé es alguien: tiene cara de gobernaor.

Salvatierra sonreía ante la obsequiosidad aduladora del gitano. Aquel infeliz no conocía categorías; juzgaba por el renombre, y considerándole un personaje poderoso, una autoridad, temblaba, ocultando su turbación con la sonrisa aduladora de las razas eternamente perseguidas.

—Don Fernando —continuó el aperador—. Usté que tiene amigos en el extranjero podía arreglarle el viaje a *Alcaparrón*. A ver si en aquellas tierras hacía tanta suerte como sus primas.

Y hablaba de las *Alcaparronas*, unas gitanas bailadoras que daban golpe en París y en muchas ciudades de Rusia, cuyos nombres no podía recordar el aperador. Sus retratos figuraban hasta en las cajas de cerillas, los periódicos hablaban de ellas; tenían diamantes a porrillo, bailaban en teatros y en palacios y a una de ellas la había robado un gran duque, archipámpano o no recordaba Rafael qué otro título, llevándosela a un castillo, donde vivía como una reina.

—Y a too esto, don Fernando, una monas sabias, tan feas y negras como su primo aquí presente; unas desgalichás, a las que he visto de pequeñas en los cortijos robando garbanzos y otras semillas; unas ratas vivarachas, sin más que el *aquel* gitano y una desvergüenza que ponen coloraos a los hombres. ¿Y eso es lo que les gusta a aquellos señorones? ¡Vamos, hombre, que hay para reír...!

Y reía, efectivamente, al pensar que vivían como unas grandes damas aquellas mozuelas cobrizas, de ojos de brasa, que él había visto merodear sucias y costrosas por los campos de Jerez.

Alcaparrón hablaba con cierto orgullo de sus primas, pero lamentando de paso la diversa suerte de familia. ¡Ellas hechas unas reinas y él con su pobre *mare*, sus hermanos y pequeños, y Mari-Cruz, su pobrecita prima, siempre enferma, ganando dos reales en el cortijo! ¡y muchas gracias que les daban trabajo todos los años sabiendo que eran buenos...! Sus primas eran unas *descastás* que no escribían a la familia; que no la enviaba ni esto. (Y hacía crujir la uña de un pulgar, entre sus dientes de caballo.)

—Señó: paéce mentira que mi tío se porte tan mal con los suyos, siendo un *cañí*. ¡Con tanto que le quería el probe de mi pare...!

Pero lejos de indignarse, rompía en elogios del tío *Alcaparrón*, un hombre de iniciativas que, cansado de pasar hambre en Jerez y verse en peligro de ir a la cárcel siempre que se extraviaba un asno o una mula, se había echado al hombro la guitarra, no parando con todo su «ganao», como él llamaba a las hijas, hasta el mismo París. Y *Alcaparrón* reía irónicamente de la simpleza de los *gachés*, de toda la gente que domina el mundo y oprime a los pobres gitanos, recordando ciertos prospectos y periódicos que había visto con el retrato de su respetable tío, luciendo sus patillas de *boca de jacha*, y su cara de ladrón, bajo un sombrero de catite como un campanario y rodeado de columnas impresas en lengua extraña, en las que se hablaba de *mademoiselles* las *Alcaparronas* y se celebraba su gracia y hermosura, repitiendo cada seis renglones *¡ollé! ¡ollé...!* ¡Y su tío, para mayor solemnidad, se titulaba el capitán *Alcaparrón*! ¿Capitán de qué...? Y sus primas, las *mademoiselles*, se hacían robar por señorones que le tenían miedo al padre, *le terrible hidalgo*, que tantas veces había rasgueado filosóficamente la guitarra en los colmados, mientras las niñas se ocultaban con los señoritos en los cuartos más lejanos. ¡*Josú*, qué guasa...!

Pero el gitano pasaba rápidamente de la risa a la melancolía, con la incoherencia vivaracha de su alma de pájaro. ¡Ay, si viviese su *pare*, que había sido un águila, comparado con este hermano que tenía tanta fortuna...!

—¿Murió tu padre? —preguntó Salvatierra.

—Sí, señó: fartava uno en el campo santo, y como era bueno, le yamó er cuervo que está allí.

Y *Alcaparrón* continuaba sus lamentaciones. ¡Si no hubiese muerto el pobrecito! En lugar de sus primas estarían él y sus hermanos disfrutando tantas riquezas. Y lo afirmaba de buena fe, despreciando como insignificante la diferencia de sexos, no dando ningún valor a la fealdad picante de sus primas, creyendo que su fortuna era debida a la habilidad en el *cante*, para el cual, la *pobresita* de su *mare*, su prima Mari-Cruz y él, valían mucho más que todas las *Alcaparronas* que andaban por el mundo.

El aperador, viendo triste al gitano, ofrecíale su protección. Su fortuna estaba hecha. Allí estaba don Fernando, que con sus influencias de personaje, le tenía reservado un empleo.

Alcaparrón abría los ojos, recelando la burla. Pero temeroso de cometer una falta si no daba las gracias a aquel señor, abrumó con palabras dulzonas a Salvatierra, mientras éste miraba al aperador, no sabiendo adónde iba a parar.

—Sí, gachó —continuó Rafael—. Ya tienes empleo. El señó te hará verdugo de Seviya o de Jerez: lo que escojas.

El gitano dio un salto, mostrando su cómica indignación con un desbordamiento de palabras.

—¡Maldito! ¡Arrastrao! ¡Mala escopetá le peguen, señó Rafaé, en sus entrañas negrísimas...!

Se detuvo un instante en sus maldiciones, viendo que éstas servían de regocijo al aperador, y añadió con maligna intención:

—Premita Dió que cuando vaya su mersé a la viña de don Pablo, la gachí le resiba con cara de cuaresma.

Rafael ya no reía. Temió que el gitano, en presencia de don Fernando, hablase de sus amores con la hija del padrino, y se apresuró a despedirle.

—Toma un pitillo y lárgate... mala sombra. Tu madre estará esperándote.

Alcaparrón obedeció con la docilidad de un perro. Al despedirse de Salvatierra le tendió su mano de mulato, repitiendo que le esperaban en la gañanía y que la gente andaba revuelta al saber que un *personaje* tan alto estaba en Matanzuela.

Cuando se fue, el aperador habló a don Fernando de los *Alcaparrones* y otros gitanos del cortijo. Eran familias que trabajaban años y años en la misma finca, como si formasen parte de ella. Resultaban de más fácil manejo, hombres y mujeres, que la demás gente de la gañanía. Con ellos no había que temer rebeliones, huelgas, ni amenazas. Eran pedigüeños y un tanto ladrones, pero se achicaban ante los gestos amenazadores, con la docilidad de una raza perseguida.

Rafael sólo había visto a los gitanos trabajar la tierra en aquella parte de Andalucía. La afición de la gente a los caballos parecía haberles expulsado de esta industria, que era la suya en todo el mundo, obligándoles a buscar la vida en los cortijos.

Las mujeres valían más que los hombres: secas, negras, angulosas, con unos pantalones varoniles bajo las faldas, doblábanse el día entero para escardar el trigo o arrancar las semillas. A veces, cuando no los vigilaban de cerca, apoderábase de ellos la indolencia de raza, el deseo de permanecer inmóviles, mirando el horizonte, sin ver nada ni pensar en nada. Pero así que presentían la proximidad del aperador, corría la voz de alarma en aquel *caló* que era su única fuerza de resistencia, lo que les aislaba de la animadversión de los compañeros de trabajo.

—*¡Cha: currela, que sinela er jambo!*

«¡Oye: trabaja, que mira el amo!» Y cada uno se entregaba a su faena, con tal ardor, con esfuerzos tan cómicos, que muchas veces Rafael no podía contener la risa.

Había cerrado la noche. La lluvia caía como polvo de agua, sobre los guijarros del patio. Salvatierra habló de ir a la gañanía, sin prestar atención a las protestas del aperador. ¿Pero, realmente, tenía empeño en dormir allí, un hombre de su mérito...?

—Ya sabes de dónde vengo, Rafael —dijo el revolucionario—. Llevo ocho años de dormir en peores sitios y entre gentes más infelices.

El aperador hizo un gesto de resignación y llamó a *Zarandilla*, que estaba en la cuadra. El viejo le serviría de acompañante; él se quedaba allí.

—No me conviene entrar en la gañanía, don Fernando. Hay que conservar cierto *aquel* de autoridad; si no, toman confianza con uno y está perdido.

Y hablaba del *aquel* de la autoridad, con firme convicción, respetándola como necesaria, después de haberla violentado muchas veces en las rudas aventuras de su primera juventud.

Salvatierra y el viejo salieron del patio entre los ladridos de los perros, y siguiendo el muro exterior, llegaron a un cobertizo que daba entrada a la gañanía.

Bajo aquél se alineaban al aire libre varios cántaros con la provisión de agua para los braceros. Los que sentían sed, pasaban del calor asfixiante de la gañanía a la frialdad de la noche, y se atracaban de un agua que parecía hielo líquido, mientras el viento les hería las sudorosas espaldas.

Al trasponer la puerta, Salvatierra sintió en sus pulmones la rareza del aire, al mismo tiempo que hería su olfato un hedor de lana húmeda, aceite rancio, barro y carne aglomerada y viscosa.

Era una pieza estrecha y larga, que aún parecía más grande por lo denso de la atmósfera y la escasez de luz. En el fondo estaba el hogar, en el que ardía una lumbre de boñiga seca, despidiendo un olor infecto. Un candil marcaba su llama como una lágrima roja y titilante en este ambiente nebuloso. El resto de la pieza, completamente a oscuras, tenía en sus tinieblas palpitaciones de vida. Adivinábase la presencia de una muchedumbre bajo la mortaja de sombras.

Salvatierra, al llegar al centro de la mísera habitación pudo ver mejor. En el hogar hervían varios pucheros vigilados por mujeres puestas de rodillas, y bajo el candil estaba sentado el *arreador*, el segundo funcionario de la casa, el que acompañaba a los braceros al tajo y vigilaba sus faenas, excitándolos con duras palabras; el que en unión con el aperador formaba lo que llamaban los gañanes el *gobierno* del cortijo.

El arreador era el único que tenía una silla en la gañanía: los demás, hombres y mujeres, sentábanse en el suelo. Junto a él estaban en cuclillas Manolo el de Trebujena con varios amigos, metiendo sus cucharas en un *tornillo* de gazpacho caliente. La niebla fue disipándose ante los ojos de Salvatierra, habituados ya a esta atmósfera asfixiante. Entonces vio en los rincones grupos de hombres y de mujeres sentados en la tierra apisonada o sobre esterillas de enea. La lluvia, cortando su trabajo a media tarde, les había hecho adelantar la comida de la noche. En torno de los lebrillos de bazofia caliente, hablaban y reían moviendo las cucharas con cierta calma. Presentían que el día siguiente sería de encierro, de holganza forzosa, y deseaban permanecer en vela hasta bien entrada la noche.

El aspecto de la gañanía, el amontonamiento de la gente, evocó en la memoria de Salvatierra el recuerdo del presidio. Las mismas paredes enjalbegadas, pero aquí menos blancas, ahumadas por el vaho nauseabundo del combustible animal, rezumando grasa por el continuo roce de los cuerpos sucios. Iguales escarpias en los muros, y colgando de ellas todo el ajuar de la miseria, alforjas, mantas, jergones destripados, blusas multicolores, sombreros mugrientos, zapatos pesados de innumerables remiendos con clavos agudos.

En el presidio cada uno tenía su petate, y en la gañanía sólo muy contados podían permitirse este lujo. Los más, dormían en esteras, sin desnudarse, descansando sus huesos doloridos por el trabajo sobre la tierra dura. El pan, la cruel divinidad que obligaba a aceptar esta existencia miserable, rodaba en pedazos por el suelo, o se exhibía en las escarpias, entre los harapos, en enormes teleras de seis libras, como un ídolo al que sólo se podía llegar después de un día de encorvamiento abrumador.

Salvatierra se fijó en las caras de aquellas gentes que le miraban con curiosidad, suspendiendo por un instante su comida, manteniendo inmóviles las manos con la cuchara en alto.

Bajo los sombreros deformes sólo se veían carátulas de miseria, máscaras de sufrimiento y de hambre. Los jóvenes tenían la frescura vigorosa de los pocos años. Reían reflejando en sus ojos el espíritu burlón de la raza, la alegría de vivir, sin el peso de una familia; el regocijo del hombre aislado, que por miserable que se considere, puede siempre seguir adelante. Pero los hombres mostraban un envejecimiento prematuro, arruinados en plena madurez, con el temblor de los valetudinarios; revelando unos su acometividad en los ojos animados por resplandores fosforescentes de fiera, encogidos otros con la resignación del que sólo aguarda la muerte como única libertad.

Eran cuerpos enjutos, apergaminados, recocidos por el sol, con la piel agrietada. La alimentación, pobre y escasa, no llegaba a formar el más leve almohadillado entre el esqueleto y su envoltura. Hombres que aún no tenían cuarenta años, mostraban sus cuellos descarnados, de piel flácida y abullonada, con los tirantes tendones de la ancianidad. Los ojos en lo más hondo de sus cuencas, circundados de una aureola de arrugas, brillaban como estrellas mortecinas en el fondo de un pozo. Su miseria física era el resultado de una fatiga prolongada años y más años, de una alimentación insípida de pan, sólo de pan. Los cuerpos rudos y angulosos parecían labrados a hachazos: otros eran deformes y grotescos como fabricados por un alfarero: muchos recordaban, por lo retorcidos y nudosos, los troncos de los acebuches de las dehesas. Los brazos negros, con las agudas protuberancias de una gimnasia forzada, parecían de sarmientos trenzados. Y el amontonamiento de estos infelices exhalaba un olor agrio, de sudor de hambriento, de ropa adherida al cuerpo durante meses, de alientos fétidos: toda la respiración apestante de la miseria.

Las mujeres aún ofrecían un aspecto más doloroso. Unas eran gitanas, viejas y horribles como brujas, con la piel tostada y cobriza que parecía haber pasado por el fuego de todos los aquelarres. Las jóvenes tenían la hermosura dolorosa y desmayada de la anemia; flores de vida que se mustiaban antes de abrirse; adolescentes de piel blanca, de una palidez de papel mascado, que el sol no lograba calentar, tiñéndola a trechos con menudas manchas de color de salvado. Vírgenes de ojos desmesuradamente abiertos, como asombradas de haber nacido, con los labios azules y las encías de ese rosa pálido que revela la miseria de la sangre. El pelo triste y sin brillo asomaba alborotado bajo el pañuelo, guardando en sus marañas briznas de paja y granos de tierra. El pecho de las más tenía la monótona uniformidad del desierto, sin que al respirar se marcase bajo la tela el más leve rastro de los montículos seductores que avanzan orgullosos como un blasón del sexo. Tenían las manos grandes y los brazos enjutos y huesosos como los hombres. Al andar, movíanse sus faldas con desmayada soltura, como si dentro de ellas sólo existiese aire, y al sentarse, la tela marcaba ángulos duros sin la más tenue redondez. El trabajo, la fatiga bestial, habían paralizado el desarrollo de la gracia femenina. Sólo algunas delataban bajo su envoltura los encantos del sexo; pero eran muy pocas.

Obligadas a sufrir las mismas durezas que el rebaño masculino, únicamente recordaban que eran mujeres cuando a altas horas de la noche, a oscuras ya la gañanía, apelotonadas en un rincón, veían turbado su fatigoso sueño de hembras de carga, por las audacias de los mozos, que las buscaban a tientas, mientras los gañanes viejos, curados de las ilusiones de la vida, roncaban desaforadamente como si quisieran dormir más aprisa para recuperar las fuerzas perdidas.

Salvatierra fuese hacia el hogar al ver que el *arreador* se ponía de pie ofreciéndole su asiento. El tío *Zarandilla* se acomodó en el suelo junto a don Fernando, y éste, al mirar en torno, encontró los ojos de *Alcaparrón* y su dentadura caballar que brillaba al sonreírle.

—Mire su mercé, señó: ésta es mi mamá.

Y le mostró a una gitana vieja, la tía *Alcaparrona*, que acababa de retirar del fuego un potaje de garbanzos husmeado vorazmente por tres chicuelos, hermanos de

Alcaparrón y una moza delgaducha, pálida y de grandes ojos, que era su prima Mari-Cruz.

—¿Conque su mercé es ese don Fernando tan nombrao? —dijo la vieja—. Pues que Dios le dé mucha fortuna y mucha vida pa que sea el pare de los probes.

Y depositando en tierra el puchero, sentóse con toda su familia en torno de él. Era una comida extraordinaria. El tufillo de los garbanzos despertaba cierta emoción en la gañanía, haciendo converger muchas miradas de envidia en el grupo de los gitanos. *Zarandilla* interpelaba a la vieja burlonamente. Había caído trabajo extraordinario, ¿eh...? De seguro que el día anterior, al ir a Jerez, había ganado algunas pesetillas diciendo la buenaventura o proporcionando polvos mágicos a las chavalas que se quejaban del desvío de sus amantes. ¡Ah, vieja bruja! Parecía imposible que tuviese tantos *pesquis* con una cara tan fea...

La gitana escuchaba sonriendo, sin dejar de engullir ávidamente los garbanzos, pero al mentar *Zarandilla* su fealdad cesó de comer.

—Caya, cegato, mala sombra. Premita Dió que te veas toa la vida bajo tierra, como tus hermanos los topos... Si ajora soy fea, tiempos hubo en que me besaban los zapatos los marqueses. Bien lo sabes tú, arrastrao...

Y añadió melancólicamente:

—No estaría yo aquí si viviese el marqués de San Dionisio, aquel señó tan resalao que jué el padrino de mi pobresito José María.

Y señalaba a *Alcaparrón*, que abandonó su cuchara para erguirse con cierto orgullo al oír el nombre de su padrino, el cual, según afirmaba *Zarandilla*, había sido algo más para él.

Salvatierra miró los ojos de la vieja, malignos y pitañosos, su hocico de macho cabrío, que se contraía a cada palabra con una ductilidad repugnante, los dos plumeros de cerdas grises que surgían de sus labios como unos mostachos felinos. ¡Y este endriago había sido una mujer joven y graciosa, de las que hacían cometer locuras al famoso marqués! ¡Y la bruja había pasado muchas veces en los coches del de San Dionisio, al son del bizarro campanilleo de las mulas, con el mantón de flores cayéndosele de los hombres, una botella en la mano y una canción en los labios, por frente a los campos que la veían ahora arrugada y repugnante como una oruga, sudando de sol a sol sobre los surcos y quejándose del dolor de sus «pobresitos riñones»! Era menos vieja de lo que parecía, pero al desgaste del cansancio uníase el rápido desplome que sufren las razas orientales pasando de la juventud a la vejez, como los espléndidos días del trópico que saltan de la luz a la sombra sin crepúsculo alguno.

Siguieron los gitanos devorando su potaje, y Salvatierra sacó de un bolsillo el pobre envoltorio de su cena, después de rehusar dulcemente los ofrecimientos que le hacían de todos lados.

El corro más inmediato a él, donde estaba el de Trebujena, componíase de antiguos camaradas, trabajadores mal famados en los cortijos, algunos de los cuales tuteaban a don Fernando siguiendo la práctica usual entre los compañeros de *la idea*.

Mientras comía su mendrugo y el pedazo de queso, pensaba, con la incertidumbre de siempre, si se estaría apropiando un alimento que podía faltar a otros, y esto hizo que se fijase en el único que en toda la gañanía no se preocupaba de la cena.

Era un jovenzuelo de cuerpo desmedrado, con un pañuelo rojo anudado al cuello y una camisa por todo abrigo sobre el pecho. Desde el fondo de la gañanía le llamaban los compañeros, anunciándole que apenas quedaba gazpacho en el barreño, pero él seguía bajo la luz del candil, sentado en un pedazo de tronco, encorvado el cuerpo sobre una mesilla baja, en la que se empotraban sus rodillas como en un cepo. Escribía lenta y trabajosamente, con una testarudez de campesino. Tenía ante sus ojos un fragmento de periódico, y copiaba las líneas con la ayuda de un tintero de bolsillo lleno de agua ligeramente ennegrecida, y de una pluma roma que trazaba los renglones con la misma paciencia del buey al abrir el surco.

Zarandilla, que estaba al lado de don Fernando, le habló del muchacho.

—Es el *Maestrico*. Ansí le llaman, por su afición a libros y papeles. Apenas güerve del trabajo, ya está pluma en mano jaciendo palotes.

Salvatierra se aproximó al *Maestrico*, y éste volvió la cabeza para mirarle, suspendiendo un instante su tarea. Expresábase con cierta amargura al explicar su deseo de instruirse, quitando horas a su sueño y su descanso. Le habían criado para bestia; a los siete años era ya zagal en los cortijos o pastor en la sierra; hambre, golpes y fatiga.

—Y yo quiero saber, don Fernando; quiero ser hombre y no afrentarme viendo trotar las yeguas en la era y pensando que somos tan irracionales como ellas. Todo lo que nos pasa a los pobres es porque no sabemos.

Miraba amargamente a sus compañeros, a la gente de la gañanía, satisfecha de su ignorancia, que se burlaba de él llamándole el *Maestrico*, y hasta le tenía por loco viéndole a la vuelta del trabajo deletrear pedazos de periódico o sacar de su faja la pluma y el cuaderno, escribiendo torpemente ante el pálido del candil. No había tenido maestro: se enseñaba a sí mismo. Sufría al pensar que otros vencían fácilmente con el auxilio ajeno los obstáculos que a él le parecían insuperables. Pero tenía fe y seguía adelante, convencido de que si todos le imitaban cambiaría la suerte de la tierra.

—El mundo es del que más sabe, ¿verdad, don Fernando? Si los ricos son fuertes y nos pisan y hacen lo que quieren, no es porque tengan el dinero, sino porque saben más que nosotros... Estos infelices se burlan de mí cuando les digo que se instruyan, y me hablan de los ricos de Jerez, que son más bárbaros que los gañanes. ¡Pero eso no es cuenta! Estos ricos que vemos de cerca son unos peleles, y sobre ellos están los otros, los verdaderos ricos, los que saben, los que hacen las leyes del mundo, y sostienen ese intríngulis de que unos cuantos lo tengan todo y la gran mayoría no tenga nada. Si el trabajador supiera lo que ellos, no se dejaría engañar, les haría frente a todas horas, y cuando menos, los obligaría a que se partiesen el poder con él.

Salvatierra admiraba la fe de este joven que se creía poseedor del remedio para todos los males sufridos por la inmensa horda de la miseria. ¡Instruirse! ¡Ser hombres...! Los explotadores eran unos cuantos miles y los esclavos centenares de millones. Pero apenas peligraban sus privilegios, la Humanidad ignorante encadenada al trabajo, era tan imbécil, que ella misma se dejaba extraer de su seno los verdugos, los que vistiendo un traje de colorines y echándose el fusil a la cara, volvían a restablecer a tiros el régimen de dolor y de hambre, cuyas consecuencias sufrían después, al volver abajo. ¡Ay! ¿si los hombres no viviesen ciegos y en la ignorancia, cómo podría mantenerse este absurdo?

Las afirmaciones candorosas del muchacho, hambriento de saber, hacían reflexionar a Salvatierra. Tal vez este inocente veía más claro que ellos, los hombres endurecidos en la lucha, que pensaban en la propaganda por la acción y en las rebeldías inmediatas. Era un espíritu simple, como los creyentes del cristianismo primitivo, que sentían las doctrinas de su religión con más intensidad que los Padres de la Iglesia. Su procedimiento era de una lentitud que necesitaba siglos; pero su éxito parecía seguro. Y el revolucionario, escuchando al gañán, se imaginaba una época en la que no existiese la ignorancia y la actual bestia de trabajo, mal nutrida, con el pensamiento petrificado y sin otra esperanza que la insuficiente y envilecedora caridad, se metamorfosease en hombre.

Al primer conflicto entre los felices y los desgraciados, se quebraría el viejo mundo. Los grandes ejércitos organizados por una sociedad basada en la fuerza, servirían para darle la muerte. Los trabajadores uniformados levantarían las culatas de los fusiles que les entregan sus explotadores para que les defiendan, o se valdrían de estas armas para imponer la ley de la felicidad de los más, a los pastores perversos que durante siglos mantenían al rebaño humano en la injusticia. Cambiaría de repente la faz del mundo, sin sangre y sin catástrofes. Desaparecerían, con los ejércitos y las leyes fabricadas por los poderosos, todo el antagonismo entre los felices y los desgraciados, todas las imposiciones y crueldades que convierten la tierra en un presidio. Sólo quedarían hombres. ¡Y esto podía lograrse tan pronto como la inmensa mayoría de los humanos, el innumerable ejército de la miseria, se diese cuenta de su fuerza, negándose a sostener por más tiempo la obra de la tradición...!

Salvatierra sentía halagado su sentimentalismo humanitario por este generoso ensueño de la inocencia. ¡Cambiar el mundo sin sangre, con un golpe teatral, valiéndose de la varilla mágica de la instrucción, sin esas violencias que repugnaban a su alma tierna, y que finalizan siempre con la derrota de los infelices y las crueles represalias del poderoso...!

El *Maestrico* seguía afirmando sus convicciones con una fe, que iluminaba sus ojos cándidos. ¡Ay! ¡Si los pobres supieran lo que saben los ricos...! Éstos son fuertes y gobiernan, porque la sabiduría está a su servicio. Todos los descubrimientos e invenciones de la ciencia caen en sus manos, son para ellos, llegando apenas los residuos a los de abajo. Si alguien salía de la masa miserable, elevándose por su capacidad, en vez de permanecer fiel a su origen, prestando apoyo a los hermanos, desertaba de su puesto, volviendo las espaldas a cien generaciones de abuelos esclavos, aplastados por la injusticia, y vendía su cuerpo y su inteligencia a los verdugos, mendigando un puesto entre ellos. La ignorancia era la peor servidumbre, el más atroz martirio de los pobres. Pero la instrucción aislada e individual resultaba inútil: sólo servía para formar desertores, tránsfugas, que se apresuraban a alienarse con el enemigo. Debían instruirse todos al mismo tiempo: apropiarse de golpe las grandes conquistas de la razón humana.

—¡Todos! ¿Me entiende usted, don Fernando? Todos a la vez, gritando: «No queremos más engaños; no os serviremos para que *esto* continúe.»

Y don Fernando aprobaba con movimientos de cabeza. Sí, todos al mismo tiempo; así había de ser: todos, despojándose de la piel de la bestialidad resignada, única vestidura que la tradición cuidaba de mantener sobre sus hombros.

Pero al volver su vista por la gañanía, llena de sombra y de humo, creyó abarcar con sus ojos toda la humanidad explotada e infeliz. Unos acababan de devorar las sopas, con las que engañaban su hambre; otros, tendidos, regoldaban satisfechos, creyendo en una digestión que no añadía nada al quebrantado vigor de su vida; todos aparecían embrutecidos, repugnantes, sin voluntad para salir de su estado; creyendo confusamente en el milagro como única esperanza, o pensando en una limosna cristiana que le permitiese un minuto de descanso en su desesperado rodar por la cuesta de la miseria. ¡Cuánto tiempo no había de transcurrir hasta que aquella pobre gente abriese los ojos y aprendiera el camino! ¡Quién podría despertarla, infundiéndola la fe de aquel pobre mozo que caminaba a tientas, con los ojos fijos en una estrella lejana que él solo veía...!

El grupo de los de *la idea*, abandonando el cuenco limpio ya de gazpacho, vino a sentarse en el suelo, en torno de Salvatierra. Gravemente, enrollaban sus cigarros, como si esta operación absorbiese por completo su pensamiento. El tabaco era su única voluptuosidad, y tenían que calcular la duración de la pobre cajetilla durante toda la semana. Manolo el de Trebujena había sacado del serón de su asno un tonelillo de aguardiente y servía copas en el centro de un corro. Acudían a él, con avidez de enfermos, los viejos gañanes de cara apergaminada y barbas recias, brillando en sus ojos el consuelo del alcohol. Los jóvenes sacaban de la faja las monedas de cobre, después de largos titubeos, y bebían, justificando mentalmente este gasto extraordinario con el absurdo pensamiento de que al día siguiente no habían de trabajar. Algunas muchachas, de sueltos ademanes, avanzaban cautelosas, con paso de gatas, hasta confundirse con los grupos de los mozos, chillando cuando éstos las ofrecían una copa después de innumerables pellizcos y restregones de brutal deseo.

Salvatierra escuchaba a Juanón, un antiguo camarada que trabajaba en el cortijo y había hecho el viaje a Jerez, sólo por verle cuando llegó del presidio.

Era un hombre enorme, membrudo, con los pómulos salientes, la mandíbula cuadrada y fiera, el pelo recio e hirsuto invadiéndole la frente, y unos ojos profundos que, en ciertos momento, brillaban con el resplandor verdoso de los felinos.

Había sido viñador, pero por su fama de revoltoso y pendenciero, tenía que dedicarse al trabajo de los cortijos, encontrando ocupación sólo en Matanzuela, gracias a Rafael, que le protegía por ser amigo de su padrino. Juanón inspiraba respeto a toda la gañanía. Era un impulsivo, sin recaídas de desaliento: una voluntad enérgica que se imponía a los compañeros.

Lenta y sentenciosamente hablaba a Salvatierra, mirando al mismo tiempo a la gente con un mohín de superioridad, acompañado de frecuentes salivazos en el suelo.

—Esto ha cambiado mucho, Fernando. Vamos pa atrás y los ricos son más amos que nunca.

Tuteaba a Salvatierra a uso de *compañeros* y hablaba con desprecio de la gente trabajadora. Los jóvenes ya los veía allí: creyéndose felices con una copa y sin más pensamiento que hacer suyas a las compañeras de trabajo. No había más que fijarse en la frialdad con que habían presenciado la llegada de Salvatierra. Muchos ni sentían la curiosidad de aproximarse a él: hasta habían sonreído irónicamente, como si dijeran: «Un embustero más.» Para ellos eran embusteros los periódicos que leían los viejos en voz alta; embusteros los que hablaban de la fuerza de la asociación y de una revuelta posible: sólo era verdad los tres gazpachos y los dos reales de jornal, y con esto, alguna borrachera de vez en cuando y el asalto de una trabajadora, a la que afligían con el engendramiento de un nuevo desgraciado, se consideraban felices mientras duraba en ellos el optimismo de la juventud y la fuerza. Si seguían el impulso de las huelgas, era por el ruido y el desorden que éstas traían. De los antiguos, quedaban aún muchos fieles a *la idea*, pero apocados de ánimo, miedosos, encorvados bajo el temor que habían sabido infundirles los ricos.

—Hemos sufrido mucho, Fernando. Mientras tú estabas allá lejos padeciendo, esto nos lo han transformado.

Y hablaba del régimen de terror que reducía al silencio toda la campiña. La ciudad rica, odiada por los siervos del campo, velaba sobre ellos con un gesto cruel e inexorable para ocultar el miedo que les tenía. Los amos poníanse en guardia a la menor conmoción. Bastaba que se reuniesen con cierto misterio unos cuantos jornaleros en un hato, en un rancho de la campiña, para que al momento sonasen los ricos el toque de alarma en los periódicos de toda España, y llegaran nuevos soldados a Jerez, y la guardia civil corriera el campo amenazando a todo el que no estaba conforme con lo exiguo del jornal y la miseria de la alimentación. *¡La Mano Negra!* ¡Siempre aquel fantasma, agrandado por la exuberante imaginación andaluza, que los ricos cuidaban de conservar vivo y en pie para moverlo así que los gañanes formulaban la más insignificante petición...!

Para sostener sus injusticias y la servidumbre tradicional, necesitaban del estado de guerra, fingir que vivían entre peligros, quejándose de los gobiernos porque no les protegían bastante. Si los braceros pedían que les diesen de comer como a seres humanos, que les dejasen fumar un cigarro más en las horas veraniegas de sol abrasador, que les aumentasen los dos reales en unos cuantos céntimos, todos gritaban desde arriba recordando *La Mano Negra*, afirmando que iba a resucitar.

Juanón, impulsado por la cólera, poníase de pie. *¡La Mano Negra!* ¿Qué era aquello? Él había sufrido persecuciones por creerle afiliado a ella, y aún no sabía ciertamente en qué consistía. Meses enteros había estado en la cárcel con otros desgraciados. Le sacaban por la noche del encierro, para golpearle, en la oscura soledad del campo. Las preguntas de los hombres con uniforme iban acompañadas de culatazos que hacían crujir sus huesos, de palizas locas que se exarcebaban ante sus negativas. Aún guardaba en el cuerpo las cicatrices de estos obsequios de los ricos de Jerez. Podían haberle muerto sin que él contestase a gusto de sus atormentadores. Sabía de sociedades para defender la vida de los jornaleros y resistirse a los abusos de los amos; él formaba parte de ellas; pero de *La Mano Negra*, de la terrorífica asociación con sus puñales y sus venganzas, no sabía una palabra.

Como prueba de su existencia novelesca, sólo había un muerto, un asesinato vulgarísimo en un país de vino y de sangre: y por este homicidio habían muerto unos cuantos trabajadores en garrote vil, y centenares de infelices como él vivieron en la cárcel sufriendo tormentos que a algunos les costaron la existencia. Pero desde entonces tenían los amos un espantajo para levantarlo como bandera, *La Mano Negra*, y no intentaban los pobres de la campiña el más leve movimiento hacia su bienestar, que no surgiese el fantasma lúgubre goteando sangre.

Todo lo autorizaba el tétrico recuerdo. Por la más leve falta se apaleaba a un hombre en el campo; el gañán era un ser sospechoso contra el cual todo era lícito. Los excesos de celo de la autoridad se agradecían y premiaban, y al que osaba protestar se le imponía silencio con el recuerdo de *La Mano Negra*. La gente joven escarmentaba con este ejemplo; los hombres tenían miedo, y los ricos, allá en la ciudad, con la imaginación fortalecida por el vino de sus bodegas, seguían añadiendo caperuzas a su fantasma, colgándole nuevos adornos de terror, agrandándolo de tal modo, que los mismos que lo habían visto nacer hablaban de él como de algo horriblemente legendario ocurrido en tiempos remotos.

Juanón calló, y sus compañeros permanecieron como aterrados por aquel espectro de la imaginación meridional, que parecía cubrir con sus trapajos negros todo el campo de Jerez.

La gañanía, después de la cena, había recobrado la calma de la noche. Muchos hombres dormían tendidos en sus esterillas con un ronquido fatigoso, aspirando a ras de tierra las emanaciones asfixiantes del rescoldo de boñiga. En el fondo, las mujeres, sentadas en el suelo con las faldas abombadas como hongos, contábanse cuentos o relataban curaciones maravillosas ocurridas en la sierra por milagro de las vírgenes.

Una canturía a media voz elevábase sobre el murmullo de las conversaciones. Eran los gitanos que continuaban su comida extraordinaria. La tía *Alcaparrona* había sacado de bajo de sus faldas una botella de vino para celebrar su buena fortuna en la ciudad. La prole salía a sorbo en el reparto, pero la vista del vino era suficiente para esparcir la alegría. *Alcaparrón*, con la vista puesta en su madre, que era la mayor de sus admiraciones, cantaba acompañado de las palmas que batían en sordina todos los de la familia. El gitanillo gemía «sus pesares y sus penas» con ese sentimentalismo falso de la canción popular, añadiendo que «al escucharle un pájaro, se le habían caído de sentimiento las plumas a millares»; y la vieja y su gente le jaleaban, alabando su gracia con tanto entusiasmo como si se alabasen ellos mismos.

Alcaparrón cortó de repente el canto para hablar a su madre, con la incoherencia del gitano que salta caprichoso de un pensamiento a otro.

—Mare, ¡y qué desgraciaos somos los pobresitos gitanos! Los *gachés* lo son todo: reyes, alcardes, jueses y generales, y los *cañís* no somos ná.

—¡Caya, malange! Tampoco dengún gitano es carselero ni verdugo... Anda, bobo: echa otra.

Y reanudaron el canto y el palmoteo con nuevos bríos.

Un gañán ofreció una copa de aguardiente a Juanón, que la rechazó con su manaza.

—Eso es lo que nos pierde —dijo sentenciosamente—. La bebía mardita.

Y apoyado por los gestos de aprobación del *Maestrico*, que había guardado sus avíos de escribir para unirse al grupo, Juanón anatematizó la embriaguez. Aquella gente miserable lo olvidaba todo cuando bebía. Si llegaban a sentirse hombres alguna vez, no tendrían los ricos más que abrir las puertas de sus bodegas para vencerlos.

Muchos en el grupo protestaron de las palabras de Juanón. ¿Qué podía hacer un pobre sino beber, para olvidar su miseria? Y roto el silencio respetuoso que imponía la presencia de Salvatierra, hablaron muchos a un tiempo, para expresar sus dolores y sus cóleras. La comida era cada vez peor: los ricos abusaban de su fuerza, de aquel miedo que habían infundido y propalado.

Únicamente en la época de la trilla les daban un guiso de garbanzos: el resto del año pan, sólo pan, y en muchos sitios, tasado. Explotaban hasta sus necesidades más imperiosas. Antes, al arar la tierra, por cada diez arados había un hombre suplente, que ocupaba el sitio del que se retiraba un momento para librarse de los residuos del gazpacho. Ahora, para economizarse este suplente, daban cinco céntimos al arador, con la condición de no abandonar la yunta aunque el estómago le atormentase con los más crueles llamamientos, y a esto le llamaban ellos con una sorna triste, «vender el... sitio más innoble del cuerpo».

Cada año venían a los cortijos más mujeres de la sierra.

Las hembras eran sumisas; la debilidad femenil las hacía temer al arreador y se esforzaban en su trabajo. Los *manijeros*, agentes reclutadores, bajaban de la montaña al frente de sus bandas empujadas por el hambre. Describían en los pueblos la campiña de Jerez como un lugar de abundancia, y las familias confiaban al *manijero* las hijas apenas entradas en la pubertad, pensando, con una avidez sin entrañas, en los reales que traerían recogidos después de la temporada de trabajo.

El arreador de Matanzuela y algunos del corro, que eran manijeros, protestaron. Los hombres de la gañanía que aún no dormían habíanse agrupado en torno de Salvatierra.

—Nosotros somos mandaos —dijo el arreador—. ¿Qué hemos de jacer, pobres de nosotros? Eso, a los amos, que son los que nos mandan.

El viejo *Zarandilla* intervino también, por considerarse comprendido en el llamado *gobierno* del cortijo. ¡Los amos...! Ellos podían arreglarlo todo, sólo con acordarse un poco del pobre; con tener caridad, mucha caridad.

Salvatierra, que escuchaba impasible las palabras de los jornaleros, se agitó, rompiendo su mutismo al oír al viejo. ¡La caridad! ¿Y para qué servía? Para mantener al pobre en la esclavitud, esperando unas migajas que acallaban su hambre por un momento y prolongaban su servidumbre.

La caridad era el egoísmo disfrazándose de virtud; el sacrificio de una pequeñísima parte de lo superfluo repartida a capricho. Caridad, no: ¡justicia! ¡a cada cual lo suyo!

Y el revolucionario enardecíase al hablar: abandonaba su sonriente frialdad; brillábanle los ojos tras las gafas azuladas, con el fuego de la rebelión.

La caridad no había hecho nada por dignificar al hombre. Diecinueve siglos llevaba de reinado; la cantaban los poetas como inspiración divina; la ensalzaban los felices como la mayor de las virtudes, y el mundo estaba igual que el día en que apareció ella por primera vez con la doctrina del Cristo. La experiencia resultaba suficientemente larga para apreciar su inutilidad.

Era la más impotente y anémica de las virtudes. Había tenido palabras amorosas para el esclavo, pero no había roto sus cadenas; ofrecía un mendrugo al siervo moderno, pero no osaba el menor reproche contra la organización social que le condenaba a la miseria por el resto de su vida. La caridad, sosteniendo al menesteroso un instante para que tomase fuerzas, era tan virtuosa como la campesina que alimenta a las aves de su corral y las mantiene bien cebadas, hasta el momento de devorarlas.

Nada había hecho esta virtud pálida para libertar a los hombres. Era la rebeldía, la protesta desesperada, la que había roto las ligaduras del antiguo siervo, la que emanciparía al asalariado moderno, adulado con toda clase de derechos ideales, menos el derecho al pan.

Salvatierra, en la exaltación de su pensamiento, quería estrujar todos los fantasmas con los que se había aterrado o entretenido durante siglos a los menesterosos, para que no estorbasen la feliz placidez de los privilegiados.

Sólo la Justicia social podía salvar a los hombres, y la Justicia no estaba en el cielo, vivía en la tierra.

Más de mil años se habían resignado los parias, con el pensamiento puesto en el cielo, confiando en una compensación eterna. Pero el cielo estaba vacío. ¿Qué desgraciado podía ya creer en él? Dios se había ido con los ricos; apreciaba como una virtud digna de la gloria eterna, el que de tarde en tarde repartiesen éstos un fragmento de su fortuna, conservándola íntegra y reputando como un crimen las reclamaciones de bienestar de los de abajo.

Aunque el cielo existiese, el infeliz se negaría a entrar en él, como en un lugar de injusticia y privilegio donde penetra lo mismo el que pasa la vida sufriendo, que el que vive en la riqueza distrayendo su tedio con la voluptuosidad de la limosna.

El cristianismo era una mentira más, desfigurada y explotada por los de arriba para justificar y santificar sus usurpaciones. ¡Justicia, y no Caridad! ¡Bienestar en la tierra para los infelices y que los ricos se reservasen, si la deseaban, la posesión del cielo, abriendo la mano para soltar sus rapiñas terrenales!

Los miserables no podían esperar nada de lo alto. Sobre sus cabezas sólo existía un infinito insensible a la desesperación humana: otros mundos que ignoraban la vida de millones de míseros gusanos sobre esta esfera deshonrada por el egoísmo y la violencia. Los hambrientos, los que tenían sed de justicia, sólo debían confiar en ellos mismos. ¡Arriba, aunque fuese para morir! Otros vendrían detrás, que esparcirían la simiente germinadora en los surcos fecundados por su sangre. ¡De pie y en marcha la horda de la miseria, sin más Dios que la rebelión, iluminando su camino la estrella roja, el eterno diablo de las religiones, guía insustituible de todos los grandes movimientos de la Humanidad...!

Los braceros escuchaban en silencio al revolucionario. Muchos seguían sus palabras abriendo desmesuradamente los ojos, como si quisieran absorberlas con la vista.

Juanón y el de Trebujena asentían con movimientos de cabeza. Habían leído confusamente lo que decía Salvatierra, pero en boca de éste les conmovía como una música vibrante de pasión.

El viejo *Zarandilla* no temió romper este ambiente de entusiasmo, interviniendo con su sentido práctico.

—Too eso está muy bien, don Fernando. Pero el pobre necesita tierra pa vivir y la tierra es de los amos.

Salvatierra se irguió con arrogancia. La tierra no era de nadie. ¿Qué hombres la habían creado para apropiársela como obra suya? La tierra era de los que la trabajaban.

La injusta distribución del bienestar; el aumento de la miseria conforme aumenta la civilización; el aprovecharse los poderosos de todos los inventos de la mecánica, ideados para suprimir el trabajo corporal y que sólo servían para hacerlo más pesado y embrutecedor; todos los males de la Humanidad, provenían de la apropiación de la tierra por unos cuantos miles de hombres que no siembran y sin embargo recogen, mientras millones de seres hacen abortar al suelo sus tesoros de vida sufriendo un hambre de siglos y siglos.

La voz de Salvatierra resonó en el silencio de la gañanía como un grito de combate.

—El mundo empieza a despertar de su sueño de miles de años; protesta de haber sido robado en su infancia. La tierra es vuestra: nadie la ha creado y pertenece a todos. Si en ella existe algún mejoramiento, obra es de vuestras negras manos, que son vuestros títulos de propiedad. El hombre nace con derecho al aire que respira, al sol que lo calienta, y debe exigir la posesión de la tierra que le sostiene. El suelo que cultiváis para que otro recoja la cosecha, os pertenece, aunque vosotros, infelices, envilecidos por miles de años de servidumbre, dudéis de vuestro derecho, temiendo avanzar la mano para que no os crean ladrones. El que acapara un pedazo de tierra, excluyendo de él a los demás, el que lo entrega a las bestias humanas para que lo hagan producir mientras él permanece ocioso, ése es el que verdaderamente roba a sus semejantes.

IV

Los dos mastines que guardaban durante la noche los alrededores de la torre de Marchamalo, cesaron de dormitar bajo las arcadas de la casa de los lagares, con el cuerpo en círculo, apoyando en el rabo las feroces mandíbulas. Irguiéronse los dos al mismo tiempo, husmearon el espacio, y después de balancearse con cierto titubeo, rugieron, lanzándose viña abajo con un impulso arrollador que hacía saltar la tierra entre sus patas.

Eran unos animales casi salvajes, de ojos de fuego y boca roja, erizada de dientes que daban frío. Los dos se abalanzaron sobre un hombre que marchaba encorvado por entre las cepas, fuera del camino que en recta pendiente conducía de la carretera a la torre.

El encontronazo fue terrible: el hombre vaciló, tirando de su manto en la que había hecho presa uno de los mastines. Pero, de repente, cesaron éstos de rugir, de revolverse en torno de él buscando sitio para hincar sus colmillos, y se colocaron a su lado escoltándolo y acogiendo con ronquidos de satisfacción el roce de sus manos.

—¡Bárbaros! —decía Rafael en voz queda, sin dejar de acariciarles—. ¡Malas personas...! ¿Ya no me conocéis?

Le acompañaron hasta la meseta de Marchamalo, y de

nuevo fueron a enroscarse bajo las arcadas, reanudando su dormitar receloso que se desvanecía al menor ruido.

Rafael se detuvo un momento en la plazoleta, para reponerse de este encuentro. Se arregló la manta sobre los hombros y cerró la navaja que había sacado para hacer frente a las hurañas bestias.

Sobre el espacio azulado por el brillo de las estrellas, dibujábase el contorno de aquel Marchamalo nuevo que había hecho construir don Pablo.

En el centro, la torre señorial, que se veía desde Jerez, dominando las colinas cubiertas de viñas que hacían de los Dupont los primeros propietarios de la comarca: una construcción pretenciosa de ladrillo rojo, con la base y los ángulos de piedra blanca; unidas las agudas almenas de su remate por una barandilla de hierro que convertía en terraza vulgar el coronamiento de una obra semifeudal. A un lado estaba lo mejor de Matanzuela, lo que don Pablo había cuidado más de sus nuevas construcciones, la capilla espaciosa, ornada de columnas y mármoles como un gran templo. Al otro lado permanecía casi intacta la obra del antiguo Marchamalo. Apenas si con una ligera reparación se había fortalecido este cuerpo de edificio, bajo y con arcadas, en el que estaban las habitaciones del capataz y el dormitorio de los viñadores, espacioso y desabrigado, con un *fogaril* que ennegrecía de humo las paredes.

Dupont, que había traído artistas de Sevilla para decorar la iglesia, y encargado a los santeros de Valencia varias imágenes deslumbrantes de colorines y oro, sintió cierto remordimiento ante la antigua casa de los viñadores, no atreviéndose a tocarla. Tenía *mucho carácter*; equivalía a un atentado rejuvenecer con reformas este refugio de los braceros. Y el capataz siguió en sus cuartuchos, cuya vejez disimulaba María de la Luz con un cuidadoso enjalbegado, y los jornaleros durmieron vestidos sobre las esterillas de enea que les proporcionaba la generosidad de don Pablo, mientras las santas imágenes permanecían entre mármoles y dorados, semanas enteras, sin ser vistas de nadie, pues las puertas de la capilla sólo se abrían cuando el amo llegaba a Marchamalo.

Rafael contempló largo rato los edificios, temiendo que en su oscura masa se iluminase una rendija, se abriera una ventana y asomase el capataz alarmado por la carrera de los mastines. Transcurrieron algunos minutos sin que en Marchamalo se notase el menor movimiento. Subía el rumor soñoliento de los campos hundidos en la sombra:

las estrellas parpadeaban intensamente en el cielo invernal, como si el frío aguzase su fulgor.

El mozo salió de la plazoleta, y volviendo la esquina del edificio viejo, anduvo por el callejón que quedaba entre la casa y una fila de compactas chumberas. Se detuvo junto a una reja, y al tocar ligeramente con los nudillos en sus maderas, se abrieron éstas, destacándose sobre el fondo oscuro de la habitación el arrogante busto de María de la Luz.

—¡Qué tarde, Rafaé! —dijo con voz queda—. ¿Qué hora es...?

El aperador miró al cielo un instante, leyendo en los astros con su experiencia de hombre de campo.

—Deben ser ansí como las dos y media.

—¿Y el cabayo? ¿Dónde lo has dejado?

Rafael explicó su viaje. El caballo estaba en el ventorro de la Corneja, a dos pasos de allí; una cabaña al borde de la carretera. Bien necesitaba descansar, pues había venido al galope desde el cortijo.

Aquel sábado había sido de trabajo. Muchos hombres y muchachas de la gañanía querían pasar el domingo en sus pueblos de la sierra, y le habían pedido los jornales para llevarlos a sus familias. Una tarea de volverse loco, el ajustar las cuentas de aquella gente que siempre se creía engañada. Además, había tenido que cuidar a un semental que andaba malucho; darle friegas y otros remedios, ayudado por *Zarandilla*. Luego, las gentes de la dehesa le traían escamado, pues al hacer carbón, seguramente robaban al señorito... En fin, que en Matanzuela no se paraba un momento, y sólo después de media noche, cuando en la gañanía habían apagado la luz los que allí quedaban, se había decidido a emprender el galope. Apenas amaneciese volvería al ventorrillo y, montando en la jaca, se presentaría como si acabase de llegar de Matanzuela, para que el padrino no recelase que habían estado *pelando la pava*.

Luego de estas explicaciones quedaron los dos en silencio, agarrados a la reja, sin que sus manos osaran encontrarse, mirándose de cerca a la luz difusa de las estrellas, que daba a sus ojos un brillo extraordinario. Era el momento de mutua contemplación y silenciosa timidez de todos los amantes que se ven después de una larga ausencia. Rafael fue el primero en romper el silencio.

—¿Y no ties na que icirme? ¿Endimpués que no nos vemos en toa una semana, te quedas como una boba mirándome como si juese yo un mal bicho?

—¿Y qué te he de icir yo, arrastrao...? Que te quiero mucho: que toos estos días los he pasao con una penita muy jonda, muy negra, pensando en mi gitano...

Y los dos novios, puestos ya en la pendiente del apasionamiento, arrullándose con la música de sus palabras, con la exuberancia verbosa propia de la tierra.

Rafael, agarrado a los hierros, temblaba emocionado al hablar a María de la Luz, como si sus palabras no fuesen suyas y le turbasen con dulce embriaguez. Los arrullos de las canciones populares, todos los requiebros arrogantes que había oído, acompañados del puntear de la guitarra, mezclábalos en la letanía amorosa con que envolvía a la novia su voz susurrante.

—Que toos los pesares de tu vida vengan a mí, entrañas de mi arma, y que tú sólo goces alegrías. Ties la cara de Dios, gitana; tus labios son casquitos de limón, y cuando me miras, creo que me mira el buen Jesú de los milagritos con sus ojos dulces... Quisiera ser don Pablo Dupont con toas sus bodegas, para soltar el vino de las botas viejas que tiene er tío, y que vale miles de pesos: y tú meterías en el charco tus pies bonitos y yo le diría a too Jerez: «Beban ustés, cabayeros, que esto es la gloria.» Y toos dirían: «Tiene razón Rafaé: ni que juesen los pinreles de la mismísima mare de Dios...» ¡Ay, niña! ¡Si no me quisieras, güena suerte te esperaba! Tendrías que hacerte monja, pues no habría guapo que te pidiera relaciones. Me abriría de patas en tu puerta y ni a Dios dejaría pasar.

María de la Luz sentíase halagada por la expresión feroz que tomaba su novio, sólo al pensar que otro hombre pudiera aproximarse a ella requiriéndole de amores. La brutalidad de los celos amenazantes gustábala aún más que los requiebros amorosos.

—¡Pero, tonto! ¡Si yo sólo te quiero a ti! ¡Si estoy chalaíta por mi cortijero y aguardo como quien espera a los ángeles el momento de ir a Matanzuela pa cuidar a mi aprerador salao...! Ya sabes que yo podría casarme con cualquiera de esos señoritos del escritorio que son amigos de mi hermano. La señora me lo dice muchas veces. Otras me camela pa que sea monja; pero monja de señorío, de las de gran dote, y me promete correr con todo el gasto. Pero yo digo que no: «Señora, no quiero ser santa; me gustan mucho los hombres...» Pero, ¡Jesú! ¡Qué barbaridades digo! Toos los hombres, no; uno, sólo uno: mi Rafaé, que cuando va en su jaca paece, por lo bonito, un

San Miguel a cabayo. ¡Pero no vayas a ponerte tonto con estas alabanzas, que too es broma...! Quiero ser cortijera con mi cortijero, que me quiere y me dise cosas bonitas. Más me gusta con él un gazpacho pobre que todo el señorío de Jerez...

—¡Bendita sea tu boca! ¡Sigue, niña, que me subes al cielo diciéndome esas cosas! Nada has de perder queriéndome. Pa que estés bien soy capaz de todo; y aunque el padrino se enfade, ansí que nos casemos güervo al contrabando para llenarte el delantal de onzas.

María de la Luz protestó con un ademán de miedo. Eso nunca. Aún se conmovía recordando aquella noche en que lo vio llegar pálido como un muerto y chorreando sangre. Serían felices en su pobreza, sin tentar a Dios con nuevas aventuras que podían costarle la vida. ¿Para qué el dinero...?

—Lo que importa es quererse, Rafaé, y ya verás, ¡cachito del arma!, cuando estemos en Matanzuela, qué vidita tan dulce voy a darte...

Ella era del campo como su padre, y en el campo quería permanecer. No le asustaban las costumbres del cortijo. En Matanzuela debía sentirse la falta de un ama que convirtiese la habitación del aperador en una «tacita de plata». Ya se enteraría él de lo que era buena vida, acostumbrado a la existencia desordenada del contrabandista y al cuidado de aquella vieja del cortijo. ¡Pobrecito! Bien notaba ella en su ropa la falta que le hacía una mujer... Se levantaría al romper el día: él a vigilar la salida de los gañanes para el tajo, ella a preparar el almuerzo, a limpiar la casa con las manitas que Dios la había dado, sin ningún miedo al trabajo. Vestido con aquel traje de campo que tan bien le sentaba, montaría a caballo, pero sin faltarle un botón en la chaquetilla, sin el menor descosido en los calzones, con una camisa siempre blanca como la nieve, bien cepillado, lo mismo que un señorito de Jerez. Y cuando volviese, la vería esperándole en la puerta del cortijo; pobre, pero limpia como los chorros de agua, bien peinada, con flores en el moño, y unos delantales que quitarían la luz de los ojos. La olla humearía en la mesa. ¡Poquito *aquel* que tenía la niña para la cocina! Su padre lo declaraba a todo el mundo... Después de comer en dulce compañía, con la satisfacción de los que saben que su pan está bien ganado, él, otra vez al campo y ella a coser, a cuidar del gallinero, a vigilar el amasijo de las teleras. Y al cerrar la noche, a cenar y a acostarse con los huesos cansados del trabajo, pero contentos de la jornada; a dormir en la santa paz de los que emplean bien el día y no sienten el remordimiento de haber hecho mal a nadie.

—¡Venga de ahí! —murmuraba Rafael con apasionamiento—. Y aun no dices too lo bueno. Después, tendremos chiquiyos, unos churumbeles muy monos que correrán por el patio del cortijo...

—¡Para, condenao! —exclamó María de la Luz—. No corras tanto, que te despeñas...

Y los dos quedaron en silencio, Rafael sonriendo del rubor de su novia, mientras ésta le amenazaba con una de sus manecitas por su atrevimiento.

Pero el mozo no podía callarse, y con la tenacidad de los enamorados volvió a hablar a María de la Luz de sus primeras angustias, cuando se dio cuenta de que estaba enamorado de ella. La primera vez que supo que la amaba fue en Semana Santa, durante la procesión del Entierro. Y Rafael reía, encontrando chusco el haberse enamorado, entre el aparato terrorífico de los encapuchados de las cofradías, el llamear inquisitorial de los blandones y el desgarrador estrépito de los clarines y atabales.

La procesión iba a altas horas de la noche por las calles de Jerez, en medio de un silencio lúgubre, como si el mundo fuese a morir; y él, con el sombrero en la mano, muy compungido, veía desfilar esta ceremonia que le llegaba al alma. De pronto, al hacer un descanso el «Santísimo Cristo de la Coronación de Espinas» y «Nuestra Señora de la Mayor Aflicción», una voz rasgaba el silencio de la noche, una voz que hizo llorar al fiero contrabandista.

—Y eras tú, chavala; tu voz de oro fino que gorvía loquita a la gente. «Es la chica del capataz de Marchamalo», decían a mi lao. «Bendito sea su pico: es un riuseñor.» Y yo me ajogaba de pena sin saber por qué; y te veía delante de tus amigas, tan bonita como una santa, cantando la *saeta*, con las manos juntas, mirando al Cristo con esos ojasos que paecen espejos, en los que se veían toos los cirios de la procesión. Y yo, que había jugao contigo de pequeñuelo, creí que eras otra, que te habían cambiao de pronto; y sentí algo en la espalda, como si me arañasen con una navaja; y miré al buen Señor de las Espinas con envidia, porque cantabas para él como un pájaro y para él eran tus ojos; y me fartó poco pa dicile: «Señó, sea su mercé misericordioso con los pobres y déjeme un rato su puesto en la cruz. Na me importa que me vean desnúo, con enagüillas y los remos enclavaos, con tal que María de la Luz me orsequie con su voz de ángel...»

—¡Loco! —decía la joven riendo—. ¡Pamplinero! ¡Así me tienes chalaíta con esas mentiras que te traes!

—Endimpués volví a oírte en la plaza de la Cárcel. Los pobrecitos presos, agarraos a las rejas, como si fuesen malas bestias, le cantaban al Señó unas cosas muy tristes, unas saetas hablando de sus jierros, de sus penitas, de la madre que lloraba por ellos, de sus hijitos que no podían besar. Y tú, entrañas mías, desde abajo contestabas con otras saetas, que era un jipío durce como el de los ángeles, pidiendo al Señó que se apiadase de los infelices. Y yo entonces juré que te quería con toa mi arma, que habías de ser mía, y tuve tentasiones de gritar a los pobrecitos de las rejas: «Hasta la vista, compañeros; si esta mujer no me quiere, yo jago una barbariá: mato a arguien y el año que viene cantaré enjaulao con vosotros al Señó de las Espinas.»

—Rafaé, no seas bárbaro —dijo la muchacha con cierto temor—. No digas esas cosas; eso es tentar la paciencia de Dios.

—No, tonta; esto no es más que un dicir. ¡Qué he de ir yo a aquel sitio de penas! Donde iré es a la gloria, casándome con mi riuseñor moreno, llevándomelo al nidito de Matanzuela... Pero ¡ay, niña! Lo que yo sufrí desde aquel día! ¡Las penitas que pasé para decirte «te quiero»! Venía a Marchamalo por las tardes cuando había hecho buen alijo, con una porción de indirectas bien preparás para que me comprendieses, y tú ¡na! como si fueses la Dolorosa, que mira lo mismo en Semana Santa que en el resto del año.

—Pero, ¡bobito! ¡Si te calé desde el primer momento! ¡Si adivinaba el querer que me tenías y estaba muy alegre! Pero mi obligación era disimulá. Una mocita no debe meterse por los ojos pa que le digan «te quiero». Eso no es decente.

—¡Calla, mal corazón! ¡Poquito que me hiciste sufrir en aquella temporá...! Yegaba en mi jaca, después de haber ido en la sierra a tiros con los del resguardo, y lo mismo era verte que abrírseme las entrañas con un miedo que me hacía temblar. «Le diré esto, le diré lo otro.» Y verte y no icirte na, too, era lo mismo. Se me trababa la lengua, se me hacía de noche dentro del caletre, como cuando iba a la escuela; tenía miedo de que te ofendieras y que el padrino me diese encima unos cuantos palos con una tranca, disiéndome: «¡Arre allá, so sinvergüenza!», lo mismo que cuando se mete en la viña un perro vagabundo... Por fin, salió la cosa. ¿Te acuerdas? Algo costó, pero nos entendimos. Fue dimpués der balazo, cuando tú me cuidabas como una marecita y por las tardes hacíamos nuestro poquito de cante ahí cerca, bajo las arcadas. El padrino tañía la guitarra y yo, sin saber cómo, me arranqué por *martinetes*, con los ojos fijos en los tuyos, como si fuese a comérmelos:

Fragua, yunque y martillo
Rompen los metales,
Pero este cariño que yo te tengo
No lo rompe nadie.

Y mientras el padrino contestaba «*tra, tra; tra, tra*», como si con un martillo golpease el jierro, tú te pusiste coloradita y bajaste los ojos leyendo al fin en los míos. Y yo me dije: «Güeno, esto va bien.» Y bien fue: pues, sin saber cómo, nos dijimos nuestro querer. Tal vez fuiste tú, ¡indina! que cansada de hacerme sufrir, acortaste el camino para que yo perdiese el miedo... Y dende entonces no hay en Jerez y en too su campo hombre más feliz y más rico que Rafaé, el aperador de Matanzuela... ¿Ves tú a don Pablo Dupont con toos sus millones? Pues a mi lao, ¡na!; ¡cerato simple! Y toos los demás cosecheros ¡na! Y mi amo, el señorito Luis, con toa su fachenda y el mujerío de pendones que se trae en derredor... ¡na tampoco! El más rico de Jerez soy yo, que se llevará al cortijo una morenucha fea, que está cieguita porque a la pobre apenas se le ven los ojos, y que tiene el defecto de que al reírse se le jasen en la cara unos joyitos muy monos, como si estuviera picá de viruelas.

Y agarrado a la reja se expresaba con tal vehemencia que parecía querer meter su cara por entre los hierros buscando la de María de la Luz.

—Quieto, ¿eh? —dijo la muchacha con risueña amenaza—. A ti sí que te voy a picá yo, pero con una horquilla del moño, si no te estás quieto. Ya sabes, Rafaé, que no me gustan ciertas bromas y que salgo a la reja porque me prometes que serás formal.

El gesto de María de la Luz y la amenaza de cerrar la reja, hicieron que Rafael se mostrase menos vehemente, separando su cuerpo de los hierros.

—Güeno, como tú quieras, mal corazón. Tú no sabes lo que es el querer y por eso pareces tan fría, tan tranquila, como si estuvieses en misa.

—¿Que yo no te quiero...? ¡Chiquiyo! —exclamó la muchacha.

Y fue ella la que olvidando su enfado se expresó con más calor aún que su novio. Le quería tanto como a su padre. Era otro modo de querer, pero estaba segura de que puestos en una balanza los dos afectos, no se diferenciarían en nada. Su hermano conocía mejor que ella la vehemencia con que amaba a Rafael. ¡Así se burlaba Fermín, cuando venía a la viña y la hacía preguntas sobre su noviazgo...!

—Te quiero, y creo que te quise siempre, desde que éramos pequeños y venías tú a Marchamalo de la mano de tu padre, hecho un gañancito con tu ordinariez de la sierra, que nos hacía reír a los señoritos y a nosotros. Te quiero porque estás solo en el mundo, Rafaé, sin pare y sin familia: porque necesitas un arma buena que esté contigo, y ésa soy yo. Te quiero porque has padecío mucho pa ganarte la vida, ¡pobrecito mío!, porque te vi casi muerto en aquella noche, y entonces adiviné que te llevaba dentro del corazón. Además, mereces que te quiera por bueno y por honrao: porque viviendo como un perdío entre mujeres y matones, siempre de juerga, expuesto a perder la piel con cada onza que ganabas, pensaste en mí, y para no dar más pesares a tu nena quisiste ser pobre y trabajar. Y yo te premiaré too lo que has hecho, queriéndote mucho, ¡pero mucho! Seré tu mare, y tu jembra, y too lo que haya que ser pa que vivas contento y feliz.

—¡Olé! ¡Sigue soltando por ese pico, serrana! —dijo Rafael con nuevo entusiasmo.

—Y te quiero también —continuó María de la Luz con cierta gravedad— porque soy digna de ti: porque me creo buena y estoy segura de que al ser tu mujer no he de darte la menor pesadumbre. Tú no me conoces aún, Rafaé. Si un día creyese que podía causarte pena, que no me merecía un hombre como tú, te gorvería la espalda y me ajogaría de tristeza al verme sin ti: pero aunque te pusieras de rodillas fingiría haberme olvidado de tu cariño. Ya ves, pues, si te quiero...

Y su acento, al decir estas palabras, era tan triste, que Rafael tuvo que animarla. ¿Quién pensaba en tales cosas? ¿Qué podía ocurrir que tuviese fuerza bastante para separarlos? Los dos se conocían y eran dignos el uno del otro. Él, si acaso, por su vida pasada, no merecía ser amado, pero ella era buena y misericordiosa y le concedía la regia limosna de su cariño. ¡A vivir!, ¡a quererse mucho...!

Y para huir de la tristeza que les habían infundido estas palabras, torcieron el curso de la conversación, hablando de la fiesta que don Pablo había organizado en Marchamalo para dentro de unas horas.

Los viñadores, que todos los sábados marchaban a Jerez al caer la tarde para ver a sus familias, estaban durmiendo cerca de allí. Eran más de trescientos: el amo les había ordenado que se quedasen para asistir a la misa y a la procesión. Con don Pablo vendrían todos sus parientes, los señores del escritorio y mucha gente de la bodega. Una gran fiesta, a la que forzosamente asistiría su hermano. Y ella reía pensando en la cara de Fermín, en lo que diría después cuando viniese a la viña y se encontrara con Salvatierra, que de tarde en tarde visitaba con cierto recato a su antiguo amigo el capataz.

Rafael habló entonces de Salvatierra, de su inesperada visita al cortijo y de la rareza de sus costumbres.

—Ese buen señor es una excelente persona, pero está algo chiflao. Por poco me pone en revolución toda la gañanía. «Que si esto va mal; que si los pobres necesitan vivir», y ecétera. No, esto no está muy bien arreglao que digamos, pero lo que importa en el mundo es quererse y tener ganas de trabajar. Cuando nos najemos al cortijo no tendremos más que las tres pesetas, el pan y lo que caiga. El oficio de aperador no da pa mucho. Pero ya verás qué ricamente lo pasamos a pesar de cuanto dice en sus sermones y soflamas el señor Salvatierra... Pero que no sepa el padrino lo que yo digo de su camará, pues tocarle a don Fernando es peor que si yo te fartase a ti, pongo por caso.

Rafael hablaba de su padrino con veneración y miedo al mismo tiempo. El viejo conocía sus amores, pero no hablaba nunca de ellos al muchacho y a su hija. Los toleraba silencioso, con su gesto grave de padre a uso latino, seguro de su autoridad, convencido de que le bastaba un solo ademán para desbaratar todas las esperanzas de los enamorados. Rafael no osaba proponerle el casamiento, y María de la Luz, cuando el novio, echándolas de valiente, quería hablar a su padrino, le disuadía con cierto miedo.

Nada perdían esperando: sus padres también habían

pelado la pava muchos años. La gente honrada no se casa con precipitación. El silencio del señor Fermín era de asentimiento: esperarían, pues. Y Rafael, escondiéndose del padrino para galantear a su hija, aguardaba pacientemente a que un día se plantase el viejo delante de él, diciéndole con su campechana rudeza: «¿Pero qué esperas para llevártela, bobalicón? Carga con ella y que de salú te sirva.»

Comenzaba a amanecer. Rafael veía más claramente la cara de su novia al través de la reja. La luz difusa dcl alba, daba un tono azulado a su tez morena; hacía brillar con reflejos de nácar la blancura de sus córneas y marcaba con huella profunda la sombra de sus orejas. Por la parte de Jerez abríase el cielo con un desgarrón de luz violácea, que iba extendiéndose, y borrando en su seno las estrellas. De la bruma de la noche surgía a lo lejos la ciudad, con la apiñada arboleda del Tempul y las aglomeraciones de blanco caserío, en las que palpitaban los últimos faroles de gas como estrellas agonizantes. Soplaba una brisa helada: la tierra y las plantas parecían sudar al contacto de la luz. Un pájaro salió aleteando de las chumberas, con agudo silbido, que hizo estremecer a la joven.

—Anda, Rafaé —dijo ella con la precipitación del miedo—; márchate en seguida. Amanece, y mi padre se levanta pronto. Además, no tardarán en salir los viñadores. ¿Qué dirán si nos viesen a estas horas...?

Pero Rafael se resistía a irse. ¡Tan pronto! ¡Después de una noche tan dulce...!

La muchacha se impacientaba. ¿Para qué hacerla sufrir, si se verían pronto? No tenía más que bajar al ventorrillo y subir a caballo apenas se abriesen las puertas de la casa.

—No me voy: no me voy —decía él con voz suplicante y un fulgor de pasión en los ojos—. No me voy... ¿Y si quieres que me vaya...?

Se pegó más a la reja, murmurando con timidez la condición que exigía para irse. María de la Luz se hizo atrás con un gesto de protesta, como si temiese el avance de aquella boca, que suplicaba entre los hierros.

—¡No me quieres! —exclamó—. ¡Si me quisieras, no me pedirías esas cosas!

Y ocultó su cabeza entre las manos, como si fuese a llorar. Rafael metió un brazo por los hierros y de un suave tirón separó los dedos entrecruzados que le ocultaban los ojos de su novia.

—¡Pero si ha sido una broma, niña...! Perdóname, soy muy bruto. Pégame: dame una bofetada, que bien lo merezco.

María de la Luz, con el rostro ligeramente arrebolado por el restregón de sus manos, sonreía vencida por la humildad con que el novio imploraba su perdón.

—Te perdono, pero márchate en seguía. ¡Mira que van a salir...! Sí, ¡te perdono!, ¡te perdono! No seas pelma. ¡Vete!

—Pues pa que vea que me perdonas de veras, dame una bofetada. ¡O me la das o no me voy!

—¡Una bofetada...! ¡Bueno estás tú! Ya sé lo que quieras, ladrón: toma y vete en seguía.

Sacó por entre los hierros, echando atrás el cuerpo, una mano de suave almohadillado y graciosos hoyuelos. Rafael la cogió para acariciarla con arrobamiento. Después besó las uñas sonrosadas, chupó las yemas de sus dedos finos con una delectación que hizo agitarse a María de la Luz con nerviosas contorsiones detrás de la reja.

—¡Déjame, mala persona...! ¡Que chillo, asesino...!

Y librándose de un tirón de estas caricias que le estremecían con intenso cosquilleo, cerró la ventana de golpe. Rafael permaneció inmóvil largo rato, alejándose al fin, cuando dejó de percibir en sus labios la impresión de la mano de María de la Luz.

Transcurrió aún mucho tiempo antes de que los habitantes de Marchamalo diesen señales de vida. Los mastines ladraron dando saltos, cuando el capataz abrió la puerta de la casa de los lagares. Después, con caras de mal humor, fueron saliendo a la explanada los viñadores, obligados a permanecer en Marchamalo para asistir a la fiesta.

El cielo se azuleaba sin la más leve mancha de nubes. En el límite del horizonte una faja de escarlata anunciaba la salida del sol.

—¡Buen día nos dé Dios, cabayeros! —dijo el capataz a los jornaleros.

Pero éstos torcían el gesto o levantaban los hombros, como presos a los que nada importa la placidez del tiempo fuera de su encierro.

Rafael se presentó a caballo, subiendo a galope la cuesta de la viña, como si llegase del cortijo.

—Mucho madrugas, chaval —dijo el padrino con sorna—. Se conoce que no te dejan dormir las cosas de Marchamalo.

El aperador rondó por cerca de la puerta sin ver a María de la Luz.

Bien entrada la mañana, el señor Fermín, que vigilaba la carretera desde lo alto de la viña, vio al final de la cinta blanca que cortaba el llano una gran nube de polvo, marcándose en su seno las manchas negras de varios carruajes.

—¡Ya están ahí, muchachos! —gritó a los viñadores—. El amo llega. A ver si lo recibís como lo que sois; como personas decentes.

Y los braceros, siguiendo las indicaciones del capataz, se formaron en dos filas a ambos lados del camino.

La gran cochera de Dupont se había vaciado en honor de la festividad. Todos los troncos de caballos y mulas, así como los corceles de silla del millonario, habían salido de las grandes cuadras que tenía adosadas a la bodega; y con ellos, los brillantes arreos y los vehículos de todas clases que compraba en España o encargaba a Inglaterra, con su prodigalidad de rico, imposibilitado de poder demostrar de otro modo su opulencia.

Descendió don Pablo, de un gran landó, dando su mano a un sacerdote grueso, de cara sonrosada, con hábitos de seda que relucían al sol. Luego que se convenció de que el acompañante había descendido sin ningún contratiempo, atendió a su madre y a su esposa, que bajaron del carruaje vestidas de negro, con la mantilla sobre los ojos.

Los viñadores, rígidos en su doble fila, se quitaron los sombreros saludando al amo. Dupont sonrió satisfecho, y el sacerdote hizo lo mismo, abarcando en una mirada de protectora conmiseración a los jornaleros.

—Muy bien —dijo al oído de don Pablo con acento adulador—. Parecen buena gente. Ya se conoce que sirven a un señor cristiano que les edifica con buenos ejemplos.

Iban llegando los otros carruajes, con ruidoso cascabeleo y polvoriento patear de las bestias en la cuesta de Marchamalo. La explanada se llenaba de gente. Formaban la comitiva de Dupont todos sus parientes y empleados. Hasta su primo Luis, que tenía cara de sueño, había abandonado al amanecer la respetable compañía de sus amigotes, para asistir a la fiesta y agradar con esto a don Pablo, cuya protección necesitaba en aquellos días.

El dueño de Matanzuela, al ver a María de la Luz bajo

las arcadas, fue a su encuentro, confundiéndose con el cocinero de los Dupont y un grupo de criados que acababan de llegar cargados de vituallas, y pedían a la hija del capataz que los guiase a la cocina de los señores para preparar el banquete.

Fermín Montenegro descendió de otro coche con don Ramón, el jefe del escritorio, y los dos se alejaron a un extremo de la explanada, como si huyesen del autoritario Dupont, que en medio del gentío daba órdenes para la fiesta y se enfurecía al notar ciertas omisiones en los preparativos.

La campana de la capilla comenzó a voltear en su espadaña, dando el primer toque para la misa. Nadie había de llegar de fuera de la viña, pero don Pablo deseaba que sonasen los tres toques y que fueran largos, hasta que no pudiese más el gañán que tiraba de la cuerda. Le alegraba este estrépito metálico: creía que era la voz de Dios extendiéndose sobre sus campos, protegiéndolos como tenía el deber de hacerlo, por ser su amo un buen creyente.

Mientras tanto, el sacerdote, que había llegado con don Pablo, parecía huir también de las voces y ademanes descompuestos con que éste acompañaba sus órdenes, y agarraba suavemente al señor Fermín, ponderando el hermoso espectáculo que ofrecían las viñas.

—¡Cuán grande es la providencia de Dios! ¡Y qué cosas tan hermosas crea! ¿No es cierto, buen amigo...?

El capataz conocía al sacerdote. Era el apasionamiento más reciente de don Pablo, su último entusiasmo; un padre jesuita del que se hacía lenguas, por el acierto con que trataba en sus conferencias para hombres solos la llamada cuestión social, un embrollo para los impíos, que no atinaban con la solución y que el sacerdote resolvía en un periquete valiéndose de la caridad cristiana.

Dupont era veleidoso y tornadizo como un amante en sus apasionamientos por las gentes de la Iglesia. Una temporada adoraba a los Padres de la Compañía y no encontraba misa buena ni sermón aceptable, si no era en su iglesia: pero de pronto se cansaba de la sotana, le seducía el hábito con capucha, según sus colores, y abría su caja y las puertas de su hotel a los Carmelitas, a los Franciscanos o a los Dominicos establecidos en Jerez. Siempre que iba a la viña se presentaba con un sacerdote de distinta clase, adivinando por esto el capataz cuáles eran sus favoritos del momento. Unas veces eran frailes con vestimenta blanca y negra, otras pardos o de colores de castaña: hasta los había llevado de luengas barbas, que venían de lejanos países y apenas si chapurreaban el español. Y el señor, con sus entusiasmos de enamorado, ganoso de propalar los méritos de su pasión, le decía al capataz en amistosa confidencia:

—Es un héroe de la fe: viene de convertir infieles y hasta creo que ha obrado milagros. Si no fuera por herir su modestia, le diría que arremangase el hábito, para que te pasmases viendo las cicatrices de sus martirios...

Sus disentimientos con doña Elvira estribaban siempre en que ella tenía sus favoritos, que rara vez eran al mismo tiempo los del hijo. Cuando él adoraba a los jesuitas, la noble hermana del marqués de San Dionisio hacía elogio de los franciscanos, alegando la antigüedad de su Orden sobre las fundaciones que habían venido después.

—¡No, mamá! —exclamaba él, conteniendo su carácter iracundo, con el respeto que le inspiraba su madre—. ¿Cómo comparar a unos mendicantes con los Padres de la Compañía, que son los más sabios de la Iglesia...?

Y cuando la piadosa señora se iba con los sabios, su hijo hablaba casi llorando de emoción, del santo solitario de Asís y de sus hijos los franciscanos, que podían dar a los impíos lecciones de verdadera democracia y eran los que iban a arreglar el día menos pensado la cuestión social.

Ahora la veleta de su fervor apuntaba del lado de la Compañía, y no sabía ir a parte alguna sin el padre Urizábal, un vasco, compatriota del glorioso san Ignacio, méritos que bastaban para que Dupont se hiciese lenguas de él.

El jesuita contemplaba las viñas con el éxtasis de un hombre acostumbrado a vivir dentro de vulgares edificios, sin ver más que de tarde en tarde la grandiosidad de la Naturaleza. Hacía preguntas al capataz sobre el cultivo de las viñas, alabando el aspecto de las de Dupont, y el señor Fermín, halagado en su orgullo de cultivador, se decía que aquellos jesuitas no eran tan despreciables como los consideraba su amigo don Fernando.

—Oiga su mercé, padre: Marchamalo no hay más que uno; esto es la flor del campo de Jerez.

Y enumeraba las condiciones que debe tener una buena viña jerezana, plantada en tierra caliza, que esté pendiente, para que las lluvias corran y no refresquen en demasía la tierra, quitando fuerza al mosto. Así se producía aquel racimo, gloria del país, con sus granos pequeños como balines, transparentes y de una blancura de marfil.

Arrastrado por su entusiasmo enumeraba al sacerdote, como si éste fuese un cultivador, todas las operaciones que durante el año había que realizar con aquella tierra, sometida a un continuo trabajo para que diese su dulce sangre. En los tres meses últimos del año se abrían las *piletas*, los hoyos en torno de las cepas para que recibiesen la lluvia: a esta labor la llamaban *Chata*. También hacían entonces la poda, que provocaba conflicto entre los viñadores y hasta algunas veces había ocasionado muertes, por si debía hacerse con tijeras, como deseaban los amos, o con las antiguas podaderas, unos machetes cortos y pesados, como lo querían los trabajadores. Luego venía la labor llamada *Cava bien*, durante enero y febrero, que igualaba la tierra, dejándola llana como si la hubiesen pasado un rasero. Después el *Golpe lleno* en marzo, para destruir las hierbas crecidas con las lluvias, esponjando al mismo tiempo el suelo; y en junio y julio la *Vina*, que apretaba la tierra, formando una dura corteza, para que conservase todo su jugo, transmitiéndolo a la cepa. Aparte de esto, en mayo azufraban las vides, cuando empezaban a apuntar los racimos, para evitar el *cenizo*, una enfermedad que endurecía los granos.

Y el señor Fermín, para demostrar el cuidado incesante que durante el año exigía aquel suelo, que era como de oro, agachábase para coger un puñado de caliza y mostraba la finura de sus pequeños terrones blancos y desmenuzados, sin que se dejase apuntar en ellos el germen de una planta parásita. Entre las hileras de cepas veíase la tierra, machacada, alisada, peinada, con la misma tersura que si fuese el suelo de un salón. ¡Y la viña de Marchamalo se perdía de vista, ocupaba varias colinas, lo que exigía un trabajo enorme!

A pesar de la rudeza con que el capataz trataba a los viñadores durante el trabajo, ahora que no estaban presentes, se apiadaba de sus fatigas. Ganaban diez reales, un jornal exorbitante comparado con el de los gañanes de los cortijos; pero sus familias vivían en la ciudad, y, además, ellos se pagaban la comida, asociándose para adquirir el *costo*, el pan y la menestra que todos los días traían de Jerez en dos caballerías. La herramienta era suya: una azada de nueve libras de peso, que habían de manejar con ligereza, como si fuese un junco, de sol a sol, sin más descanso que una hora para el almuerzo, otra para la comida, y los minutos que les concedía el capataz con su voz de mando para que echasen cigarro.

—Nueve libras, padre —añadía el señor Fermín—. Eso se ice fácilmente y resulta un juguete pa un rato; pero hay que ver cómo se pone un cristiano después de estar too el día subiendo y bajando la herramienta. Al final de la jorná, pesa arrobas... ¿qué digo arrobas? tonelás. Parece que uno levanta en vilo a too Jerez cuando da un gorpe.

Y como hablaba con un amigo del amo, no quiso ocultarle las astucias de que se valían en las viñas para acelerar el trabajo y sacarle al jornal todo su jugo. Se buscaba a los braceros más fuertes y rápidos en la faena y se les prometía un real de aumento poniéndolos a la cabeza de la fila. Éste era el que se llamaba *hombre de mano.* El jayán, para agradecer el aumento de jornal, trabajaba como un desesperado, acometiendo la tierra con su azadón, sin respirar apenas entre golpe y golpe, y los otros infelices tenían que imitarle para no quedarse atrás, manteniéndose, con esfuerzos sobrehumanos, al nivel del compañero que servía de acicate.

Por las noches, rendidos de fatiga, entretenían la espera del último rancho jugando a los naipes, o canturreando. Don Pablo les había prohibido severamente que leyesen periódicos. Su única alegría era el sábado, cuando al anochecer salían de la viña, camino de Jerez, para *ir a misa,* como ellos decían. Hasta la noche del domingo estaban con sus familias entregando los *ajorros* a las mujeres; la parte de jornal que les restaba después de pagar el *costo.*

El sacerdote mostraba su extrañeza al ver que los viñadores se habían quedado en Marchamalo siendo domingo.

—Porque son muy buenos, padre —dijo el capataz con acento hipócrita—. Porque quieren mucho al amo, y ha bastado que les dijese yo de parte de don Pablo lo de la fiesta, pa que los pobrecitos se quedasen voluntariamente sin ir a sus casas.

La voz de Dupont llamando a su ilustre amigo el padre Urizábal hizo que éste abandonase al capataz, dirigiéndose a la iglesia, escoltado por don Pablo y toda su familia.

El señor Fermín vio entonces que su hijo paseaba con don Ramón, el jefe del escritorio, por un sendero. Hablaban de la belleza de las viñas. Marchamalo volvía a ser lo que en sus tiempos más famosos, gracias a la iniciativa de don Pablo. La filoxera había matado muchas de las cepas que eran la gloria de la casa Dupont, pero el actual jefe había plantado en las vertientes desoladas por el parásito la vida americana, una innovación nunca vista en Jerez, y el famoso predio volvería a sus tiempos gloriosos sin miedo a nuevas invasiones. Para esto era la fiesta; para que la bendición del Señor cubriese con su eterna protección las colinas de Marchamalo.

El jefe del escritorio se entusiasmaba contemplando el oleaje de viñedos y prorrumpía en líricos elogios. Era el encargado de la publicidad de la casa, y de su pluma de viejo periodista, de vencido intelectual, salían los prospectos, los folletos, las memorias, las cartas en la cuarta plana de los periódicos, que pregonaban la gloria de los vinos de Jerez, y especialmente los de la casa Dupont, pero en un estilo pomposo, solemne, entonado, que no llegaba a adivinarse si era sincero o una broma que don Ramón se permitía con su jefe y con el público. Leyéndole, no había más remedio que creer que el vino de Jerez era tan indispensable como el pan, y que los que no lo bebían estaban condenados a una muerte próxima.

—Mira, Fermín, hijo mío —decía con entonación oratoria—. ¡Qué hermosura de viñas! Me siento orgulloso de prestar mis servicios a una casa que es dueña de Marchamalo. Esto no se encuentra en ninguna nación, y cuando yo oigo hablar de los progresos de la Francia, del poder militar de los alemanes o de la soberbia naval de los ingleses, contesto: «Está bien; ¿pero dónde tienen ellos vinos como los de Jerez?» Todo lo que se diga es poco de este vino grato a los ojos, gustoso a la nariz, deleite del paladar y reparo del estómago. ¿No lo crees tú así...?

Fermín hizo un gesto afirmativo y sonrió, como si adivinase lo que iba a decirle don Ramón. Se sabía de memoria los períodos oratorios de los prospectos de la casa, apreciados por don Pablo como las muestras más gloriosas de la literatura profana.

Siempre que hallaba ocasión, el viejo empleado los repetía en tono declamatorio, embriagándose con el paladeo de su propia obra.

—El vino, Fermín, es la bebida universal por excelencia, la más vana de todas las que el hombre usa para su nutrición o su recreo. Es la bebida que mereció los honores de la embriaguez de todo un dios del paganismo. Es la bebida cantada por los poetas griegos y romanos, la celebrada por los pintores, la ensalzada por los médicos. En el vino encuentra el poeta inspiración, el soldado ardimiento, el trabajador fuerza, el enfermo salud. En el vino halla el hombre goce y alegría y el anciano fortaleza. El vino excita la inteligencia, aviva la imaginación, fortifica la voluntad, mantiene la energía. No podemos explicarnos los héroes griegos ni sus admirables poetas, sino bajo el estímulo de los vinos de Chipre y de Samos; y la licencia de la sociedad romana nos es incomprensible sin los vinos de Falerno y de Siracusa. Sólo podemos imaginarnos la heroica resistencia del paisano aragonés en el sitio de Zaragoza, sin descanso y sin comida, viendo que, además de la admirable energía moral de su patriotismo, contaba para su sostén físico con el porroncillo de vino tinto... Pero dentro de la producción vinícola que abarca muchos países, ¡qué asombrosa variedad de clases y tipos, de colores y aromas, y cómo se destaca el Jerez a la cabeza de la aristocracia de los vinos! ¿No crees tú lo mismo, Fermín? ¿No encuentras que es justo y está bien dicho todo lo que se me ocurre...?

El joven asintió. Todo aquello lo había leído muchas veces en la introducción del gran catálogo de la casa; un cuaderno con vistas de las bodegas de Dupont, y sus numerosas dependencias, acompañadas de la historia de la casa y de elogios a sus elaboraciones; la obra maestra de don Ramón, que el amo regalaba a los clientes y visitantes con una encuadernación blanca y azul, los colores de las Purísimas pintadas por Murillo.

—El vino de Jerez —continuó con acento solemne el jefe del escritorio— no es un advenedizo, un artículo elevado por la veleidosa moda; su reputación está de abolengo bien sentada, no sólo como bebida gratísima, sino como insustituible agente terapéutico. Con la botella de Jerez se recibe al amigo en Inglaterra, con la botella de Jerez se obsequia al convaleciente en los países escandinavos, y restauran en la India los soldados ingleses sus fuerzas agotadas por la fiebre. Los marinos, con jerez combaten el escorbuto, y los santos misioneros han reducido con él en Australia los casos de anemia ocasionados por el clima y los sufrimientos... ¿Cómo, señores, no ha de realizar tales prodigios un vino de Jerez de buena y genuina procedencia? En él se encuentran el alcohol legítimo y natural del vino con las sales que le son propias; el tanino astringente y los éteres estimulantes, provocando el apetito para la nutrición del cuerpo, y el sueño para su restauración. Es, a la vez, un estimulante y un sedante, excelentes condiciones que no se encuentran reunidas en ningún producto, que al mismo tiempo sea, como el jerez, grato al paladar y a la vista.

Calló un instante don Ramón para tomar aliento y recrearse en el eco de su elocuencia, pero al instante prosiguió, mirando a Fermín fijamente, como si éste fuese un enemigo difícil de convencer.

—Por desgracia, muchas gentes creen paladear el vino de Jerez cuando beben inmundas sofisticaciones. En Londres, bajo el nombre de Jerez, se venden líquidos heterogéneos. No podemos transigir con esta mentira, señores. El vino de Jerez es como el oro. Podemos admitir que el oro sea puro, de mediana o de baja ley, pero no podemos admitir que se llame oro al *doublé*. Sólo es jerez el vino que dan los viñedos jerezanos, que recrían y añejan sus almacenistas y que exportan, bajo su honrada firma, casas de intachable crédito, como por ejemplo la de «Dupont Hermanos». Ninguna casa puede compararse con ella: abarca todos los ramos; cultiva la vid y elabora el mosto; almacena y añeja el vino; se dedica por sí misma a la exportación y a la venta, y además destila mostos, elaborando su famoso coñac. Su historia abarca cerca de siglo y medio. Los Dupont constituyen una dinastía; su fuerza no admite auxiliares ni asociados; planta las vides en terrenos propios, y sus cepas han nacido antes en viveros de Dupont. La uva se presenta en lagares de Dupont, y los toneles en que fermenta el vino son fabricados por Dupont. En bodegas de Dupont se añeja y envejece el vino bajo la vigilancia de un Dupont, y por Dupont se encasca y se exporta sin la intervención de otro interesado. Buscad, pues, los vinos legítimos de Dupont en la seguridad de que es la casa que los conserva puros y genuinos.

Fermín reía escuchando a su jefe, lanzado a escape por entre los fragmentos de prospectos y reclamos, que conservaba en su memoria.

—¡Pero, don Ramón! ¡Si yo no he de comprar ni una botella...! ¡Si soy de la casa!

El jefe del escritorio pareció despertar de su pesadilla oratoria, y rió lo mismo que su subordinado.

—Tal vez habrás leído en las publicaciones de la casa mucho de esto, pero convendrás conmigo en que no está mal del todo. Además —prosiguió irónicamente—, los grandes hombres vivimos bajo el peso de nuestra grandeza y como no podemos salir de ella, nos repetimos.

Miró las extensiones cubiertas de cepas, y continuó con un tono de sincera alegría:

—Me satisface que se hayan replantado con vides americanas los grandes claros que dejó la filoxera. Yo se lo aconsejé muchas veces a don Pablo. Así aumentaremos dentro de poco la producción y los negocios, que marchan bien, aún irán mejor. Ya puede volver la plaga cuando quiera: por aquí pasará de largo.

Fermín hizo un gesto que invitaba a la confianza.

—Con franqueza, don Ramón, ¿en quién cree usted más?, ¿en la vid americana, o en las bendiciones que ese padre les echará a las cepas...?

Don Ramón miró fijamente al joven como si quisiera verse en sus pupilas.

—¡Muchachito!, ¡muchachito! —dijo con tono severo.

Después giró la vista en torno con cierta alarma, y continuó en voz baja como si las cepas pudiesen oírle:

—Tú ya me conoces: te trato con confianza porque eres incapaz de andar con soplos y porque has visto mundo y te has desasnado en el extranjero. ¿A qué me vienes con preguntas? Ya sabes que callo y dejo rodar las cosas. No tengo derecho a más. La casa Dupont es mi refugio: si saliese de ella, tendría que volver con toda mi prole a la miseria desesperada de Madrid. Estoy aquí como un vagabundo que encuentra posada y toma buenamente lo que le dan, sin permitirse criticar a sus bienhechores.

El recuerdo del pasado, con sus ilusiones y sus alardes de independencia, despertaba en él cierto rubor. Para tranquilizarse a sí mismo quería explicar el cambio radical de su vida.

—Me retiré, Fermín, y no me arrepiento. Aún quedan muchos de los que fueron mis compañeros de miserias y entusiasmos, que siguen fieles al pasado con una consecuencia que es testarudez. Pero ellos han nacido para héroes y yo no soy más que un hombre que considera el comer como la primera función de la vida... Además, me cansé de escribir por la gloria y las ideas, de sudar para los demás y vivir en perpetua pobreza. Un día me dije que sólo se puede trabajar para ser grande hombre o para comer. Y como estaba convencido de que el mundo no podía sentir la más leve emoción por mi retirada, ni había llegado a enterarse de que existo, recogí los bártulos que yo titulaba ideales, me decidí a comer, y aprovechando ciertos bombos dados por mí en los periódicos a la casa Dupont, me metí en ella para siempre, y no puedo quejarme.

Don Ramón creyó ver en los ojos de Fermín cierta repugnancia por el cinismo con que se expresaba y se apresuró a añadir:

—Yo soy quien soy, muchacho. Si me rascan, aparecerá el de antes. Créeme: el que muerde la fatal manzana de que hablan esos señores amigos de nuestro principal, no se quita jamás, el gusto de los labios. Se cambia de envoltura para seguir viviendo, pero de alma, ¡nunca! El que duda una vez, y razona y critica, ése ya no cree jamás como los devotos sinceros; cree porque se lo aconseja la razón, o porque se lo imponen sus conveniencias. Por esto, cuando veas a uno, como yo, hablar de fe y de creencias, di que miente porque le conviene, o que se engaña a sí mismo para proporcionarse cierta tranquilidad... Fermín, hijo mío; el pan no me lo gano dulcemente, sino a costa de bajezas de alma, que me dan vergüenza. ¡Yo, que en *mis tiempos* era de una altivez y una virtud con púas de erizo...! Pero piensa que llevo a cuestas a mis hijas, que quieren comer y vestir y todo lo demás que es necesario para atrapar a un marido, y que mientras éste no se presente debo mantenerlas aunque sea robando.

Don Ramón creyó ver de nuevo en su amigo un gesto de conmiseración.

—Despréciame cuanto quieras: los jóvenes no entendéis ciertas cosas; podéis ser puros, sin que por esto sufran más que vuestras personas... Además, muchacho; yo no estoy arrepentido de lo que llaman mi apostasía. Soy un desengañado... ¿Sacrificarse por este pueblo? ¡Para lo que vale...! He pasado media vida rabiando de hambre y esperando la *gorda*. A ver, dime tú, ¿cuándo se ha levantado de veras este país? ¿Cuándo hemos tenido una revolución...? La única de verdad fue el año 8, y si el país se sublevó fue porque se le llevaban secuestrados unos cuantos príncipes e infantes, que eran bobos de nacimiento y malvados por instinto hereditario; y la bestia popular derramó su sangre para que volviesen esos señores, que agradecieron tantos sacrificios enviando a unos a presidio y a otros a la horca. ¡Famoso pueblo! Anda y sacrifícate esperando algo de él... Después ya no se han visto revoluciones; todo han sido pronunciamientos del ejército, motines por el medro o por antagonismo personal, que si sirvieron de algo fue indirectamente, por apoderarse de ellos las corrientes de opinión. Y como ahora los generales ya no se sublevan, porque tienen todo lo que quieren, y cuidan en lo alto de halagarles, aleccionados por la Historia, ¡se acabó la revolución! Los que trabajan por ella sudan y se fatigan con tanto éxito como si sacasen agua en espuertas... ¡Saludo a los héroes desde la puerta de mi retiro...! pero no doy ni un paso para acompañarles. Yo no pertenezco a su gloriosa clase; soy ave de corral tranquila y bien cebada, y no me arrepiento de ello cuando veo a mi amigo camarada Fernando Salvatierra, el amigote de tu padre, vestido de invierno en el verano, y de verano en invierno, comiendo pan y queso, con una celda reservada en todas las cárceles de la Península y molestado a cada paso por la vigilancia... Muy bonito; los periódicos publican el nombre del héroe, tal vez la historia llegue a hablar de él, pero yo prefiero mi mesa en el escritorio, mi sillón, que me hace pensar en los canónigos reunidos en el coro, y la generosidad de don Pablo, que es espléndido como un príncipe con los que saben llevarle el aire.

Fermín, molestado por el tono irónico con que aquel vencido, satisfecho de su servidumbre, hablaba de Salvatierra, iba a contestarle, cuando en lo alto de la explanada sonó la voz imperiosa de Dupont y las fuertes palmadas del capataz llamando a su gente.

La campana lanzaba en el espacio el tercer toque. Iba a comenzar la misa. Don Pablo, desde los peldaños de la capilla, abarcó en una mirada a todo su rebaño y entró en ella con apresuramiento, pues quería edificar a la gente ayudando la misa.

La muchedumbre de trabajadores llenó la capilla, permaneciendo todos de pie, con un gesto hosco que hacía perder a Dupont, en ciertos momentos, toda esperanza de que aquella gente agradeciese los cuidados que tenía con sus almas.

Cerca del altar, sentadas en rojos sillones, estaban las señoras de la familia, y detrás los parientes y los empleados. El ara estaba adornada con hierba del monte y flores del invernadero del hotel de los Dupont. El acre perfume de los ramos silvestres, mezclábase con el olor de carne fatigada y sudorosa que exhalaba el amontonamiento de los jornaleros.

De vez en cuando, María de la Luz abandonaba la cocina para correr a la puerta de la iglesia y oír un *cachito de misa.* Empinábase sobre las puntas de los pies, pasaba su vista por encima de todas las cabezas para fijarse en

Rafael, que estaba al lado del capataz, en las gradas que conducían al altar, como una barrera entre el señorito y la pobre gente.

Luis Dupont, muy estirado, detrás del sillón de su tía, al ver a María de la Luz la hizo varios gestos, llegando a amenazarla con la mano. ¡Ah, maldito guasón! Siempre el mismo. Hasta el instante de la misa había estado en la cocina importunándola con sus bromas, como si aún durasen los juegos de la infancia. En algunos momentos había tenido que amenazarle entre risueña y ofendida por tener las manos largas.

Pero María de la Luz no podía permanecer mucho tiempo en el mismo sitio. La reclamaban las gentes de la cocina al no encontrar las cosas más indispensables para sus guisos.

Avanzaba la misa. La señora viuda de Dupont enternecíase viendo la humildad, la gracia cristiana con que su Pablo cambiaba de sitio el misal o manejaba las vinajeras. ¡Un hombre que era el primer millonario de su país, dando a los pobres este ejemplo de humildad para los sacerdotes de Dios; sirviendo de acólito al padre Urizábal! Si todos los ricos hiciesen lo mismo, de otro modo pensarían los trabajadores, que sólo sienten odios y deseos de venganza. Y emocionada por la grandeza de su hijo, bajaba los ojos suspirando, próxima a llorar.

Terminada la misa, llegó el momento de la gran ceremonia. Iban a ser bendecidas las viñas para librarlas del peligro de la filoxera... después de haberlas plantado de vid americana.

El señor Fermín salió apresuradamente de la capilla e hizo arrastrar hasta la puerta varios serones que el día anterior habían traído de Jerez. Estaban llenos de cirios, y el capataz fue distribuyéndolos entre los viñadores.

Bajo la luz esplendorosa del sol comenzaron a brillar, como pinceladas rojas y opacas, las llamas de la cera. Se formaron en dos filas los jornaleros, y guiados por el señor Fermín, emprendieron una marcha lenta, viña abajo.

Las señoras, agrupadas en la plazoleta, con todas sus criadas y María de la Luz, contemplaban la salida de la procesión, el lento desfile de las dos hileras de hombres, con la cabeza baja y el cirio en la mano, unos con chaqueta de paño pardo, otros en cuerpo de camisa y un pañuelo rojo al cuello, llevando todos su sombrero apoyado en el pecho.

El señor Fermín que iba a la cabeza de la procesión,

estaba ya en mitad de la cuesta, cuando apareció en la entrada de la capilla el grupo más interesante; el padre Urizábal, con una capa de claveles rojos y dorados deslumbrantes, y junto a él Dupont, empuñando su cirio como una espada, mirando a todos lados imperiosamente, para que la ceremonia marchase bien y no la desluciera el menor descuido.

Detrás, como un cortejo de honor, marchaban todos sus parientes y empleados, con el gesto compungido. Luis era el que se mostraba más grave. Él se reía de todo, menos de las cosas de la religión, y esta ceremonia le enternecía por su carácter extraordinario. Había recibido una excelente enseñanza de los Padres de la Compañía. «Su fondo era bueno», como decía don Pablo cuando le hablaban de las calaveradas de su primo.

El padre Urizábal, abrió el libro que llevaba sobre el pecho, el *Ritual Romano*, y comenzó a recitar la *Letanía de los Santos*, la Letanía grande, como la titulan las gentes de la iglesia.

Dupont ordenó con el gesto a todos los que le rodeaban, que siguiesen fielmente en sus respuestas al sacerdote.

—*¡Sancte Michael...!*

—*Ora pro nobis* —contestó el amo con voz firme, mirando a sus acompañantes.

Éstos repitieron las mismas palabras, y el *Ora pro nobis* se extendió como un rugido, hasta la cabeza de la procesión, donde el señor Fermín, parecía llevar el compás de tantas voces.

—*¡Sancte Raphael...!*

—*Ora pro nobis.*

—*¡Omnes sancti Angeli et Archangeli...!*

Ahora, en vez de ser un santo el invocado, eran muchos, y Dupont erguía su cabeza y gritaba más fuerte, para que todos se enterasen, no cometiendo error en la respuesta.

—*Orate pro nobis.*

Pero sólo los que rodeaban a don Pablo, podían seguir sus indicaciones. El resto de la procesión avanzaba lentamente, saliendo de sus filas un rugido cada vez más desgarrado con sonoridades burlescas y temblores irónicos.

A las pocas frases de la letanía, los jornaleros, aburridos de la ceremonia, con el cirio hacia abajo, contestaban automáticamente, imitando unas veces el ruido del trueno y otras un chillido de vieja, que hacía a muchos de ellos llevarse el sombrero a la cara.

—*¡Sancte Jacobe!* —cantaba el sacerdote.

—*¡Noobis!* —rugían los viñadores, con burlescas inflexiones de voz, sin perder la gravedad de sus caras atezadas.

—*¡Sancte Barnaba...!*

—*¡Obis!, ¡obis!* —contestaban a lo lejos los jornaleros.

El señor Fermín, aburrido también de la ceremonia, fingía enfadarse.

—¡A ver!, ¡que haya formaliá! —decía encarándose con los más audaces—. Pero, condenaos, ¿no veis que el amo va a conosé que le tomáis er pelo...?

Pero el amo no se daba cuenta de nada, cegado por la emoción. La vista de las dos filas de hombres marchando entre las cepas y el canto reposado del sacerdote, conmovían su alma. Las llamas de los cirios temblaban sin color y sin luz como fuegos fatuos retrasados en su viaje nocturno y sorprendidos por el día: la capa del jesuita brillaba bajo el sol como el caparazón de un insecto enorme, blanco y dorado. La sagrada ceremonia conmovía a Dupont hasta el punto de agolpar las lágrimas a sus ojos.

—Muy hermoso, ¿verdad? —suspiró en una pausa de la letanía, sin ver a los que le rodeaban, dejando caer al azar la expresión de su entusiasmo.

—¡Sublime! —murmuró el jefe del escritorio.

—¡Primo... de chipén! —añadió Luis—. Esto parece una cosa de teatro.

Dupont, a pesar de su emoción, no se olvidaba de marcar las respuestas de la letanía ni de atender al cuidado del sacerdote. Le tomaba del brazo para guiarle en las desigualdades del terreno; evitaba que su capa enganchase en los sarmientos sus bordados de realce.

—*¡Ab ira, et odio, et omni mala voluntate...!* —cantaba el sacerdote.

Había que variar la respuesta, y Dupont, con todos los suyos, contestaba:

—*Libera nos, Domine.*

Mientras tanto, el resto de la procesión seguía respondiendo, con irónica tenacidad, su *Ora pro nobis.*

—*¡A spiritu fornicationis!* —dijo el padre Urizábal.

—*Libera nos, Domine* —contestaron compungidos Dupont y todos los que entendieron esta súplica al Altísimo, mientras una mitad de la procesión rugía desde lejos:

—*Nooobis ...obis.*

El capataz marchaba ahora cuesta arriba, guiando su gente hacia la explanada.

Formáronse en grupos los viñadores, en torno del aljibe, que elevaba sobre la replaza su gran aro de hierro, rematado por una cruz... Al llegar arriba el sacerdote con su séquito, Dupont abandonó el cirio para arrebatar al gañán encargado del cuidado de la capilla, el hisopo y el caldero de agua bendita. Él serviría de sacristán a su sabio amigo. Le temblaban las manos de emoción al apoderarse de los sagrados objetos.

El capataz, y muchos de los viñadores, adivinando que había llegado el momento supremo de la ceremonia abrían desmesuradamente los ojos esperando ver algo extraordinario.

Mientras tanto, el sacerdote volvía las hojas de su libro, sin encontrar la oración apropiada al caso. El Ritual era minucioso. La Iglesia se parapetaba en todas las avenidas de la vida: oraciones para las mujeres de parto, para el agua, para las luces, para las casas nuevas, para barcos recién construidos, para la cama de los desposados, para los que parten de viaje, para el pan, para los huevos, para toda clase de comestibles. Por fin, encontró en el Ritual lo que buscaba: *Benedictio super frages et vineas.*

Y Dupont sentía cierto orgullo al pensar que la Iglesia tenía su oración en latín para las viñas, como si hubiese presentido a muchos siglos de distancia que nacería en Jerez un siervo de Dios, gran productor de vinos, que necesitaría de sus preces.

—*Adjutorium nostrum in nomine Domine* —dijo el sacerdote mirando a su rico acólito con el rabillo del ojo, pronto a indicarle la respuesta.

—*Qui fecit cœlum et terram* —contestó Dupont sin vacilar, recordando las palabras cuidadosamente aprendidas.

Aún respondió a otras dos invocaciones del sacerdote, y éste fue leyendo con lentitud el *Oremus*, pidiendo la protección de Dios para las viñas y recomendándole que guardase sus uvas hasta la madurez.

—*Per Christum Dominum nostrum...* —terminó el jesuita.

—*Amen* —contestó Dupont con el rostro contraído, haciendo esfuerzos para que no le saltasen las lágrimas.

El padre Urizábal empuñó el hisopo, humedeciéndolo en el calderillo y se irguió como para dominar mejor la extensión de viñas que abarcaba su vista desde la explanada.

—*Asperges*... —y musitando entre dientes el resto de la invocación, echó delante de él una rociada en el espacio.

—*Asperges... Asperges*... —y dio hisopazos a derecha e izquierda.

Después, recogiéndose la capa y sonriendo a las señoras, con la satisfacción del que da por terminado su trabajo, se dirigió a la capilla seguido por el sacristán, portador otra vez del hisopo y el caldero.

—¿Esto sa acabao? —preguntó flemáticamente al capataz, un viñador viejo, de rostro grave.

—Sí: sa acabao.

—De modo, ¿que ya no tiene más que icir el pare cura...?

—Creo que no.

—Güeno... ¿Y podemos dirnos?

El señor Fermín, después de hablar con don Pablo, volvió hacia los grupos de trabajadores, dando palmadas. ¡A volar! La fiesta había terminado para ellos. Podían ir a la otra *misa*, a ver a sus mujeres; pero a la noche todos en la viña para continuar el trabajo de buena mañana.

—Llevaos las velas —añadió—. El señor os las regala para que vuestras familias las guarden como recuerdo.

Los trabajadores comenzaron a desfilar ante Dupont, con sus cirios apagados.

—Muchas gracias —decían algunos, llevándose la mano al sombrero.

Y el tono de su voz era tal, que no sabían los que rodeaban a Dupont si éste llegaría a ofenderse.

Pero don Pablo aún estaba bajo la presión de sus emociones. Dentro de la torre terminaban los preparativos del banquete, pero él no podría comer. ¡Qué día, amigos míos! ¡Qué espectáculo sublime! Y mirando los centenares de trabajadores que iban viña abajo, daba salida libre a sus entusiasmos.

Allí acababa de verse una imagen de lo que debía ser la sociedad. Los amos y los criados, los ricos y los pobres unidos todos en Dios, amándose con fraternidad cristiana, conservando cada cual su jerarquía y la parte de bienestar que el Señor hubiera querido concederles.

Los viñadores caminaban apresuradamente. Algunos corrían para adelantarse a sus compañeros, llegando cuanto antes a la ciudad. Desde la noche anterior que les esperaban en Jerez. Habían pasado la semana pensando en el sábado, en la vuelta a casa, para sentir el calor de la familia, después de seis días de amontonamiento.

Era el único consuelo del pobre, el triste descanso de una semana de fatigas, y les habían robado una noche y una mañana. Sólo les quedaban unas cuantas horas: así que anocheciese tenían que estar de vuelta en Marchamalo.

Al salir de las tierras de Dupont y verse en la carretera, los hombres rompieron a hablar. Detuviéronse un instante para fijar su vista en lo alto de la colina, donde se destacaban las figuras de don Pablo y sus empleados, empequeñecidas por la distancia.

Los viñadores más jóvenes miraban con desprecio el cirio regalado, y apoyándolo cerca del vientre, lo movían con cinismo, apuntando a lo alto.

—¡Pa ti...! ¡pa ti...!

Los viejos prorrumpían en amenazas sordas.

—¡Mala puñalá te den, beato roío! ¡Anda a que te... zurzan, ladrón...!

Y Dupont, desde lo alto, abarcaba en una mirada lacrimosa sus campos, sus centenares de trabajadores que se detenían en el camino sin duda para saludarle, y participaba su emoción a los allegados.

¡Un gran día, amigos míos! ¡Un espectáculo conmovedor! El mundo, para marchar bien, debía organizarse con arreglo a las sanas tradiciones... Lo mismo que su casa.

V

Un sábado por la tarde, Fermín Montenegro, al salir del escritorio encontró a don Fernando Salvatierra.

El maestro dirigíase a las afueras de la ciudad para dar un largo paseo. Trabajaba gran parte del día en traducciones del inglés o escribiendo artículos para los periódicos de la *idea*; una faena que le producía lo necesario para el pan y el queso, permitiéndole además auxiliar al *compañero* que le alojaba en su casucha y a otros *campeñeros* no menos pobres que le asediaban con frecuencia, demandándole apoyo en nombre de la solidaridad.

Su único placer, después del trabajo, era el paseo; pero un paseo de horas, casi un viaje, hasta bien cerrada la noche, apareciendo inesperadamente en cortijos situados a varias leguas de la ciudad.

Los amigos huían de acompañar en sus excursiones a aquel andarín ágil, de piernas incansables, que proclamaba la marcha como el más eficaz de los remedios, y hablaba de Kant, presentando como un ejemplo los paseos de cuatro horas que daba el filósofo todos los días, llegando sano a una extrema vejez gracias a este apacible ejercicio.

Salvatierra, al saber que Fermín no tenía ninguna

ocupación inmediata, le invitó a acompañarle. Iba hacia los llanos de Caulina. Le gustaba más el camino de Marchamalo y estaba seguro de que su viejo camarada, el capataz, le recibiría con los brazos abiertos; pero no ignoraba los sentimientos de Dupont hacia él y quería evitarle un disgusto.

—Tú mismo, muchacho —continuó don Fernando—, te expones a un sermón, si Dupont sabe que paseas conmigo.

Fermín hizo un movimiento de hombros. Estaba acostumbrado a los enfados de su principal y a las pocas horas de escucharle ya no se acordaba de sus palabras. Además, hacía tiempo que no había hablado con don Fernando y le placía pasear con él en este suave atardecer de primavera.

Los dos salieron de la ciudad, y después de seguir las cercas de las pequeñas viñas con sus casitas de recreo entre grupos de árboles, vieron extenderse ante sus ojos las planicies de Caulina como una estepa verde. Ni un árbol, ni un edificio. La llanura esparcíase hasta las montañas que, esfumadas por la distancia, cerraban el horizonte; inculta, salvaje, con la solemnidad monótona de la tierra abandonada.

Los hierbajos cubrían el suelo en apretadas marañas, matizando la primavera su verde oscuro con el blanco y el rojo de las flores silvestres. Las piteras y chumberas, plantas rudas y antipáticas de los países abandonados, amontinaban en los bordes del camino una vegetación puntiaguda y agresiva. Sus vástagos rectos y cimbreantes, con un pompón de blancas cazoletas, sustituían a los árboles en aquella inmensidad horizontal y monótona no cortada por ondulación alguna. Esparcidos a largas distancias, apenas si se destacaban como negras verrugas los chozones y ranchos de los pastores, hechos de ramaje y tan bajos de techumbre que parecían viviendas de reptiles. Aleteaban las palomas torcaces en el cielo alegre de la tarde. Las nubes se contorneaban con un ribete de oro, reflejando el sol poniente.

Unos alambres interminables iban de poste en poste, casi a ras de tierra, marcando los límites de la llanura, repartida en proporciones gigantescas. Y en estos cercados de término indefinido, que no podían abarcarse con los ojos, movíanse los toros con paso tardo, o permanecían inmóviles en el suelo, empequeñecidos por la distancia, como caídos de una caja de juguetes. El cencerro de los cabestros hacía palpitar con lejana ondulación el silencio de la tarde, dando una nueva nota melancólica al paisaje muerto.

—Mira, Fermín —dijo Salvatierra irónicamente—. ¡Andalucía la alegre! ¡Andalucía la fértil...!

Millares de hombres sufrían el tormento del hambre, víctimas del jornal, por no tener campos que cultivar; y la tierra reservábase para las bestias, en los alrededores de una ciudad civilizada. Pero no era el buey pacífico que fabrica carne para el sustento del hombre, el animal dominador de aquella llanura, sino el toro bravo que había de lidiarse en los circos y cuya fiereza cultivaba el ganadero, esforzándose por acrecentarla.

En la inmensa planicie, cabían holgadamente cuatro pueblos y podían alimentarse centenares de familias; pero la tierra era de los animales, cuyo salvajismo mantenía el hombre para solaz de los desocupados, dando a su industria un carácter patriótico.

—Hay gentes visionarias —continuó Salvatierra— que sueñan con traer a estas llanuras el agua que se pierde en las montañas y establecer en tierras propias a toda la horda de desesperados que engañan el hambre con el gazpacho de la gañanía. ¡Y esperan hacer esto dentro de la organización existente! ¡Y aún muchos de ellos me llaman iluso...! El rico tiene sus cortijos y sus viñas y necesita del hambre, que es su aliada, para que le proporcione los esclavos del jornal. El ganadero, por su parte, necesita mucha tierra inculta para criar sus fieras, que la pagan no por su carne, sino en razón de su salvajismo. Y los poderosos que poseen el dinero, tienen interés en que todo continúe lo mismo, y así seguirá.

Salvatierra reía recordando lo que había oído sobre el progreso de su país. En los cortijos se veían máquinas agrícolas de los más recientes modelos, y los periódicos, pagados por los ricos, deshacíanse en elogios de las grandes iniciativas de sus protectores en pro del desarrollo agrícola. Mentira, todo mentira. La tierra se cultivaba peor que en tiempos de los moros. Los abonos no se conocían: se hablaba de ellos con desprecio, como invenciones modernas, contrarias a las buenas tradiciones. El cultivo intensivo de otros pueblos era considerado como un ensueño. Se araba a estilo bíblico; dejábase a la tierra que produjera a su capricho, compensando lo débil de la cosecha con la gran extensión de las propiedades y lo irrisorio del jornal.

Únicamente se habían aceptado los adelantos del progreso mecánico, como un arma de combate contra el enemigo, contra el trabajador. En los cortijos no existía otro utensilio moderno que las trilladoras. Eran la artillería gruesa de la gran propiedad. La trilla al sistema antiguo, con sus manadas de yeguas rodando en la era, duraba meses enteros, y los gañanes escogían esta época para pedir algún mejoramiento, amenazando con la huelga, que dejaba las cosechas a la intemperie. La trilladora, que realizaba en dos semanas el trabajo de dos meses, daba al amo la seguridad de la recolección. Además, ahorraba brazos y equivalía a una venganza contra la gente levantisca y descontenta, que acosaba a las personas decentes con sus imposiciones. Y en el *Círculo Caballista* hablaban los grandes propietarios de los adelantos del país y de sus máquinas, que sólo servían para recoger y asegurar las cosechas, nunca para sembrarlas y fomentarlas, presentando hipócritamente este ardid de guerra como un progreso desinteresado.

La gran propiedad empobrecía el país, manteniéndolo anonadado bajo su brutal pesadumbre. La ciudad era la urbe del tiempo romano, rodeada de leguas y más leguas de terreno, sin un pueblo, sin una aldea; sin otras aglomeraciones de vida que los cortijos, con sus siervos del jornal, mercenarios de la miseria, que se veían remplazados apenas los debilitaba la vejez o la fatiga; más tristes que el antiguo esclavo, que al menos veía seguros hasta su muerte el techo y el pan.

La vida se concentraba en la ciudad, como si la guerra asolase los campos y sólo dentro de sus muros se considerase segura. El antiguo latifundio enseñoreado del suelo, poblaba la campiña de hordas cuando lo exigían las faenas. Al terminar éstas, un silencio de muerte caía sobre las inmensas soledades, retirándose las bandas de jornaleros a los pueblos de la sierra, para maldecir de lejos a la ciudad opresora. Otros mendigan en ella, viendo de cerca la riqueza de los amos, sus ostentaciones bárbaras que incubaban en las almas de los pobres un deseo de exterminio.

Salvatierra detenía el paso para volver la vista atrás y contemplar la ciudad, que destacaba su blanco caserío, la arboleda de sus jardines sobre el cielo rosa y oro de la puesta del sol.

—¡Ah, Jerez! ¡Jerez! —dijo el rebelde—. ¡Ciudad de millonarios, rodeada de una horda inmensa de mendigos...! Lo extraño es cómo estás ahí, tan blanca y tan bonita, riendo de todas las miserias, sin que te hayan prendido fuego...

La campiña dependiente de la ciudad, que abarcaba casi una provincia, era de ochenta propietarios. En el resto de Andalucía ocurría lo mismo. Muchas familias de rancia nobleza habían guardado la propiedad feudal, las grandes extensiones adquiridas por sus ascendientes, con sólo galopar, lanza en ristre, matando moros. Otras grandes propiedades habían sido formadas por los compradores de bienes nacionales, o los agitadores políticos del campo, que se cobraban sus servicios en las elecciones haciéndose regalar por el Estado los montes y los terrenos públicos, sobre los cuales vivían pueblos enteros. En ciertos sitios de la sierra, encontrábanse poblaciones abandonadas, con las casas desplomándose, como si por ellas hubiese pasado una epidemia. El vecindario había huido lejos, en busca de la servidumbre del jornal, viendo convertirse en dehesa de un rico influyente los terrenos públicos que daban el pan a sus familias.

Y esta pesadumbre de la propiedad, desmesurada y bárbara, aún se hacía tolerable en ciertos lugares de Andalucía, por estar lejos los amos, por vivir en Madrid de las rentas que les enviaban aparceros y administradores, contentándose con el producto de unos bienes que no habían visto y que por su extensión rendían mucho de todas suertes.

Pero en Jerez, el rico estaba sobre el pobre a todas horas, para hacerle sentir su influencia. Era un centauro rudo, orgulloso de su fuerza, que buscaba el combate, se embriagaba en él y gozaba desafiando la cólera del hambriento, para domeñarle como a los potros salvajes en el herradero.

—El rico de aquí es más gañán que el trabajador —decía Salvatierra—. Su animalidad gallarda e impulsiva hace aún más dolorosa la miseria.

La riqueza era más visible allí que en otras partes. Los cultivadores del vino, los dueños de bodegas, los exportadores, con sus fortunas extraordinarias y sus despilfarros ostentosos, amargaban la pobreza de los desgraciados.

—Los que dan dos reales a un hombre por el trabajo de todo un día —continuó el revolucionario— pagan hasta cincuenta mil reales por un caballo de fama. Yo he visto las gañanías y he visto muchas cuadras de Jerez, donde guardan esas bestias que no son de utilidad, y sólo sirven para halagar el orgullo de sus amos. Créeme, Fermín: hay en esta tierra miles de seres racionales, que al acostarse con los huesos doloridos en la esterilla del cortijo, quisieran despertar transformados en caballos.

Él no aborrecía absolutamente las grandes propiedades. Eran una facilidad para el comunismo de la tierra, ensueño generoso cuya realización creía muchas veces próxima. Cuanto más reducido fuese el número de los propietarios del suelo, más fácilmente se resolvería el problema e interesarían menos los lamentos de los desposeídos.

Pero la solución estaba lejos, y mientras tanto, indignábanle la creciente miseria, la abyección moral de los siervos de la tierra. Le asombraba la ceguera de las gentes felices aferradas al pasado. Dando la posesión del suelo en pequeñas partes a los trabajadores, como en otras comarcas de España, retardarían por siglos la revolución de los campos. El pequeño cultivador que ama su pedazo de suelo como una prolongación de la familia, es áspero y hostil a toda innovación revolucionaria, más aún que el verdadero rico. Toda idea nueva la considera un peligro para su pobre bienestar y la repele ferozmente. Dando a aquellas gentes la posesión del suelo, se retrasaría el momento de la suprema Justicia con que soñaba Salvatierra; pero aunque así fuese, su alma de bienhechor consolábase pensando en los alivios momentáneos de la miseria. Surgirían pueblos en las soledades, desaparecerían aquellos cortijos aislados, con su aspecto huraño de cuartel o de presidio, y las bestias volverían a la sierra, dejando el llano para el sustento del hombre.

Pero Fermín, al escuchar a su maestro, movía la cabeza con signos negativos.

—Todo seguirá lo mismo —dijo el joven—. A los ricos no les importa nada el porvenir, ni creen necesaria ninguna precaución para retardarlo. Tienen los ojos en el cogote, y si algo ven, es hacia atrás. Mientras los gobernantes surjan de su clase y tengan a su servicio los fusiles que pagamos todos, se ríen de las rebeldías de abajo. Además, conocen a la gente.

—Eso que tú dices —repuso Salvatierra—; conocen a la gente y no la temen.

El revolucionario pensaba en el *Maestrico*, en aquel muchacho que había visto escribir trabajosamente a la luz del candil, en la gañanía de Matanzuela. Tal vez aquella alma simple contemplaba mejor el porvenir al través de su sencilla fe, que él con su indignación, que ansiaba destruir inmediatamente todo lo malo. Lo primero era crear hombres nuevos, antes de ir a la supresión del mundo caduco. Y pensando en la muchedumbre miserable y sin voluntad, hablaba con cierta tristeza.

—En vano se han intentado revoluciones en esta tierra. El alma de nuestras gentes es la misma que en tiempo de los señoríos. Guardan en lo más hondo la resignación del siervo.

Aquella tierra era la del vino, y Salvatierra, con su frialdad de sobrio, maldecía la influencia que ejercía sobre la gente el veneno alcohólico, transmitiéndose de generación en generación. La bodega era la moderna fortaleza feudal que mantenía a las masas en la servidumbre y la abyección. Los entusiasmos, los crímenes, la alegría, los amores, todo era producto del vino, como si aquel pueblo, que aprendía a beber apenas soltaba el pecho de la madre y contaba las horas del día por el número de copas, careciera de pasiones y de afectos, fuese incapaz de moverse y sentir por propio impulso, necesitando para todos sus actos el resorte de la bebida.

Salvatierra hablaba del vino como de un personaje invisible y omnipotente, que intervenía en todas las acciones de aquellos autómatas, soplando en su pensamiento, limitado y vivaracho como el de un pájaro; empujándolos lo mismo al desaliento que a la desordenada alegría.

Los hombres inteligentes que podían servir de pastores a los de abajo, mostraban en su juventud aspiraciones generosas, pero apenas entraban en edad eran víctimas de la epidemia de la tierra: se convertían en *manzanilleros* famosos, no logrando que funcionase su cerebro más que a impulsos de la excitación alcohólica. En plena madurez mostrábanse decrépitos, con las manos temblonas, casi paralíticos, los ojos enrojecidos, la vista oscurecida y el pensamiento difuso, como si el alcohol envolviese en nubes su cerebro. Y, víctimas alegres de esta esclavitud, alababan aún el vino como el remedio más seguro para fortalecer la vida.

El rebaño de la pobreza no podía gozar de este placer de los ricos; pero lo envidiaba, soñando con la embriaguez como la mayor de las felicidades. En sus momentos de cólera, de protesta, bastaba poner el vino al alcance de sus manos para que todos sonriesen viendo dorada y luminosa su miseria al través del vaso lleno de oro líquido.

—¡El vino! —exclamaba Salvatierra—. Ése es el mayor

enemigo de este país: mata las energías, crea engañosas esperanzas, acaba con la vida prematuramente: todo lo destruye; hasta el amor.

Fermín sonreía escuchando a su maestro.

—¡No tanto, don Fernando...! Reconozco, sin embargo, que es uno de nuestros males. Puede decirse que llevamos la afición en la sangre. Yo mismo, confieso mi vicio: me gusta una copa ofrecida por los amigos... Es la enfermedad de la tierra.

El revolucionario, arrastrado por el curso tumultuoso de sus pensamientos, olvidaba el vino para arremeter contra otro enemigo: la resignación ante la injusticia, la mansedumbre cristiana de los desgraciados.

—Esa gente sufre y calla, Fermín, porque las enseñanzas que heredaron de sus antecesores son más fuertes que sus cóleras. Pasan descalzos y hambrientos ante la imagen de Cristo; les dicen que murió por ellos, y el rebaño miserable no piensa en que han transcurrido siglos sin cumplirse nada de lo que aquél prometió. Todavía las hembras, con el femenil sentimentalismo que lo espera todo de lo sobrenatural, admiran sus ojos que no ven, y aguardan una palabra de su boca, muda para siempre por el más colosal de los fracasos. Hay que gritarles: «No pidáis a los muertos: secad vuestras lágrimas para buscar en los vivos el remedio de vuestros males.»

Salvatierra se exaltaba, elevando su voz en el silencio del crepúsculo. El sol se había ocultado, dejando sobre la ciudad una aureola de incendio. Por la parte de la sierra destacábase en un cielo de color de violeta la primera estrella anunciadora de la noche. El revolucionario la miraba como si fuese el astro que había de guiar hacia más amplios horizontes la muchedumbre del llanto y del dolor; la estrella de la Justicia, alumbrando pálida e indecisa la lenta partida de los rebeldes, y agrandándose hasta convertirse en un sol, así como se aproximaban a ella, escalando alturas, aplastando privilegios, derribando dioses.

Los grandes ensueños de la Poesía acudían a la memoria de Salvatierra y hablaba de ellos a su acompañante con la voz trémula y sorda de un profeta en plena visión.

Un estremecimiento de las entrañas de la tierra había conmovido un día al mundo antiguo. Los árboles gimieron en los bosques, agitando sus melenas de hojas, como plañideras desesperadas; un viento fúnebre rizó los lagos y la superficie azul y luminosa del mar clásico que había arrullado durante siglos en las playas griegas los diálogos de los poetas y los filósofos. Un lamento de muerte rasgó el espacio, llegando a los oídos de todos los hombres. «*¡El gran Pan ha muerto...!*» Las sirenas se sumergieron para siempre en las glaucas profundidades, las ninfas huyeron despavoridas a las entrañas de la tierra para no volver jamás, y los templos, blancos, que cantaban como himnos de mármol la alegría de la vida bajo el torrente de oro del sol, se entenebrecieron, sumiéndose en el silencio augusto de las ruinas. «Cristo ha nacido», gritó la misma voz. Y el mundo fue ciego para todo lo exterior, reconcentrando su vista en el alma; y aborreció la materia como pecado vil, y oprimió los sentimientos más puros de la vida, haciendo de su amputación una virtud.

El sol siguió brillando, pero pareció menos luminoso a la Humanidad, como si entre ella y el astro se interpusiera un velo fúnebre. La Naturaleza continuó su obra creadora, insensible a las locuras de los hombres; pero éstos no amaron otras flores que las que transparentaban la luz en las vidrieras de las ojivas, ni admiraron más árboles que las palmeras de piedra que sostenían las bóvedas de las catedrales. Venus ocultó sus desnudeces de mármol en las ruinas del incendio, esperando renacer tras un sueño de siglos, bajo el arado del rústico. El tipo de belleza fue la virgen infecunda y enferma, enflaquecida por el ayuno; la religiosa, pálida y desmayada como el lirio que sostenían sus manos de cera, con los ojos lacrimosos, agrandados por el éxtasis y el dolor de ocultos cilicios.

El negro ensueño había durado siglos. Los hombres, renegando de la Naturaleza, habían buscado en la privación, en la vida torturada y deforme, en la divinización del dolor, el remedio de sus males, la fraternidad ansiada, creyendo que la esperanza del cielo y la caridad en la tierra bastarían para la felicidad de los cristianos.

Y he aquí que el mismo lamento que anunció la muerte del gran dios de la Naturaleza, volvía a sonar como si reglamentase, con intervalos de siglos, las grandes mutaciones de la vida humana. «¡Cristo ha muerto...! ¡Cristo ha muerto!»

—Sí; ha muerto hace tiempo —continuó el rebelde—. Todas las almas oyen este grito misterioso en sus momentos de desesperación. En vano suenan las campanas cada año anunciando que Cristo resucita... Resucita sólo para los que viven de su herencia. Los que sienten hambre de justicia y esperan miles de años de redención, saben que está bien muerto y que no volverá, como no vuelven las frías y veleidosas divinidades griegas.

Los hombres, siguiéndole, no habían visto un horizonte nuevo: habían caminado por senderos conocidos. Sólo cambiaban el exterior y el nombre de las cosas. La Humanidad contemplaba a la luz cenicienta de una religión que maldice la vida, lo que antes había visto en la inocencia de la infancia. El esclavo redimido por Cristo era ahora el asalariado moderno, con su derecho a morir de hambre, sin el pan y el cántaro de agua que su antecesor encontraba en el ergástula. Los mercaderes arrojados del templo tenían asegurada la entrada en la gloria eterna y eran los sostenes de toda virtud. Los privilegiados hablaban del reino de los cielos como un placer más que añadir a los que disfrutaban en la tierra. Los pueblos cristianos se exterminaban, no por los caprichos y los odios de sus pastores, sino por algo menos concreto, por el prestigio de un trapo ondeante, cuyos colores les enloquecían. Se mataban fríamente hombres que no se habían visto nunca, que dejaban a sus espaldas un campo por cultivar y una familia abandonada; hermanos de dolor en la cadena del trabajo, sino otras diferencias que la lengua y la raza.

En las noches de invierno, la gran muchedumbre de la miseria pululaba en las calles de las ciudades, sin pan y sin techo, como si estuviese en un desierto. Los niños lloraban de frío, ocultando las manos bajo los sobacos; las mujeres de voz aguardentosa se encogían como fieras en el quicio de una puerta, para pasar la noche; los vagabundos sin pan, miraban los balcones iluminados de los palacios o seguían el desfile de las gentes felices que, envueltas en pieles, en el fondo de sus carruajes, salían de las fiestas de la riqueza. Y una voz, tal vez la misma, repetía en sus oídos, que zumbaban de debilidad: «No esperéis nada. ¡Cristo ha muerto!»

El obrero sin trabajo, al volver a su frío tugurio, donde le aguardaban los ojos interrogantes de la hembra enflaquecida, dejábase caer en el suelo como una bestia fatigada, después de su carrera de todo un día para aplacar el hambre de los suyos. «¡Pan, pan!», le decían los pequeñuelos esperando encontrarlo bajo la blusa raída. Y el padre oía la misma voz, como un lamento que borraba toda esperanza: «¡Cristo ha muerto!»

Y el jornalero del campo que, mal alimentado con

bazofia, sudaba bajo el sol, sintiendo la proximidad de la asfixia, al detenerse un instante para respirar en esta atmósfera del horno, se decía que era mentira la fraternidad de los hombres predicada por Jesús, y falso aquel dios que no había hecho ningún milagro, dejando los males del mundo lo mismo que los encontró al llegar a él... Y el trabajador vestido con un uniforme, obligado a matar en nombre de cosas que no conoce a otros hombres que ningún daño le han hecho, al permanecer horas y horas en un foso, rodeado de los horrores de la guerra moderna, peleando con un enemigo invisible por la distancia, viendo caer destrozados miles de semejantes bajo la granizada de acero y el estallido de las negras esferas, también pensaba con estremecimiento de disimulado terror: «¡Cristo ha muerto, Cristo ha muerto!»

Sí; bien muerto estaba. Su vida no había servido para aliviar uno solo de los males que afligen a los humanos. En cambio, había causado a los pobres un daño incalculable predicándoles la humildad, infiltrando en sus espíritus la sumisión, la creencia del premio en un mundo mejor. El envilecimiento de la limosna y la esperanza de justicia ultraterrena habían conservado a los infelices en su miseria por miles de años. Los que viven a la sombra de la injusticia, por mucho que adorasen al Crucificado, no le agradecerían bastante sus oficios de guardián durante diecinueve siglos.

Pero los infelices sacudían ya su atonía: el dios era un cadáver. No más resignación. Ante el Cristo ha muerto había que aclamar el triunfo de la Vida. El cadáver inmenso aún pesaba sobre la tierra, pero las muchedumbres engañadas se agitaban ya, dispuestas a sepultarle. Por todos lados se oían los vagidos del mundo nuevo que acababa de nacer. La Poesía que profetizó vagamente la llegada de Cristo, anunciaba ahora la aparición del gran Redentor, que no había de encerrarse en la debilidad de un hombre, sino que encarnaría en la inmensa masa de los desheredados, de los tristes, con el nombre de Rebelión.

Los hombres comenzaban de nuevo su marcha hacia la fraternidad, el ideal de Cristo: pero abominando de la mansedumbre, despreciando la limosna por envilecedora e inútil. A cada cual lo suyo, sin concesiones que denigran, ni privilegios que despiertan el odio. La verdadera fraternidad era la Justicia social.

Calló Salvatierra, y viendo que oscurecía, dio una vuelta, comenzando a desandar el camino.

Jerez, como una gran mancha negra, recortaba las líneas de sus torres y tejados sobre el último resplandor del crepúsculo, mientras abajo perforaban su oscuridad las rojas estrellas del alumbrado.

Los dos hombres vieron marcarse sus sombras sobre la blanca superficie del camino. La luna salía a sus espaldas, remontándose en el espacio.

Lejos aún de la ciudad, oyeron un ruidoso cascabeleo que hacía apartarse a un lado a los carros que volvían de los cortijos, lentamente, con sordo rechinar de ruedas.

Salvatierra y su discípulo, refugiándose en la cuneta, vieron pasar cuatro briosos caballos con borlajes saltones y chillonas ristras de cascabeles tirando de un coche lleno de gente. Cantaban, gritaban, palmoteaban, llenando el camino con su alegría loca, esparciendo el espectáculo de la *juerga* sobre las llanuras muertas que aún parecían más tristes a la luz de la luna.

Pasó el carruaje como un rayo entre nubes de polvo, pero Fermín pudo reconocer al que guiaba los caballos. Era Luis Dupont que, erguido en el pescante, arreaba con la voz y el látigo a las cuatro bestias que corrían desbocadas. Una mujer que iba junto a él, también gritaba azuzando al ganado con una fiebre de velocidad loca. Era la *Marquesita*. Montenegro creyó que le había reconocido, pues al alejarse, agitó una mano entre la nube de polvo, gritándole algo que no pudo oír.

—Ésos van de juerga, don Fernando —dijo el joven cuando se restableció el silencio en el camino—. Les parece estrecha la ciudad, y, como mañana es domingo, querrán pasarlo en Matanzuela a sus anchas.

Salvatierra, al oír el nombre del cortijo, recordó a su camarada del ventorro del Grajo, aquel enfermo que ansiaba su presencia como el mejor remedio. No le había visto desde el día en que el temporal le obligó a refugiarse en Matanzuela, pero le recordaba muchas veces, proponiéndose repetir su visita en la próxima semana. Prolongaría uno de sus largos paseos, llegando hasta aquella choza donde le esperaban como un consuelo.

Fermín habló de los recientes amoríos de Luis con la *Marquesita*. Al fin, la amistad les había conducido a un término, que los dos parecían querer evitar. Ella ya no estaba con el tosco ganadero de cerdos. Volvía a tirarle el señorío, según decía, y alardeaba impúdicamente de sus nuevas relaciones, viviendo en casa de Dupont y entregándose los dos a fiestas ruidosas. Les parecía su amor desabrido y monótono, si no lo sazonaban con embriagueces y escándalos que alterasen la hipócrita calma de la ciudad.

—Se han juntado dos locos —continuó Fermín—. Cualquier día se pelearán, saliendo de una de sus juergas echando sangre; pero, mientras tanto, se creen felices y exhiben su dicha con una desvergüenza admirable. Yo creo que lo que más les divierte es la indignación de don Pablo y su familia.

Montenegro relató las últimas aventuras de estos enamorados, que alarmaban a la ciudad. Jerez les parecía estrecho para su dicha y corrían los cortijos y las poblaciones inmediatas, llegando hasta Cádiz, seguidos del cortejo de cantadores y matones que acompañaban siempre a Luis Dupont. Pocos días antes habían tenido en Sanlúcar de Barrameda una fiesta estruendosa, al final de la cual, la *Marquesita* y su amante, embriagando a un camarero, le raparon la cabeza con unas tijeras. En el *Círculo Caballista*, reían los señoritos al comentar las hazañas de aquella pareja. ¡Pero qué buena sombra tenía Luis! ¡Qué gran mujer la *Marquesita...*!

Y los dos amantes, en una continua borrachera, que apenas se desvanecía era reforzada, como si temiesen perder la ilusión viéndose fríamente sin la engañosa alegría del vino, iban de un lado a otro, cual un vendaval de escándalo, entre los aplausos de la gente joven y la indignación de la familias.

Salvatierra escuchaba a su discípulo con gesto irónico. Le interesaba Luis Dupont. Era un buen ejemplar de aquella juventud ociosa, dueña de todo el país.

Apenas habían llegado los dos paseantes a las primeras casas de Jerez, cuando el carruaje de Dupont, rodando vertiginosamente a impulsos de las briosas bestias, que corrían como locas, estaba ya en Matanzuela.

Los perros del cortijo ladraron furiosamente al oír el galope, cada vez más cercano, acompañado de gritos, rasgueos de guitarra y canciones de prolongado lamento.

—Ahí viene el amo —dijo *Zarandilla*—. Nadie pué ser más que él.

Y llamando al aperador, salieron los dos fuera del cortijo para ver llegar, a la luz de la luna, el ruidoso carruaje.

Bajó del pescante de un salto la gentil *Marquesita*, y poco a poco fueron disgregándose del amontonamiento de carne que llenaba el interior todos los del séquito. El señorito abandonó las riendas a *Zarandilla*, después de hacerle varias recomendaciones para que cuidase bien el ganado.

Rafael avanzó quitándose el sombrero.

—¿Eres tú, buen mozo? —dijo la *Marquesita* con desenvoltura—. Cada vez estás más guapo. Si no fuese por darle un disgusto a María de la Luz, cualquier día engañábamos a *éste*.

Pero *éste*, o sea Luis, reía de la desvergüenza de su prima, sin que le molestase la muda comparación a que parecían entregados los ojos de Lola, entre su cuerpo desmedrado de vividor alegre y la fuerte armazón del aperador del cortijo.

El señorito pasó revista a su gente. Ninguno se había perdido en el viaje; todos estaban: la *Moñotieso*, famosa cantaora, y su hermana; su señor padre, un veterano del baile clásico que había hecho tronar bajo sus tacones los tablados de todos los cafés cantantes de España; tres protegidos de Luis, graves y cejijuntos, con la mano en la cadera y los ojos entornados, como si no osaran mirarse por no infundirse espanto, y un hombre carilleno, con sotabarba sacerdotal y unos tufos de pelo pegados a las orejas, guardando bajo el brazo una guitarra.

—¡Ahí le tienes! —dijo el señorito a su aperador, señalándole al guitarrista—. El señó Pacorro, alias el *Aguila*, el primer tocador del mundo. ¡El *Guerra*, matando toros, y mi amigo con la guitarra...! ¡el disloque!

Y como el cortijero se quedase mirando a este ser extraordinario, cuyo nombre no había oído jamás, el tocador se inclinó ceremoniosamente como un hombre de mundo, experto en fórmulas sociales.

—Beso a uzté la mano...

Y sin añadir palabra se entró en el cortijo, siguiendo a la demás gente que guiaba la *Marquesita*.

La mujer de *Zarandilla* y Rafael, ayudados por aquella tropa, arreglaron las habitaciones del amo. Dos quinqués humosos dieron luz a la gran sala de enjalbegadas paredes, adornadas con algunos cromos de santos. Los hombres de confianza de don Luis, doblando el espinazo con cierta pereza, sacaron de espuertas y cajones todas las vituallas traídas en el carruaje.

La mesa se llenó de botellas, que transparentaban la luz; unas de color de avellana, otras de oro pálido. La vieja de *Zarandilla* se entró en la cocina, seguida de las demás mujeres, mientras el señorito preguntaba al aperador por la gente de la gañanía.

Casi todos los hombres estaban fuera del cortijo. Como era sábado, los jornaleros de la sierra se habían ido a sus pueblos. Sólo quedaban los gitanos y las bandas de muchachas que bajaban a la escarda confiadas a la vigilancia de sus manijeros.

El amo recibía con satisfacción estos informes. No le gustaba divertirse teniendo a la vista a los jornaleros, gentes envidiosas, de corazón duro, que rabiaban con la alegría ajena y andaban después propalando los mayores embustes. Le placía estar a sus anchas en el cortijo. ¿No era el amo...? Y saltando de un pensamiento a otro con su incoherente ligereza, se encaró con los acompañantes. ¿Qué hacían sentados, sin beber, sin hablar, como si estuviesen velando a un muerto...?

—Vamos a ver esas manitas de oro, maestro —dijo al tocador que, con la guitarra sobre las rodillas y la mirada en alto, se entretenía haciendo arpegios.

El maestro *Aguila*, después de toser varias veces, comenzó un rasgueo, interrumpido de vez en cuando por las escalas gimeantes de la cuerda prima. Uno de los esbirros de don Luis destapó botellas y ordenó las filas de cañas, ofreciendo estos tubos de cristal, llenos de líquido dorado con una corona de burbujas. Las mujeres, atraídas por la guitarra, llegaron corriendo de la cocina.

—¡Venga de ahí, *Moñotieso*! —gritó el señorito.

Y la cantaora rompió en una *soleá*, con una voz aguda y poderosa, que después de hincharla el cuello como si éste fuera a reventarse, atronaba la sala y ponía en conmoción a todo el cortijo.

El honorable padre de la *Moñotieso*, como hombre versado en sus deberes, sin esperar invitaciones, sacó a su otra hija al centro de la habitación y comenzó el baile con ella.

Rafael se alejó prudentemente, después de beber dos copas. No quería estorbar la fiesta con su presencia. Además, deseaba revistar el cortijo antes que adelantase la noche, temiendo que el amo quisiera recorrerlo por un capricho de su embriaguez.

En el patio se tropezó con *Alcaparrón*, que atraído por el ruido de la fiesta esperaba una coyuntura para introducirse en la sala con su pegajosidad de parásito. El aperador le amenazó con varios palos si seguía allí.

—Largo, granuja; esos señores no quieren ná con los gitanos.

Alcaparrón se alejó con aire humilde, pero dispuesto a volver apenas desapareciese el señor Rafael, el cual entróse en la cuadra para ver si los caballos del amo estaban bien cuidados.

Cuando pasada una hora volvió el aperador al lugar de la fiesta, vio sobre la mesa muchas botellas vacías.

La gente estaba lo mismo, como si el líquido se hubiese derramado en el suelo: solamente el tocador rasgueaba con más fuerza y los demás batían palmas con una agitación loca, gritando a un tiempo para jalear al viejo bailarín. El respetable padre de la *Moñotieso*, abriendo la boca desdentada y negra con femeniles gritos, movía sus caderas descarnadas, hundiendo el vientre para hacer surgir con mayor relieve la parte opuesta. Sus mismas hijas celebraban con grandes risotadas estos alardes de una vejez envilecida.

—¡Olé, gracioso...!

El anciano seguía bailando como una caricatura femenil entre las lúbricas excitaciones que le dirigía la *Marquesita*.

¡San Patrisio...!
¡Que la puerta se sale del quisio!

Y al cantar esto movíase de tal modo, que parecía próximo a hacer salir de su quicio natural una parte de su dorso, mientras los hombres le arrojaban los sombreros a los pies, entusiasmados por esta danza infame, deshonra del sexo.

Cuando el bailador volvió a su silla, sudoroso y pidiendo una copa como premio de su cansancio, se hizo un largo silencio.

—Aquí fartan mujeres...

Era el *Chivo* el que hablaba, después de escupir por la comisura de los labios, con la gravedad solemne de un valentón parco en palabras.

La *Marquesita* protestó.

—¿Y nosotras qué somos, mamarracho?

—Sí; eso es: ¿qué semos nosotras? —añadieron como un eco las dos de *Moñotieso*.

El *Chivo* se dignó explicarse. Él no quería *fartar* a las señoras presentes; quería decir que la juerga, para que marchase bien, necesitaba más mujerío.

El señorito se puso de pie con resolución. ¿Mujerío...? Él lo tenía; en Matanzuela había de todo. Y empuñando una botella, dio orden a Rafael para que le acompañase a la gañanía.

—Pero, señorito, ¿qué va a jacer su mercé...?

Luis obligó al aperador a que le guiase, a pesar de sus protestas, y todos le siguieron.

Cuando la alegre banda entró en la gañanía, la vio casi desierta. La noche era de primavera y los manijeros y el arreador estaban sentados en el suelo, cerca de la puerta, viendo el campo que azuleaba silencioso bajo la luz de la luna. Las mujeres dormitaban en los rincones, o formando corrillos oían cuentos de brujas y milagros de santos con un silencio religioso.

—¡El amo! —dijo el aperador al entrar.

—¡Arriba! ¡Arriba! ¿Quién quiere vino? —gritó alegremente el señorito.

Todos se pusieron en pie, sonriendo a la inesperada aparición.

Las muchachas contemplaban con asombro a la *Marquesita* y sus dos acompañantas, admirando sus pañoletas floreadas de la China, sus relucientes peinados.

Los hombres se encogían modestamente ante el señorito, que les ofrecía una copa, mientras sus ojos se iban tras la botella que tenía en las manos. Después de hipócritas negativas, bebieron todos. Era vino de ricos, del que ellos no conocían. ¡Oh! ¡aquel don Luis era todo un hombre! Algo calavera; pero la juventud le servía de excusa y además tenía un gran corazón. ¡Todos los amos que fuesen como él...!

—¿Pero, qué vino, compañero? —se decían unos a otros, enjuagándose los labios con el reverso de la mano.

La tía *Alcaparrona* también bebió, y su hijo, que al fin había conseguido agregarse al cortejo del amo, pasaba y repasaba ante éste, enseñándole la dentadura caballar con la mejor de sus sonrisas.

Dupont peroraba tremolando en alto la botella. Venía para invitar a su comilona a todas las muchachas de la gañanía, pero sólo a las guapas. Él era así: llano y francote: ¡viva la democracia...!

Las muchachas, ruborosas en presencia del amo, a quien muchas de ellas veían por primera vez, retrocedían mirando al suelo, con las manos puestas ante la falda. Dupont las señalaba: ¡ésta! ¡ésta...! Y se fijó también en Mari-Cruz, la prima de *Alcaparrón*.

—Tú, gitana, también. Eres feílla, pero tienes ángel y sabrás cantar.

—Como los serafines, señó —dijo el primo queriendo aprovechar el parentesco para introducirse en la fiesta.

Las muchachas, repentinamente ariscas, como si les amagase algún peligro, se hacían atrás, negándose a aceptar el convite. Ya habían cenado, ¡muchas gracias! Pero poco después reían, cuchicheando satisfechas, al ver el mal gesto que ponían ciertas compañeras al no ser designadas por el amo o sus acompañantes. La tía *Alcaparrona* las reñía por su timidez:

—¿Por qué no queréis dir? Andad, payas, y si no tenéis gana dc jartaros de cosas buena, tomad algo de lo que el señó os dé. ¡Pues, poquitas veces que me orsequió a mí el señó marqués, el papá de este sol resplandesiente que aquí está!

Y decía esto señalando a la *Marquesita*, que examinaba a algunas de aquellas jóvenes, como si quisiera adivinar su hermosura debajo de las ropas astrosas.

Los manijeros, conmovidos por el vino del amo, que no había hecho más que despertar su sed, intervenían paternalmente con el pensamiento puesto en otras botellas. Podían ir con don Luis sin miedo alguno: lo decían ellos, que eran los encargados de cuidarlas y respondían de su seguridad ante sus familias.

—Es un cabayero, muchachas, y además, vais a cenar con estas señoras. Toos personas decentes.

La resistencia fue de corta duración, y, por fin, salió un grupo de jóvenes escoltado por el amo y sus huéspedes.

Los que quedaron en la gañanía comenzaron a buscar por los rincones una guitarra. ¡Buena se presentaba la noche! Al salir el amo, había dicho al aperador que enviase a aquella gente todo el vino que pidiera. ¡Oh, qué don Luis...!

La mujer de *Zarandilla* puso la mesa, ayudada por las jóvenes serranas, que habían adquirido cierto aplomo al verse en las habitaciones del amo. Además, el señorito, con una franqueza que las enorgullecía, haciéndolas subir a la cara oleadas de sangre, iba de una a otra con la botella y la batea de cañas, obligándolas a que bebiesen. El padre de las *Moñotieso* las hacía enrojecer y prorrumpir en risotadas semejantes a cocleos de gallinas, relatándolas al oído cuentos impúdicos.

Eran más de veinte para la cena, y apretados en torno de la mesa, comenzaron a comer los platos que *Zarandilla* y su mujer servían con gran dificultad, pasándolos por encima de las cabezas.

Rafael se mantenía de pie junto a la puerta, no sabiendo si ausentarse o hacerse visible, por respeto al amo.

—Siéntate, hombre —ordenó magnánimamente don Luis—. Te lo permito.

Y como la gente se estrechase aún más, para hacerle sitio, *la Marquesita* se levantó llamándole. ¡Allí, al lado de ella! El aperador, al sentarse, creyó que se sumergía en las faldas y las susurrantes ropas interiores de la hermosa, quedando como pegado a ella, en ardoroso contacto con un lado de su cuerpo.

Las muchachas rechazaban con remilgos los primeros ofrecimientos del señorito y sus compañeros. Gracias; ellas habían cenado. Además, no estaban acostumbradas a las comidas fuertes de los señores, y podían hacerlas daño.

Pero el olor de la carne, de la sagrada carne siempre vista de lejos y de la que se hablaba en la gañanía como de un manjar de dioses, pareció marearlas con una embriaguez más intensa que la del vino. Una tras otra, fueron arrojándose sobre los platos, y perdido el primer escrúpulo, comenzaron a devorar como si saliesen de larguísimos ayunos.

El señorito celebraba la voracidad con que se movían aquellas mandíbulas, y sentía una satisfacción moral casi equivalente a la que proporciona el bien. ¡Él era así! ¡Le gustaba de vez en cuando alternar con los pobres!

—¡Olé las mujeres de buen diente...! Ahora a beber para que no se os atragante el bocado.

Las botellas se vaciaban, y las bocas de las muchachas, azuladas antes por la anemia, mostrábanse rojas como el zumo de la carne, y brillantes con las gotas de vino que se escurrían hasta las barbillas.

Mari-Cruz, la gitana, era la única que no comía. *Alcaparrón* la hacía señas rondando la mesa como un perro. ¡La pobre estaba siempre tan falta de apetito...! Y con su habilidad de gitano, escamoteaba todo lo que con disimulo le ofrecía a Mari-Cruz. Después salía al patio unos instantes para zampárselo de golpe, mientras la prima enfermiza bebía y bebía, admirando el vino de los señores como lo más sorprendente de la fiesta.

Rafael apenas comió, trastornado por la vecindad de la *Marquesita*. Le atormentaba el contacto de aquel cuerpo hermoso hecho para el amor; el perfume incitante de la carne fresca purificada por una limpieza desconocida en los campos. Ella, en cambio, parecía aspirar con delectación por su naricilla sonrosada y palpitante, el vaho de macho campesino, el olor de cuero, de sudor y de cuadra que se esparcía con los movimientos del arrogante galán.

—Bebe, Rafael: anímate. ¡Mira a *mi hombre* qué amartelado está con sus serranas!

Y señalaba a Luis que, atraído por la novedad, se olvidaba de ella para requebrar a sus vecinas, dos jornaleras que ofrecían el encanto de una belleza rústica, mal lavada; dos beldades de cortijo en las que creía aspirar el perfume acre de las dehesas, el vaho animal de los rebaños.

Era cerca de media noche cuando terminó la cena. El ambiente de la sala se había caldeado y era sofocante.

El fuerte olor del vino derramado y de los platos sobrantes caídos en un rincón, mezclábase con el hedor de petróleo de los quinqués.

Las muchachas, enrojecidas por la digestión, respiraban con dificultad y se aflojaban los cuerpos de sus vestidos, desabrochándose el pecho. Lejos de la vigilancia de los manijeros y trastornadas por el vino, olvidaban sus remilgos de vírgenes silvestres. Se entregaban con verdadera furia al goce de esta fiesta extraordinaria, que era como un relámpago en su vida oscura y triste.

Una de ellas, por una copa derramada sobre su falda, irguióse amenazando a otra con las uñas. Sentían en sus cuerpos la presión de brazos varoniles y sonreían con cierta beatitud, como absolviéndose anticipadamente de todos los contactos que pudieran sufrir en el dulce abandono del bienestar. Las dos *Moñotieso*, ebrias y furiosas al ver que los hombres sólo atendían a las *payas*, hablaban de desnudar a *Alcaparrón*, para mantearle; y el muchacho, que había dormido vestido toda su vida, escapaba, temblando por su gitana pudibundez.

La *Marquesita* se arrimaba cada vez más a Rafael. Parecía que todo el calor de su organismo se había concentrado en el lado que tocaba al aperador, quedando el costado opuesto frío e insensible. El mocetón, obligado a beber las copas que le ofrecía la señorita, sentíase ebrio, pero con una embriaguez nerviosa que le hacía bajar la cabeza y fruncir las cejas torvamente, deseando pelearse con cualquiera de los valientes que acompañaban a don Luis.

El calor femenil de esta carne suave, que le acariciaba con su contacto por debajo de la mesa, le irritaba como un peligro difícil de vencer. Intentó levantarse varias veces, pretextando ocupaciones afuera, pero se sintió agarrado por una manecita de nerviosa fuerza.

—Siéntate, ladrón; si te meneas, de un pellizco te arranco el alma.

Y tan borracha como los otros, apoyando su cabeza rubia en una mano, la *Marquesita* le contemplaba con los ojos entornados; unos ojos azules, cándidos, que parecían no manchados jamás por la nube de un pensamiento impuro.

Luis, entusiasmado por la admiración de las dos muchachas sentadas junto a él, quiso mostrarse en toda su grandeza heroica, y repentinamente arrojó una copa a la cara del *Chivo*, que estaba enfrente. La fiera del presidio contrajo su carátula feroz e hizo un movimiento para incorporarse, llevándose una mano al bolsillo interior de la chaqueta.

Hubo un silencio de angustia, pero el valentón, pasado el primer movimiento, permaneció en su silla.

—Don Luis —dijo con una mueca de adulación—. Usté es el único hombre que puede jaser eso. Usté es mi pare.

—¡Y porque soy más valiente que tú! —gritó con arrogancia el señorito.

—Eso —afirmó el matón con otra sonrisa aduladora.

El señorito paseó su mirada de triunfador sobre las aterradas jóvenes, no acostumbradas a tales escenas. ¿Eh...? ¡Allí tenían a un hombre!

Las *Moñotieso* y su padre, que por acompañar a todas partes a don Luis como pupilos de su generosidad «se lo sabían de memoria», se apresuraron a dar por terminada la escena, moviendo gran estrépito. ¡Olé los hombres de *verdá*! ¡Más vino! ¡Más vino!

Y todos, hasta el terrible matón, bebieron a la salud del señorito, mientras éste, como si le sofocase su propia grandeza, se despojaba de la chaqueta y el chaleco y poniéndose de pie agarraba a sus dos campañeras. ¿Qué hacían allí, apretados en torno de la mesa, mirándose unos a otros? ¡Al patio! ¡A correr, a jugar, a seguir la juerga bajo la luna, ya que la noche era de las buenas...!

Y todos salieron a la desbandada, empujándose, ansiando en la asfixia de la embriaguez aspirar el aire libre del patio. Muchas, al abandonar la silla andaban tambaleantes, apoyando la cabeza en el pecho de un hombre. La guitarra del señor Pacorro sonó con triste quejido al chocar con el quicio de la puerta, como si la salida fuese estrecha para el instrumento y el *Águila* que lo empuñaba.

Rafael fue a levantarse también, pero le contuvo otra vez la nerviosa manecita.

—Tú aquí —ordenó la hija del marqués—, a hacerme compañía. Deja que se divierta esa gentuza... ¡Pero no me huyas, mala sombra!: parece que te doy miedo.

El aperador, al verse libre de la opresión de los vecinos, había hecho retroceder su silla. Pero el cuerpo de la señorita le buscaba, se apoyaba en él, sin que pudiera librarse de su dulce pesadumbre, por más que echaba el pecho atrás.

Afuera, en el patio, sonaba la guitarra del señor Pacorro, y las cantaoras, roncas por el vino, acompañábanla con gritos y palmas. Pasaban corriendo las jornaleras por cerca de la puerta perseguidas por los hombres, riendo con nerviosas carcajadas, como si las cosquillease el aire de los que iban a sus alcances. Se adivinaban sus escondites en la cuadra, en los graneros, en el horno, en todos los departamentos del cortijo que comunicaban con el patio; y en estas piezas oscuras, los encuentros, las risas sofocadas, los gritos de sorpresa.

Rafael, en su embriaguez, no tenía más que un pensamiento: librarse de las audaces manos de la *Marquesita*, del peso de su cuerpo, de aquel ambiente tentador, contra el cual se defendía torpemente, seguro de ser vencido.

Callaba asombrado por lo extraordinario de la aventura, cohibido por su respeto a las jerarquías sociales. ¡La hija del marqués de San Dionisio! Esto es lo que le hacía permanecer en su asiento, defendiéndose con debilidad de una hembra, a la que podía repeler con sólo el impulso de una de sus manazas. Por fin, tuvo que hablar:

—¡Déjeme su mercé, señorita...! ¡Doña Lola... que no pué ser!

Viéndole ella encogerse con una pudibundez de doncella, prorrumpió en insultos. ¡Ya no era el mozo arrogante de otros tiempos, cuando hacía el contrabando y andaba por los colmados de Jerez con toda clase de mujeres! La tal María de la Luz le tenía embrujado. ¡Una gran virtud, que vivía en una viña, rodeada de hombres...!

Y continuó soltando infamias contra la novia de Rafael, sin que éste se inmutase. El aperador deseaba verla así; sentíase de este modo más fuerte para resistir a la tentación.

La *Marquesita*, completamente ebria, insistía en sus insultos con la ferocidad de la mujer despreciada, pero sin separarse de él.

—¡Cobarde! ¿Es que no te gusto...?

Zarandilla entró en la sala apresuradamente, como si quisiera hablar al aperador, pero se detuvo. Afuera, junto a la puerta, sonaba la voz del señorito con tono irritado. ¡Estando él allí no había más aperador, ni más *gobierno* del cortijo, que su persona...! ¡A obedecer, cegato...!

Y el viejo volvió a salir con tanto apresuramiento como había entrado, sin decir una palabra al aperador.

Rafael se irritó ante la terquedad de aquella mujer. ¡Si no fuese por su miedo a que le indispusiera con el amo, haciéndole perder el puesto en el cortijo, que era la esperanza de él y su novia...!

Ella seguía insultándolo, pero menos iracunda, como si la embriaguez le privase de movimiento y su deseo no pudiera exteriorizarse más que con palabras. Su cabeza resbalaba sobre el pecho de Rafael: inclinábase, con los ojos entornados, aspirando aquel perfume hombruno, que parecía adormecerla. Tenía su busto caído en las rodillas del campesino, y aún le insultaba, como si encontrase en esto una extraña delectación.

—Me voy a quitar las enaguas pa que te las pongas... ¡bobalicón...! Debían llamarte María, como a la sosa de tu novia...

En el patio resonó un alarido de terror, acompañado de brutales carcajadas. Luego carreras ruidosas, choque de cuerpos contra las paredes, todo el estrépito del peligro y el miedo.

Rafael se levantó de un salto, sin fijarse en la *Marquesita*, que rodó por tierra. Tres muchachas entraron en el mismo instante, con tal impulso, que derribaron varias sillas. Tenían la cara blanca, con una palidez mortal; los ojos agrandados por el miedo; agachábanse como si quisieran introducirse bajo la mesa.

El aperador salió al patio. En medio de él, una bestia daba resoplidos, mirando a la luna, como si extrañase el verse en libertad.

Junto a sus patas, yacía extendido algo blanco, que apenas si marcaba un pequeño bulto sobre el suelo.

De la sombra que proyectaban los tejados, a lo largo de las paredes, salían carcajadas hombrunas y agudos chillidos de mujer. El señor Pacorro, el *Águila*, continuaba inmóvil en un poyo, rasgueando su guitarra con la serenidad de una borrachera, a prueba de toda clase de sorpresas.

—¡La pobrecita Mari-Cruz! —lloriqueó *Alcaparrón*—. ¡La va a matá el bicho! ¡La va a matá...!

El aperador lo comprendió todo... ¡Pero qué señorito tan gracioso! Para dar una sorpresa a los amigos y reír con el susto de las mujeres, había obligado a *Zarandilla* a que soltase un novillo del establo. La gitana, alcanzada por la bestia, habíase desmayado del susto... ¡Juerga completa!

VI

—¡La pobrecita Mari-Cruz! —lloriqueó *Alcaparrón*—.

La gitana Mari-Cruz se moría. Lo anunciaba *Alcaparrón* con sus lloriqueos a todos los del cortijo, sin hacer caso de las protestas de su madre.

—¡Qué sabes tú, bobo...! A otros, peor que ella, los sacó alante mi comare...

Pero el gitano, despreciando la fe de la señora *Alcaparrona* en la sabiduría de su comadre, presentía la muerte de la prima con la clarividencia del cariño. En el cortijo y en el campo, contaba a todos el origen de la enfermedad.

—¡La mardita groma del señorito...! La pobresita siempre ha sido poca cosa, siempre malucha, y el susto del novillo la ha acabao de matar. ¡Premita Dios...!

Y el respeto al rico, la sumisión tradicional al amo, cortaban en sus labios la gitana maldición.

Aquel cuervo fatídico que, según él, llamaba a los buenos cuando faltaba uno en el camposanto, debía estar ya despierto, alisándose con el pico las negras alas y preparando el graznido para que compareciese su prima. ¡Ay, pobrecita Mari-Cruz! ¡La mejor de la familia...! Y para que la muchacha no adivinase sus pensamientos, manteníase a distancia, viéndole de lejos, sin osar aproximarse al rincón de la gañanía, donde estaba tendida sobre un petate, cedido misericordiosamente por los jornaleros.

La señá *Alcaparrona*, viendo a su sobrina, dos días después de la nocturna juerga, calenturienta y sin fuerzas para ir al campo, había diagnosticado la enfermedad, con su práctica de decidora de buenaventura y bruja curandera. Era el susto del novillo «que se le había quedao *adrento*».

—La pobresita —decía la vieja— estaba en su... pues, en eso; y ya se sabe que en tal caso los sustos son de cuidao. Es sangre corrompida que se le ha subío al pecho y la ajoga. Por eso pide siempre de beber, como si con un río no la bastase.

Y por toda medicina, cuando al amanecer salía al campo a trabajar con la familia, colocaba junto a los andrajos de la cama un jarro siempre lleno.

Gran parte del día lo pasaba la muchacha sola en el rincón más oscuro del dormitorio de los gañanes. Algún perro del cortijo, entrando de tarde en tarde, daba vueltas en torno de ella con un gruñido sordo, que expresaba su extrañeza, y después de intentar lamer su cara pálida, alejábase repelido por las manos exangües, transparentes, infantiles.

A mediodía cuando un rayo de sol filtraba su faja de oro en la penumbra de la cuadra humana, las moscas de primavera llegaban hasta el oscuro rincón, animando con su zumbido la soledad.

Algunas veces entraban *Zarandilla* y su mujer a ver a Mari-Cruz.

—Ánimo, muchacha; hoy ties mejor cara. Lo que importa es que eches todo lo malo que se te ha subío al pecho.

La enferma, sonriendo débilmente, tendía sus flacos brazos para coger el jarro, y bebía y bebía, con la esperanza de que el agua deshiciese la bola ardorosa y sofocante que dificultaba su respiración, transmitiendo a todo su cuerpo el fuego de la fiebre.

Cuando se retiraba el rayo de sol, extinguiéndose el zumbido de las moscas, y el pedazo de cielo encuadrado por la puerta tomaba un suave color de violeta, la enferma alegrábase. Era la mejor de las horas: iban a llegar los suyos. Y sonreía a *Alcaparrón* y sus hermanos, que se sentaban en el suelo en semicírculo sin decirle nada, mirándola con ojos interrogantes, como si quisieran atrapar a la fugitiva salud. Su tía, todas las tardes al volver, lo primero que preguntaba era si había arrojado *aquello*, aguardando que expeliera por la boca la pudredumbre, la mala sangre que el susto había acumulado en su pecho.

La enferma animábase también con la presencia de los compañeros de trabajo, aquellos gañanes que antes de comer su gazpacho de la noche pasaban un momento ante ella, esforzándose por infundirla ánimo con rudas palabras. El temible Juanón la hablaba todas las noches, proponiendo curaciones enérgicas, propias de su carácter:

—Tú lo que necesitas es comer, chiquiya; trajclar. Too lo que tienes es hambre.

Y a continuación ofrecíala cuantos alimentos extraordinarios poseían sus compañeros: un pedazo de bacalao, una morcilla de la sierra que milagrosamente se conservaba en la gañanía... Pero la gitana rechazábalo todo con gesto agradecido.

—Tú te lo pierdes; te se da de too corazón. Así estás de enjuta y esmirriá, y así te morirás: porque no comes.

Juanón se afirmaba en esta creencia, viendo el estado de consunción de la muchacha. Ya no quedaba en ella el menor vestigio de carne: sus débiles músculos de anémica se habían derretido. Sólo subsistía el esqueleto, marcando sus angulosidades bajo la epidermis blancuzca, que parecía adelgazarse también como una envoltura sutil.

Toda su vida parecía concentrada en los ojos hundidos, cada vez más negros, con más luz, como dos gotas de légamo tembloroso en las profundidades de las órbitas amoratadas.

Por la noche, *Alcaparrón*, en cuclillas detrás de ella, huyendo de su mirada para llorar libremente, veía clarear a la luz del candil sus orejas y las alillas de la nariz, con una transparencia de hostia.

El aperador, alarmado por el aspecto de la enferma, hablaba de traer un médico de la ciudad.

—Esto no es cristiano, tía *Alcaparrona*. Esa criatura se muere como una bestia.

Pero ella protestaba con indignación. ¿Un médico? Eso era para los señores, para los ricos. ¿Y quién había de pagarlo...? Además, ella no había necesitado de médico en toda su vida y era vieja. Las gentes de su raza, aunque pobres, tenían su poquito de ciencia, que los *gachés* buscaban muchas veces.

Y llamada por ella se presentó en el cortijo su *comare*, una gitana viejísima, que gozaba gran fama de curandera en Jerez y su campo.

Después de oír a la *Alcaparrona*, palpó el mísero esqueleto de la enferma, aprobando todas las palabras de su amiga. No se había engañado: era el susto, la mala sangre que se le había subido al pecho y la ahogaba.

Anduvieron toda una tarde las dos por las colinas vecinas buscando hierbas, y solicitaron de la mujer de *Zarandilla* los más disparatados ingredientes para una famosa cataplasma que pensaban preparar. Por la noche, los hombres de la gañanía contemplaron en silencio las manipulaciones de las dos brujas en torno de un puchero puesto a la lumbre, con ese respeto crédulo de las gentes del campo por todo lo maravilloso.

La enferma bebió humildemente el cocimiento y recibió sobre el pecho el emplasto, manejado misteriosamente por las dos viejas, como si contuviese un poder sobrenatural. La *comare*, que había hecho milagros, renegaba de su sabiduría si antes de dos días no lograba deshacer la bola de fuego que ahogaba a la muchacha.

Y los dos días transcurrieron, y otros dos más, sin que la pobre Mari-Cruz experimentase alivio.

Alcaparrón seguía sollozando fuera de la gañanía, para que no le oyese la enferma. ¡Cada vez peor! ¡No podía estar acostada! ¡Se ahogaba! Su madre ya no iba al campo; se quedaba en la gañanía para cuidarla. Hasta para dormir tenían que mantenerla con el cuerpo erguido, mientras su pecho se agitaba con un estertor de fuelle roto.

—¡Ay, Señó! —gemía el gitano, perdiendo la última esperanza—. Lo mezmo que los pajarillos cuando los jieren.

Rafael no osaba aconsejar a la familia, ni entraba a ver a la enferma más que a las horas de trabajo, cuando los gañanes estaban en el campo.

La enfermedad de Mari-Cruz y la juerga del señorito en el cortijo le había colocado en una situación violenta con toda la gente de la gañanía.

Algunas de las muchachas, al recobrar la razón después de la embriaguez de aquella noche, se habían ido a la sierra, no queriendo permanecer en el cortijo. Apostrofaban a los manijeros, guardianes de confianza de sus familias, que habían sido los primeros en aconsejarlas que siguiesen al señorito. Y después de propalar entre los trabajadores que volvieron a Matanzuela el domingo, lo ocurrido en la noche anterior, emprendieron solas el regreso a sus casas, contando a todos los escándalos del cortijo.

Los gañanes, al volver a Matanzuela no vieron al amo. Éste y su comitiva, una vez dormida la borrachera, habían regresado a Jerez alegres como siempre, con un regocijo escandaloso. Los trabajadores, en su indignación, hacían responsables al aperador y todo el *gobierno* del cortijo. El señorito estaba lejos; y además era quien les proporcionaba el pan.

Algunos de los que estaban en la gañanía la noche de la juerga, tuvieron que pedir la cuenta y buscar trabajo en otros cortijos. Los compañeros mostrábanse indignados. Iban a llover puñaladas. ¡Borrachos! ¡Por cuatro botellas de vino habían vendido a unas muchachas que podían ser sus hijas...!

Juanón llegó a encararse con el aperador.

—¿Conque tú —dijo escupiendo en el suelo con aire de desprecio— eres el que proporcionas al señorito las mozas de la gañanía para que se divierta...? Harás carrera, Rafaé. Ya sabemos pa lo que sirves.

El aperador saltó como si recibiese un navajazo.

—Yo sirvo, pa lo que sirvo. Y pa matarme con un hombre cara a cara si es que me farta.

Y herido en su arrogancia, miraba con aire de reto a Juanón y a los más bravos, llevando preparada la navaja en un bolsillo de la chaqueta, siempre a punto de caer sobre ellos, a la más leve provocación. Para demostrar que no tenía miedo a una gente ansiosa por dar salida a los antiguos rencores contra el vigilante de su trabajo, Rafael intentaba justificar al amo.

—Fue una groma. Don Luis sortó el novillo por divertirse, sin hacer daño a nadie. Lo demás jué una desgracia.

Y por altivez, no decía que era él quien había metido en la cuadra al animal, librando a la pobre gitana de las astas que removían feroces sus ropas. Y callaban igualmente su pelea con el amo, después de salvar a Mari-Cruz; la franqueza con que le había censurado y el arrebato de don Luis queriendo abofetearle, como si fuese un matón de su comitiva.

Rafael le había agarrado la mano con una de sus garras, zarandeándolo como a un niño, al mismo tiempo que con la otra buscaba su navaja, con ademán tan resuelto, que el *Chivo* se detenía, a pesar de que el señorito le llamaba a grandes voces para que matase a aquel hombre.

El mismo valentón, temiendo al aperador, había arreglado el asunto declarando sentenciosamente que los tres eran igualmente valientes, y que entre valientes no deben existir cuestiones. Y juntos habían bebido la última copa, mientras la *Marquesita* roncaba debajo de la mesa, y las muchachas, aterradas por el susto, huían a la gañanía.

Cuando una semana después Rafael fue llamado por el señorito, emprendió el camino de Jerez creyendo que ya no regresaría a Matanzuela. El llamamiento sería para decirle que había buscado otro aperador... Pero el loco Dupont le recibió con gesto alegre.

El día anterior había reñido definitivamente con su prima. Estaba harto de sus caprichos y sus escándalos. Ahora sería hombre serio, para no dar disgustos a Pablo, que era como su padre. Pensaba dedicarse a la política; ser diputado. Otros de la tierra lo eran, sin otro mérito que una fortuna y un nacimiento iguales a los suyos. Además, contaba con el apoyo de los Padres de la Compañía, sus antiguos maestros, que no dejarían de felicitarle al verle en el hotel de su primo hecho un hombre serio, ocupándose en defender los sagrados intereses sociales.

Pero se cansó pronto de hablar en este tono y miró a su aperador con cierta curiosidad.

—Rafael, ¿sabes que eres un valiente...?

Fue su única alusión a la escena de aquella noche. Después, como arrepentido de dar tan en absoluto este certificado de valor, añadió modestamente:

—Yo, tú y el *Chivo*, somos los tres hombres más hombres de Jerez. ¡Cualquiera se nos pone delante...!

Rafael escuchábale impasible, con el gesto respetuoso de un buen servidor. Lo único que le interesaba de todo aquello, era la seguridad de continuar en Matanzuela.

El amo le pidió después noticias del cortijo. Su poderoso primo, que todo lo sabía, al reñirle por aquella *juerga*, de la que se hablaba mucho en Jerez (esto lo decía con cierto orgullo), le habían mentado a una gitana enferma del susto. ¿Qué era aquello? Y escuchó, con aire de aburrimiento, las explicaciones de Rafael.

—Total, nada: ya sabemos cómo exageran los gitanos. Eso pasará. ¡Un susto, por un novillo suelto...! ¡Si eso es una broma corriente!

Y enumeraba todas las comidas de campo, con gentes ricas, que habían tenido como final esta broma ingeniosa. Luego, con gesto magnánimo dio órdenes a su aperador.

—Entrega a esa pobre gente lo que necesite. Págale a la muchacha el jornal mientras esté enferma. Quiero que mi primo se convenza de que no soy tan malo como cree y que también sé hacer la caridad cuando me toca.

Al salir Rafael de la casa del amo, espoleó su jaca, para hacer una visita a Marchamalo antes de volver al cortijo, pero se vio detenido frente al *Círculo Caballista.*

Los señoritos más ricos de Jerez abandonaban sus copas de vino para salir a la calle, rodeando el caballo del aperador. Querían saber detalladamente lo ocurrido en Matanzuela. ¡Aquel Luis era a veces tan embustero relatando sus hazañas...! Y al contestar Rafael gravemente, con pocas palabras, reían todo ellos, viendo confirmadas sus noticias. El novillo suelto, persiguiendo a las jornaleras ebrias, hacía prorrumpir en ruidosas carcajadas a una juventud que, bebiendo vino, desbravando caballos y discutiendo mujeres, esperaba el momento de heredar la riqueza y la tierra de todo Jerez... ¡Pero, qué buena sombra tenía el tal Luis! ¡Y pensar que ellos no habían presenciado aquella broma! Algunos recordaban con amargura que les había invitado a la fiesta, y se lamentaban de la ausencia.

Uno de ellos preguntó si era cierto que una muchacha de la gañanía estaba enferma del susto. Al decir Rafael que era una gitana, muchos levantaron los hombros. ¡Una gitana! Pronto se pondría buena. Otros, que conocían a *Alcaparrón* por sus truhanerías, rieron al saber que la enferma era de la familia. Y todos, olvidando a la gitana, volvieron a comentar la graciosa ocurrencia de Dupont el loco, acosando con nuevas preguntas a Rafael, para saber qué hacía la *Marquesita* mientras su amante soltaba el novillo, y si ésta había corrido mucho.

Cuando Rafael no tuvo más que decir, todos se fueron adentro sin saludarle. Satisfecha su curiosidad, despreciaban al gañán que les había hecho abandonar sus mesas precipitadamente.

El aperador puso su jaca al galope, con el deseo de llegar cuanto antes a Marchamalo. María de la Luz no le había visto en dos semanas y le recibió con mal gesto. Hasta allí había llegado, agrandada por comentarios, la noticia de lo ocurrido en Matanzuela.

El capataz movió su cabeza reprobando el suceso, y la hija, aprovechándose de una ausencia del señor Fermín, increpó a su novio, como si éste fuese el único responsable del escándalo del cortijo. ¡Ah, *mardito*! ¡Por esto había estado tantos días sin presentarse en la viña! El *señor* tornaba a sus antiguas costumbres de mozo alegre; convertía en una casa de vergüenza aquel cortijo, con el que soñaba ella como un nido de amores legítimos.

—Quita allá, sinvergüenzón. Por aquí no güervas: te conozco...

Y el pobre aperador casi rompió a llorar, herido por la

injusticia de su novia. ¡Tratarle así...! ¡Después de la prueba a que le había sometido el ebrio impudor de la *Marquesita* y que él callaba por respeto a María de la Luz...! Se excusaba hablando de su condición. Él no era más que un criado, que había de cerrar los ojos ante muchas cosas, para conservar su puesto. ¿Qué haría su padre, si el dueño de la viña fuese un señorito como el suyo...?

Partió Rafael de Marchamalo, dejando a su novia menos iracunda, pero llevaba en el pensamiento, como una aguda pesadumbre, la aspereza con que le despidió María de la Luz. ¡Cristo, con el señorito! ¡Qué de disgustos le proporcionaban sus diversiones...! Volvía lentamente hacia Matanzuela, pensando en las caras hostiles de los gañanes, en aquella muchacha que se moría rápidamente, mientras allá en la ciudad, los desocupados hablaban de ella y de su susto con grandes risas.

Apenas echó pie a tierra, vio a *Alcaparrón* que vagaba por los alrededores del cortijo, con gestos de loco, como si la exuberancia de su dolor no cupiera bajo los techos.

—Se muere, señó Rafaé. Lleva ya ocho días de paecer. La pobrecita no puede tenderse, y está sentada día y noche con los brazos extendíos y moviendo las manos así...; como si buscase la salusita que se jué pa siempre. ¡Ay, mi pobre Mari-Cruz! ¡Mi prima del arma...!

Y lanzaba estos gritos como si fuesen rugidos, con la expansión trágica de la raza gitana que necesita espacio libre para sus dolores.

El aperador entró en la gañanía, y antes de llegar al montón de harapos de la enferma, oyó el ruido de su respiración, un soplido doloroso de fuelle descompuesto, que dilataba y contraía el mísero costillaje de su pecho.

La asfixia le hacía abrir, con temblores de angustia, su andrajoso corpiño, mostrando un pecho de muchacho tísico, de una blancura de papel mascado, sin más señales del sexo que dos granos morenos hundidos entre las costillas. Respiraba moviendo la cabeza a un lado y a otro, como si pretendiese absorber todo el aire. En ciertos momentos sus ojos agrandábanse con expresión de espanto, como si sintiera el contacto de algo frío e invisible en las manos crispadas que tendía ante ella.

La tía *Alcaparrona* mostraba menos confianza que al iniciarse la enfermedad.

—¡Si echara la cosa maligna que lleva adentro! —exclamó mirando a Rafael.

Y después de limpiar el sudor frío y viscoso de la cara de la enferma, ofrecióle la alcazarra de agua.

—¡Bebe, hija de mis entrañas! ¡Mi blanca paloma...!

Y la mísera paloma, herida de muerte, después de beber, asomaba su lengua entre los labios violáceos, cual si quisiera prolongar la sensación de frescura; una lengua seca, de rojo tostado, como una lonja de carne asada.

A veces interrumpíase el estertor de su respiración con una tos seca, lanzando espectoraciones estriadas de sangre. La vieja movía la cabeza. Ella esperaba algo negro y monstruoso, una oleada putrefacta que, al salir, se llevase todo el mal de la muchacha.

El aperador habló a la tía *Alcaparrona*, de cinco duros que debía entregarle por orden del amo, y los ojos de ésta se enternecieron.

—No: ¡si don Luis es too un cabayero! Ha sío la mala sombra de la niña, la mardita casualiá. ¡Que Dios se lo pague al señorito...!

Y la vieja abandonó a la enferma para acompañar al aperador hasta la puerta, murmurando elogios del amo, preguntándole cuándo podría pasar al cortijo por el dinero.

Transcurrieron dos días. Diez habían pasado desde que Mari-Cruz se sintió enferma. La gente de la gañanía parecía acostumbrarse a ver a la gitana reclinada en su montón de trapos, y a oír su resoplido doloroso. De tarde en tarde hablaban algunos de ir a Jerez en busca de auxilios, de traer un médico, pero se les contestaba con un movimiento de hombros, como si creyesen que este estado podía prolongarse indefinidamente.

Por la noche, los gañanes dormíanse arrullados por aquel bufido de fuelle roto que salía de un rincón. Se acostumbraban a ver a la enferma: pasaban ya junto a ella sin mirarla, riendo y conversando en voz alta. Únicamente volvían la cabeza con cierta inquietud cuando cesaba por unos momentos el resoplido angustioso.

La familia de los *Alcaparrones*, embrutecida por las noches de insomnio, permanecía inmóvil, sentados todos en el suelo, en torno de la enferma, sin atreverse a salir al campo a ganar el jornal.

Una tarde la vieja prorrumpió en alaridos. La niña se moría; se ahogaba. Ella, tan débil, que apenas podía mover las manos, retorcía su armazón de huesos con la fuerza extraordinaria de la angustia, y tales eran sus impulsos, que la tía apenas podía contenerla entre sus brazos. Apoyándose en los talones se levantaba, doblándose como un arco, con el pecho abombado y jadeante, el rostro crispado y azul.

—¡Jozé María! —gimió la vieja—. ¡Que se muere...! ¡Que se me quea entre las manos! ¡Hijo mío!

Y *Alcaparrón*, en vez de acudir al llamamiento de su madre, salió corriendo como un loco. Había visto pasar a un hombre, una hora antes, por el camino de Jerez con dirección al ventorro del Grajo.

Era él, el ser extraordinario del que todos los pobres hablaban con respeto. De repente se sintió inflamado por esa fe que los pastores de muchedumbres esparcen en torno de ellos, como una aureola de confianza.

Salvatierra, que estaba en el ventorro hablando con *Matacardillos*, su doliente camarada, se hizo atrás, sorprendido por la impetuosa entrada de *Alcaparrón*. El gitano miraba a todos lados con ojos de loco, y acabó por arrojarse a sus pies, agarrándole las manos con suplicante vehemencia.

—¡Don Fernando! ¡Su mercé lo puee too...! ¡Su mercé hase milagros, si quiere! Mi prima... Mi Mari-Crú... ¡que se muere, don Fernando, que se muere...!

Y Salvatierra no se daba cuenta de cómo había salido del ventorro remolcado por la mano febril de *Alcaparrón* y cómo había llegado a Matanzuela con una rapidez de ensueño, corriendo tras el gitano, que tiraba de él, al mismo tiempo que le llamaba su Dios, convencido de que haría el milagro.

El rebelde vióse de pronto en la penumbra de la gañanía, y a la luz del candil, sostenido por uno de los gitanillos, distinguió la boca dolorosa y azulada de Mari-Cruz contraída por el supremo espasmo, sus ojos agrandados por la negrura del dolor, con una expresión de angustia infinita. Pegó su oído a la piel viscosa y húmeda de aquel pecho que parecía próximo a romperse. El examen fue breve. Al incorporarse se quitó el sombrero instintivamente, quedando de pie y descubierto ante la pobre niña.

Nada había que hacer. Era la agonía, la lucha tenaz y horripilante, el supremo dolor, que espera agazapado al final de toda existencia.

La vieja habló a Salvatierra de sus opiniones acerca de la enfermedad, esperando que las aprobase. Era la sangre corrompida por el susto, que no podía salir y la mataba.

Pero don Fernando movía la cabeza. Su afición a la

medicina, sus lecturas desordenadas pero extensas, durante largos años de reclusión, su continuo contacto con la desgracia, le bastaban para reconocer la enfermedad a la primera ojeada. Era la tisis, rápida, brutal, fulminante, esparciendo el tubérculo con la florescencia fecunda de la plaga: la tisis en forma sofocante, la terrible granulia que surgía a consecuencia de una fuerte emoción en este organismo pobre, abierto a todas las enfermedades, ávido de incubarlas. Examinaba de cabeza a pies aquel cuerpo descarnado, de una blancura enfermiza, en el que los huesos parecían tener la fragilidad del papel.

Salvatierra preguntaba en voz baja por los padres. Adivinaba el remoto arañazo del alcohol en esta agonía. La tía *Alcaparrona* protestó.

—Su pobresito pare bebía como cualsiquiera, pero era un hombrón de mucho aguante. Los amigos le llamaban de apodo *Damajuana.* ¿Pero verle borracho...? nunca.

Salvatierra se sentó en un pedazo de tronco, siguiendo con mirada triste el curso de la agonía. Lloraba la muerte de aquella criatura, que sólo había visto una vez; mísero engendro del alcoholismo, que abandonaba el mundo empujado por la bestialidad de una noche de borrachera.

El pobre ser debatíase entre los brazos de los suyos con los borrones de la asfixia, tendiendo sus brazos hacia delante.

Un velo parecía flotar ante sus ojos, empequeñeciendo las pupilas. Su respiración tenía el burbujeo del hervor, como si en su garganta tropezase el aire con el obstáculo de extrañas materias.

La vieja, no encontrando a mano otro remedio, la daba de beber y el agua caía en el estómago ruidosamente, como en el fondo de una vasija: chocaba en las paredes del esófago paralizado, haciéndolas sonar como si fuesen de pergamino. El rostro perdía sus rasgos generales; se ennegrecían las mejillas; aplastábanse las sienes; se adelgazaba la nariz con frío afilamiento; la boca torcíase a un lado con una mueca horrible.

Comenzaba a caer la noche y entraban en la gañanía los trabajadores y las mujeres, agrupándose silenciosos a corta distancia de la moribunda, con la cabeza baja, conteniendo sus sollozos.

Algunos salían al campo para ocultar su emoción, en la que había algo de miedo. ¡Cristo! ¡Y así morían las personas! ¡Tanto costaba perder la vida...! Y la certeza de que todos habían de pasar por el terrible trance con sus contorsiones y estremecimientos, les hacía considerar como tolerable y dichosa la vida de trabajo que venían arrastrando.

—¡Mari-Cruú! ¡Palomica mía! —suspiraba la vieja—. ¿Me ves? ¡Aquí estamos toos...!

—¡Contesta, Mari-Crú! —suplicaba *Alcaparrón*, lloriqueando—. Soy tu primo, tu José María...

Pero la gitana sólo contestaba con estertores roncos, sin abrir apenas los ojos, mostrando por entre los párpados inmóviles las córneas de un color de vidrio empañado. En uno de sus estremecimientos sacó de la envoltura de harapos un pie descarnado y pequeño, completamente negro. La falta de circulación aglomeraba la sangre en las extremidades. Las orejas y las manos se ennegrecían igualmente.

La vieja prorrumpió en lamentos. ¡Lo que ella había dicho! ¡La *sangre corrompía*; el maldito susto que no había querido salir y ahora, con la muerte, se le esparcía por todo el cuerpo! Y se abalanzaba sobre la agonizante, besándola con una avidez loca, como si la mordiese para volverla a la vida.

—¡Se ha muerto, don Fernando! ¿No le ve su mersé? Se ha muerto...

Salvatierra hizo callar a la vieja. La moribunda ya no veía: su respiración cavernosa era cada vez más pausada, pero el oído aún conservaba su poder. Era la última resistencia de la sensibilidad ante la muerte; prolongábase mientras el cuerpo iba cayendo en el abismo negro de la inconsciencia. Sólo restaban en ella los últimos y trabajosos estremecimientos de la vida vegetativa. Cesaron lentamente las contorsiones, el hervor del mísero cuerpo: los párpados se abrieron con el escalofrío final, mostrando las pupilas dilatadas con un reflejo vidrioso y mate.

El rebelde cogió entre sus brazos aquel cuerpo ligero como el de un niño, y apartando a los parientes, fue poco a poco acostándolo en el montón de harapos.

Don Fernando temblaba: sus gafas azules empañábanse turbando la visión de sus ojos. La fría impasibilidad que le había acompañado en los azares de su vida, derretíanse ante aquel pequeño cadáver, ligero como una pluma, que acostaba en el lecho de su miseria. Tenía en su gesto y en sus manos algo sacerdotal, como si la muerte fuese la única injusticia ante la que se prosternaba su cólera de rebelde.

Al ver los gitanos a Mari-Cruz, tendida e inmóvil, permanecieron largo rato en silencioso estupor. En el fondo de la gañanía sonaban los sollozos de las mujeres, el murmullo apresurado de un rezo.

Los *Alcaparrones* contemplaban el cadáver a distancia, sin besarlo, ni osar el más leve contacto con él, con el respeto supersticioso que la muerte inspira a su raza. Pero la vieja, de pronto se llevó las crispadas manos al rostro, arañándolo, hundiendo los dedos en su pelo aceitoso, de una negrura que desafiaba a los años. Volaron en torno a su cara los flácidos rabos de la cabellera y un aullido estridente hizo temblar a todos.

—¡Aaay! ¡Que se ha muerto mi niña! ¡Mi palomica blanca! ¡Mi rosita de abril...!

Y sus alaridos, en los que vibraba la exuberancia aparatosa del dolor oriental, acompañábalos de arañazos que ensangrentaban las arrugas de su rostro. Un choque sordo conmovía al mismo tiempo el suelo de tierra apisonada. Era *Alcaparrón*, que, caído de bruces, golpeaba con su cabeza el piso.

—¡Aaay! ¡Que se ha ido Mari-Crú! —rugía como una bestia herida—. ¡La mejó de la casa! ¡La más honrá de la familia...!

Y los *Alcaparrones* pequeños, como si de repente obedecieran a un rito de su raza, pusiéronse de pie y comenzaron a correr por el cortijo y sus alrededores, dando alaridos y arañándose la cara.

—¡Juy!, ¡juy! ¡Que ha muerto la pobresita prima...! ¡Juy! ¡Que se nos ha ido Mari-Crú...!

Era una carrera loca de duendes al través de todas las dependencias del cortijo, como si quisieran que los más humildes animales se enterasen de su desgracia. Penetraban en las cuadras, se escurrían entre las patas de las bestias, repitiendo su quejido por la muerte de Mari-Cruz; corrían, ciegos por las lágrimas, tropezando con las esquinas, con los marcos de las puertas, volcando en su carrera aquí un arado, más allá una silla y seguidos por los perros libres de cadena que les acosaban por todo el cortijo, uniendo sus ladridos a los desesperados lamentos.

Algunos gañanes cazaron al paso a los pequeños energúmenos, levantándolos en alto; pero, aun así, aprisionados, seguían moviendo los remos en el aire con interminable lloro:

—¡Juy!, ¡que se ha muerto la prima! ¡La pobresita Mari-Crú!

Cansados de gemir, de arañarse, de golpear el suel·

con la cabeza, anonadados por su dolor ruidoso, todos los de la familia volvieron a formar círculo en torno del cadáver.

Juanón hablaba de velar con algunos compañeros a la muerta hasta la mañana siguiente. La familia podía dormir mientras tanto fuera de la gañanía, que bien necesitada estaba de ello. Pero la vieja gitana protestó. No quería que el cadáver estuviese más tiempo en Matanzuela. A Jerez en seguida. Lo llevarían en un carro, en un borrico, a hombros, si era preciso, entre ella y sus hijos.

Tenían su casa en la ciudad. ¿Acaso los *Alcaparrones* eran unos vagabundos? Su familia era numerosa, infinita; desde Córdoba hasta Cádiz, no había feria de ganados donde no se encontrase a uno de los suyos. Ellos eran pobres, pero tenían parientes que les podían tapar con onzas de los pies a la cabeza; gitanos ricos que tronaban por los caminos seguidos de regimientos de mulas y caballos. Todos los *Alcaparrones* querían a Mari-Cruz, la virgen enferma, de ojos dulces: su entierro sería de reina, ya que su vida había sido de animal de carga.

—Ámonos —decía la vieja con gran exaltación en la voz y los ademanes—. Ámonos a Jerez en seguía. Quiero que antes de que amenesca la vean todos los nuestros. tan bonita y tan arreglá como la misma Mare de Dios. Quiero que la vea el abuelo, mi padre, cabayeros; el gitano más viejo de toa Andalusía, y que la bendiga el pobresito con sus manos de Pae Santo, que tiemblan y paese que tienen lus.

La gente de la gañanía aprobaba los propósitos de la vieja, con el egoísmo del cansancio. Ellos no podían resucitar a la muerta, y era mejor, para su tranquilidad, que se ausentase cuanto antes aquella familia ruidosa, que turbaba su sueño.

Rafael intervino, ofreciendo un carro del cortijo. El tío *Zarandilla* iba a aparejar, y antes de media hora podrían llevarse el cadáver a Jerez.

La vieja *Alcaparrona,* al ver al aperador, se reanimó, brillando en sus ojuelos el fuego del odio. Encontraba, al fin, alguien a quien hacer responsable de su desgracia.

—¿Eres tú, ladrón? ¡Ya estarás contento, aperaor farso! ¡Mira ahí a la pobresita que has matao!

Rafael contestó de mal talante.

—Menos palabras e insultos, tía bruja. En lo de aquella noche, tuvo usté más curpa que yo.

La vieja quiso arrojarse sobre él, con la alegría infernal de haber encontrado alguien en quien saciar su dolor.

—¡Arcagüetón...! Tú juiste el que lo hiso too. Mardita sea tu arma y la del ladrón de tu señorito.

Aquí vaciló un momento, como arrepentida de nombrar al señor, siempre respetado por la gente de su raza.

—No; el amo, no. Al fin, es joven, es rico y los señoritos no tienen otra obligación que divertirse. Mardito seas tú, tú solo, que estrujas a los pobres y los arreas como si juesen negros y arreglas las mositas a los amos, pa ocultar mejó tus latrocinios. Na quiero tuyo: toma los sinco duros que me diste; tómalos, ladrón: ahí van, arcagüete.

Y debatiéndose entre los hombres que la sujetaban para que no acometiese a Rafael, hundía las manos en sus harapos buscando el dinero, con una falsa precipitación, con el firme propósito de no encontrarlo. Mas no por esto era menos dramática su actitud.

—¡Tómalo, perro roío...! ¡Ahí va, y así cada peseta se te güerva un mengue que te muerda el corazón!

Y abría sus manos crispadas como si arrojase algo en el suelo, sin arrojar nada: acompañando sus manotones de aire con muecas altivas, cual si realmente rodase el dinero por tierra.

Don Fernando intervino, colocándose entre el aperador y la bruja. Ya había dicho bastante: debía callar.

Pero la vieja se mostró más insolente al verse protegida por el cuerpo de Salvatierra, y asomando por uno de sus hombros la boca de arpía, siguió insultando a Rafael.

—Premita Dios que se te muera lo que más estimes... Que veas argún día estirá y fría, como mi pobresita Mari-Crú, a la gachí de tus quereres.

El aperador la había escuchado hasta entonces con desdeñosa frialdad, pero al sonar estas palabras fue a él a quien tuvieron que contener los hombres de la gañanía.

—¡Bruja! —rugió—, ¡a mí lo que quieras, pero a esa persona no te la pongas en la boca, porque te mato!

Y parecía dispuesto a matarla, teniendo que hacer grandes esfuerzos los gañanes para llevárselo afuera. ¿Quién hacía caso de mujeres...? Había que dejar a la vieja, que estaba loca por el dolor. Y, cuando vencido por las reflexiones de Salvatierra y los empellones de tantos brazos, traspuso la puerta de la gañanía, aún oyó la voz agria de la bruja, que parecía perseguirle.

—¡Juye, persona farsa, y que Dios te castigue quitándote la gachí de la viña! Que se te la yeve un señorito...

que don Luis la disfrute, y tú lo sepas.

¡Ay! ¡Qué esfuerzo hubo de hacer Rafael para no volver sobre sus pasos y estrangular a la vieja...!

Media hora después *Zarandilla* paró su carro a la puerta. Juanón y otros compañeros envolvieron el cadáver en una sábana, levantándolo de su lecho de harapos. Aún pesaba menos que en el momento de la muerte. Era, según decían aquellos hombres, una pluma, una arista de paja. Parecía que con la vida se hubiese evaporado toda la materia, no dejando más que la envoltura, que apenas si marcaba un ligerísimo bulto en el lienzo arrollado.

Púsose en marcha el vehículo, balanceándose con agudos chirridos de su eje sobre los baches del camino.

A la zaga del carro, cogidos a él, marchaban la vieja y su prole menuda. Detrás, caminaban *Alcaparrón*, al lado de Salvatierra, que deseaba acompañar hasta la ciudad a aquella gente humilde.

En la puerta de la gañanía aglomerábanse los trabajadores, brillando en su negra masa la lucecilla del candil. Todos seguían con silenciosa atención el chirrido del carro, invisible en la oscuridad; los lamentos de la gitana, que rasgaban la calma del campo azulado y muerto bajo la fría luz de las estrellas.

Alcaparrón sentía cierto orgullo al marchar con aquel personaje del que tanto hablaba la gente. Habían salido a la carretera. Sobre su faja blanca destacábase la silueta del carro, que iba esparciendo en el silencio de la noche el cascabeleo lento de la caballería y los gemidos de los que marchaban a la zaga.

El gitano daba suspiros, como un eco del dolor que rugía delante de él, y hablaba al mismo tiempo a Salvatierra de su amada muerta.

—Era lo mejorsito de la familia, señó... y por eso se ha ido. Los buenos se van pronto. Ahí tiene usté a mis primas las *Alcaparronas*, una pindongas, que son la eshonra de la familia, y las grandísimas arrastrás tienen las onzas a puñaos, y coches, y los papeles jablan de ellas: y la pobresita Mari-Crú, que era mejó que el trigo, se muere, endimpués de una vida de trabajo.

El gitano gemía, mirando al cielo, como si protestase de esta injusticia.

—Yo la quería mucho, señó; si deseaba argo bueno era pa partirlo con ella. Mejor aún: pa dárselo too. Y ella, la palomita sin jiel, la rosita de abril, ¡tan buena siempre conmigo! ¡protegiéndome, como si fuese mi virgensita...!

Cuando mi mare se enfadaba porque jasía yo una de las mías, ya estaba Mari-Crú defendiendo a su pobresito José María... ¡Ay, mi prima! ¡Mi santita dulce! ¡Mi sol moreno, con aquellos ojasos que paesían hogueras! ¿Qué no hubiese hecho por ella este pobresito gitano...? Oiga su mersé, señó. Yo he tenío una novia; es desir, yo he tenido muchas, pero ésta era una gachí que no era de nuestra casta; una calé sin familia y con casita propia en Jerez. Una gran proporción, señó, y a más, chalaíta por mí, según ella desía, por el aquel con yo la cantaba cositas durses. Y cuando ya andábamos en el papeleo pa casarnos, yo le dije: «Gachí, la casa será para la pobresita de mi mare y mi prima Mari-Crú. Ya que tanto han trabajao, hasiendo vida de perras en las gañanías, que vivan bien y a su gusto una temporadilla. Tú y yo somos chavales, somos juertes y podemos dormí en el corral.» Y la gachí no quiso y me echó a la caye; y yo no lo sentí, porque me quedaba con mi mare y mi prima, y valen más ellas ¡ay! que toas las jembras del mundo... He tenío las novias a osenas, he estao a punto de casame, me gustan las mositas... pero quiero a Mari-Crú como no quedré en jamás a denguna mujer... ¿Cómo explicar esto a su mercé, que sabe tanto? Yo quiero a la pobresita que va ahí alante, de una manera que no sé cómo decir... ¡vamos!, como quiere el cura a la Mae de Dios cuando le ice la misa. Me gustaba mirar sus ojasos y oír su vosesita de oro; pero, ¿tocarle un pelo de la ropa?, enjamás se me ocurrió. Era mi virgensita, y como las que están en las iglesias, sólo tenía pa mí la cabesa; la cabesa bonita jecha por los mismos ángeles...

Y al suspirar de nuevo, pensando en la muerta, le respondía el coro de lamentos que escoltaba el carro.

—¡Aaay! ¡Que se ha muerto mi niña! ¡Mi sol relusiente! ¡Mi cachito durse...!

Y la gente menuda contestaba al alarido de la madre con una explosión de aullidos dolorosos, para que la tierra oscura, el espacio azulado y las estrellas de agudo fulgor se enterasen bien de que había muerto su prima, la dulce Mari-Cruz.

Salvatierra sentíase dominado por este dolor trágico y estruendoso, que se deslizaba al través de la noche, rasgando el silencio de los campos.

Alcaparrón cesó de gemir.

—Diga usté, señó, ya que tanto sabe. ¿Cree su mersé que golveré alguna vez a ver a mi prima...?

Necesitaba saberlo, le dolía la angustia de la duda, y deteniendo su paso, miraba suplicante a Salvatierra con sus ojos orientales, que brillaban en la penumbra con reflejos de nácar.

El rebelde se conmovió viendo la angustia de esta alma simple, que imploraba en su congoja un sorbo de consuelo.

Sí, volvería a verla; él lo afirmaba con solemne gravedad. Es más; estaría en contacto a todas horas con algo que habría formado parte de su ser. Todo lo que existía quedábase en el mundo; sólo cambiaba de forma; ni un átomo llegaba a perderse. Vivíamos rodeados de lo que había sido el pasado y de lo que sería el porvenir. Los restos de los que amábamos y los componentes de los que a su vez nos habían de amar, flotaban en torno nuestro, manteniendo nuestra vida.

Salvatierra, bajo la presión de sus pensamientos, sintió la necesidad de confesarse con alguien, de hablar a aquel ser sencillo de su debilidad y sus vacilaciones ante el misterio de la muerte. Era un deseo, de volcar su pensamiento con la certeza de no ser comprendido, de sacar a luz su alma, semejante al que había visto en los grandes personajes shakesperianos, reyes en desgracia, caudillos perseguidos por el destino, que confían fraternalmente sus ideas a bufones y a locos.

Aquel gitano del que todos se burlaban, mostrábase súbitamente agrandado por el dolor, y Salvatierra sentía la necesidad de entregarle su pensamiento, como si fuese un hermano.

El rebelde también había sufrido. El dolor le hacía cobarde, pero no se arrepentía, ya que en la debilidad encontraba la dulzura del consuelo. Los hombres admiraban la energía de su carácter, el estoicismo con que hacía frente a las persecuciones y las miserias físicas. Pero esto era sólo en las luchas con los hombres: ante el misterio de la Muerte invencible, cruel, inevitable; toda su energía se derrumbaba.

Y Salvatierra, como si olvidase la presencia del gitano y hablara para él mismo, recordó su arrogante salida del presidio, desafiando de nuevo las persecuciones, y su reciente viaje a Cádiz para ver un rincón de la tierra, junto a una tapia, entre cruces y lápidas de mármol. ¿Y era aquello todo lo que quedaba del ser que había llenado su pensamiento? ¿Sólo restaba de mamá, de la viejecita bondadosa y dulce como las santas mujeres de las religiones, aquel cuadro de tierra fresca y removida y las margaritas silvestres que nacían en sus bordes? ¿Se había perdido para siempre la llama dulce de sus ojos, el eco de su voz acariciadora, rajada por la vejez, que llamaba con ceceos infantiles a Fernando, a su «querido Fernando»?

—*Alcaparrón*, tú no puedes entenderme —continuó Salvatierra con voz temblorosa—. Tal vez es una fortuna para ti esa alma simple que te permite en los dolores y en las alegrías ser ligero y mudable como un pájaro. Pero óyeme, aunque no me entiendas. Yo no reniego de lo que he aprendido: yo no dudo de lo que sé. Mentira es la otra vida, ilusión orgullosa del egoísmo humano; mentira también los cielos de las religiones. Hablan éstas a las gentes en nombre de un espiritualismo poético, y su vida eterna, su resurrección de los cuerpos, sus placeres y castigos de ultratumba, son de un materialismo que da náuseas. No existe para nosotros otra vida que la presente; pero ¡ay!, ante la sábana de tierra que cubre a mamá, sentí por primera vez flaquear mis convicciones. Acabamos al morir; pero algo resta de nosotros junto a los que nos suceden en la tierra; algo que no es sólo el átomo que nutre nuevas vidas; algo impalpable e indefinido, sello personal de nuestra existencia. Somos como los peces en el mar; ¿me entiendes, *Alcaparrón*? Los peces viven en la misma agua en que se disolvieron sus abuelos y en la que laten los gérmenes de sus sucesores. Nuestra agua es el ambiente en que existimos: el espacio y la tierra: vivimos rodeados de los que fueron y de los que serán. Y yo, *Alcaparrón* amigo, cuando siento ganas de llorar recordando la nada de aquel montón de tierra, la triste insignificancia de las florecillas que lo rodean, pienso en que no está allí mamá completamente, que algo se ha escapado, que circula al través de la vida, que me tropieza atraído por una simpatía misteriosa, y me acompaña envolviéndome en una caricia tan suave como un beso... «Mentira», me grita una voz en el pensamiento. Pero yo la desoigo; quiero soñar, quiero inventarme bellas mentiras para mi consuelo. Tal vez en este vientecillo que nos roza la cara, hay algo de las manos suaves y temblorosas que me acariciaron por última vez antes de ir al presidio.

El gitano había cesado de gemir, mirando a Salvatierra con sus ojos africanos, agrandados por el asombro. No entendía la mayor parte de sus palabras, pero columbraba en ellas una esperanza.

—Según eso, ¿cree su mercé que Mari-Crú no ha muerto del too? ¿Que aún podré verla, cuando me ajogue su recuerdo...?

Salvatierra sentíase influenciado por los lamentos de la familia, por la agonía que había visto, por la miseria de aquel cadáver que se balanceaba a pocos pasos dentro del carro. La poesía triste de la noche, con su silencio rasgado a trechos por alaridos de dolor, inundaba su alma.

Sí; *Alcaparrón* sentiría cerca de él a su amada muerta. Algo de ella subiría hasta su rostro como un perfume, cuando arañase la tierra con el azadón y el surco nuevo enviase a su olfato la frescura del suelo removido. Algo habría también de su alma en las espigas del trigo, en las amapolas que goteaban de rojo los flancos de oro de la mies, en los pájaros que cantaban al amanecer cuando el rebaño humano iba hacia el tajo, en los matorrales del monte, sobre los cuales revoloteaban los insectos asustados por las carreras de las yeguas y los bufidos de los toros.

—¿Quién sabe —continuó el rebelde— si en esas estrellas, que parecen guiñar sus ojos en lo alto, hay algo a estas horas de la luz de esos otros ojos que tanto amabas, *Alcaparrón*...?

Pero la mirada del gitano delató un asombro, que tenía algo de compasivo, como si creyese loco a Salvatierra.

—Te asusta la grandeza del mundo, comparada con la pequeñez de tu pobre muerta, y retrocedes. El vaso es demasiado grande para una lágrima: es cierto. Pero también la gota se pierde en el mar... y sin embargo, allí está.

Salvatierra siguió hablando, como si quisiera convencerse a sí mismo. ¿Qué significaba la grandeza o la pequeñez? En una gota de líquido existían millones de millones de seres, todos con vida propia: tantos como hombres poblaban el planeta. Y uno solo de estos organismos infinitesimales, bastaba para matar una criatura humana, para diezmar con la epidemia una nación. ¿Por qué no habían de influir los hombres, microbios del infinito, en aquel universo, en cuyo seno quedaba la fuerza de su personalidad...?

Después, el revolucionario parecía dudar de sus palabras, arrepentirse de ellas.

—Tal vez esta creencia equivale a una cobardía: tú no puedes comprenderme, *Alcaparrón*. Pero ¡ay!, ¡la Muerte!, ¡la incógnita, que nos espía y nos sigue, burlándose de nuestras soberbias y nuestras satisfacciones...! Yo la desprecio, me río de ella, la espero sin miedo para descansar de una vez: y como yo, muchísimos. Pero los hombres amamos, y el amor nos hace temblar por los que nos rodean: troncha nuestras energías, nos hace caer de bruces, cobardes y trémulos ante esa bruja, inventando mil mentiras, para consolarnos de sus crímenes. ¡Ay, si no amásemos...!, ¡qué animal tan valeroso y temerario sería el hombre!

El carro, en su marcha traqueteante, había dejado atrás al gitano y a Salvatierra, que se detenían para hablar. Ya no le veían. Les servía de guía su lejano chirrido y el plañir de la familia, que marchaba a la zaga, acometiendo de nuevo la canturía de su dolor.

—¡Adiós, Mari-Crú! —gritaban los pequeños, como acólitos de una religión fúnebre—. ¡Se ha muerto nuestra prima...!

Y cuando callaban un momento, volvía a sonar la voz de la vieja, desesperada, estridente, como la de un sacerdote del dolor.

—¡Se va la paloma blanca; la gitana durse; el capullito de rosa antes de abrir...! ¡Señó Dios!, ¿en qué piensas, que sólo ajogas a los buenos...?

VII

Al llegar las vendimias con el mes de setiembre, los ricos de Jerez se preocupaban más de la actitud de los jornaleros que del buen resultado de la recolección.

En el *Círculo Caballista,* hasta los señoritos más alegres olvidaban los méritos de sus jacas, las excelencias de sus perros y el garbo de las mozas cuya propiedad se disputaban, para no hablar más que de aquella gente tostada por el sol, curtida por las penalidades, sucia, maloliente y de ojos rencorosos que prestaban los brazos a sus viñas.

En las numerosas sociedades de recreo que ocupaban casi todos los bajos de la calle Larga, no se hablaba de otra cosa. ¿Qué más querían los trabajadores de las viñas...? Ganaban un jornal de diez reales, comían en lebrillos la menestra que ellos mismos se arreglaban sin que el amo interviniese; tenían una hora de descanso en invierno y dos en verano, para no caer asfixiados sobre la tierra caliza que echaba chispas; les concedían ocho cigarros durante la jornada y por las noches dormían, teniendo los más de ellos una sábana sobre las esterillas de enea. Unos verdaderos sibaritas los tales viñadores; ¿y aún se quejaban y exigían reformas amenazando con la huelga...?

En el *Caballista,* los que eran propietarios de las viñas

mostrábanse enternecidos por repentina piedad, y hablaban de los gañanes de los cortijos. ¡Aquellos pobrecitos sí que eran merecedores de mejor suerte! Dos reales de jornal; un rancho insípido por todo alimento y dormir en el suelo vestidos, con menos abrigo que las bestias. Era lógico que éstos se quejasen: no los trabajadores de las viñas que vivían como unos señores si se les comparaba con los gañanes.

Pero los amos de los cortijos protestaban indignados, al ver que se intentaba arrojar sobre ellos todo el peso del peligro. Si no retribuían mejor al bracero, era porque el producto del cortijo no daba para más. ¿Podían compararse el trigo, la cebada y la ganadería con aquellas viñas famosas en el mundo, que arrojaban el oro a borbotones por sus sarmientos, y en ciertos años daban a sus amos una ganancia más fácil que si saliesen a robar a las carreteras...? Cuando se gozaba de tal fortuna había que ser generosos, dar una pequeña parte de bienestar a los que les sostenían con sus esfuerzos. Los trabajadores se quejaban con razón.

Y las tertulias de los ricos, transcurrían en una continua pelea entre los propietarios de los dos bandos.

Su vida de holganza habíase paralizado. La ruleta permanecía inmóvil; las barajas estaban sin abrir sobre la mesa verde; pasaban las buenas mozas por la acera sin que asomasen a las ventanas de los casinos los grupos de cabezas lanzando requiebros y maliciosos guiños.

El conserje del *Caballista*, andaba como loco buscando la llave de lo que pomposamente se titulaba biblioteca en los estatutos de la sociedad: un armario oculto en el rincón más oscuro de la casa, menguado como alacena de pobre, mostrando al través de sus cristales empolvados y telarañosos, unas cuantas docenas de libros, que nadie había abierto. Los señores socios sentíanse aguijoneados de repente por el deseo de instruirse, de *capacitarse* de aquello que llamaban cuestión social, y miraban todas las tardes el armario como un tabernáculo de la ciencia, esperando que apareciese la llave para buscar en su interior la luz que deseaban. Realmente no era grande su prisa por enterarse de aquellas *cosas* del socialismo que traían revueltos a los trabajadores.

Algunos se indignaban con los libros antes de leerlos. ¡Mentiras, todo mentiras, para amargar la existencia! Ellos no leían y eran felices. ¿Por qué no habían de hacer lo mismo aquellos tontos del campo, que por las noches quitaban horas a su sueño formando corro en torno del camarada que les leía diarios y folletos? El hombre, cuanto más ignorante, más dichoso... Y lanzaban miradas de abominación al armario de los libros, como si fuese un depósito de maldades, mientras el mueble infeliz seguía guardando en sus entrañas un tesoro de volúmenes inofensivos, regalados en su mayor parte por el Ministerio a instancias del diputado del distrito; versos a la Virgen María, y cancioneros patrióticos; guías para la cría del canario y reglas para la reproducción del conejo doméstico.

Mientras disputaban los ricos entre ellos o se indignaban examinando las pretensiones de los trabajadores, éstos seguían en su actitud de protesta. La huelga había comenzado parcialmente, con una falta de cohesión que demostraba la espontaneidad de la resistencia. En algunas viñas, los dueños, impulsados por el miedo de perder la vendimia, «pasaban por todo», pero acariciando en la rencorosa mente la esperanza de la represalia así que sus racimos estuvieran en el lagar.

Otros, más ricos, «tenían vergüenza», según declaraban con caballeresca arrogancia, negándose a todo arreglo con los rebeldes. Don Pablo Dupont era el más fogoso de ellos. Antes perdía su bodega que *bajarse* a aquella gentuza. ¡Irle con imposiciones a él, que era el padre de sus trabajadores, y cuidaba no sólo del sustento de su cuerpo, sino de la salud de su alma, libertándola del «grosero materialismo»!

—Es una «cuestión de principios» —declaraba en su escritorio ante los empleados, que movían afirmativamente la cabeza aun antes de que él hablase—. Yo soy capaz de darles lo que desean, y más aún. ¡Pero que no me lo pidan; que no me lo exijan! Eso es negar mis sagrados derechos de amo... A mí el dinero me importa poco, y la prueba es que antes que ceder, mejor quiero que se pierda la cosecha de Marchamalo.

Y Dupont, agresivo en la defensa de lo que llamaba sus derechos, no sólo se negaba a oír las pretensiones de los braceros, sino que había expulsado de la viña a todos los que se significaban como agitadores mucho antes de que intentasen rebelarse.

Quedaban en Marchamalo muy pocos viñadores, pero Dupont había sustituido a los huelguistas con gitanas de Jerez y muchachas venidas de la sierra al cebo de los jornales abundantes.

Como la vendimia no exigía grandes fatigas, Marchamalo estaba lleno de mujeres que se agachaban en sus laderas cortando los racimos, mientras desde el camino las insultaban los huelguistas privados de trabajo por sus «ideas».

La rebeldía de los jornaleros había coincidido con lo que Luis Dupont titulaba su período de seriedad.

El calavera había acabado por asombrar con su nueva conducta al poderoso primo. ¡Ni mujeres ni escándalos! La *Marquesita* ya no se acordaba de él: ofendida por sus desvíos, había vuelto a unirse con el tratante de cerdos, «el único hombre que sabía hacerla marchar».

El señorito parecía entristecerse cuando le hablaban de sus famosas francachelas. Aquello había pasado para siempre; no se podía ser joven toda la vida. Ahora era hombre; pero hombre serio y de provecho. Él llevaba *algo* dentro de la cabeza; sus antiguos maestros, los Padres de la Compañía, lo reconocían. No pensaba detenerse en su marcha hasta conquistar una posición tan alta en la política como la que su primo tenía en la industria. Otros, peores que él, manejaban los asuntos de la tierra, y eran oídos por el gobierno, allá en Madrid, como virreyes del país.

De la vida pasada sólo conservaba las amistades con los valientes, reforzando su cortejo con nuevos bravucones. Los mimaba y mantenía con el propósito de que le sirviesen de auxiliares en su carrera política. ¡Quién le haría frente en su primera elección, viéndole en tan honrada compañía...! Y para entretener a la honorable corte, seguía cenando en los colmados y embriagándose con ellos. Esto no quebrantaba su responsabilidad. Una *jumera* de vez en cuando no era motivo para que nadie se escandalizase. ¡Costumbres de la tierra! Además, esto daba cierta popularidad.

Y Luis Dupont, convencido de la importancia de su persona, iba de un casino a otro hablando de la «cuestión social» con vehementes manoteos que ponían en peligro las botellas y copas alineadas en las mesas.

En el *Círculo Caballista* rehuía las tertulias de la gente joven, que sólo le recordaban sus pasadas locuras para aplaudirlas, proponiéndole otras mayores. Buscaba la conversación de los «padres graves», de los grandes cosecheros y ricos agricultores, que comenzaban a oírle con cierta atención, reconociendo que aquel *perdis* tenía una buena cabecita.

Dupont hinchábase con vehemente oratoria al hablar

de los trabajadores del país. Repetía lo que había oído a su primo y a los religiosos que frecuentaban la casa de los Dupont, pero exagerando las soluciones, con un ardor autoritario y brutal muy del gusto de sus oyentes, gente tan ruda como rica, que encontraba placer en derribar toros y domar potros salvajes.

Para Luis, la cuestión era sencillísima. Un poco de caridad; y después religión, mucha religión, y palo al que se desmandase. Con esto se acababa el llamado conflicto social y quedaba todo como una balsa de aceite. ¿Cómo podían quejarse los trabajadores, allí donde existían hombres como su primo y muchos de los presentes (aquí sonrisas agradecidas del auditorio y movimientos de aprobación), que eran caritativos hasta el exceso y no podían presenciar una desgracia sin echar mano al bolsillo y regalar un duro, y hasta dos...?

Contestaban a esto los rebeldes que la caridad no era bastante, y que, a pesar de ella, mucha gente vivía en la miseria. ¿Y qué podían hacer los amos para remediar lo que era irremediable? Siempre existirían ricos y pobres, hambrientos y ahítos; sólo los locos o los criminales podían soñar con la igualdad.

¡La igualdad...! Dupont valíase de un ironismo que entusiasmaba a su auditorio. Todos los chistes que la más noble de las aspiraciones humanas había inspirado a su primo Pablo y a su corte de sacerdotes, repetíalos Luis con una convicción firmísima, como si fuesen el resumen del pensamiento universal. ¿Qué era aquello de la igualdad...? Cualquiera podría apoderarse de su casa, si es que le gustaba; y él, a su vez, le robaría la chaqueta al vecino, porque le era necesaria; y el otro echaría la zarpa sobre la mujer del de más allá, porque la consideraría de su gusto. ¡La mar, caballeros...! ¿No merecían cuatro tiros o la camisa de fuerza los que hablaban de la tal igualdad?

Y a las risas del orador, uníanse las carcajadas de todos los socios. ¡Aplastado el socialismo! ¡Qué gracia y qué palique tenía aquel muchacho...!

Muchos señores viejos movían la cabeza con aire protector, reconociendo que Luis hacía falta en otra parte, que era lástima que sus palabras se perdiesen en aquella atmósfera de humo de tabaco, y que a la primera ocasión habría que satisfacer su gusto, para que España entera, escuchase desde la tribuna aquella crítica tan chispeante y justa.

Dupont, enardecido por el general asentimiento seguía

hablando, pero ahora en tono grave. La gente baja, lo que necesitaba antes del jornal, era el consuelo de la religión. Sin religión se vive rabiando, víctima de toda clase de infelicidades, y éste era el caso de los trabajadores de Jerez. No creían en nada, no iban a misa, se burlaban de los curas, sólo pensaban en la revolución social con degollinas y fusilamientos de burgueses y jesuitas; no tenían la esperanza de la vida eterna, consuelo y compensación de las miserias de aquí abajo, que son insignificantes, pues sólo duran unas cuantas docenas de años, y como resultado lógico de tanta impiedad, encontraban su pobreza más dura, con nuevos tonos sombríos.

Aquel rebaño, triste y sin Dios, merecía su castigo. ¡Que no se quejase de los amos, pues éstos se esforzaban en volverle a la buena senda! ¡Que exigiese responsabilidad a los verdaderos autores de su desgracia, a Salvatierra y otros como él, que le habían arrebatado la fe!

—Además, señores —peroraba el señorito con entonación tribunicia— ¿qué va a conseguirse aumentando el jornal? Fomentar el vicio y nada más. Esa gente no ahorra: esa gente no ha ahorrado nunca. A ver: que me presenten un jornalero que tenga guardados sus ahorros.

Callaban todos, moviendo la cabeza con asentimiento. Nadie presentaba el trabajador exigido por Dupont, y éste sonreía triunfante, esperando en vano al ser prodigioso que lograra ahorrar una fortunilla sobre su jornal de pocos reales.

—Aquí —continuaba con solemnidad— no hay afición al trabajo ni espíritu de ahorro. Vean ustedes el obrero de otros países: trabajan más que el de esta tierra y guarda un capitalito para la vejez. ¡Pero aquí...!, aquí el bracero, de joven, no piensa más que en coger descuidada a alguna muchacha detrás de un pajar o en la gañanía durante el sueño; y de viejo, apenas tiene reunidos algunos céntimos, los emplea en vino y se emborracha.

Y todos a la vez, como si repentinamente perdiesen la memoria, anatematizaban con gran severidad los vicios de los trabajadores. ¿Qué podía esperarse de una gentuza sin otra ilusión en su vida que la de beber...? Decía bien Dupont. ¡Borrachos! ¡Gente abyecta que perpetuaba la miseria de su condición, violando a las hembras como si fuesen animales...!

El señorito conocía el medio de terminar esta anarquía. Al gobierno tocaba gran parte de culpa. A aquellas horas, habiéndose iniciado la huelga, debía tener en Jerez un batallón, un ejército, si era preciso, y cañones, muchos cañones. Y se quejaba amargamente del descuido de los de arriba, como si el ejército de España tuviese por única misión guardar a los ricos de Jerez para que viviesen tranquilos, y equivaliese a una felonía el no llenar calles y campos de pantalones rojos y brillantes bayonetas, apenas los viñadores mostraban cierto descontento.

Luis era liberal, muy liberal. Disentía en este punto de sus maestros de la Compañía, que hablaban de don Carlos con entusiasmo, afirmando que era «la única bandera». Él estaba con los que mandaban, y no mencionaba una sola vez a las personas reales, que no echase por delante el título de *Su Majestad,* como si pudiesen oír de lejos estas muestras de exagerado respeto y premiárselas con lo que él deseaba. Era liberal; pero su libertad era la de las personas decentes. Libertad para los que tuvieran algo que perder: y para la gente baja, todo el pan que fuese posible, y palo, mucho palo, único medio de anonadar la maldad que nace con el hombre y se desarrolla sin el freno de la religión.

Él conocía la historia; había leído más que los que le escuchaban y se dignaba hacerles partícipes de sus conocimientos, con protectora bondad.

—¿Sabéis ustedes —decía— por qué la Francia es más rica y más adelantada que nosotros...? Porque metió mano a los bandidos de la *Commune,* y en unos cuantos días se cargó a más de cuarenta mil de aquellos puntos. Empleó el cañón y la ametralladora para acabar más aprisa con la gentuza, y todo quedó limpio y tranquilo... A mí —continuó el señorito con aire doctoral— no me gusta Francia, porque es una República y porque allí las gentes decentes se olvidan de Dios y hacen burla de sus ministros. Pero quisiera para este país un hombre como Thiers. Esto es lo que aquí hace falta, un hombre que sonría y ametralle a la canalla.

Y sonreía para demostrar que él era capaz de ser tan Thiers como el otro.

El conflicto de Jerez lo arreglaba en veinticuatro horas. Que le diesen la autoridad y se vería lo que era bueno. Las ejecuciones a raíz de lo de *La Mano Negra,* habían dado algún resultado. La gentuza se acobardó ante los cadalsos erigidos en la plaza de la Cárcel. Pero esto no era bastante. Convenía una sangría suelta para quitar fuerzas a la bestia rebelde. De mandar él, ya estarían en presidio los mangoneadores de todas las sociedades obreras del campo que traían revuelta a la ciudad.

Pero esto también le parecía anodino e insuficiente, y acto seguido se rectificaba con proposiciones más feroces. Era mejor acosar a los rebeldes, abortar los planes que venían preparando, «pincharles para que saltasen antes de tiempo», y una vez se colocaran en actitud de rebeldía, ¡a ellos y que no quedase uno! Mucha guardia civil, muchos caballos, mucha artillería. Para eso sostenían los ricos el peso de las contribuciones, cuya mejor parte se llevaba el ejército. De no ser así, ¿para qué servían los soldados, que tan caros costaban, en un país que no había de sostener guerras...?

Como medida preventiva, debían suprimir a los pastores perversos que sublevaban el rebaño de la miseria.

—A todos los que andan por el campo, de gañanía en gañanía, repartiendo papeluchos malos y libros venenosos, cuatro tiros. A los que echan soflamas aúllan barbaridades en esas reuniones a cencerros tapados que tienen de noche en un rancho en los alrededores de un ventorro, cuatro tiros. Y lo mismo a los que en las viñas, desobedeciendo a los amos y con el orgullo de saber leer, enteran a sus compañeros de las majaderías que traen los periódicos... A Fernando Salvatierra, cuatro tiros...

Pero el señorito, apenas dijo esto, pareció arrepentirse. Un rubor instintivo turbó su facundia. La bondad y las virtudes de aquel rebelde infundíale cierto respeto. Los mismos que aprobaban sus planes, permanecieron silenciosos, como si les repugnase incluir al revolucionario en la pródiga distribución de tiros. Era un loco que imponía admiración, un santo que no creía en Dios; y aquellos señores de la tierra sentían por él un respeto igual al del moro ante el santón demente que le maldice y le amenaza con su palo.

—No —siguió diciendo el señorito—, para Salvatierra una camisa de fuerza, y que vaya a propagar sus doctrinas en una casa de locos lo que le quede de vida.

El público de Dupont aprobaba estas soluciones. Los dueños de las ganaderías de caballos, viejos de patillas entrecanas que se pasaban las horas mirando la botella con un silencio sacerdotal, rompían su gravedad para sonreír al joven.

—Er muchacho tié talento —decía uno—. Habla como un diputao.

Y los demás aprobaban.

—Ya se encargará Pablito, su primo, de que lo saquemos cuando yeguen las elecciones.

Luis sentíase fatigado a veces de los triunfos que cosechaba en los casinos, del asombro que inspiraba su repentina seriedad a los antiguos compañeros de vida alegre. Renacían sus aficiones a divertirse con la gente humilde.

—Estoy harto de señoritos —decía con displicencia de hombre superior a su fiel acólito el *Chivo*—. Vámonos al campo: un poco de juerga lo agradece el cuerpo.

Y con el deseo de mantenerse bajo la protección de su poderoso primo, íbase a pasar el día a Marchamalo, fingiendo interés por el resultado de la vendimia.

La viña estaba llena de mujeres, y a Luis le agradaba el trato con aquellas mozas serranas que reían las gracias del señorito, y agradecían sus generosidades.

María de la Luz y su padre acogían como un honor la asiduidad con que Luis visitaba la viña. De la ruidosa aventura de Matanzuela, apenas si quedaba un lejano recuerdo. ¡Cosas del señorito! Aquellas gentes, acostumbradas por tradición al respeto de los placeres ruidosos de los ricos, disculpábanlos como si fuesen un deber de la juventud.

El señor Fermín estaba enterado de la gran mudanza que se realizaba en don Luis, de sus alardes de hombre serio, y veía con gusto que viniese a la viña huyendo de las tentaciones de la ciudad.

Su hija también acogía con afecto al señorito, tuteándolo como en los tiempos de su infancia, y riendo todas sus gracias. Era el amo de Rafael, y algún día sería ella su sirvienta en aquel cortijo, que veía a todas horas con la imaginación, como el nido de su felicidad. De la juerga escandalosa que tanto la había indignado contra el aperador, apenas si se acordaba. El señorito mostrábase arrepentido de su pasado, y la gente, al transcurrir algunos meses, había olvidado por completo el escándalo del cortijo.

Luis mostraba gran predilección por la vida en Marchamalo. Algunas veces le sorprendía la noche y se quedaba a dormir en la torre de los Dupont.

—Estoy allí como un patriarca —decía a sus amigos de Jerez—. Rodeado de muchachas que me quieren como si fuese su papá.

Reían los amigos del tono bondadoso con que hablaba el calavera de sus inocentes diversiones con el rebaño de vendimiadoras. Además, gustaba de quedarse en la viña por el fresco de la noche.

—Esto es vivir, señor Fermín —decía en la explanada de Marchamalo, a la luz de las estrellas, aspirando la brisa nocturna—. A estas horas estarán asándose los señoritos en la acera del *Caballista*.

Las veladas transcurrían en una paz patriarcal. El señorito ofrecía la guitarra al capataz.

—¡Venga de ahí! ¡A ver esas manitas de oro! —gritaba.

Y el *Chivo*, obedeciendo sus órdenes, iba a buscar en los cajones del carruaje unas cuantas botellas del mejor vino de la casa Dupont. ¡Juerga completa! Pero pacífica, honesta, reposada, sin palabras libres, ni ademanes audaces, que asustasen a las espectadoras, muchachas que habían oído hablar en sus pueblos del terrible don Luis, y al verle de cerca perdían sus prevenciones, reconociendo que no era tan malo como su fama.

Cantaba María de la Luz, cantaba el señorito, y hasta el cejijunto *Chivo*, obedeciendo a su patrón, soltaba el chorro de su voz fiera, entonando broncos recuerdos a la reja de la *carse* y a las *puñalás* caballerescas por defender a la madre o a la mujer amada.

—¡Olé, grasioso! —gritaba el capataz, irónicamente, a aquel figurón patibulario.

Después, el señorito cogía de una mano a María de la Luz, y sacándola al centro del corro, rompían a bailar las sevillanas, con una gallardía que provocaba gritos de entusiasmo.

—¡La grasia e Dió! —exclamaba el padre rasgueando la guitarra con nueva furia—. ¡Vaya una parejita de palomos...! ¡Eso es bailá!

Y Rafael el aperador, que sólo aparecía en Marchamalo de semana en semana, al ver por dos veces este baile, se mostró orgulloso del honor que el señorito hacía a su novia. Su amo no era malo; lo de antes fueron locuras de la juventud; pero ahora, al sentar la cabeza, resultaba un señorito de chipén, ¡la mar de simpático!, con gran afición a tratar a las gentes bajas, como si fuesen sus iguales. Jaleaba a la pareja de bailadores, sin el menor asomo de celos; él, que se sentía capaz de sacar su navaja apenas se fijaba alguien en María de la Luz. Únicamente sentía un poco de envidia por no poder bailar con el garbo de su amo. Ocupada su vida en la conquista del pan, no había tenido tiempo para aprender tales finuras. Sólo sabía cantar, pero de un modo áspero y salvaje, como le habían enseñado los compañeros de contrabando, cuando marchaban en sus jacas, tumbados sobre los fardos, atronando con coplas la soledad de las gargantas de la sierra.

Don Luis reinaba sobre la viña como si fuese el dueño. El poderoso don Pablo estaba ausente. Veraneaba con su familia en las costas del Norte, aprovechando el viaje para visitar Loyola y Deusto, los centros de santidad y sabiduría de sus buenos consejeros. El calavera, para demostrarle una vez más que era hombre serio y de provecho, le escribía largas cartas, mencionando sus visitas a Marchamalo, la vigilancia que ejercía sobre la vendimia y el buen resultado de ésta.

Realmente se interesaba por el curso de la recolección. La acometividad que sentía contra los trabajadores, su deseo de vencer a los de la huelga, le hacían ser laborioso y tenaz. Acabó por establecerse definitivamente en la torre de Marchamalo, jurando que no se movería de allí hasta que terminase la vendimia.

—Esto marcha —decía al capataz guiñando los ojos con malicia—. Se van a roer esos bandidos viendo que con las mujeres y unos cuantos trabajadores honrados, acabamos el trabajo sin necesitar de ellos. A la noche, baile y juerga decente, señor Fermín. Para que se enteren y rabien esos forajidos.

Y así llevaba adelante la vendimia, entre músicas, algazara y vino del mejor, repartido generosamente.

Por las noches, la casa de los lagares, que tenía algo de conventual por su silencio y su disciplina cuando estaba presente don Pablo Dupont, entraba en plena fiesta hasta una hora avanzada de la noche.

Los jornaleros olvidaban su sueño para beber el vino señorial, pródigamente repartido. Las muchachas, habituadas a la miseria de las gañanías, abrían los ojos con asombro, como si viesen realizada la abundancia de los cuentos maravillosos oídos en las veladas. La cena era digna de señores. Don Luis pagaba espléndidamente.

—A ver, señor Fermín: que traigan carne de Jerez; que coman todas esas muchachas hasta que revienten; que beban, que se emborrachen: yo corro con el gasto. Quiero que vean esos canallas cómo tratamos a los trabajadores que son buenos y sumisos.

Y encarándose con el rebaño agradecido, decía modestamente:

—Cuando veais a los de la huelga, decidles cómo tratan los Dupont a sus trabajadores. La verdad: sólo la verdad.

Durante el día, cuando el sol caldeaba la tierra inflamando las blancuzcas pendientes de Marchamalo, Luis dormitaba bajo las arcadas de la casa, con una botella junto a él, destilando frescura, y tendiendo de vez en cuando su cigarro al *Chivo* para que lo encendiese.

Encontraba un placer nuevo ejerciendo de amo de la inmensa finca; creía de buena fe desempeñar una gran función social contemplando desde su sombreado retiro el trabajo de tanta gente, encorvada y jadeante bajo la lluvia de fuego del sol.

Las muchachas extendíanse por las pendientes, con sus faldas de colores, como un rebaño de ovejas azules y sonrosadas. Los hombres, en camisa y calzoncillos, avanzaban a gatas como corderos blancos. Iban de unas cepas a otras, arrastrando el vientre sobre la tierra caldeada. Los sarmientos esparcían sus pámpanos rojizos y verdes a ras del suelo, y las uvas descansaban en la caliza, que las comunicaba hasta el último instante su generoso calor.

Otras muchachas subían cuesta arriba las grandes cestas de racimos cortados para depositarlos en los lagares, y pasaban en continuo rosario ante el señorito, que, tumbado en el sofá de enea, sonreía protectoramente pensando en la hermosura del trabajo, y en la perversidad de la canalla, que pretendía trastornar un mundo tan sabiamente organizado.

Algunas veces, aburrido de su silencio, llamaba al capataz que iba de una colina a otra vigilando el trabajo.

El señor Fermín poníase en cuclillas ante él, y hablaban de la huelga, de las noticias que llegaban de Jerez. El capataz no ocultaba su pesimismo. La resistencia de los trabajadores era cada vez mayor.

—Es mucha la jambre, señorito —decía con la convicción de la gente rústica, que aprecia el estómago como el impulsor de todas las acciones—. Y quien dice jambre, dice desorden, palos y bronca. Va a correr sangre, y en el presidio le preparan el puesto a más de uno... Milagro será que no acabe esto levantando catafalcos el carpintero, en la plaza de la Cárcel.

El viejo parecía oler la catástrofe; pero la veía llegar con una tranquilidad egoísta, ya que los dos hombres que poseían sus afectos, estaban lejos.

Su hijo había ido a Málaga, por encargo de su principal, para intervenir, como hombre de confianza, en cierta quiebra, y allá permanecía ocupado en repasar cuentas y discutir con los otros acreedores. ¡Ojalá no volviese en un año! El señor Fermín temía que al regresar a Jerez se comprometiese en favor de los huelguistas, impulsado por las enseñanzas de su maestro Salvatierra, que le arrastraban al lado de los humildes y los rebeldes. En cuanto a don Fernando, hacía muchos días que había salido de Jerez custodiado por la guardia civil.

Al iniciarse la huelga, los ricos le habían hecho saber indirectamente la conveniencia de que saliese cuanto antes de la provincia de Cádiz. Él, sólo él, era el responsable de lo que ocurría. Su presencia soliviantaba a la gente trabajadora, haciéndola tan audaz y revoltosa como en tiempos de *La Mano Negra.* Los principales agitadores de las asociaciones obreras, que veneraban al revolucionario, le habían rogado que huyese, temiendo por su vida. Las indicaciones de los poderosos, equivalían a una amenaza de muerte. Acostumbrados los trabajadores a la represión y la violencia, temblaban por Salvatierra. Tal vez le matasen una noche en cualquier calle, sin que la justicia encontrase jamás al autor. Era posible que la autoridad, aprovechando las largas excursiones de Salvatierra por el campo, lo sometiese a mortales tormentos o lo *suprimiera* de una paliza en despoblado, como lo había hecho con otros más humildes.

Pero don Fernando contestaba a estos consejos con tenaces negativas. Allí estaba por su voluntad y allí se quedaba... Por fin, las autoridades habían exhumado uno de los muchos procesos que tenía pendientes por sus propagandas de rebeldía social, y un juez le llamó a Madrid, emprendiendo don Fernando el viaje a viva fuerza, acompañado de la guardia civil, como si su destino fuese viajar siempre entre una pareja de fusiles.

El señor Fermín se alegraba de esta solución. ¡Que le tuviesen entretenido mucho tiempo! ¡Que no volviese en un año! Conocía a Salvatierra, y estaba seguro de que, permaneciendo en Jerez, no tardaría mucho en estallar la insurrección de los hambrientos, seguida de una represión cruel y del presidio para don Fernando, tal vez por toda su vida.

—Esto acabará con sangre, señorito —continuaba el capataz—. Hasta ahora sólo chillan los de las viñas, pero piense su mercé que éste es el peor mes del año para la gente de los cortijos. La trilla ha acabao en todas partes, y hasta que empiece la sementera, hay miles y miles de hombres con los brazos cruzaos, dispuestos a bailar al son que les toquen. Verá el señorito lo que tardan en juntarse unos y otros, y entonces será ella. Ya se incendian en el campo muchos pajares, sin que se vea la mano que les prende fuego.

Dupont se exaltaba. Mejor: que se uniesen todos, que se sublevaran cuanto antes, para acuchillarlos, y obligarles a volver a la obediencia y la tranquilidad. Él deseaba la rebelión y el choque, más aún que los trabajadores.

El capataz, asombrado de que hablase así, movía la cabeza.

—Mal, muy mal, señorito. La paz con sangre es mala paz. Mejor es arreglarse a las buenas. Crea su mercé a un viejo que ha pasado las de Caín, metido en eso de pronunciamientos y revoluciones.

Otras mañanas, cuando Luis Dupont no sentía deseos de conversar con el capataz, entrábase en la casa buscando a María de la Luz, que trabajaba en la cocina.

La alegría de la muchacha, la frescura de su piel de morena fuerte, producían en el señorito cierta emoción. La castidad voluntaria que observaba en su retiro, le hacían ver considerablemente agrandados los encantos de la campesina. Siempre había sentido cierta predilección por la muchacha, encontrando en ella un encanto modesto, pero picante y fuerte, como el perfume de las hierbas del campo. Pero ahora, en la soledad, María de la Luz le parecía superior a la *Marquesita* y a todas las cantaoras y mozas de arranque de Jerez.

Pero Luis contenía sus impulsos, y los ocultaba bajo una alegre confianza, recuerdo de la fraternidad infantil. Cuando instintivamente se permitía algún atrevimiento que molestaba a la moza, hacía memoria de los tiempos de la niñez. ¿No eran como hermanos? ¿No se habían criado juntos...? En él no debía ver al señorito, al amo de su novio. Era lo mismo que su hermano Fermín: debía considerarle como de la familia.

Temía comprometerse con alguna audacia en aquella casa, que era la de su severo primo. ¿Qué diría Pablo, que por respeto a su padre consideraba al capataz y los suyos como una prolongación humilde de su propia familia? Además, la famosa noche de Matanzuela le había causado gran daño y no quería comprometer con otro escándalo su naciente fama de hombre grave. Esto le hacía ser tímido con muchas vendimiadoras que le gustaban, limitándose en sus placeres a una perversión intelectual, a hacerlas beber por la noche para verlas alegres, sin las preocupaciones del pudor, charlando entre ellas, pellizcándose y persiguiéndose, como si estuviesen solas.

Con María de la Luz mostrábase igualmente circunspecto. No podía verla sin lanzar un chorro de alabanzas a su hermosura y gallardía. Pero esto no alarmaba a la moza, acostumbrada al estallido ruidoso de la galantería de la tierra.

—Gracias, Luis —decía riendo—. ¡Y qué requetegrasioso está el señorito...! Si sigues así me voy a enamorá y acabaremos por escaparnos juntos.

Algunas veces, Dupont, influenciado por la soledad, que incita a las mayores audacias, y por el perfume de una carne virginal que parecía humear vida a las horas de calor, dejábase arrastrar por su instinto y ponía astutamente sus manos en aquel cuerpo.

La muchacha saltaba, frunciendo las cejas y la boca con gesto agresivo.

—Luis: las manos cortas. ¿Qué es eso, señorito? Como güervas con otra, te atizo una gofetá que la van a oír hasta en Jerez.

Y mostraba en su gesto hostil y en su mano amenazante el firme propósito de largar aquella bofetada fabulosa. Entonces era cuando recordaba él, como una excusa, sus confianzas de la niñez.

—¡Pero, sosa, mala sombra! ¡Si ha sido sin intención; nada más que por jugar, para ver ese hociquillo tan mono que pones cuando te enfadas...! Ya sabes que soy tu hermano. Fermín y yo, la misma cosa.

La muchacha parecía serenarse, pero sin perder su gesto hostil.

—Güeno; pues que el hermano se meta las manos donde le quepan. Ande suelta la lengua too lo que quieras; pero si sacas las garras, niño, encárgate otra cara, porque esa te la eshago de un revés.

—¡Olé las mozas de arranque! —exclamaba el señorito—. ¡Así me gusta mi niña! ¡Con riñones y too...!

Cuando Rafael presentábase en Marchamalo, el señorito no se privaba de este continuo requebrar a María de la Luz. El aperador acogía con inocente satisfacción todos los elogios de su amo a la novia. Al fin, era como un hermano suyo, y este parentesco enorgullecía a Rafael.

—Bandido —le decía el señorito con cómica indignación, en presencia de la muchacha—. Te vas a llevar lo mejor de esta tierra, la perla de Jerez y su campo. ¿Ves toda la viña de Marchamalo, que vale una millonada...? Pues ná: aquí lo bueno es esta mocita, este cachito de gracia. Y esto te lo llevas tú, ladrón... sinvergüenza.

Y Rafael reía como un bendito, lo mismo que el señor Fermín. ¡Pero qué don Luis tan gracioso y tan bueno! El señorito, continuando en el tono de cómica gravedad, se encaraba con su aperador:

—Ríe, bigardo. ¡Mirad ustedes, qué satisfechote está de la envidia que le tienen los demás! El mejor día te mato y me llevo a Mariquita de la Luz, y la pongo en un trono en Jerez en medio de la plaza Nueva, y al pie toos los gitanos de Andalucía para que toquen y bailen, y se arranquen cantando a la reina de la hermosura y de la gracia, todo lo que merece. Eso lo hago yo: Luis Dupont, aunque mi primo me excomulgue.

Y por el mismo estilo iba ensartando su ristra de requiebros hiperbólicos e incoherentes entre las risas de María de la Luz y los suyos, que agradecían la confianza del señorito.

Al terminar la vendimia, Luis mostróse orgulloso, como si finalizase una obra grande.

Se había hecho la recolección, valiéndose de mujeres, sin que se atrevieran a presentarse aquellos guapos de la huelga que se deshacían en amenazas. Esto era indudablemente porque él estaba allí guardando la viña; porque bastaba que supiesen que don Luis defendía Marchamalo con sus amigos, para que nadie se aproximase con la intención de perturbar el trabajo.

—Eh, ¿qué tal, señor Fermín? —decía con petulancia—. Han hecho bien en no venir, porque hubiesen salido a tiros. ¿Me pagará nunca mi primo lo que hago por él? ¡Qué ha de pagarme! Luego, tal vez diga que no sirvo para nada. Pero esto hay que celebrarlo. Hoy mismo voy a Jerez, y me traigo lo mejor de la bodega. Y si rabia Pablo cuando vuelva, que rabie. Algo me ha de pagar por mis servicios. Y esta noche, juerga..., la más gorda de la temporada: hasta que salga el sol. Quiero que esas muchachas, al irse a la sierra, vayan contentas y se acuerden del señorito... Y traeré tocaores para que le descansen a usté, y cantaoras para que Mariquita no haga todo el gasto... ¿Que no quiere usted mujeres de ésas en Marchamalo? ¡Si mi primo no se enterará...! Bueno: no vendrán. Usté, señor Fermín, es un rancio; pero por darle gusto quedan suprimidas las cantaoras. Bien mirado, maldita la falta que hacen más jembras, aquí donde hay tantas que parece un colegio. ¡Pero música y vino hasta por encima de la cabeza! Y baile de la tierra; y baile fino, agarrados como los señoritos. Verá usted la que se arma esta noche, señor Fermín.

Y Dupont se fue a la ciudad en su carruaje, que alborotaba la carretera con el estrépito de sus cascabeles. Volvió ya entrada la noche, una noche de verano, calurosa, sin que el más leve soplo de brisa hiciese temblar la atmósfera.

La tierra exhalaba un vaho ardiente; el azul del cielo diluíase en un tinte blanquecino, las estrellas parecían empañadas por la neblina caliginosa. En el silencio de la noche sonaban los crujidos de las cepas al dilatar su corteza resquebrajada por el calor. La cigarra chillaba furiosa en los surcos, aprasada por la tierra; la rana roncaba a lo lejos, cual si la desvelase la falta de frescura de la charca.

Los acompañantes de Dupont, en mangas de camisa, alineaban bajo las arcadas las innumerables botellas traídas de Jerez.

Las mujeres, vestidas ligeramente, con sólo una falda de percal, mostrando los brazos desnudos por debajo del pañuelo cruzado sobre el pecho, se encargaban de las cestas de provisiones, admirándolas con alabanzas para el rumboso señorito. El capataz elogiaba la calidad de los fiambres y de las aceitunas, que servían para excitar la sed.

—¡Menúa jumera nos prepara el señorito! —decía riendo como un patriarca.

De la gran cena en medio de la explanada, lo que más atrajo la admiración de la gente, fue el vino. Comían de pie hombres y mujeres, y al tener en la mano el vaso lleno, avanzaban hasta una mesita ocupada por el señorito, el capataz y su hija, a la que daban luz dos candiles. Las llamas rojizas, que subían su lengua humosa en la calma de la noche sin el más leve temblor, iluminaban la transparencia dorada del vino. ¿Pero qué era aquello...? Y volvían todos a paladearlo después de admirar su hermoso color, y abrían los ojos desmesuradamente con asombro grotesco, rebuscando las palabras, como si no pudiesen expresar toda la veneración que les infundía el líquido portentoso.

—Ezto e de las propias lagrimitas de Jezú —decían unos chasqueando devotamente la lengua.

—No —contestaban otros—, es la mezmízima leche de la Mare e Dió...

Y el señorito reía, gozándose en su asombro. Era vino

de la bodega «Dupont Hermanos»: un vino venerable y carísimo, que sólo bebían los *mislores* allá en Londres. Cada gota valía una peseta. Don Pablo lo apreciaba como un tesoro, y era probable que se indignase al conocer el estrago que había hecho su aturdido pariente.

Pero Luis no se arrepentía de su generosidad. Le alegraba enloquecer al rebaño miserable con el vino de los ricos. Era un placer de patricio romano, embriagando a sus clientes y esclavos con bebida de emperadores.

—Bebed, hijos míos —decía con acento paternal—. Aprovechaos, que jamás os veréis en otra. Muchos señoritos del *Caballista* os envidiarían. ¿Sabéis lo que valen todas esas botellas? Un capital: eso es más caro que el *champán*; cada botella cuesta no recuerdo cuántos duros.

Y la miserable gente arrojábase sobre el vino, y bebía y bebía avariciosamente, como si lo que les entraba por la boca fuese la fortuna.

En la mesa del señorito, se servían las botellas después de una larga permanencia en tanques llenos de hielo. El vino pasaba por la boca dejándola insensible, con la grata parálisis de la frescura.

—Nos vamos a emborrachar —decía sentenciosamente el capataz—. Esto se cuela sin sentir. Es refresco en la boca y fuego en la tripa.

Pero seguía llenándose el vaso entre bocado y bocado, paladeando el néctar frío y envidiando a los ricos que podían permitirse diariamente este placer de dioses.

María de la Luz bebía tanto como su padre. Apenas vaciaba su copa, se apresuraba el señorito a llenarla.

—No eches más, Luis —suplicaba—. Mira que me voy a emborrachá. Esta bebía es traidora.

—Tonta, ¡si es como agua! ¡Si aunque te ajumeres, esto se pasa en seguida...!

Cuando terminó la cena, sonaron las guitarras y la gente formó corro, sentándose en el suelo ante las sillas que ocupaban los músicos y el señorito con su gente. Todos estaban ebrios, pero seguían bebiendo. ¡Qué basca! La piel erizábase de gotas de sudor; los pechos se dilataban, como si no encontrasen aire. ¡Vino y más vino! Para el calor no existía remedio más acertado: era el verdadero refresco andaluz.

Batiendo palmas unos, y chocando otros las botellas vacías, como si fuesen palillos, jalearon las famosas sevillanas de María de la Luz y el señorito. Ella bailaba en medio del corro frente a Luis, con las mejillas enrojecidas y un brillo extraordinario en los ojos.

Nunca la habían visto bailar tan arrebatadamente y con tanta gracia. Sus brazos desnudos, de una palidez de perla, elevábanse en torno de la cabeza, como asas de nácar de voluptuosa redondez. La falda de percal, entre el *fru-fru*, que marcaba el adorable relieve de sus piernas, dejaba ver por debajo de su orla unos pies pequeños, calzados escrupulosamente, como los de una señorita.

—¡Ay! ¡Que no pueo más! —dijo de pronto, sofocada por el baile.

Y se dejó caer jadeante en una silla, sintiendo que, con la agitación de la danza, comenzaba a rodar todo en torno de ella; la explanada, la gente y hasta la gran torre de Marchamalo.

—Eso es er calor —decía el padre gravemente.

—Un poco de refresco y se te pasará —añadía Luis.

Le presentaba una copa llena de aquel líquido de oro, coronado de burbujas, que empañaba el cristal con su frescura. Y Mariquita bebía ansiosamente, con una sed rabiosa, deseando renovar la sensación de frescura en su boca ardiente como si llevase fuego en el estómago. De vez en cuando protestaba.

—Que me voy a emborrachá, Luis. Que creo que ya lo estoy.

—¡Y qué! —exclamaba el señorito—. Yo también estoy borracho, y tu padre, y todos lo estamos. Para eso es la fiesta. Otra copa. ¡Olé, mi niña, valiente! ¡Siga la juerga!

Bailaban en medio del corro algunas muchachas, con torpeza de campesinas, haciendo frente a los viñadores no menos rústicos.

—Eso no vale ná —gritó el señorito—. ¡Fuera, fuera! A ver, maestro *Águila* —continuó dirigiéndose al tocador—. Un baile de señorío por todo lo alto. Una polka, un vals, cualquier cosa. Vamos a bailar agarrados como la gente fina.

Las muchachas, turbadas por el vino, se cogieron unas a otras o cayeron en los brazos de los viñadores jóvenes. Todos comenzaron a dar vueltas, al son de la guitarra. El capataz y los acólitos de don Luis acompañaban el ritmo chocando botellas vacías o golpeando el suelo con sus bastones, riendo como niños de esta habilidad musical.

María de la Luz se sintió arrastrada por el señorito, que la agarró una mano, sujetándola al mismo tiempo por el talle. La moza se resistió a bailar. ¡Dar vueltas, cuando su cabeza parecía balancearse y todo giraba en torno de sus ojos...! Pero al fin se abandonó, entregándose a su pareja.

Luis sudaba, fatigado por la inercia de la muchacha. ¡Vaya una moza de peso! Al oprimir aquel cuerpo sin fuerzas, sentía en su pecho el contacto de elásticas prominencias. Mariquita dejaba caer la cabeza en su hombro, como si no quisiera ver, abrumada por el mareo. Sólo una vez se irguió para mirar a Luis, brillándole en los ojos una lejana chispa de rebelión y protesta.

—Suéltame, Rafaé: esto no está bien.

Dupont rompió a reír.

—¡Conque Rafael...! ¡Aay qué gracia, y cómo está la niña! ¡Si me llamo Luis...!

La muchacha volvió a abatir su cabeza, como si no comprendiese las palabras del señorito.

Sentíase cada vez más anonadada por el vino y el movimiento. Con los ojos cerrados y el pensamiento dando vueltas, como una rueda loca, creía estar suspendida en el vacío, en una sima lóbrega, sin otro apoyo que aquellos brazos de hombre. Si la soltaban, caería y caería sin tocar nunca el fondo: e instintivamente se agarraba a su sostén.

Luis no estaba menos turbado que su pareja. Respiraba sofocado por el peso de la moza. Estremecíase con el contacto fresco y suave de sus brazos, con el perfume de hermosura sana, que parecía surgir en chorro voluptuoso del escote de su pecho. El soplo de sus labios le erizaba la epidermis del cuello, esparciendo un estremecimiento por todo su cuerpo... Cuando, abrumado por el cansancio, volvió a Mariquita a su asiento, la muchacha quedó tambaleando, pálida, con los ojos cerrados. Suspiraba, llevábase una mano a la frente, como si le doliese.

Mientras tanto, danzaban las parejas en el corro con una algazara loca, chocando unas contra otras, empujándose intencionadamente, con encontronazos que casi derribaban a los espectadores, haciéndoles retirar las sillas.

Dos mozos comenzaron a insultarse, tirando cada uno del brazo de la misma muchacha. El vino hacía brillar sus ojos con fuego homicida, y acabaron por dirigirse a la casa de los lagares en busca de las podaderas, cortos y pesados machetes que mataban de un golpe.

El señorito les cerró el paso. ¿Qué era aquello de matarse por bailar con una muchacha, cuando tantos estaban esperando pareja? A callar, y a divertirse. Y les obligó a darse la mano, a beber juntos en la misma copa.

La música cesó. Todos miraban con ansiedad hacia el lado de la explanada donde estaban los de la riña.

—Siga la juerga —ordenó Dupont como un tirano bondadoso—. Aquí no ha pasado nada.

Sonó otra vez la música, reanudaron la danza las parejas, y el señorito volvió al corro. La silla de Mariquita estaba desocupada. Miró en torno y no vio a la joven en toda la plazoleta.

El señor Fermín estaba absorto contemplando las manos de Pacorro *el Águila*, con admiración de guitarrista. Nadie había visto en su retirada a María de la Luz.

Dupont entró en la casa de los lagares, andando quedamente, empujando las puertas con una suavidad felina sin saber por qué.

Registró las habitaciones del capataz: nadie. Creyó encontrar cerrada la puerta del cuarto de Mariquita; pero cedió aquélla al primer impulso. La cama estaba vacía y toda la habitación en orden, como si nadie hubiese entrado. Igual soledad en la cocina. Atravesó a tientas la vasta pieza que servía de dormitorio a los trabajadores. ¡Ni un alma! Asomó luego la cabeza en el departamento de los lagares. La luz difusa del cielo, penetrando por las ventanas, proyectaba en el suelo unas manchas de tenue claridad. Dupont, en este silencio creyó oír el sonido de una respiración, el tenue remover de alguien tendido en el suelo.

Avanzó. Sus pies tropezaron con unas arpilleras y sobre ellas un cuerpo. Al arrodillarse para ver mejor, adivinó por el tacto, más bien que por los ojos, a María de la Luz, que se había refugiado allí. Sin duda la repugnaba ocultarse en su propia habitación, en tan vergonzoso estado.

Al contacto de las manos de Luis, pareció despertar aquella carne sumida en el sopor de la embriaguez. Se revolvió el cuerpo adorable, brillaron sus ojos un momento, pugnando por mantenerse abiertos, y algo murmuró la boca ardorosa junto al oído del señorito. Éste creyó escuchar:

—Rafaé... Rafaé...

Pero no dijo más.

Los brazos desnudos se cruzaron sobre el cuello de Luis.

María de la Luz caía y caía en el agujero negro de la inconsciencia, y al caer se agarraba con desesperación a este sostén, concentrando en ello toda su voluntad, dejando el resto de su cuerpo en insensible abandono.

VIII

A principios de enero, la huelga de los trabajadores se había extendido por todo el campo de Jerez. Los gañanes de los cortijos hacían causa común con los viñadores. Los dueños de los campos, como en los meses de invierno no eran importantes los trabajos agrícolas, sobrellevaban sin impaciencia el conflicto.

—Ya se rendirán —decían—. El invierno es duro y el hambre mucha.

En las viñas, el cuidado de las cepas se hacía por los capataces y los braceros más allegados al dueño, arrostrando la indignación de los huelguistas, que les tachaban de tiradores, amenazándolos con venganzas colectivas.

La gente rica, a pesar de sus arrogancias, revelaba cierto miedo. Como era costumbre en ella, había hecho hablar a los periódicos de Madrid de la huelga de Jerez, ennegreciéndola con sombríos colores, hinchándola, como si fuese una calamidad nacional.

Se censuraba a los gobernantes por su abandono, pero con tales arrebatos de urgencia, que no parecía sino que cada rico estaba sitiado en su casa, defendiéndose a tiros contra una muchedumbre famélica y feroz. El gobierno, como de costumbre, había enviado fuerza armada para cortar los lamentos de estos pordioseros de autoridad y llegaron a Jerez nuevas fuerzas de guardia civil, dos compañías de infantería de línea y un escuadrón que se unió a los jinetes del depósito de sementales.

Las *personas decentes*, como las llamaba Luis Dupont, sonreían con beatitud al ver en las calles tantos pantalones rojos. En sus oídos sonaba como la mejor de las músicas el arrastre de los sables por las aceras, y al entrar en sus casinos se les ensanchaba el alma viendo en torno de las mesas los uniformes de los oficiales.

Los que semanas antes aturdían al gobierno con sus lamentaciones, como si fuesen a morir degollados por aquellas turbas que permanecían en la campiña, con los brazos cruzados, sin atreverse a entrar en Jerez, mostrábanse ahora arrogantes y jactanciosos hasta la crueldad. Se reían del gesto fosco de los huelguistas, de sus ojos, que tenían el estrabismo malsano del hambre y la desesperación.

Además, las autoridades creían llegado el momento de imponerse por el miedo, y la guardia civil prendía a los que figuraban al frente de las asociaciones obreras. Todos los días ingresaba gente en la cárcel.

—Pasan ya de cuarenta los que están a la sombra —decían los mejor informados en las tertulias—. Cuando sean cien o doscientos, esto quedará como una balsa de aceite.

A media noche, los señores, al salir del casino, encontraban mujeres arrebujadas en raídos mantones o con la falda a la cabeza, que les tendían la mano.

—Señor, que no comemos... Señor, que nos mata la jambre... Tengo tres churumbeles, y mi marío, con esto de la juelga, no trae pan a casa.

Los señores reían, apresurando el paso. Que les diesen pan Salvatierra y los otros predicadores. Y miraban con simpatía casi amorosa a los soldados que pasaban por la calle.

—¡Mardito seais ustedes, señoritos! —rugían las míseras hembras en su desesperación—. Quiera Dios que algún día mandemos los probes...

Fermín Montenegro contemplaba tristemente el curso de esta lucha sorda, que había de terminar forzosamente con algo ruidoso; pero de lejos, rehuyendo el trato con los rebeldes, ya que no estaba en Jerez su maestro Salvatierra. Callaba también en el escritorio, cuando en su presencia manifestaban los amigos de don Pablo los crueles deseos de una represión que atemorizase a los trabajadores.

Desde que había vuelto de Málaga, su padre no le veía

una sola vez que no le recomendase la prudencia. Debía callar; al fin, ellos comían el pan de los Dupont, y no era noble el unirse con los desesperados, aunque éstos se quejasen con harto motivo. Además, para el señor Fermín, todas las aspiraciones humanas se resumían en don Fernando Salvatierra, y éste se hallaba ausente. Lo retenían en Madrid sometido a una continua vigilancia para que no volviese a Andalucía. Y el capataz de Marchamalo, faltando su don Fernando, consideraba la huelga desprovista de interés, y a los huelguistas como un ejército sin caudillo y sin bandera; una horda que forzosamente había de ser diezmada y sacrificada por los ricos.

Fermín obedecía a su padre, manteniéndose en una reserva prudente. Dejaba sin respuesta las pullas de los compañeros de escritorio que, conociendo su amistad con Salvatierra, para adular al amo se burlaban de los rebeldes. Evitaba presentarse en la plaza Nueva, donde se reunían en grupos los huelguistas de la ciudad, inmóviles, silenciosos, siguiendo con miradas de odio a los señores que intencionadamente pasaban por allí con la cabeza alta y una expresión de reto en los ojos.

Montenegro dejó de pensar en la huelga, atraído por otros asuntos de mayor interés.

Un día, al salir de su escritorio para ir a comer en la casa donde estaba de huésped, encontró al aperador de Matanzuela.

Rafael parecía esperarle apoyado en una esquina de la plazoleta, cuyo frente ocupaban las bodegas de Dupont. Fermín no le había visto en mucho tiempo. Lo encontraba algo desfigurado; con las facciones enjutas y los ojos hundidos en un cerco oscuro. Su traje de campo estaba sucio de polvo; lo llevaba con descuido, como si olvidase aquella arrogancia que le hacía ser considerado como el más elegante y majo de los jinetes rústicos.

—¿Pero estás enfermo, Rafael? ¿Qué te pasa? —exclamó Montenegro.

—Penas —dijo lacónicamente el aperador.

—El domingo pasado no te vi en Marchamalo; y el otro tampoco. ¿Es que estás de morros con mi hermana...?

—Tengo que hablar contigo, pero mu largo, ¡mu largo! —dijo Rafael.

Allí en la plaza no podía ser; en la casa de huéspedes tampoco, pues lo que el aperador quería decirle era para guardarse en secreto.

—Está bien —dijo Fermín bromeando, al adivinar que

se trataba de penas de enamorado—. Pero como yo he de comer, ¡criatura triste!, nos iremos a casa del *Montañés* y allí desembucharás todas esas penillas que te ahogan, mientras yo hago por la vida.

En el colmado del *Montañés*, al pasar frente al cuarto más grande del establecimiento, oyeron rasgueos de guitarra, palmas y gritos de mujeres.

—Es el señorito Dupont —les dijo el camarero— que está con unos amigos y una jembra magnífica que se ha traído de Sevilla. Ahora empieza la juerga... ¡Hay tela cortada lo menos hasta mañana!

Los dos amigos buscaron el cuarto más lejano para que el estrépito de la fiesta no interrumpiese su conversación. Montenegro encargó su comida, y el criado puso la mesa en aquel cuartucho, que olía a vino, y, por lo menguado, parecía un camarote. Poco después volvió con una gran batea llena de cañas. Era un obsequio de don Luis.

—El señorito —dijo el camarero— se ha enterado de que están aquí, y les envía esto. Además, pueden ustedes tomar lo que gusten; todo está pagado.

Fermín le encargó anunciase a don Luis que pasaría a verle así que terminase su comida, y cerrando la puerta del camarote se quedó solo con Rafael.

—Vamos, hombre —dijo señalándole los platos—: ponte de eso.

—Yo no como —contestó Rafael.

—¿Que no comes? Vaya..., pasarás del aire como todos los enamorados... ¿Pero beber sí que beberás?

Rafael hizo un gesto, como extrañando lo superfluo de la pregunta. Y sin levantar la vista de la mesa, comenzó a apurar rabiosamente las cañas que tenía delante.

—Fermín —dijo de pronto mirando a su amigo con los ojos enrojecidos—. Yo estoy loco..., loco perdío.

—Ya lo veo —contestó Montenegro flemáticamente, sin dejar de comer.

—Fermín; paece que un demonio me sopla a la oreja las mayores barbaridades. Si tu padre no fuese mi padrino, y si tú no fueses tú, hace días que habría matao a tu hermana, a María de la Lú. Te lo juro por ésta, por mi mejor compañera, por la única herencia de mi padre.

Y abriendo con gran estrépito de muelles una navaja de cachas viejas, besaba ferozmente la tersa hoja, con dibujos coloreados por el óxido rojizo.

—Hombre, ya será algo menos —dijo Montenegro mirando fijamente a su amigo.

Había dejado caer el tenedor, y una nubecilla roja pasó por su frente. Pero este gesto hostil sólo duró un instante.

—¡Bah! —añadió—. Sí que estás loco, y más lo está el que te haga caso.

Rafael rompió a llorar. Por fin, sus ojos podían dar paso a las lágrimas que se agolpaban a ellos, y deslizándose por sus mejillas caían en el vino.

—Es verdá, Fermín, estoy loco. Suelto bravatas y... na: soy un mandria. Mira cómo estaré, que un zagal me pegaría. ¿Qué he de matar yo a Mariquita? Ojalá tuviera entrañas negras para eso. Después me matarías tú, y toos descansaríamos.

El rasgueo lejano de la guitarra y las voces que cortaban su ritmo, jaleando el taconeo de una bailaora, parecían acompañar la caída de las lágrimas del mocetón.

—Pero, vamos a ver —exclamó Fermín con impaciencia—. ¿Qué es todo eso? Habla, y cesa de llorar, que pareces una beata en la procesión del Santo Entierro. ¿Qué te pasa con Mariquita...?

—¡Que no me quiere! —gritó el aperador con acento desesperado—. ¡Que ya no me hace caso! ¡Que hemos roto y no quié verme...!

Montenegro sonrió. ¿Y eso era todo? ¡Riñas de novios; caprichitos de muchacha, que se enfada para animar la monotonía de un largo noviazgo! Ya pasaría el mal viento. Él conocía aquello de oídas. Se expresaba con su escepticismo de joven práctico, a la *inglesa*, como él decía, enemigo de los amoríos ideales que duraban años y eran una de las tradiciones de la tierra. A él no se le había conocido noviazgo alguno en Jerez. Se contentaba con tomar lo que podía, buenamente, de vez en cuando, para satisfacción de sus deseos.

—Eso lo agradece siempre el cuerpo —continuó—. Pero relaciones por lo fino, con suspiros, penas y celillos, ¡eso nunca! Necesito el tiempo para otras cosas.

Y Fermín, con tono zumbón, intentaba consolar a su amigo. Aquella mala racha pasaría. ¡Caprichos de mujeres, que se ponen los morros y fingen enfado para que las quieran más! El día en que menos lo pensase, vería a María de la Luz ir hacia él, diciendo que todo había sido una broma, para poner a prueba su cariño, y que lo quería más que antes.

Pero el mocetón movía la cabeza negativamente.

—No; no me quiere. Esto se acabó y yo voy a morir.

Relataba a Montenegro cómo habían terminado sus amores. Ella le llamó una noche para hablar en la reja, y con una voz y un gesto, cuyo recuerdo aún estremecía al pobre mozo, le anunció que todo había acabado entre los dos. ¡Cristo; qué noticia para recibirla así, de sopetón!

Rafael se agarró a los hierros para no caer. Después hubo de todo: súplicas, amenazas, lloros; pero ella se mantenía inflexible, con una sonrisa que daba miedo, negándose a continuar los amoríos. ¡Ah, las mujeres...!

—Sí, hijo mío —decía Fermín—. Unas arrastrás. Aunque se trate de mi hermana, no hago excepción. Por eso tomo yo de ellas lo que necesito y rehúyo el trato... ¿Pero qué excusa te daba Mariquita...?

—Que ya no me quiere; que se ha apagao de repente el aquel que me tenía. Que no siente por mí ni una miaja de afecto y no quiere mentir fingiendo cariño... ¡Como si un querer pudiera apagarse de pronto, lo mismo que una luz...!

Rafael recordaba el final de su última entrevista. Cansado de suplicar, de llorar agarrado a la reja, de arrodillarse como un chiquillo, la desesperación le había hecho prorrumpir en amenazas. ¡Que le perdonase Fermín!, pero en aquel momento se sintió capaz del crimen. La muchacha, cansada de sus ruegos, asustada de sus maldiciones, acabó por cerrar de golpe la ventana. ¡Y hasta ahora!

Dos veces había ido de día a Marchamalo con la excusa de ver al señor Fermín; pero María de la Luz escondíase, apenas adivinaba su caballo galopando por la carretera.

Montenegro le oía pensativo.

—¿Tendrá otro novio? —dijo—. ¿Se habrá enamorado de alguien?

—No; eso no —se apresuró a responder Rafael, como si esta convicción le sirviese de consuelo—. Lo mismo pensé en el primer momento y me vi ya metío en la cárcel de Jerez y luego en presidio. Al que me quite a mi Mariquilla de la Lú, lo mato. Pero ¡ay! que no me la quita nadie: que es ella la que se va... He pasao los días vigilando de lejos la torre de Marchamalo. ¡Las copas que llevo bebías en el ventorro de la carretera y que se me golvían veneno al ver bajar o subir a alguien la cuesta de la viña...! He pasao las noches tendido entre las cepas, con la escopeta al lado, dispuesto a meterle un puñao de postas en el vientre al primero que se acercase a la reja... Pero no he visto más que a los mastines. La reja cerrá. Y entretanto, el cortijo de Matanzuela anda desgobernao, aunque mardita la falta que hago yo con esto de la huelga. Nunca estoy allí: el pobre *Zarandilla* se lo carga too; si lo supiera el amo, me despedía. Sólo tengo ojos y oídos para celar a tu hermana y sé que no hay noviazgo, que no quiere a nadie. Casi estoy por decirte que aún me tiene algo de ley, ¡mira tú si soy tonto...! Pero la mardita huye de verme, y dice que no me quiere.

—¿Pero tú la has hecho algo, Rafael? ¿No estará enfadada por alguna ligereza tuya?

—No: eso tampoco. Soy más inocente que el niño Jesú y el cordero que lleva al lao. Desde que tengo relaciones con tu hermana, que no miro a una moza. Toas me parecen feas, y Mariquilla lo sabe. La última noche que hablé con ella, cuando yo le pedía que me perdonase, sin saber por qué, y le preguntaba si la había ofendío en algo, la pobrecita lloraba como la Malaena. Bien sabe tu hermana que yo no la he fartao en tanto como esta uña. Ella misma lo decía: «¡Pobre Rafaé! ¡Tú eres bueno! Olvídame: serías infeliz conmigo.» Y me cerró la ventana...

El mocetón gemía al decir esto, mientras su amigo, que había acabado de comer, apoyaba pensativo su frente en una mano.

—Pues, hijo —murmuró Fermín—. No entiendo este jeroglífico. Mariquilla te deja y no tiene otro novio: te compadece, te dice que eres bueno, mostrando que aún te tiene algún querer, y te cierra la ventana. ¡El demonio que entienda a las mujeres! ¡Y qué mala alma tienen a veces las condenadas...!

Aumentó el estrépito en el cuarto de la juerga, y una voz de mujer, aguda, de un temblor metálico, llegó hasta los dos amigos.

Me dejó... ¡mala gitana!
Cuando yo más la quería...

Rafael no pudo oír más. La poesía popular le arañaba el alma con su ingenua tristeza. Rompió a llorar con gemidos de niño, como si la copla fuese su historia: como si la hubiesen compuesto luego de ser despedido él de aquella reja, donde estaba la felicidad de su vida.

—¿Oyes, Fermín? —dijo entre suspiros—. Ése soy yo. Me ocurre lo que al pobresito de la copla. Se le tiene compasión a un perrito de cría, se le quiere, no se le deja, sus chillidos inspiran lástima, y yo, que soy un hombre, una criatura de Dios, ¡a la calle!, ¡si te quise, ya no te quiero!, ¡a reventar de pena...! ¡Cristo! ¡Paece mentira que aún no me haya muerto...!

Quedaron en silencio largo rato. Abstraídos en sus pensamientos, ya no oían el estrépito de la juerga, la voz femenil que seguía entonando coplas.

—Fermín —dijo de pronto el aperador—. Tú eres el único que lo puede arreglar todo.

Por eso le había esperado a la salida del escritorio. Conocía su gran influencia sobre la familia. María de la Luz le respetaba más que a su padre, y se hacía lenguas de su sabiduría.

La educación en Inglaterra, y los elogios del capataz, que veía en su hijo una inteligencia casi tan grande como la de su maestro, influían en la muchacha, ingiriendo en su afecto fraternal una gran dosis de admiración. Rafael no se atrevía a hablar al padrino: le tenía miedo. Pero de Fermín lo esperaba todo, y se confiaba a él.

—Lo que tú le digas que haga, eso hará... Ferminillo, no me abandones, protégeme. Tú eres mi patrón; quisiera ponerte en un altar y encenderte velas y rezarte una letanía. Fermín; santito mío: no me dejes, defiéndeme. Ablanda aquel peñasco de corazón; agárrame, por que si no, me caigo y voy a presidio o a la casa de los locos.

Montenegro se burló de las exageraciones lloriqueantes de su amigo.

—Está bien, hombre: se hará lo que se pueda, pero no llores más, ni sueltes esas oraciones, que pareces don Pablo, mi principal, cuando le hablan de Dios. Veré a Mariquita: le hablaré de ti, le diré a la muy indina lo que merece. ¿Qué, estás ya contento...?

Rafael limpiábase los lagrimones, y sonreía con sencillez infantil, mostrando sus dientes cuadrados, de nítida blancura. Pero su gozo era impaciente. ¿Cuándo pensaba Fermín ver a Mariquita?

—Hombre, iré mañana. En el escritorio estamos muy atareados en la liquidación de fin de año. Las cuentas de los ingleses me dan mucho quehacer.

El mocetón hizo un gesto de contrariedad. ¡Mañana...! Una noche más de no dormir, de llorar su desgracia, de incertidumbre cruel no sabiendo si debía esperar algo.

Montenegro rió ante la tristeza del aperador. ¡Pero cómo ponía el amor a los hombres! Daba ganas de propinar unos cuantos azotes a aquel mozo, como si fuera un niño grandullón y enfurruñado.

—No, Fermín; por tu salú te lo pido. Haz algo por mí; ve en seguida y sacarás un alma de pena. Nada te dirán en el escritorio: esos señores te quieren; eres su niño mimao.

Y le asediaba con ruegos ardorosos, con palabras acariciadoras, para que fuese en seguida a avistarse con su hermana. Montenegro cedió, vencido por la ansiedad del mocetón. Iría aquella misma tarde a Marchamalo; mentiría al jefe del escritorio diciéndole que su padre estaba enfermo. Don Ramón era bueno y haría la vista gorda.

El impaciente Rafael habló entonces de lo cortas que eran las tardes de enero y de la necesidad de aprovechar el tiempo.

Fermín llamó al criado, que se extrañaba de la parquedad de los dos amigos, invitándoles a pedir más *cosas*. ¡Todo estaba pagado! ¡Don Luis tenía cuenta abierta...!

Al salir Rafael, marchó directamente a la calle, temiendo que el amo le viese con los ojos enrojecidos. Fermín asomó la cabeza al cuarto de la juerga, y después de aceptar una copa de Dupont huyó de éste, que intentaba cogerle por las solapas, para que se quedase.

Antes de media tarde llegó Fermín a Marchamalo. Rafael le llevó en las ancas de su jaca. Su impaciencia le hacía mover nerviosamente los talones, espoleando al animal.

—¡Que vas a reventarlo, bárbaro! —gritaba Montenegro, pegando su pecho a la espalda del jinete—. ¡Que pesamos mucho los dos...!

Pero Rafael sólo pensaba en la entrevista próxima.

—En el mismísimo carro de San Elías quisiera yo llevarte, Ferminillo, para que vieses antes a la gachí.

Hicieron alto en el ventorro de la carretera, cerca de la viña.

—¿Quieres que te espere? —dijo el aperador—. Yo te aguardo aquí con gusto hasta el día del Juicio.

Sentía impaciencia por conocer la resolución de la muchacha. Pero Fermín no quiso que le aguardase. Pensaba pasar la noche en la viña. Y siguió la marcha a pie, mientras Rafael le anunciaba a voces que vendría a buscarle al día siguiente.

Cuando el señor Fermín vio llegar a su hijo, le preguntó con cierta ansiedad si ocurría algo en Jerez. «Nada, padre.» Él venía a pasar la noche con la familia, ya que en el escritorio le habían dado permiso por falta de trabajo. El viejo agradeció la visita, pero sin desechar la inquietud que había manifestado a la llegada de su hijo.

—Creí, al verte, que algo malo pasaba en Jerez: pero si nada ocurre aún, ocurrirá pronto. Yo, desde aquí, lo sé todo; nunca falta un amigo de las otras viñas que me trae el soplo de lo que piensan los huelguistas. Además, en el ventorro repiten los arrieros lo que oyen en los ranchos.

Y el capataz habló a su hijo de la gran reunión que los trabajadores iban a celebrar el día siguiente en los llanos de Caulina. Nadie sabía quién daba las órdenes, pero el llamamiento había circulado de boca en boca por el campo y la sierra, y se juntarían miles y miles de hombres, viniendo hasta de los límites de la provincia de Málaga, todos los que ganaban el jornal en la campiña jerezana.

—Una verdadera revolución, hijo. Anda en todo esto un forastero, un muchacho al que llaman el *Madrileño*, que habla de matar a los ricos y repartirse los tesoros de la ciudad. La gente parece loca: todos creen que mañana van a triunfar y que se acaba la miseria. El *Madrileño* emplea el nombre de Salvatierra, como si obrase por orden suya, y muchos afirman, como si le hubieran visto, que don Fernando está escondido en Jerez y se presentará en el momento de la revolución. ¿Qué sabes tú de esto...?

Fermín movió la cabeza con aire incrédulo. Salvatierra le había escrito algunos días antes, sin manifestar propósitos de volver a Jerez. Dudaba de que fuese cierto su viaje. Además, le parecía inverosímil este intento de sublevación. Sería una alarma más de las muchas inventadas por la desesperación de los hambrientos. Equivalía a una locura intentar la invasión de la ciudad estando en ella las tropas.

—Ya verá usted, padre, cómo si se reúnen en Caulina quedará todo reducido a gritos y amenazas, como en las reuniones en los ranchos. Y de don Fernando, no pase usted pena. Tengo la convicción de que está en Madrid. No es tan insensato que vaya a comprometerse en una locura como ésta.

—Lo mismo creo, hijo; pero, por lo que pueda ocurrir, procura tú mañana no mezclarte con esos locos, si es que entran en la ciudad.

Fermín miraba a todos lados, buscando con los ojos a su hermana. Por fin salió de la casa María de la Luz, sonriendo a su Fermín, acogiendo su visita con exclamaciones de alegre sorpresa. El muchacho la miró con atención. ¡Nada! De no hablarle Rafael, no hubiera podido adivinar aquellas tristezas que habían cortado sus amores.

Transcurrió más de una hora sin que pudiese hablar a solas con su hermana. En las miradas fijas de Fermín parecía adivinar la moza algo de sus pensamientos. Procuraba mostrarse impasible, pero su rostro tan pronto palidecía con la transparencia de la cera, como se arrebolaba con una oleada de sangre.

El señor Fermín bajó la cuesta de la viña, yendo al encuentro de unos arrieros que pasaban por la carretera. Su aguda vista de campesino les reconocía desde lo alto. Eran amigos, y quería saber por ellos lo que hablaban en los ranchos de la reunión del día siguiente.

Al quedar solos los dos hermanos, cruzaron sus miradas en medio de un silencio embarazoso.

—Tengo que hablarte, Mariquita —dijo al fin el muchacho con resolución.

—Pues empieza cuando quieras, Fermín —contestó ella con acento tranquilo—. Ya adiviné al verte que por algo venías.

—No, aquí no. Podría volver padre, y lo que nosotros hemos de hablar requiere tiempo y calma. Vamos a dar un paseo.

Y los dos emprendieron la marcha colina abajo, por la pendiente opuesta a la carretera. Bajaban por entre las cepas, a espaldas de la torre, dirigiéndose a una línea de chumberas que limitaba la gran viña por este lado.

María de la Luz intentó detenerse varias veces no queriendo ir tan lejos. Deseaba hablar cuanto antes para salir de su angustiosa incertidumbre. Pero el hermano se resistía a iniciar la conversación mientras pisasen aquella tierra sometida a la vigilancia de su padre.

Se detuvieron en la cerca de chumberas, junto a una gran brecha que dejaba ver un copudo olivar, tras cuyo ramaje descendía el sol.

Fermín hizo que su hermana se sentara en el ribazo, y plantándose ante ella, dijo con dulce sonrisa para animarla a la confianza:

—Vamos a ver, loquilla: vas a decirme por qué has roto con Rafael; por qué le has despedido como si fuese un perro, causándole tal pena que el pobre parece que va a morir.

María de la Luz pareció echar a broma el asunto, pero estaba pálida y su risa tenía la crispación de una mueca triste.

—Porque no le quiero: porque me he cansado de él, ¡ea! Es un soso que me aburre. ¿No soy yo dueña de querer al hombre que me guste?

Fermín la habló como a una niña revoltosa. Estaba mintiendo: se lo conocía en la cara. No podía ocultar que seguía amando a Rafael. Algo había en todo aquello, que era preciso que él conociera para bien de los dos novios, para juntarlos de nuevo. ¡Mentira aquel aburrimiento! ¡Mentira aquella energía bravucona con que se expresaba Mariquita al justificar su rompimiento con Rafael! Ella no era mala; no podía tratar con tanta crueldad a su antiguo novio. ¡Qué! ¿Así se rompen unos amores comenzados casi en la infancia? ¿Así se despide a un hombre después de haberlo tenido durante años y años, como quien dice, cosido a las faldas? Algo había en su conducta que no podía explicarse, y era preciso que ella se lo dijese. ¿No era su hermano único y el mejor de sus amigos? ¿No le contaba todas las cosas que no se atrevía a decir al padre, por el respeto que éste le inspiraba...?

Pero la muchacha se mostró insensible al tono acariciador y persuasivo de su hermano.

—No hay nada de eso —repuso enérgicamente, irguiendo su busto como si fuese a levantarse—. Todo son invenciones tuyas. No hay más, que estoy cansada de noviazgos, que no quiero hombre, que pienso pasarme la vida al lado de padre y de ti. ¿Con quién mejor que con vosotros? ¡Se acabaron los novios!

El hermano acogía estas palabras con un gesto de incredulidad. ¡Mentira otra vez! ¿Por qué se cansaba de pronto del hombre al que tanto había querido? ¿Qué causa poderosa había deshecho con tanta rapidez su amor...? ¡Ah, Mariquita! Él no era tan bobo que se tragase unas excusas faltas de sentido.

Y como la muchacha, para ocultar su turbación, levantase la voz, repitiendo enérgicamente que era dueña de su voluntad y podía hacer lo que fuese de su gusto, Fermín comenzó a irritarse.

—¡Ah, mocita falsa! ¡Alma dura! ¡Corazón de canto! ¿Crees tú que a un hombre se le deja cuando a una le parece, después de haberle entretenido años enteros, junto a la reja, enloqueciéndolo con palabritas de miel, afirmando que se le quiere más que a la vida? Por mucho menos les han partido a algunas el corazón de una puñalada... Grita: repite que harás lo que te dé la gana; yo pienso en aquel infeliz que, mientras tú hablas como una arrastrá, el pobrecito anda por ahí hecho una lástima, llorando como un chiquillo, a pesar de que es el hombre más hombre de todo el campo de Jerez. Y eso por ti... ¡Por ti, que te portas peor que una gitana! ¡Por ti, veleta...!

Exaltándose a impulsos de su ira, hablaba de la tristeza

de Rafael, del gesto lloroso con que había implorado su auxilio, de la angustia con que aguardaba el resultado de su mediación. Pero no pudo hablar más. María de la Luz, pasando repentinamente de la resistencia al desaliento, rompió a llorar, aumentándose sus gemidos y sus lágrimas conforme avanzaba Fermín en el relato de la desesperación amorosa del novio.

—¡Ay, pobrecito! —gemía la muchacha, olvidando todo disimulo—. ¡Ay, mi Rafael de mi arma...!

Se dulcificó la voz del hermano.

—Le quieres, ¿no lo ves?, le quieres. Tú misma te delatas. ¿Por qué hacerle sufrir? ¿Por qué esa testarudez, que a él le desespera y a ti te hace llorar?

Y el muchacho, inclinándose sobre su hermana, la envolvía en sus ruegos o la empujaba los hombros con violencia, presintiendo la gravedad del secreto que ocultaba Mariquita y que él a todo trance quería conocer.

Callaba la muchacha. Gemía oyendo a su hermano, como si cada una de sus palabras penetrase en su alma, crispándola con el dolor de las heridas desgarradas; pero no abría su boca: temía decir demasiado y únicamente lloraba, poblando de lamentos el silencio de la tarde.

—Habla —gritaba imperiosamente Fermín—. Di algo. Tú quieres a Rafael; le quieres tal vez más que antes. ¿Por qué te separas de él? ¿Por qué le despides? Esto es lo que me interesa; tu silencio me da miedo. ¿Por qué? ¿Por qué? Habla, mujer, habla, o creo que te mato.

Y empujaba rudamente a María de la Luz, la cual, como si no pudiera sostenerse bajo el peso de la emoción, se había tendido en el ribazo, con la cara entre las manos.

Comenzaba a ocultarse el sol. Se veía el disco de color de cereza, detrás de las ramas del olivar, como al través de una celosía negra. Sus últimos rayos, a ras de tierra, coloreaban con un resplandor anaranjado la columnata de troncos de los olivos, las marañas de plantas de la tierra, las curvas del cuerpo de la moza tendido en el suelo. La punzante película de las chumberas erizábase como una epidermis luminosa.

—Habla, Mariquita —rugía la voz de Fermín—. Di por qué haces eso. ¡Dilo por tu vida! ¡Mira que me vuelves loco! ¡Díselo a tu hermano, a tu Fermín!

La voz de la muchacha salió tenue, vergonzosa, lejana, de aquel bulto tendido.

—No le quiero porque le quiero mucho. No puedo quererle, porque le amo demasiado para hacerle infeliz.

Y cual si tras estas palabras confusas cobrase ánimos, Mariquita se irguió, mirando fijamente a Fermín con sus ojos llenos de lágrimas.

Podía pegarla, podía matarla; pero ella no volvería a hablar con Rafael. Había jurado que si se consideraba indigna de él, le abandonaría, aunque con esto destrozase su alma. Era un crimen premiar aquel amor tan intenso introduciendo en su futura existencia algo que pudiese afrentar a Rafael, tan bueno, tan noble, tan amoroso.

Se hizo un largo silencio.

El sol había desaparecido. Ahora el negro ramaje del olivar se destacaba sobre un cielo de color de violeta, con una leve franja de oro a ras del horizonte.

Fermín callaba, como si le aterrase el contacto de la verdad misteriosa, cuyo roce creía ya sentir.

—Según eso —dijo con una calma solemne—, tú te consideras indigna de Rafael. Huyes porque hay algo en tu vida que puede avergonzarle, hacerle infeliz.

—Sí —contestó ella sin bajar los ojos.

—¿Y qué es ello? Habla: creo que un hermano debe saberlo.

María de la Luz volvió a ocultar su cabeza entre las manos. Nunca: no hablaría; bastante llevaba dicho. Era un tormento superior a sus fuerzas. Si Fermín la quería un poco, debía respetar su silencio, dejarla en paz, que harto lo necesitaba. Y el estertor de sus lloros rasgó de nuevo la calma del crepúsculo.

Montenegro mostrábase tan desalentado como su hermana. Después de sus arrebatos de indignación, sentíase débil, reblandecido, anonadado por aquel misterio, que sólo había podido columbrar. Hablaba con dulzura, con humildad, recordando a la joven el estrecho cariño que unía sus vidas.

No habían conocido a su madre, y Fermín ocupó para la pequeña el vacío que dejó al morir aquella mujer, cuyo rostro, bondadoso y triste, apenas si recordaban. ¿Cuántas veces, a la edad en que otros muchachos se duermen en un regazo tibio, había hecho de madre para ella, meciéndola muerto de sueño, sufriendo sus llantos y sus manotones? ¿Cuántas veces, en la época de miseria, cuando el padre no tenía trabajo, había sofocado su hambre para darla el mendrugo que le regalaban otros chicos, compañeros de sus juegos...? Cuando ella sufrió las enfermedades de la infancia, su hermano, que apenas pasaba la cabeza del borde de la cama, la había velado, había dormido con ella sin miedo a la infección. Eran más que hermanos: la mitad de su vida la habían pasado juntos, en contacto desde los pies a la frente, mezclando sus alientos, confundiendo sus sudores. Cada uno de ellos no sabía lo que en su cuerpo era suyo o asimilado del otro.

Después, al ser mayores, este amor fraternal soldado por las penas de una infancia triste, se había agrandado. Él no pensaba en casarse, como si su misión en el mundo fuese vivir al lado de su hermana, viéndola feliz con un hombre bueno y noble como Rafael, dedicando toda su vida a los hijos que tuviese... Para Fermín no guardaba secretos Mariquita. Corría a él, en los momentos de duda, antes que al padre... ¡Y ahora, la ingrata, como si de repente se endureciese su alma, dejaba impasible que él sufriese, sin revelar aquel misterio de su vida!

—¡Ah, mal corazón! ¡Mala hermana...! ¡Y cuán poco te conocía!

Estos reproches de Fermín, dichos con voz entrecortada, como si fuese a llorar, causaron más efecto en María que las amenazas y violencias de antes.

—Fermín..., querría ser muda para que no sufrieses; porque sé que la verdad te hará daño. ¡Ay, Jesús mío! ¡Destrozarles el alma a los dos hombres que más quiero...!

Pero ya que el hermano lo exigía, a él se confiaba, y fuese lo que Dios quisiera... Se había erguido otra vez y hablaba, sin un gesto, sin mover apenas los labios, con la mirada perdida en el horizonte, cual si estuviera soñando y relatase la historia de otra persona.

Comenzaba a anochecer y a Fermín le pareció que toda la sombra del crepúsculo se le metía dentro del cráneo, nublando su pensamiento, entorpeciéndolo con dolorosa somnolencia. Un frío intenso y paralizador, un frío de sepultura, arañaba su espalda. Era la brisa ligera de la noche, pero a Fermín le pareció un viento de hielo, una tromba glacial que venía desde el Polo para él, sólo para él.

María de la Luz seguía hablando impasible, como si relatase la desgracia de otra mujer. Sus palabras evocaban rápidas imágenes en el pensamiento del hermano. Todo lo veía Fermín: la embriaguez general de la última noche de la vendimia, la borrachera de la moza, su desplome como un cuerpo inerte en el rincón de los lagares y después la llegada del señorito para aprovecharse de la caída.

—¡El vino! ¡El mardito vino! —decía María de la Luz con expresión de cólera, haciendo al líquido de oro responsable de su desgracia.

—Sí, el vino —repetía Fermín.

Y con el pensamiento evocaba a Salvatierra, recordando sus anatemas a la maléfica divinidad que regulaba todas las acciones y los afectos de un pueblo esclavizado por ella.

Después, las palabras de su hermana le hacían ver el horroroso despertar al desvanecerse el triste engaño de la embriaguez, la indignación con que repelía a un hombre, al que no amaba, y que aún le parecía más antipático luego de su fácil victoria.

Todo había acabado para María de la Luz. Harto lo demostraba la firmeza de sus palabras. Ya no podía ser del hombre amado. Debía mostrarse cruel, fingir despego, hacerle sufrir como una moza casquivana, antes que decirle la verdad.

Imperaba en ella esa preocupación de la hembra vulgar que confunde el amor con la virginidad física. Una mujer sólo podía ser esposa del hombre al que llevase como tributo de sumisión la integridad de su cuerpo. Ella debía ser como su madre, como todas las buenas mujeres que conocía. La virginidad de la carne era tan importante como el amor; y cuando se perdía, aunque fuese por un azar, sin voluntad alguna, había que resignarse, doblar la cabeza, decir adiós a la dicha y seguir el camino de la vida, sola y triste, mientras el amante infeliz se alejaba por otro lado buscando una nueva urna de amor cerrada e intacta.

Para María de la Luz el mal era irremediable. Amaba a Rafael; la desesperación del muchacho aumentaba su apasionamiento; pero jamás volvería a hablarle. Se resignaba a que la tuviesen por cruel antes que engañar al hombre amado. ¿Qué decía Fermín a esto? ¿No debía ella repeler a su novio, aunque esto la destrozase el alma...?

Fermín permanecía silencioso, la barba en el pecho y los ojos cerrados, con la inmovilidad de la muerte. Parecía un cadáver en pie. De pronto, despertó la fiera humana que se encabrita y ruge ante la desgracia.

—¡Ah, perra descastada! —bramó—. ¡Mala piel! ¡...!

Y el supremo insulto a la virtud femenil salió de sus labios disparado contra María de la Luz. Avanzó un paso, con la mirada extraviada y el puño en alto. La muchacha, como si la penosa revelación la hubiese sumido en la insensibilidad de los imbéciles, no cerró los ojos, no movió la cabeza para evitar el golpe.

La mano de Fermín volvió a caer sin rozarla. Fue un relámpago de ferocidad; nada más. Montenegro se reconocía sin derecho para castigar a su hermana. En las nieblas de color de sangre que pasaban ante sus ojos, creyó ver el brillo de las gafas azules de Salvatierra, su sonrisa fría de inmensa bondad. ¿Qué haría el maestro de estar allí...? Perdonar, indudablemente: envolver a la víctima en la conmiseración sin límites que le inspiraban los pecados de los débiles. Además, estaba el vino como principal culpable: el veneno de oro, el diablo de color de ámbar, esparciendo con su perfume la locura y el crimen.

Fermín permaneció silencioso largo rato.

—De todo esto —dijo al fin— ni una palabra al padre. El pobre viejo moriría.

Mariquita hizo un gesto de asentimiento.

—Si te encontraras con Rafael —continuó—, ni una palabra tampoco. Le conozco: el pobre mozo iría a presidio por tu culpa.

La advertencia era inútil. Para evitar la venganza de Rafael, había mentido ella, fingiendo sus crueles desvíos.

Fermín continuó hablando con tono sombrío, pero imperiosamente, sin admitir réplica. Ella se casaría con Luis Dupont... ¿Que le aborrecía? ¿Que había huido de él después de aquella noche horrible...? Pues ésta era la única solución. Con la honra de su familia ningún señorito jugaba impunemente. Si no le quería por amor, le toleraría por deber. El mismo Luis iría a buscarla, a pedirla la mano.

—¡Le odio! ¡Le aborrezco! —decía Mariquita—. ¡Que no venga! ¡No quiero verle...!

Pero sus protestas se estrellaron ante la firmeza del hermano. Ella podía mandar en sus afectos, pero por encima estaba el honor de su casa. Quedar soltera, ocultando su deshonra, con el triste consuelo de no haber engañado a Rafael, podía satisfacerla. ¿Pero y él, que era su hermano? ¿Cómo podría vivir, viendo a todas horas a Luis Dupont, sin exigirle una reparación por su ultraje, pensando que el señorito se reía interiormente de su hazaña, al encararse con él...?

—A callar, Mariquita —dijo con dureza—. A callar, y ser obediente. Ya que como mujer no has sabido guardarte, deja que tu hermano defienda la honra de la familia.

Había cerrado la noche y los dos hermanos emprendieron cuesta arriba el regreso a su casa. Fue una ascensión lenta, penosa, temblándoles las piernas, zumbándoles los oídos, jadeando sus pechos, como si les aplastase un peso enorme. Parecíales que llevaban en hombros un muerto gigantesco, algo que había de pesar sobre el resto de su existencia.

Los hermanos pasaron mal la noche. Durante la velada sufrieron el tormento de tener que sonreír al pobre padre, de seguir su conversación sobre los sucesos que se preparaban para el día siguiente, de manifestar Fermín sus opiniones acerca de la asamblea de los rebeldes en los llanos de Caulina.

El joven no pudo dormir. Adivinaba, al otro lado del tabique, el insomnio de Mariquita; oía el continuo revolver de su cuerpo en la cama, prorrumpiendo en suspiros dolorosos.

Pero después del alba, Fermín salió de Marchamalo, dirigiéndose a Jerez sin despedirse de su familia. Al bajar a la carretera, lo primero que vio junto al ventorro fue a Rafael, sobre su jaca, plantado en medio del camino, como un centauro.

—Cuando tan pronto vienes, algo güeno ties que decirme —exclamó el mocetón con una confianza cándida que a Fermín casi le arrancó lágrimas—. Suelta por esa boca, Ferminillo mío, ¿qué resultao traes de tu embajada...?

Montenegro tuvo que hacer un esfuerzo violento para mentir, ocultando con vagas palabras su turbación.

El asunto marchaba así, así; no del todo mal. Podía estar tranquilo: caprichitos de mujer sin fundamento alguno. Él insistiría para que todo se arreglase. Lo importante era que Mariquita le quería lo mismo que antes. Podía estar seguro de esto.

¡Qué cara de angelote, radiante y gozoso, la del mocetón...!

—Anda, Ferminillo: súbete en las ancas, ¡salao!, ¡gracioso!, que te voy a llevar a Jerez en un decir Jesú. Tienes más talento y más labia, y más aquel en la mollera, que toos los abogaos juntos de Cádiz, de Sevilla y hasta de Madrí... ¡Si sabría yo a qué aldabilla me agarraba cuando busqué a mi niño...!

La jaca iba al galope, espoleada por el aperador. Éste necesitaba correr, aspirar el aire con violencia, cantar para dar salida a la alegría, mientras Fermín, a sus espaldas, casi lloraba, viendo la alegría del inocente, escuchando las coplas que dedicaba a la *gachí*, como si la tuviera otra vez por suya, gracias al hermano. Para sostenerse en las ancas del corcel, tuvo Fermín que agarrarse a la cintura del aperador; pero lo hizo con cierto remordimiento, como avergonzado del contacto con aquel ser bueno y sencillo cuya confianza forzosamente había de engañar.

Se separaron en las afueras de Jerez. Rafael se marchaba al cortijo. Quería estar allí, ya que tenía noticia de lo que se preparaba para la tarde en los llanos de Caulina.

—Va a haber bronca, y gorda. Dicen que hoy se lo reparten too y lo queman too, y que se van a cortar más cabezas que en una batalla de moros... Yo a Matanzuela, y al primero que se presente con mala intención lo recibo a tiros. Al fin, el amo es el amo y pa eso me tiene allí don Luis: pa que guarde sus intereses.

Fue un nuevo tormento para Fermín ver la arrogancia con que se alejaba el mocetón, la firme tranquilidad con que hablaba de hacerse matar por los que osasen el más leve atentado contra la propiedad de su señor. ¡Ay!, ¡si el jayán inocente, en el cumplimiento de su deber, supiera lo que él...!

Fermín pasó todo el día en el escritorio trabajando, con el pensamiento lejos, muy lejos; traduciendo cartas mecánicamente, sin fijarse en el sentido de las palabras, uniendo números como un autómata.

Algunas veces levantaba la cabeza y permanecía inmóvil, mirando fijamente a don Pablo Dupont al través de la puerta abierta de su despacho. El principal discutía con don Ramón y otros señores, ricos cosecheros que llegaban con cierto aire despavorido y se serenaban, acabando por reír, luego de escuchar las vehementes palabras del millonario.

Montenegro no prestaba atención, a pesar de que la voz de don Pablo, aflautada por la cólera, se esparcía algunas veces por el escritorio. Debían hablar de la reunión en Caulina: la noticia había llegado desde el campo a la ciudad.

Varias veces, al quedar sólo Dupont en su despacho, el empleado sintió tentaciones de entrar... pero se contuvo. No: allí no. Necesitaba hablarle a solas. Conocía su carácter arrebatado. La sorpresa le haría prorrumpir en gritos, oyéndole todas las gentes del escritorio.

A la caída de la tarde, Fermín, después de vagar un buen rato por las calles, para dejar algún espacio entre la salida de la oficina y su visita al amo, se dirigió al ostentoso hotel de la viuda de Dupont.

Pasó la verja y el portal con la facilidad de un antiguo servidor de la casa. Se detuvo un instante en el patio, de blancas arcadas, entre los macizos de plátanos y palmeras. En el centro de uno de los claustros cantaba un chorro de agua, cayendo en profundo tazón. Era una fuente con pretensiones de monumento; una montaña de estalactitas con una cueva a guisa de hornacina, y en ella la Virgen de Lourdes, de mármol blanco; una estatua mediocre, con el relamido exterior de la imaginería francesa, que el dueño del hotel apreciaba como un prodigio artístico.

Le bastó a Fermín anunciarse, para que le hiciesen pasar al despacho del señor. Un criado descorrió las cortinas de las ventanas para que entrase toda la luz de la tarde. Don Pablo, apoyado en la pared, inclinábase ante la bocina de un aparato telefónico, manteniendo el receptor en el oído. Con un gesto indicó a su empleado que se sentase, y Fermín, hundido en un sillón, dejó vagar su mirada por esta pieza, en la que no había entrado nunca.

Un gran cuadro de talla dorada, adornado con la cabeza de san Pedro y los escudos pontificales, contenía el diploma más glorioso de la casa, el Breve concediendo la bendición papal en la hora de la muerte a todos los Dupont, hasta la cuarta generación. Luego, en otros cuadros no menos deslumbrantes, mostrábanse todas las distinciones concedidas a don Pablo, tan honoríficas como santas; pergaminos con grandes sellos e inscripciones rojas, azules o negras; títulos de comendador de la orden de san Gregorio, de la de *Pro ecclesioe et Pontifice*, y de la Piana; diplomas de caballero Hospitalario de San Juan y del Santo Sepulcro. Las cartas que acreditaban las cruces de Carlos III y de Isabel *la Católica*, concedidas por las regias personas después de sus visitas a la bodega de los Dupont, ocupaban las paredes más oscuras, encuadradas en marcos menos vistosos, con la modestia que el poder civil debe mostrar ante la representación de Dios; cediendo el sitio, como avergonzadas, a todos los títulos honoríficos inventados por la Iglesia, que habían llovido sobre don Pablo, sin que faltase uno.

Dupont únicamente rechazaba de Roma el título de nobleza. Sus amigos de allá ponían a disposición de él toda la heráldica: conde, marqués, duque, lo que quisiera. Hasta príncipe lo haría el Santo Padre por la gracia de Dios; y en cuanto al título, si no le gustaba su apellido no tenía más que echar mano a cualquiera de los innumerables santos del calendario.

Pero el hijo de doña Elvira rehusaba obstinadamente esta distinción. ¡La Iglesia por encima de todo...!, pero la nobleza histórica también era obra de Dios. Y, orgulloso de la estirpe materna, sonreía irónicamente al hablar de la nobleza papal, despreciando a los industriales y los ricos improvisados que se pavoneaban con sus títulos de Roma. Se proponía solicitar para él, más adelante, aquel marquesado rancio y glorioso de San Dionisio que estaba sin sucesión desde la muerte de su famoso tío Torreroel.

Don Pablo, al dejar el teléfono, saludó a Fermín, impidiéndole con un ademán que abandonase su asiento.

—¿Qué hay, muchacho? ¿Traes noticias nuevas? ¿Sabes algo de la reunión de Caulina...? Me acaban de decir que llegan grupos de todos lados. Ya son unos tres mil.

Montenegro hizo un gesto de indiferencia. Nada le importaba la tal reunión: él venía por otra cosa.

—Me alegro que pienses así —dijo don Pablo, sentándose junto a su mesa, al pie del diploma de la bendición—. Tú has sido siempre algo *verde*; ya sabes que te conozco, y me gusta que no te mezcles en estos líos. Esto te lo digo porque te quiero y porque esa gente va a llevar palo... mucho palo.

Y se frotaba las manos, como si le regocijase la esperanza del castigo que iban a sufrir los rebeldes.

—Tú, que tanto admiras a Salvatierra, el amigote de tu padre, puedes felicitarle de que no se encuentre en Jerez. Porque si estuviera, ésta sería su última hazaña... Pero vamos a ver, Ferminillo, ¿qué te trae por aquí...?

Dupont quedóse con la vista fija en su empleado y éste comenzó a explicarse con cierta timidez. Él conocía el antiguo afecto que don Pablo y toda su familia sentían por la del pobre capataz de Marchamalo. Un cariño de grandes señores, que ellos, pobres y humildes, no sabían cómo agradecer. Además, Fermín apreciaba el carácter de su principal: su religiosidad, incapaz de transigir con el vicio y la injusticia. Por esto, en un momento difícil para su familia, acudía a él, en busca de consejo, de apoyo moral.

Dupont miraba con los ojos entornados a Montenegro, pensando que éste sólo podía aproximarse a él impulsado por algo muy importante.

—Está bien —dijo con impaciencia—. Vamos al caso y no perdamos tiempo. Mira que hoy es un día extraordinario. De un momento a otro volverán a llamarme por teléfono.

Fermín permanecía con la cabeza baja, vacilando, con expresión dolorosa, como si las palabras le quemasen la lengua. Por fin comenzó el relato de lo ocurrido en Marchamalo la última noche de la vendimia.

El carácter irascible, impetuoso y atronador de Dupont, pareció hincharse colérico durante el relato, hasta estallar al final ruidosamente.

Su egoísmo le hacía pensar ante todo en él, en lo que suponía este atentado para el honor de su casa. Además, considerábase herido por la falta de respeto del pariente, afirmando que en este delito de impudor había algo de profanación para su propia persona.

—¡En Marchamalo tales abominaciones! —exclamó, saltando de su asiento—. ¡La torre de los Dupont, mi casa, a la que llevo mi familia muchas veces, convertida en un antro de vicio! ¡El demonio de la impureza haciendo de las suyas a dos pasos de la capilla, de la casa de Dios, donde sacerdotes sabios han dicho las cosas más hermosas del mundo...!

Y la indignación le ahogaba. Tosía, agarrándose a la mesa, como si la cólera le amagase con una congestión, y pudiera caer redondo en el suelo.

Luego vinieron las lamentaciones del industrial. ¡Para esto había servido el saqueo que durante su ausencia había hecho en sus mejores vinos el empecatado pariente! Aquel robo de loco no podía dar otros resultados. ¡Embriagar con el vino de los ricos a todo un tropel de gentes rudas y ordinarias! Bastante había reñido a su primo al volver él a Jerez; y ahora, cuando tenía olvidada la barrabasada, le enteraban de su última consecuencia, una deshonra que le impediría poner los pies en Marchamalo. ¡Jesús! ¡Jesús! ¡Qué de vergüenzas sobre la familia...!

—Copadéceme, Fermín —gritaba don Pablo.

»Ten lástima de la cruz que llevo a cuestas. El Señor ha derramado todos sus dones sobre su indigno servidor, que soy yo. Tengo riquezas, una madre que es una santa, esposa cristiana e hijos obedientes; pero en este valle de lágrimas, la felicidad no puede ser completa. El Altísimo necesita ponernos a prueba, y mi castigo son las niñas del marqués y ese Luis, que es presa del demonio. Somos la mejor de las familias, pero esos locos se encargan de hacernos llorar, de afligirnos con el tormento de la vergüenza. Ten compasión de mí, Fermín; apiádate del cristiano más infeliz de la tierra, que no por esto se queja, sino que alaba al Señor.

Reaparecía el exaltado, próximo al delirio al hablar de Dios y de la suerte de sus criaturas. Y pidiendo a Fermín que le compadeciese, lo hacía con tales gestos, que el joven temía que se arrodillara, con las manos juntas, como implorando su perdón.

En ciertos momentos, Montenegro, a pesar de su tristeza, sentía deseos de reír por lo extraño de la situación. Aquel hombre poderoso pedía que le compadeciese. ¿Qué pediría él, que llegaba impulsado por una vergüenza de familia...?

Dupont cayó desalentado en su asiento, la cabeza entre las manos, con la facilidad con que pasaba su carácter de la acción desordenada e impetuosa al anonadamiento cobarde.

Suspiraba, con tristeza:

—¡La familia...! ¡La familia...!

Pero al levantar los ojos, se encontró con los de Fermín, que le contemplaban asombrados, como preguntándole cuándo llegaría el momento en que cesara de pedir compasión para él y empezase a compadecer a su dependiente.

—¿Y tú —preguntó— qué crees que puedo hacer en esto...?

Montenegro desechó toda timidez para contestar a su jefe. Si él supiera qué hacer no habría venido a molestar a don Pablo. Estaba allí para que él le aconsejase; más aún, para que pusiera remedio al mal, como cristiano y como caballero, ya que estos dos títulos estaban siempre en sus labios.

—Usted es el jefe de los suyos y por esto vengo a buscarle. Usted tiene medios de realizar el bien y devolver su honor a una familia.

—¡El jefe...!, ¡el jefe! —murmuró irónicamente don Pablo. Y quedó en silencio, como si buscase la solución del asunto.

Luego habló de María de la Luz. Había pecado gravemente y tenía mucho de qué arrepentirse. Podía servirle de excusa ante Dios su estado extraordinario, su falta de voluntad; pero la embriaguez no era una virtud, y el pecado carnal, pecado era... Había que salvar el alma de la infeliz, facilitarla los medios para que ocultase su vergüenza.

—Yo creo —añadió después de una larga reflexión— que lo mejor será que tu hermana entre en un convento... No tuerzas el gesto; no creas que quiero enviarla a un convento cualquiera. Hablaré con mi madre: nosotros sabemos hacer las cosas. Irá a un convento de señoras, de religiosas distinguidas, y la dote será cosa nuestra. Ya sabes que por dinero no discuto. Cuatro mil, cinco mil duros, lo que sea. ¡Eh! ¡Me parece que la solución no es mala! Allí, en el recogimiento, limpiará su alma de culpas. Yo podré llevar entonces mi familia a la viña, sin miedo a que los míos se rocen con una desdichada que ha cometido el más torpe de los pecados, y ella vivirá como una gran señora, como una esposa distinguida de Dios, rodeada de toda clase de comodidades, ¡hasta con criadas, Fermín!, y ya ves que esto vale algo más que quedarse en Marchamalo guisando la comida de los viñadores.

Fermín se había puesto de pie, pálido, con las cejas fruncidas.

—¿Eso es todo lo que usted tiene que decir? —preguntó con voz sorda.

El millonario asombróse de la actitud del joven. Qué, ¿no le parecía bastante? ¿Tenía él una solución mejor? Y con inmensa extrañeza, como si hablase de algo disparatado e inaudito, añadió:

—¡A no ser que hayas soñado con que mi primo se case con tu hermana...!

—No haría con ello nada de más. Esto es lo lógico, lo natural, lo que aconseja el honor, lo único que puede hacer un cristiano como usted.

Dupont volvió de nuevo a exaltarse.

—¡Ta, ta! ¡Ya salió el cristianismo a gusto vuestro! Los que sois *verdes* y no conocéis la religión más que por fuera, os fijáis en ciertas exterioridades para echárnoslas en cara cuando os conviene. Claro es que todos somos hijos de Dios, y que los buenos gozarán igualmente de su gloria: pero mientras vivamos en la tierra, el orden social que viene de lo alto, exige que existan jerarquías y que éstas se respeten sin confundirse. Consulta el caso con un sabio, pero un sabio de verdad; con mi amigo, el padre Urizábal o algún fraile eminente, y verás qué te contesta: lo mismo que yo. Debemos ser buenos cristianos, perdonar las ofensas, auxiliarnos con la limosna y facilitar al prójimo los medios para que salve el alma: pero cada uno en el círculo social que le ha marcado Dios, en la familia que le destinó al nacer, sin asaltar las barreras divisionarias con intentos de falsa libertad, cuyo verdadero nombre es libertinaje.

Montenegro hacía esfuerzos por contener la cólera.

—Mi hermana es buena y es honrada, a pesar de todo —dijo mirando audazmente a don Pablo—; mi padre es el trabajador más bondadoso y más pacífico del campo de Jerez: yo soy joven, pero no he hecho mal a nadie, y tengo la conciencia tranquila. Los Montenegro somos pobres: pero nadie tiene derecho a despreciarlos ni a deshonrarles por el egoísmo del placer. Nadie, ¿lo entiende usted, don Pablo?, nadie: y el que lo intenta no sale del mal paso impunemente. Somos tan buenos como los que más, y mí hermana, aunque pobre, puede entrar por la puerta grande en una familia que, aunque posea millones, tiene en su seno hombres como Luis y hembras como las *Marquesitas*.

En otro momento hubiera tenido que ver el arranque de cólera de Dupont ante las amenazas y las insolencias de su dependiente. Pero ahora parecía intimidado por la mirada del joven, por el acento de su voz, que temblaba con expresión amenazadora.

—¡Hombre!, ¡hombre! —exclamó, queriendo indignarse sin conseguirlo, y adoptando una dulzura bonachona—. Piensa lo que dices. Ya sé que mi primo y esas otras dos, son gente mala. ¡Bastantes disgustos me dan! Pero llevan mis apellidos, y tú debes hablar de ellos con mayores miramientos por ser de mi casa. Además, ¿qué sabes tú de lo que les tiene reservado la gracia del Altísimo...? La Magdalena era peor que esas dos desgraciadas, mucho peor, y murió como una santa. Luis es malo, pero mayores escándalos dieron en su juventud algunos santos varones. Ahí tienes a san Agustín, padre de la Iglesia, columna de la cristiandad. San Agustín, siendo joven...

El timbre del teléfono cortó la palabra de Dupont, que iba a comenzar el relato de la vida del gran africano, sin fijarse en el gesto de indiferencia de Fermín.

Durante algunos minutos permaneció don Pablo con el oído en el aparato, prorrumpiendo en alegres exclamaciones, como si le satisfaciese lo que le decían.

Cuando volvió hacia Montenegro, ya no parecía acordarse de lo que motivaba la visita de éste.

—¡Van a entrar, Fermín! —exclamó frotándose las manos—. Me dicen de parte del alcalde, que los de Caulina comienzan a dirigirse hacia la ciudad. Un poco de susto en el primer momento, y después, *¡pum, pum, pum!*, el escarmiento que les hace falta, el presidio, y hasta su poquito de garrote, para que vuelvan a ser prudentes y nos dejen quietos una temporada.

Don Pablo iba a mandar que cerrasen las puertas y las ventanas bajas de su hotel. Si Fermín no quería quedarse, debía salir cuanto antes.

El amo hablaba precipitadamente, con el pensamiento puesto en la próxima invasión de desesperados, y empujaba a Fermín, acompañándolo hasta la puerta, como si olvidase su asunto.

—¿En qué quedamos, don Pablo?

—¡Ah, sí! Tu asunto... lo de la muchacha. Veremos: pasa otro rato; yo hablaré con mi madre. Lo del convento es lo mejor: créeme.

Y como sorprendiese en el rostro de Fermín una mueca de protesta, volvió a su tono de humildad.

—Hombre: no pienses en eso del casamiento. Ten lástima de mí y de mi familia. ¿No tenemos aún bastantes penas? Las niñas del marqués, que nos avergüenzan viviendo con la canalla: Luis, que parecía en el buen camino, y ahora sale con esa aventura... ¿Y aún quieres afligirnos a mi madre y a mí, pidiendo que un Dupont se case con una muchacha de una viña? Yo creía que nos considerabas más. Ten compasión de mí, hombre: tenme compasión.

—Sí, don Pablo, le compadezco —dijo Fermín irónicamente, deteniéndose en la puerta—. Es usted digno de lástima por el estado de su alma. Su religión es distinta de la mía.

Dupont se hizo atrás, olvidando de pronto todas sus preocupaciones. Le habían tocado el punto vulnerable de su verbosidad. ¡Y un empleado suyo se atrevía a decirle tales cosas...!

—Mi religión... mi religión —exclamó colérico, no sabiendo por dónde comenzar—. ¿Qué tienes tú que decir de ella? Mañana discutiremos en el escritorio... y si no, ahora mismo...

Pero Fermín no le dejó continuar.

—Mañana no será fácil —dijo con calma—. No nos veremos mañana, y tal vez nunca. Ahora tampoco puede ser: tengo prisa... ¡Salud, don Pablo! No volveré a molestarle: no tendrá usted que pedirme más compasión. Lo que me toque hacer, lo haré por mí mismo.

Y, precipitadamente, salió del hotel. Cuando llegó a la calle comenzaba a anochecer.

IX

A media tarde llegaron los primeros grupos de trabajadores al inmenso llano de Caulina. Presentábanse como negras bandadas, saliendo de todos los puntos del horizonte.

Unos bajaban de la serranía, otros venían de los cortijos del llano, o de las tierras situadas al otro lado de Jerez, llegando a Caulina después de rodear la ciudad. Los había de los confines de Málaga y de la vecindad de Sanlúcar de Barrameda. El aviso misterioso había volado de los ventorros a los ranchos, por toda la extensa campiña, y cuantos trabajaban en ella acudían presurosos, creyendo llegado el momento de la venganza.

Miraban con ojos feroces a Jerez. El desquite de los pobres estaba próximo, y la ciudad blanca y risueña, la ciudad de los ricos, con sus bodegas y sus millones, iba a arder, iluminando la noche con el esplendor de su ruina.

Se agrupaban los recién llegados a un lado del camino, en la llanura cubierta de matorrales. Los toros que pastaban en ella retirábanse hacia el fondo, como asustados por esta mancha negruzca, que crecía y crecía, alimentada incesantemente con nuevos grupos.

Toda la horda de la miseria acudía a la cita. Eran hombres tostados, enjutos, sin la más leve ondulación de grasa bajo la lustrosa epidermis. Fuertes esqueletos acusando tras la piel de tirante rigidez, sus aristas salientes y sus oquedades oscuras. Cuerpos, en los que era mayor el desgaste que la nutrición, y la ausencia de músculos estaba suplida por los manojos de tendones engruesados por el esfuerzo.

Se cubrían con mantas deshilachadas, llenas de remiendos, que esparcían un olor de miseria, o tiritaban, sin más abrigo que un chaquetón haraposo. Los que habían salido de Jerez para unirse a ellos, se distinguían por sus capas, por su aspecto de obreros de ciudad, más próximos en sus costumbres a los señores que a la gente del campo.

Los sombreros, nuevos y flamantes unos, deformados e incoloros otros, con alas caídas y bordes de sierra, cubrían unos rostros en los que se mostraba toda la gradación del gesto humano, desde la indiferencia abobada y bestial, a la acometividad del que nace bien preparado para la lucha por la vida.

Aquellos hombres recordaban lejanos parentescos animales. Unos tenían la faz prolongada y ósea, con grandes ojos bovinos y el gesto dulce y resignado: eran los hombres-bueyes deseosos de tenderse en el surco, para rumiar sin la más leve idea de protesta, con inmovilidad solemne. Otros mostraban el hocico elástico y bigotudo, los ojos de reflejo metálico de los felinos: eran los hombres-fieras, que se estremecían, dilatando sus narices, como si percibiesen ya el olor de la sangre. Y los más, de cuerpo negro y miembros retorcidos y angulosos como sarmientos, eran los hombres-plantas unidos para siempre a la tierra de donde habían surgido, incapaces de movimiento y de ideas, resignados a morir en el mismo sitio, nutriendo su vida buenamente con lo que desechasen los fuertes.

La agitación de la rebeldía, el apasionamiento de la venganza, el egoísmo de mejorar su suerte, parecían igualarlos a todos, con una semejanza de familia. Muchos, al abandonar su vivienda habían tenido que arrancarse de los brazos de sus mujeres, que lloraban presintiendo el peligro, pero al verse entre los *compañeros*, erguíanse arrogantes, mirando a Jerez con ojos bravucones, como si fueran a comérsela.

—¡Vamos! —exclamaban—. ¡Que da ánimo ver tantos probes juntos, dispuestos a hacer una hombrada...!

Eran más de cuatro mil. Al llegar una nueva banda, sus individuos, embozándose en las mantas haraposas para dar mayor misterio a la pregunta, se dirigían a los que aguardaban en el llano.

—¿Qué hay...?

Y los que oían la pregunta parecían devolverla con la mirada. «Sí; ¿qué hay?» Todos estaban allí, sin saber por qué, ni para qué; sin conocer con certeza quién era el que los convocaba.

Había circulado por el campo la noticia de que aquella tarde, al anochecer, sería la gran revolución, y ellos acudían exasperados por las miserias y persecuciones de la huelga, llevando en la faja una pistola vieja, las hoces, las navajas o las terribles podaderas, que de un solo revés podían hacer saltar una cabeza.

Llevaban algo más: la fe que acompaña a toda muchedumbre en los primeros momentos de rebeldía, la credulidad, que la hace entusiasmarse con las más absurdas noticias, exagerándolas cada cual por su cuenta para engañarse a sí mismo, creyendo que fuerza a la realidad con el peso de sus disparatadas invenciones.

La iniciativa de la reunión, la primera noticia, la creían obra del *Madrileño*, un joven forastero que había aparecido en el campo de Jerez en plena huelga, enardeciendo a los simples con sus predicaciones sanguinarias. Nadie le conocía, pero era muchacho de gran verbosidad y pájaro de cuenta, a juzgar por las amistades de que hacía gala. Le había enviado Salvatierra, según él decía, para suplirle en su ausencia.

El gran movimiento social que iba a cambiar la faz del mundo, debía iniciarse en Jerez. Salvatierra y otros hombres no menos famosos estaban ya ocultos en la ciudad, para presentarse en el momento oportuno. Las tropas se unirían a los revolucionarios apenas entrasen éstos en la población.

Y los crédulos, con la viveza imaginativa de su raza, aderezaban la noticia, adornándola con toda clase de detalles. Una confianza ciega se esparcía por los grupos. No iba a correr más sangre que la de gente rica. Los soldados estaban con ellos; los oficiales también estaban al lado de la revolución. Hasta la guardia civil, tan odiada por los braceros, merecía su simpatía momentáneamente. Los tricornios también se ponían de parte del pueblo. Salvatierra andaba en ello y su nombre bastaba para que todos aceptasen el prodigio sobrenatural.

Los más viejos, los que habían presenciado el levantamiento de setiembre contra los Borbones, eran los más crédulos y confiados. Ellos *habían visto* y no necesitaban que nadie les probase las cosas. Los generales sublevados, los jefes de la escuadra, no habían sido más que autómatas, sometidos al poder del grande hombre de aquella tierra. Don Fernando lo había hecho todo: él había sublevado los barcos, él había arrojado los batallones a Alcolea contra las tropas que venían de Madrid. ¿Y lo que hizo por destronar a una reina y preparar el aborto de una República sietemesina, no había de repetirlo cuando se trataba nada menos que de conquistar el pan para los pobres...?

La historia de aquel país, la tradición de la tierra gaditana, provincia de revoluciones, influía en la credulidad de las gentes. Habían visto con tanta facilidad, de la noche a la mañana, derribar tronos y ministerios, y hasta llevar presos a reyes, que nadie dudaba de la posibilidad de una revolución de mayor importancia que las anteriores, pues aseguraría el bienestar de los infelices.

Transcurrieron las horas y comenzaba a ocultarse el sol, sin que la muchedumbre supiese con certeza qué aguardaba y hasta cuándo iba a permanecer allí.

El tío *Zarandilla* iba de un grupo a otro para satisfacer su curiosidad. Se había escapado de Matanzuela, riñendo con la vieja que quería impedirle el paso, desoyendo los consejos del aperador, que le recordaba que a sus años no estaba para aventuras. Quería ver de cerca lo que era una *rigolución* de pobres; presenciar el bendito momento (si es que llegaba) en que los trabajadores de la tierra se quedasen con ella por riñones, partiéndola en pequeñas parcelas, poblando las inmensas y deshabitadas propiedades, realizando su ensueño.

Intentaba reconocer a la gente con sus débiles ojos, extrañándose de la inmovilidad de los grupos, de la incertidumbre, de la falta de plan.

—Yo he servío, muchachos —decía—; yo he hecho la guerra y esto que preparáis ahora es lo mesmo que una batalla. ¿Dónde tenéis la bandera? ¿Dónde está el general...?

Por más que giraba en torno de él su mirada turbia, sólo veía grupos de gentes que parecían abobadas por una espera sin término. ¡Ni general, ni bandera!

—Malo, malo —musitaba *Zarandilla*—. Me paece que me güelvo al cortijo. La vieja tenía razón; esto güele a palos.

Otro curioso iba también de grupo en grupo, oyendo

las conversaciones. Era *Alcaparrón*, con el doble sombrero hundido hasta las orejas, moviendo su cuerpo, con femenil contoneo, dentro del traje haraposo. Los gañanes acogíanlo con risas. ¿Él también allí...? Le darían un fusil cuando entrasen en la ciudad; a ver si se batía con los burgueses como un valiente.

Pero el gitano contestaba a la proposición con exagerados ademanes de miedo. La gente de su raza no gustaba de guerras. ¡Coger él un fusil! ¿Acaso habían visto muchos gitanos que fuesen soldados...?

—Pero robar sí que robarás —le decían otros—. Cuando toque el momento del reparto, ¡cómo te vas a poner el cuerpo, gachó!

Y *Alcaparrón* reía como un mono, frotándose las manos al hablar del saqueo, halagado en sus atávicos instintos de raza.

Un antiguo gañán de Matanzuela le recordó a su prima Mari-Cruz.

—Si eres hombre, *Alcaparrón*, esta noche podrás vengarte. Toma esta hoz y se la metes en el vientre al granuja de don Luis.

El gitano rehusó la mortífera herramienta, huyendo del grupo para ocultar sus lágrimas.

Comenzaba a anochecer. Los jornaleros, cansados de la espera, se movían, prorrumpiendo en protestas. ¡A ver!, ¿quien manda allí? ¿Iban a permanecer toda la noche en Caulina? ¿Dónde estaba Salvatierra? ¡Que se presente...! Sin él no iban a ninguna parte.

La impaciencia y el descontento hicieron surgir un jefe. Se oyó la voz de trueno de Juanón sobre los gritos de la gente. Sus brazos de atleta se elevaron por encima de las cabezas.

—¿Pero quién dio la orden para reunirnos...? ¿El *Madrileño*? A ver: que venga: que lo busquen.

Los obreros de la ciudad, el núcleo de compañeros de la idea que había salido de Jerez y tenía empeño en volver a entrar con la gente del campo, se agrupó en torno de Juanón, adivinando en él al jefe que iba a unir todas las voluntades.

Encontraron, por fin, al *Madrileño*, y Juanón lo abordó para saber qué hacían allí. El forastero se expresaba con gran verbosidad, pero sin decir nada.

—Nos hemos reunido para la revolución, eso es: para la revolución social.

Juanón daba patadas de impaciencia. ¿Pero y Salvatierra? ¿Dónde estaba don Fernando...? El *Madrileño* no le había visto, pero sabía, le habían dicho, que estaba en Jerez aguardando la entrada de la gente. También sabía, o más bien, le habían dicho, que la tropa estaría con ellos. La guardia de la cárcel andaba en el *ajo*. No había más que presentarse, y los mismos soldados abrirían las puertas, poniendo en libertad a todos los compañeros presos.

El gigantón quedó un momento pensativo, rascándose la frente, como si quisiera ayudar con estos restregones la marcha de su pensamiento embrollado.

—Está bien —exclamó después de larga pausa—. Esto es cuestión de ser hombres, o de no serlo: de meterse en la ciudad, y salga lo que saliere, o de marcharse a dormir.

Brillaba en sus ojos la fría resolución, el fatalismo de los que se resignan a ser conductores de hombres. Echaba sobre él la responsabilidad de una rebelión que no había preparado. Sabía tanto del movimiento sedicioso, como aquella gente que parecía absorta en la penumbra del crepúsculo, sin acertar a explicarse qué hacía allí.

—¡Compañeros! —gritó imperiosamente—. ¡A Jerez los que tengan riñones! Vamos a sacar de la cárcel a nuestros pobres hermanos... y a lo que se tercie. Salvatierra está allí.

El primero en aproximarse al improvisado caudillo, fue Paco el de Trebujena, el bracero rebelde, despedido de todos los cortijos, que andaba por el campo con su borriquillo vendiendo aguardiente y papales revolucionarios.

—Yo voy contigo, Juanón, ya que el compañero Fernando nos espera.

—¡El que sea hombre, y tenga vergüenza, que me siga! —continuó Juanón a grandes gritos, sin saber ciertamente adónde conducir a los compañeros.

Pero a pesar de sus llamamientos a la virilidad y la vergüenza, la mayor parte de los reunidos se hacía atrás instintivamente. Un rumor de desconfianza, de inmensa decepción, elevábase de la muchedumbre. Los más, pasaban de golpe del entusiasmo ruidoso al recelo y al miedo. Su fantasía de meridionales, siempre dispuesta a lo inesperado y maravilloso, les había hecho creer en la aparición de Salvatierra y otros revolucionarios célebres, todos montados en briosos corceles, como caudillos arrogantes e invencibles, seguidos de un gran ejército que surgía milagrosamente de la tierra. ¡Asunto de acompañar a estos auxiliares poderosos en su entrada en Jerez, reservándose la fácil tarea de matar a los vencidos y adjudicarse sus riquezas! Y en vez de esto, les hablaban de entrar solos en aquella ciudad, que se dibujaba en el horizonte, sobre el último resplandor de la puesta del sol y parecía guiñarles satánicamente los ojos rojizos de su alumbrado, como atrayéndolos a una emboscada. Ellos no eran tontos. La vida resultaba dura con su exceso de trabajo y su hambre perpetua; pero peor era morir. ¡A casa!, ¡a casa...!

Y los grupos comenzaron a desfilar en dirección opuesta a la ciudad; a perderse en la penumbra, sin querer oír los insultos de Juanón y los más exaltados.

Éstos, temiendo que la inmovilidad facilitase las deserciones, dieron la orden de marcha.

—¡A Jerez! ¡A Jerez...!

Emprendieron el camino. Eran unos mil; los obreros de la ciudad, y los hombres-fieras, que habían ido a la reunión oliendo sangre y no podían retirarse, como si les empujase un instinto superior a su voluntad.

Al lado de Juanón, entre los más animosos, marchaba el *Maestrico*, aquel muchacho que pasaba las noches en la gañanía, enseñándose a leer y escribir.

—Creo que vamos mal —decía a su vigoroso compañero—. Marchamos a ciegas. He visto hombres que corrían hacia Jerez, para avisar nuestra llegada. Nos esperan; pero no para nada bueno.

—Tú te cayas, *Maestrico* —repuso imperiosamente el caudillo, que, orgulloso de su cargo, acogía como una irreverencia la menor objeción—. Te cayas; eso es. Y si tienes miedo, te najas como los otros. Aquí no queremos cobardes.

—¡Yo cobarde! —exclamó con sencillez el muchacho—. Adelante, Juanón. ¡Pa lo que vale la vida...!

Marchaban silenciosos, con la cabeza baja, como si fueran a embestir a la ciudad. Trotaban cual si deseasen salir lo antes posible de la incertidumbre que les acompañaba en su carrera.

El *Madrileño* explicaba su plan. A la cárcel seguidamente: a sacar a los compañeros presos. Allí se les uniría la tropa. Y Juanón, como si no se pudiera ordenar nada que no fuese por su voz, repetía a gritos:

—¡A la cárcel, muchachos! ¡A salvar a nuestros hermanos!

Dieron un largo rodeo para entrar en la ciudad por una callejuela, como si les avergonzase pisar las vías anchas y bien iluminadas. Muchos de aquellos hombres habían estado en Jerez muy contadas veces, desconocían las calles y seguían a sus conductores con la docilidad de un rebaño, pensando con inquietud en el modo de salir de allí si les obligaban a escapar.

La avalancha negra y muda avanzaba con sordo tropel de pasos que conmovía el piso. Cerrábanse las puertas de las casas, apagábanse las luces en las ventanas. Desde un balcón los insultó una mujer.

—¡Canallas! ¡Gentuza ordinaria! ¡Ojalá os ahorquen, que es lo que merecéis...!

Y en los guijarros del pavimento, resonó el choque de una vasija de barro rompiéndose, sin que los fragmentos alcanzasen a nadie. Era la *Marquesita*, que desde el balcón del ganadero de cerdos, indignábase contra aquella gentuza, antipática por su ordinariez, que osaba amenazar a las personas decentes.

Sólo unos pocos levantaron la cabeza. Los demás siguieron adelante, insensibles a la ridícula agresión, deseando llegar cuanto antes al encuentro de los amigos. Los que eran de la ciudad reconocieron a la *Marquesita*, y al alejarse contestaron sus insultos con palabras tan clásicas como impúdicas. ¡Pero qué *punta* aquella! De no ir de prisa, la hubieran dado una zurra por debajo de las enaguas...

La columna sufrió cierto reflujo al subir la cuesta que conducía a la plaza de la Cárcel: el sitio de peor sombra de la ciudad. Muchos de los rebeldes se acordaban de los camaradas de *La Mano Negra*: allí les habían dado garrote.

La plaza estaba solitaria: el antiguo convento, convertido en cárcel tenía cerradas todas sus aberturas, sin una luz en las rejas. Hasta el centinela se había ocultado detrás del gran portón.

Detúvose la cabeza de la columna al entrar en la plaza, resistiendo el empujón de los que venían detrás. ¡Nadie! ¿Quién iba a ayudarles? ¿Dónde estaban los soldados que debían unirse a ellos...?

No tardaron en saberlo. De una reja baja partió una llama fugaz, una línea roja disolviéndose en humo. Un trallazo enorme y seco conmovió la plaza. Después, otro y otro, hasta nueve, que a la gente, inmóvil por la sorpresa, le parecieron infinitos en número. Era la guardia, que hacía fuego antes de que ellos se pusieran delante de los fusiles.

La sorpresa y el terror dieron a algunos un cándido heroísmo. Avanzaban gritando, con los brazos abiertos.

—¡No tiréis, hermanos, que nos han vendido...! ¡Hermanos que no venimos por la mala...!

Pero los hermanos eran duros de oreja, y seguían tirando. De pronto se inició en la turba el pavor de la fuga. Corrieron todos cuesta abajo, cobardes y valientes, empujándose unos a otros, atropellándose, como si les azotasen las espaldas aquellos disparos que seguían conmoviendo la plaza desierta.

Juanón y los más enérgicos, contuvieron al doblar una esquina el torrente de hombres. Los grupos se rehicieron: pero más pequeños, menos compactos. Ya no eran más que unos seiscientos hombres. El crédulo caudillo blasfemaba con voz sorda.

—A ver: que venga el *Madrileño*: que nos explique esto.

Pero fue inútil buscarle. El *Madrileño* había desaparecido en la dispersión, se había ocultado en las callejuelas al sonar los disparos, como todos los que conocían la ciudad. Sólo quedaban al lado de Juanón los que eran de la sierra y marchaban a tientas por las calles, asombrados de ir de un lado a otro, sin ver a nadie, como si la ciudad estuviese deshabitada.

—Ni Salvatierra está en Jerez, ni sabe nada de esto —dijo el *Maestrico* a Juanón—. Me parece que nos la han dao.

—Lo mismo creo —contestó el atleta—. ¿Y qué vamos a jacer? Ya que estamos aquí, vámonos al centro de Jerez, a la calle Larga.

Emprendieron una marcha en desorden por el interior de la ciudad. Lo que les tranquilizaba, infundiéndoles cierto valor, era no encontrar obstáculos ni enemigos. ¿Dónde estaba la guardia civil? ¿Por qué se ocultaba la tropa? El hecho de permanecer encerrada en sus acuartelamientos, dejando la ciudad en poder de ellos, les infundía la absurda esperanza de que aún era posible la aparición de Salvatierra, al frente de las tropas sublevadas.

Llegaron sin ningún obstáculo a la calle Larga. Ninguna precaución a su llegada. La vía estaba limpia de transeúntes; pero en los casinos los balcones mostrábanse iluminados; los pisos bajos no tenían otro cierre que las cancelas de cristales.

Los rebeldes pasaban ante las sociedades de los ricos lanzándoles miradas de odio, pero sin detenerse apenas. Juanón esperaba un arrebato de cólera del rebaño miserable: hasta se preparaba a intervenir con su autoridad de jefe para aminorar la catástrofe.

—¡Ésos son los ricos! —decían en los grupos.

—Los que nos engordan con gazpachos de perro.

—Los que nos roban. ¡Míalos cómo se beben nuestra sangre...!

Y después de una breve detención, seguían su desfile apresuradamente, como si fuesen a alguna parte y temieran llegar con retraso.

Empuñaban las terribles podaderas, las hoces, las navajas... ¡Que saliesen los ricos y verían cómo rodaban sus cabezas sobre el adoquinado! Pero había de ser en la calle, pues todos ellos sentían cierta repugnancia a empujar las cancelas, como si los cristales fuesen un muro infranqueable.

Los largos años de sumisión y cobardía pesaban sobre la gente ruda al verse frente a sus opresores. Además, les intimidaba la luz de la gran calle, sus anchas aceras con filas de faroles, el resplandor rojo de los balcones. Todos formulaban mentalmente la misma excusa para disculpar su debilidad. ¡Si pillasen en campo raso a aquella gente...!

Al pasar frente al *Círculo Caballista*, aparecieron tras los cristales varias cabezas de jóvenes. Eran señoritos que seguían con inquietud mal disimulada el desfile de los huelguistas. Pero al verles pasar de largo, mostraron cierta ironía en sus ojos, recobrando la confianza en la superioridad de su casta.

—¡Viva la Revolución Social! —gritó el *Maestrico*, como si le doliese pasar silencioso ante el nido de los ricos.

Los curiosos desaparecieron, pero al ocultarse reían, causándoles la aclamación gran regocijo. ¡Mientras se contentasen con gritar...!

Llegaron en su marcha sin objeto a la plaza Nueva, y al ver que el jefe se detenía, agrupáronse en torno de él, con la mirada interrogante.

—¿Y ahora qué hacemos? —preguntaron con inocencia—. ¿Adónde vamos?

Juanón ponía un gesto feroz.

—Podéis diros donde queráis; ¡pa lo que hacemos...! Yo a tomar el fresco.

Y arrebujándose en la manta, apoyó la espalda en la columna de un farol, quedando inmóvil, en una actitud que revelaba desaliento.

La gente se esparció, dividiéndose en pequeños grupos. Improvisábanse jefes, guiando cada uno a los camaradas en distinta dirección. La ciudad era suya: ¡ahora comenzaba lo bueno! Aparecía el instinto atómico de la raza, incapaz de acometer nada en conjunto, privada del valor colectivo, y que únicamente se siente fuerte y emprendedora cuando cada individuo puede obrar por inspiración propia.

La calle Larga se había oscurecido: los casinos estaban cerrados. Después de la ruda prueba sufrida por los ricos, viendo pasar el desfile amenazante, temían éstos un reculón de la fiera, arrepentida de su magnanimidad, y todas las puertas se cerraban.

Un grupo numeroso se dirigió al teatro. Allí estaban los ricos, los burgueses. Había que matarlos a todos: un drama de verdad. Pero al llegar los jornaleros ante la puerta iluminada, detuviéronse con un temor que tenía algo de religioso. Nunca habían entrado allí. El aire, caliente, cargado de emanaciones de gas, y el rumor de innumerables conversaciones que se escapaban por las rendijas de la cancela, intimidábanles como la respiración de un monstruo oculto tras las cortinas rojas del vestíbulo.

¡Que salieran!, ¡que salieran y sabrían lo que era bueno...! ¿Pero, entrar allí...?

Asomaron a la puerta varios espectadores, atraídos por la noticia de la invasión que llenaba las calles. Uno de ellos, con capa y sombrero de señorito, osó avanzar hasta aquellos hombres envueltos en mantas, que formaban un grupo frente al teatro.

Cayeron sobre él, rodeándolo, con las podaderas y las hoces en alto, mientras los otros espectadores huían, refugiándose en el teatro. ¡Ya tenían, por fin, lo que buscaban! Era el burgués, el burgués ahíto, al que había que sangrar, para que devolviese al pueblo toda la sustancia que había sorbido...

Pero el *burgués*, un joven robusto, de mirada tranquila y franca, les contuvo con un gesto.

—¡Eh, compañeros! ¡Que soy un trabajador como vosotros!

—Las manos: a ver las manos —rugieron algunos braceros, sin abatir sus armas amenazantes.

Y por entre los embozos de la capa, aparecieron unas manos fuertes, cuadradas, con las uñas roídas por el trabajo. Uno tras otro, iban aquellos hombres acariciando las palmas, apreciando sus duricias. Tenían callos: era de los suyos. Y las armas amenazadoras volvían a ocultarse bajo las mantas.

—Sí, soy de los vuestros —siguió diciendo el joven—. Soy carpintero, pero me gusta vestir como los señoritos, y en vez de pasar la noche en la taberna, la paso en el teatro. Cada cual tiene sus aficiones...

Esta decepción causó tal desaliento en los huelguistas, que muchos de ellos se retiraron. ¡Cristo!, ¿dónde se ocultaban los ricos...?

Marchaban por las calles anchas y por las callejuelas apartadas, en pequeños grupos, deseando encontrar a alguien, para que les enseñase las manos. Era el mejor medio de reconocer a los enemigos del pobre. Pero ni con callos ni sin ellos, encontraban a nadie ante su paso.

La ciudad parecía desierta. La gente, viendo que la fuerza armada seguía oculta en los cuarteles, corría a encerrarse en sus casas, exagerando la importancia de la invasión, creyendo que eran millones de hombres los que ocupaban las calles y los alrededores de la ciudad.

Un grupo de cinco braceros tropezó en una calleja con un señorito. Eran de los más feroces de la banda; hombres que sentían una impaciencia homicida, al ver que transcurrían las horas sin que corriese la sangre.

—Las manos; enséñanos las manos —rugieron rodeándole, elevando sobre su cabeza las cuchillas cuadradas y relucientes.

—¡Las manos! —contestó de mal humor el joven, desembozándose—. ¿Y por qué he de enseñarlas? No me da la gana.

Pero uno de ellos le agarró los brazos con sus zarpas, y de un violento tirón, le hizo enseñar las manos.

—¡No tié callos! —exclamaron con lúgubre alegría.

Y se hicieron un paso atrás, como para caer sobre él con mayor ímpetu. Pero les detuvo la serenidad del joven.

—No tengo callos, ¿y qué? Pero soy un trabajador como vosotros. Tampoco los tiene Salvatierra, ¡y para que seáis más revolucionarios que él...!

El nombre de Salvatierra pareció detener en lo alto las pesadas cuchillas.

—Dejad al muchacho —dijo a espaldas de ellos la voz de Juanón—. Yo le conozco y respondo de él. Es el amigo del compañero Fernando; es de la *idea*.

Aquellos bárbaros abandonaron a Fermín Montenegro con cierta pena, viendo malogrado su placer. La presencia de Juanón les imponía respeto. Además, por el fondo de la calleja avanzaba otro joven. Aquél no sería de la *idea*; algún retoño de burgués, que se retiraba a su casa.

Mientras Montenegro agradecía a Juanón su oportuna presencia, que le salvaba de la muerte, verificábase un poco más allá el encuentro de los braceros con el transeúnte.

—Las manos, burgués; enséñanos las manos.

El burgués era un adolescente pálido y desmedrado, un muchacho de dieciséis años, con el traje raído, pero con gran cuello y vistosa corbata; el lujo de los pobres. Temblaba de miedo al enseñar sus pobres manos finas y anémicas, manos de escribiente encerrado a las horas de sol en la jaula de una oficina. Lloraba, al excusarse con palabras entrecortadas, mirando las podaderas con ojos de terror, como si le hipnotizase el frío del acero. Venía del escritorio... había velado... estaban en el trabajo del balance...

—Gano dos pesetas, señores... dos pesetas. No me peguen... me iré a casa; mi madre me espera... ¡aaay...!

Fue un alarido de dolor, de miedo, de desesperación, que conmovió toda la calle. Un aullido espeluznante, al mismo tiempo que estallaba algo como una olla rota, y el joven caía de espaldas en el suelo.

Juanón y Fermín, estremecidos de horror, corrieron hacia el grupo, viendo en el centro de él al muchacho, con la cabeza en un charco negro que crecía y crecía, y las piernas estirándose y contrayéndose con el estertor agónico. Una podadera le había abierto el cráneo, rompiendo los huesos.

Los brutos parecían satisfechos de su obra.

—Mialo —decía uno de ellos—. ¡El aprendiz de burgués! Se muere como un pollo... Ya vendrán luego los maestros.

Juanón prorrumpió en blasfemias. ¿Esto era todo lo que sabían hacer? ¡Cobardes! Habían pasado ante los casinos, donde estaban los ricos, los verdaderos enemigos, sin ocurrírseles más que dar voces, temiendo romper los cristales que eran su única defensa. Sólo servían para asesinar a un niño, a un trabajador como ellos, a un pobre *zagal* de escritorio, que ganaba dos pesetas y tal vez mantenía a su madre.

Fermín llegó a temer que el atleta cayese navaja en mano sobre sus compañeros.

—¡Aonde ir con estos brutos! —rugía Juanón—. Premita Dios u el demonio que nos cojan a todos y nos ajorquen... Y a mí el primero, por bestia; por haber creído que servíais pa algo.

El desdichado hombretón se alejó, queriendo evitar un choque con sus feroces camaradas. Éstos escaparon también, como si las palabras del jayán les hubiesen devuelto la razón.

Montenegro, al verse solo frente al cadáver, tuvo miedo. Comenzaban a crujir algunas ventanas después de la fuga precipitada de los matadores y huyó, temiendo que le sorprendiesen los vecinos junto al muerto.

No se detuvo en su fuga hasta llegar a las calles grandes. Allí creía estar mejor guardado de las fieras sueltas, que iban exigiendo que las enseñasen las manos.

Al poco rato parecióle que la ciudad despertaba. Sonó a lo lejos un estruendo que hacía temblar el suelo, y poco después pasó al trote un escuadrón de lanceros por la calle Larga. Luego, al extremo de ésta, brillaron las hileras de bayonetas y avanzó la infantería con rítmico paso. Las fachadas de las grandes casas parecían alegrarse abriendo de golpe sus puertas y balcones.

La fuerza armada extendíase por toda la ciudad. La luz de los faroles hacía brillar los cascos de los jinetes, las bayonetas de los infantes, los tricornios charolados de la guardia civil. En la penumbra se destacaban las manchas rojas de los pantalones de la tropa y los correajes amarillos de los guardias.

Los que habían contenido en el encierro a estas fuerzas, creían llegado el momento de esparcirlas. Durante algunas horas, la ciudad se había entregado, sin resistencia, fatigándose en una monótona espera por la parsimonia de los rebeldes. Pero ya había corrido la sangre. Bastaba un solo cadáver, el cadáver que justificaría las crueles represalias, para que despertase la autoridad de su sueño voluntario.

Fermín pensaba, con honda tristeza, en el infeliz escribiente, tendido allá en la callejuela, víctima explotada hasta en su muerte, que facilitaba el pretexto buscado por los poderosos.

Comenzó por todo Jerez la cacería de hombres. Pelotones de guardia civil y de infantería de línea, guardaban inmóviles la entrada de las calles, mientras la caballería y fuertes patrullas de a pie ojeaban la ciudad, deteniendo a los sospechosos.

Fermín iba de un lado a otro sin encontrar obstáculos. Su exterior era de señorito, y la fuerza armada sólo daba caza a las mantas, a los sombreros de campo, a los chaquetones rudos; a todos los que tenían aspecto de trabajadores. Montenegro los veía pasar en fila, camino de la cárcel, entre las bayonetas y las grupas de los caballos, unos abatidos, como si les sorprendiese la aparición hostil de la fuerza armada «que había de unirse a ellos»: otros, asombrados, no comprendiendo cómo las cuerdas de presos despertaban tal alegría en la calle Larga, cuando habían desfilado por ella horas antes como triunfadores, sin permitirse el menor atropello.

Era un continuo transitar de gentes prisioneras, cogidas en el momento en que intentaban salir de la población. Otros habían sido detenidos en el refugio de las tabernas o tropezando al azar en aquel ojeo que envolvía las calles.

Algunos eran de la ciudad. Habían salido de sus casas poco antes, al ver terminada la invasión, pero su aspecto de pobres bastaba para que los detuviesen como si fueran rebeldes. Y los grupos de prisioneros pasaban y pasaban. La cárcel resultaba pequeña para tanta gente. Muchos eran conducidos a los acuartelamientos de la tropa.

Fermín sentíase fatigado. Desde el anochecer que vagaba por Jerez en busca de un hombre. La entrada de los huelguistas, la incertidumbre de lo que podría resultar de esta aventura, le habían distraído durante algunas horas, haciéndole olvidar sus asuntos. Pero ahora, finalizado el suceso, sentía desvanecerse su excitación nerviosa y que el cansancio se apoderaba de él.

Pensó por un momento en retirarse a su hospedaje. Pero sus asuntos no eran de los que podían dejarse para el día siguiente. Era preciso aquella misma noche, en seguida, terminar la cuestión que le hizo salir como un loco del hotel de don Pablo, separándose de éste para siempre.

Volvió a vagar por las calles en busca de su hombre, sin fijarse ya en las ristras de prisioneros que pasaban junto a él.

Cerca de la plaza Nueva ocurrió el deseado encuentro:

—¡Viva la guardia civil! ¡Vivan las personas decentes...!

Era Luis Dupont el que gritaba, en medio del silencio que imponían a la ciudad tantos fusiles en sus calles. Iba borracho: bien a las claras lo daban a entender sus ojos brillantes y su aliento fétido. Detrás de él marchaban el *Chivo*, y un camarero de colmado, con vasos en las manos y botellas en los bolsillos.

Luis, al reconocer a Fermín, se arrojó en sus brazos queriendo besarle. ¡Qué jornada!, ¿eh...?, ¡qué victoria! Y hablaba, como si fuese él solo quien había puesto en dispersión a los huelguistas.

Al saber que la gentuza entraba en la ciudad, se había

metido con su valiente acólito en el colmado del *Montañés*, cerrando bien las puertas para que nadie les estorbase. Había que hacer genio, beber un poco antes de emprender la faena. Tiempo les quedaba para salir y hacer correr a tiros a la canalla. Él y el *Chivo* se bastaban para ello. Convenía que el enemigo se entretuviese y tomase confianza, hasta el momento oportuno en que surgiesen ellos dos como ministros de la muerte. Y por fin, habían salido con el revólver en una mano y el cuchillo en la otra: ¡*la fin* del mundo!; pero con tal mala sombra, que encontraron ya las tropas en las calles. Aun así, algo habían hecho.

—Yo —decía el borracho con orgullo— he ayudado a detener a más de una docena. Además, he repartido no sé cuántas bofetadas entre esa gentuza, que, luego de acorralada, aún hablaba mal de las personas decentes... ¡Buena tunda van a llevar...! ¡Viva la guardia civil! ¡Vivan los ricos!

Y como si estas aclamaciones le secasen el gaznate, hizo una seña al *Chivo*, que acudió, presentando dos cañas de vino.

—Bebe —ordenó Luis a su amigo.

Fermín vaciló.

—No tengo ganas de beber —dijo con voz sorda—. Lo que deseo, es hablar contigo, y en seguida. Hablar de algo muy interesante...

—Está bien: ya hablaremos —contestó el señorito sin dar importancia a la petición—. Hablaremos tres días seguidos: pero primero hay que cumplir el deber. Quiero obsequiar con una copa a todos los valientes que conmigo han salvado a Jerez. Porque, créeme, Ferminillo, que soy yo, sólo yo, quien ha resistido a esos pillos. Mientras las tropas estaban en los cuarteles, yo estaba en mi sitio. ¡Me parece que la ciudad me lo debe agradecer, haciéndome algo...!

Pasó un pelotón de jinetes, con los caballos al trote. Luis avanzó hacia el oficial, llevando en alto una copa de vino; pero el militar pasó adelante sin hacer caso del ofrecimiento, seguido de sus soldados, que casi atropellaron al señorito.

Su entusiasmo no se enfrió por esta falta de atención.

—¡Olé, los jinetes garbosos! —dijo arrojando su sombrero a las patas traseras de los caballos.

Y al recogerlo, cuadróse, y con gesto grave, llevándose una mano al pecho, gritó:

—¡Viva el ejército!

Fermín no quería soltarlo, y armándose de paciencia le acompañó en su excursión por las calles. Se detenía el señorito ante los grupos de soldados, haciendo avanzar a sus dos acompañantes con toda la provisión de botellas y copas.

—¡Olé los hombres valientes! ¡Viva la caballería... y la infantería... y la artillería aunque no esté! Una copa, mi teniente.

Los oficiales, malhumorados por esta jornada estúpida, sin gloria y sin peligro, repelían con un gesto severo al borracho. ¡Adelante! Allí nadie bebía.

—Pues ya que no pueden ustedes beber —insistía el señorito con la pesadez del ebrio— yo la beberé por ustedes. ¡A la salud de los hombres guapos...! ¡Muera la pillería!

Un grupo de guardia civil atrajó su atención en una bocacalle. El sargento que lo mandaba, un viejo de bigote duro y entrecano, tampoco admitió el obsequio de Dupont.

—¡Olé los hombres con riñones! ¡Bendita sea la mamá de todos ustedes! ¡Viva la guardia civil! Van ustedes a tomarse una copa conmigo. *Chivo*, sirve a estos caballeros.

El veterano volvió a excusarse. La ordenanza... el reglamento del cuerpo... Pero su firme negativa la acompañaba con una sonrisa bondadosa. Tenía enfrente a un Dupont; a uno de los más ricos de la ciudad. El sargento le conocía, y a pesar de que momentos antes había dado de culatazos a todos los que pasaban por la calle con trazas de jornalero, toleraba resignado los brindis del señorito.

—¡Adelante, don Luis! —decía con tono de ruego—. Váyase usted a casa: esta noche no es de alegrías.

—Bueno... me voy, respetable veterano. Pero antes me bebo otra copa... y otra, tantas como son ustedes. Yo beberé, ya que no pueden ustedes hacerlo por la pijotera ordenanza; y que le sirva de provecho... ¡A la salud de todos ustedes! Choca, Fermín: choca tú, *Chivo*. Decid todos conmigo: ¡Viva el tricornio...!

Se cansó por fin de ir de grupo en grupo sin que aceptasen sus ofrecimientos y dio por terminada la expedición. Tenía tranquila la conciencia: había obsequiado a todos los héroes que, secundando su valor, salvaban la ciudad. Ahora a casa del *Montañés* a acabar la noche.

Cuando Fermín se vio en un camarote del colmado

ante nuevas botellas, creyó llegado el momento de abordar su asunto.

—Yo tenía que hablarte de algo importante, Luis. Creo que te lo dije.

—Me acuerdo... tenías que hablarme... Habla cuanto quieras.

Estaba tan borracho, que se le cerraban los ojos y su voz gangueaba como la de un viejo.

Fermín miró al *Chivo* que, como de costumbre, se había sentado al lado de su protector.

—Tengo que hablarte, Luis, pero es de algo muy delicado... Sin testigos.

—¿Lo dices por el *Chivo*? —exclamó Dupont abriendo los ojos—. El *Chivo* soy yo: todo lo mío lo sabe él. Si viniese aquí mi primo Pablo a hablarme de sus negocios, el *Chivo* se quedaría oyéndolo todo. ¡Habla sin miedo, hombre! Éste es un pozo para todo lo mío.

Montenegro se resignó a sufrir la presencia de aquel tagarote, no queriendo demorar por sus escrúpulos la explicación deseada.

Habló a Luis con cierta timidez, velando su pensamiento, pensando bien las palabras para que sólo pudieran entenderlas ellos dos, dejando al matón en la ignorancia.

Si él le buscaba, ya podía figurarse para qué era... *Lo sabía todo*. El recuerdo de lo ocurrido en la última noche de la vendimia en Marchamalo no habría desaparecido seguramente de su memoria. Pues bien: él se presentaba para que remediase el mal causado. Siempre le había tenido por amigo y esperaba que como tal se portase... porque de no ser así...

El cansancio, la turbación nerviosa de una noche de emociones, no permitieron a Fermín un largo disimulo, y la amenaza asomó a sus labios al mismo tiempo que brillaba en sus ojos.

Las copas que llevaba bebidas le abrasaban el estómago, como si el vino se transformase en veneno, por la repugnancia con que lo había tomado de aquellas manos.

Dupont, oyendo a Montenegro, fingíase más ebrio de lo que realmente estaba, para ocultar de este modo su turbación.

La amenaza de Fermín hizo abandonar al *Chivo* su mutismo. El perdonavidas creyó oportuno el momento para una intervención aduladora.

—Aquí nadie amenaza, ¿sabe usté, pollo...? Donde esté el *Chivo* no hay quien le diga na a su señorito.

El joven saltó con arrogancia, fijando en la bestia siniestra una mirada de reto.

—Usted se calla —dijo con imperio—. Usted se guarda la lengua en... el bolsillo o donde le queda. Usted no es nadie aquí; y para hablarme me pide licencia.

Quedó indeciso el matón, como aplastado por la arrogancia del joven, y antes de que pudiera reponerse de la acometida, añadió Fermín dirigiéndose a Luis:

—¿Y eres tú ese que se cree tan valiente...? ¡Valiente, y vas a todas partes con un acompañante, como los niños de escuela! ¡Valiente, y ni para hablar a solas con un hombre te separas de él! Merecías llevar calzones cortos.

Dupont olvidó su embriaguez, la echó a un lado para erguirse ante el amigo con toda la grandeza de su valor. ¡Hombre, justamente le hería en su parte más sensible...!

—Ya sabes, Ferminillo, que soy más valiente que tú; y que todo Jerez me tiene miedo. Vas a ver si necesito acompañantes. Tú, *Chivo*, ahueca.

El valentón se resistió, refunfuñando.

—¡Ahueca! —repitió el señorito, como si fuese a darle de patadas, con la arrogancia de la impunidad.

El *Chivo* salió y los dos amigos volvieron a sentarse. Luis ya no parecía ebrio: antes bien, hacía esfuerzos por mostrarse sereno, abriendo los ojos desmesuradamente, como si intentase anonadar con la mirada a Montenegro.

—Cuando te parezca —dijo con voz sorda, para inspirar mayor pavor—, saldremos a matarnos. Aquí no, porque el *Montañés* es amigo y no quiero comprometerlo.

Fermín levantó los hombros, como si despreciase esta acometida terrorífica. Ya hablarían de matarse, pero después; según lo que resultara de su conversación.

—Ahora al grano, Luis. Tú sabes el mal que has hecho. ¿Qué es lo que piensas para remediarlo?

El señorito perdió de nuevo su serenidad al ver que Fermín abordaba directamente el temido asunto. Hombre, a él no le correspondía toda la culpa. Era el vino, la maldita juerga, la casualidad... el ser bueno en demasía; pues de no haber estado en Marchamalo, cuidando los intereses de su primo (que maldito si se lo agradecía), nada habría ocurrido. Pero, en fin, el mal estaba hecho. Él era un caballero, se trataba de una familia amiga y no huía la cara. ¿Qué deseaba Fermín...? Su fortuna, su persona, todo estaba a su disposición. Creía lo más acertado que los dos señalasen una cantidad, de común acuerdo: él la reuniría, fuese como fuese, para darla a la chica como dote, y raro sería que con esto no encontrase un buen marido.

¿Por qué ponía Fermín aquel gesto? ¿Había dicho él algún disparate...? Pues si no le gustaba esta solución, tenía otra. María de la Luz podía irse a vivir con él. Le pondría una gran casa en la ciudad, viviría como una reina. A él le gustaba la muchacha: bastante sentía los desprecios con que le había afligido después de aquella noche. Haría cuanto supiera para que fuese feliz. Muchos ricos de Jerez vivían de este modo con sus hembras a las que todos respetaban como esposas legítimas; y si no llegaban al matrimonio, era únicamente por ser de baja condición... ¿Tampoco le bastaba este arreglo? A ver: que propusiera algo Fermín, y acabarían de una vez.

—Sí, hay que acabar de una vez —repitió Montenegro—. Menos palabras, pues me duele hablar de esto. Lo que tú vas a hacer, es ir mañana a avistarte con tu primo y decirle que, avergonzado de tu falta, te casas con mi hermana, como debe hacerlo un caballero. Si él da su permiso, mejor: si no lo da, es igual. Tú te casas, y procuras, corrigiéndote, no hacer infeliz a tu mujer.

El señorito había echado atrás su silla, como escandalizado por lo enorme de la pretensión.

—Hombre... ¡casarse nada menos! ¡Pues tú pides poco...!

Habló de su primo, augurando resueltamente su negativa. Él no podía casarse. ¿Y su carrera? ¿Y su porvenir? Justamente, la familia, de acuerdo con los Padres de la Compañía, andaba en tratos para su matrimonio con una muchacha rica de Sevilla, antigua hija espiritual del padre Urizábal. Y bien lo necesitaba él, pues su fortuna estaba muy resentida después de tantos despilfarros, y para su carrera política le convenía ser rico.

—Casarme con tu hermana, no —terminó Dupont—. Eso es una locura, Fermín, piénsalo bien: un disparate.

Fermín se exaltó al contestar. ¡Un disparate!, conforme; pero lo era para la pobre Mariquilla. ¡Vaya una fortuna! ¡Cargar con un hombre como él, que era un saco de vicios, y no podía vivir ni con las mujerzuelas más soeces de aquella tierra! Para María de la Luz, este casamiento significaba un nuevo sacrificio: pero no había otro remedio que pasar por él.

—¿Tú crees que yo tengo verdadero deseo de emparentar contigo y que esto me da alegría...? Pues te equivocas. ¡Ojalá no hubieses tenido nunca el mal pensamiento que ha hecho infeliz a mi hermana! A no existir eso de por medio, no te aceptaría por cuñado, aunque llegases a pedírmelo de rodillas, cargado de millones... Pero el mal está hecho y hay que remediarlo del único modo que puede remediarse, aunque reventemos todos de pena... Ya sabes que yo me río del matrimonio: es una de las muchas pamplinas que existen en el mundo. Lo necesario para ser felices, es el amor... y nada más. Yo puedo expresarme así porque soy hombre; porque me cisco en la sociedad y en lo que diga la gente. Pero mi hermana es mujer y necesita, para que la respeten, para vivir tranquila, hacer lo que las demás mujeres. Tiene que casarse con el hombre que ha abusado de ella, aunque no sienta ni una miaja de cariño. Jamás volverá a hablar con su antiguo novio; sería una villanía el engañarle. Podrás decir tú que siga soltera, ya que nadie conoce lo ocurrido; pero todo lo que se hace se sabe. Tú mismo, si yo te dejara, acabarías por revelar en una noche de borrachera, tu buena suerte, el magnífico bocado que te tragaste en la viña de tu primo. ¡Cristo!, eso, no. Aquí no hay más arreglo que el casamiento.

Y con palabras cada vez más fuertes estrechaba a Luis, pretendiendo obligarle a que aceptase su solución.

El señorito se defendía con la angustia del que se ve acorralado.

—Te ofuscas, Fermín —decía—. Yo veo más claro que tú...

Y para salir del paso, pretendía dejar la conversación para el día siguiente. Examinarían con más claridad el asunto... El temor de verse obligado a aceptar las proposiciones de Montenegro le hacía insistir en su negativa. Todo menos casarse... No le era posible; le repudiaría su familia, se reiría de él la gente; perdería su porvenir político.

Pero el hermano insistió con una firmeza que aterraba a Luis:

—Te casarás; no hay otro remedio. Harás lo que debes, o uno de nosotros está de sobra en el mundo.

La manía de la guapeza reapareció en Luis. Se sentía fuerte pensando que el *Chivo* estaba cerca, que tal vez oís sus palabras en el inmediato corredor.

¿Amenazas a él? No había en todo Jerez quien se las dirigiera impunemente. Y se llevaba la mano al bolsillo, acariciando el revólver invicto que había estado próximo a salvar la ciudad, repeliendo él solo toda la invasión.

El contacto del cilindro del arma pareció comunicarle nuevos bríos.

—¡Ea!, se acabó. Haré lo que buenamente pueda para quedar bien, como un caballero que soy. Pero no me caso, ¿lo entiendes? No me caso... Además, ¿por qué he de ser yo el culpable?

El cinismo brillaba en sus ojos. Fermín apretaba los dientes y hundía sus manos en los bolsillos, haciéndose atrás, como si temiese las palabras crueles que iban a salir de la boca del señorito.

—¿Y tu hermana? —prosiguió—. ¿No tiene ella la culpa? Tú eres un infeliz, un chiquillo. Créeme; a la que no quiere, no la fuerza. Yo soy un perdido, conforme; pero tu hermana... tu hermana es algo...

Dijo la palabra insultante, pero apenas si se oyó.

Fermín abalanzóse a él con tal ímpetu, que rodaron las sillas y tembló la mesa, deslizándose con el empujón hasta la pared. Llevaba en una mano la navaja de Rafael, el arma que había olvidado dos días antes el aperador en aquel mismo colmado.

El revólver del señorito quedó asomando a la abertura del bolsillo, sin que la mano tuviese fuerzas para tirar de él.

Vaciló Dupont sobre sus pies, sonó un ronquido de bestia degollada; un estertor que aceleró los borbotones del chorro negro que salía de su cuello, como un caño roto.

Y acabó por desplomarse de bruces, con gran estrépito de botellas y copas que le siguieron en su caída, como si el vino quisiera mezclarse con la sangre.

X

Tres meses iban transcurridos desde que el señor Fermín abandonó la viña de Marchamalo, y su samigos apenas si le reconocían, viéndole sentado al sol, en la puerta de la miserable casucha que habitaba con su hija en un arrabal de Jerez.

—¡Pobre señó Fermín! —decían las gentes al verle—. No es ni su sombra.

Había caído en un mutismo cercano a la imbecilidad. Permanecía horas enteras inmóvil, con la cabeza abatida, como si le abrumasen los recuerdos. Cuando su hija se aproximaba a él para hacerle entrar en la casa o anunciarle que la comida estaba en la mesa, parecía despertar, darse cuenta de lo que le rodeaba, y sus ojos seguían a la muchacha con una mirada severa.

—¡Mala mujer! —murmuraba—. ¡Jembra mardita!

Ella, sólo ella, era la culpable de la desgracia que pesaba sobre la familia.

Su cólera de padre a uso antiguo, incapaz de ternura y de perdón, su orgullo viril que le había hecho considerar siempre a la hembra como un ser inferior, incapaz de otra cosa que de causar al hombre inmensos daños, perseguían a la pobre María de la Luz. También ella estaba desmejorada, pálida, flacucha, con los ojos agrandados por las huellas del llanto.

Tenía que hacer prodigios de economía en la nueva existencia que llevaba con su padre en aquella casucha. Y encima de las estrecheces y preocupaciones de la miseria, había de sufrir el reproche mudo de los ojos de su padre, el rezo de maldiciones sordas con que parecía azotarla, cada vez que se aproximaba, arrancándolo de sus reflexiones.

El señor Fermín vivía con el pensamiento puesto en la lúgubre noche de la invasión de los huelguistas.

Para él nada había ocurrido después, que fuese importante. Le parecía estar oyendo aún el retemblar de las puertas de Marchamalo, una hora antes de amanecer, bajo los golpes furiosos de un desconocido. Se levantaba con la escopeta preparada y abría una reja... Pero era su hijo, su Fermín, sin sombrero, con las manos manchadas de sangre y un rasguño en la cara, como si hubiese luchado con mucha gente.

Las palabras fueron pocas. Había matado al señorito Luis, y después se había abierto paso hiriendo al matón que le acompañaba. Aquel rasguño insignificante era un testimonio de la pelea. Tenía que huir, ponerse en salvo inmediatamente. Los enemigos pensarían seguramente que estaba en Marchamalo, y al amanecer, los caballos de la guardia civil trotarían por la cuesta de la viña.

Fue un momento de loca agitación que el pobre viejo creyó interminable. ¿Adónde ir...? Sus manos abrían los cajones de la cómoda, revolviendo las ropas. Buscaba sus ahorros.

—Toma, hijo mío: tómalo todo.

Y le llenaba los bolsillos de duros, de pesetas, de toda la plata enmohecida por el encierro, reunida lentamente en el curso de los años.

Cuando creyó haberle dado bastante, le sacó de la viña. ¡A correr! Aún era de noche y podían pasar por fuera de Jerez sin que les viesen. El viejo tenía su plan. Había que buscar a Rafael en Matanzuela. El mozo aún conservaba sus amistades con los antiguos camaradas de contrabando, y él le llevaría por los senderos extraviados de la sierra hasta Gibraltar. Allí podía embarcarse para cualquier punto: el mundo es grande.

Y durante dos horas, el padre y el hijo habían marchado casi corriendo, sin sentir cansancio, aguijoneados por el miedo, saliéndose del camino cada vez que sonaba a lo lejos un humor de voces, un galope de caballo.

¡Ay, el viaje cruel con sus dolorosas sorpresas! Esto era lo que le había matado. Al hacerse de día, en mitad de la marcha, vio a su hijo, con cara de moribundo, manchado de sangre, con todo el aspecto de un asesino que huye. Le dolía contemplar a su Fermín en tal estado, pero el caso no era para desesperarse. Al fin, era un hombre, y los hombres matan muchas veces sin dejar de ser honrados. Pero cuando su hijo le explicó en pocas palabras por qué había matado, creyó perder la vida; le temblaron las picrnas y hubo de hacer un esfuerzo para no quedarse tendido en medio de la carretera. ¡Era Mariquita, su hija, la que había provocado todo aquello! ¡Ah, perra maldita! Y al pensar en la conducta del muchacho, le admiraba, agradeciendo su sacrificio con toda su alma de hombre rudo.

—Fermín, hijo mío..., has hecho bien. No había otro remedio que la venganza. Tú eres el mejor de la familia. Mejor que yo, que no he sabido guardar a una moza.

La entrada en Matanzuela fue trágica: Rafael quedó absorto de sorpresa. Habían matado a su señorito, ¡y era él, Fermín, quien lo había hecho!

Montenegro se impacientaba. Quería que lo condujese a Gibraltar, sin ser visto de nadie. Menos palabras. ¿Estaba dispuesto a salvarle, o se negaba a ello? El aperador, por toda respuesta, ensilló su jaca valiente, y otro de los caballos del cortijo. Iba a llevarle en seguida a la sierra y, una vez allí, se encargarían otros de él.

El viejo los vio alejarse a todo galope, y emprendió su regreso, encorvado por repentina vejez, como si toda su vida se fuera con su hijo.

Luego su existencia había transcurrido como entre las nieblas de un ensueño. Recordaba que abandonó espontáneamente Marchamalo, para refugiarse en el arrabal, en la casucha de una parienta de su mujer. Él no podía seguir en la viña después de lo ocurrido. Entre su familia y la del amo había sangre, y antes que se lo echasen en cara debía huir.

Don Pablo Dupont hizo llegar hasta él ofrecimientos de limosna para sostener su vejez, aunque le consideraba el principal culpable de todo lo ocurrido, por no haber enseñado a sus hijos religión. Pero el viejo rehusó todo socorro. Muchas gracias, señor; admiraba su caridad, pero moriría de hambre antes que aceptar una moneda de los Dupont.

Algunos días después de la fuga de Fermín, vio llegar a su ahijado Rafael. Se hallaba sin colocación: había abandonado el cortijo. Venía a decirle que Fermín estaba en Gibraltar, y que un día de aquellos se embarcaría para la América del Sur.

—También a ti —dijo el viejo con tristeza— te ha picado la mardita bicha, que nos emponzoña a toos.

El mocetón estaba triste, desalentado. Hablando con el viejo en la puerta de la casucha, miraba adentro con cierta inquietud, como si temiese la aparición de María de la Luz. En la huida a la sierra, Fermín se lo había contado todo..., todo.

—¡Ay, padrino!, ¡y qué gorpe me han dado! Yo creo que voy a morir... ¡Y no poer vengarme! ¡Irse del mundo aquel sinvergüenza, sin que yo le metiese una puñalá! ¡No poer resucitarlo pa volverle a matar...! ¡Cuántas veces se habrá burlao el ladrón, viéndome hecho un bobo, sin saber lo que ocurría...!

En su tristeza de macho fuerte, lo que más le desesperaba era lo ridículo de su situación, al servir a aquel hombre. Lloraba porque su mano no había sido la ejecutora de la venganza.

Ya no quería trabajar. ¿De qué servía el ser bueno? Iba a volver a la vida del contrabando. ¿Mujeres...?, para un rato, y después tratarlas a golpes como bestias impúdicas y sin corazón... Quería declararle la guerra a medio mundo, a los ricos, a los que gobernaban, a los que infundían miedo con sus fusiles, y eran la causa de que los pobres fuesen pisoteados por los poderosos. Ahora que la gente pobre de Jerez andaba loca de terror, y trabajaba en el campo sin levantar la vista del suelo, y la cárcel estaba llena, y muchos que antes querían tragárselo todo iban a misa para evitar sospechas y persecuciones, ahora empezaba él. Iban a ver los ricos qué fiera habían echado al mundo, por destrozar uno de ellos sus ilusiones.

Lo del contrabando era para entretenerse. Más adelante, cuando recogiesen las cosechas, prendería fuego a los pajares, incendiaría los cortijos, envenenaría los ganados de las dehesas. Los que estaban en la cárcel, esperando el momento del suplicio, Juanón, el *Maestrico* y los otros desgraciados que morirían en garrote, iban a tener un vengador.

Si encontraba hombres con bastante corazón para seguirle, formaría una partida de a caballo, dejando como un niño de teta a José María el *Tempranillo*. Por algo conocía la sierra. Ya podían prepararse los ricos. Abriría en canal a los malos, y los buenos sólo podrían salvarse dándole dinero para los pobres.

Exaltábase al desahogar su cólera con estas amenazas. Hablaba de hacerse bandolero, con el entusiasmo que desde la niñez sienten los jinetes rústicos por los aventureros de carretera. Para él, todo hombre ofendido sólo podía buscar su venganza haciéndose ladrón.

—Me matarán —continuaba—, pero antes de que me maten, diga usted, padrino, que habré acabao con medio Jerez.

Y el viejo, que participaba de las mismas preocupaciones que el mozo, aprobaba con la cabeza. Hacía bien. De ser él joven y fuerte, tendría un compañero más en la partida.

Rafael ya no volvió. Huía de que el demonio le pusiera enfrente de María de la Luz. Al verla, podía matarla o podía echarse a llorar como un chiquillo.

De vez en cuando, llegaba en busca del señor Fermín alguna gitana vieja, algún mochilero de los que vendían, en cafés y casinos, su exiguo cargamento de tabaco.

—Abuelo, esto es para usted... De parte de Rafaé.

Era dinero que le enviaba el contrabandista y que el viejo entregaba silencioso a su hija. El muchacho jamás se presentaba. De tarde en tarde aparecía en Jerez, y esto bastaba para que el *Chivo* y otros acólitos del difunto Dupont se ocultaran en sus casas, evitando el mostrarse en las tabernas y cafetines frecuentados por el contrabandista. ¡Aquel *gachó* venía con las de Caín, y les guardaba ojeriza, por su antigua amistad con el señorito! Y no es que le tuviesen miedo. Ellos eran valientes..., pero de ciudad, y no iban a medirse con un bruto, que se pasaba la semana durmiendo en la sierra con los lobos.

El señor Fermín dejaba transcurrir el tiempo mostrándose insensible a cuanto le rodeaba, a cuanto se decía cerca de él.

Un día, el triste silencio de la ciudad le sacó por unas horas de su anonadamiento. Iban a dar garrote a cinco hombres por la invasión de Jerez. El proceso había marchado de prisa: el castigo era urgente para que las personas de bien se tranquilizasen.

La entrada de los trabajadores rebeldes se abultaba al transcurrir el tiempo, como una revolución llena de horrores. El miedo hacía enmudecer. Los mismos que habían visto desfilar a los huelguistas sin intento alguno de hostilidad por delante de las casas de los ricos, aceptaban en silencio el inaudito castigo.

Se hablaba de los muertos en aquella noche, uniendo el señorito ebrio con el infeliz escribiente. Fermín Montenegro era perseguido por homicidio; su proceso seguíase aparte, pero nada perdía la sociedad con exagerar los sucesos, poniendo un muerto más en la cuenta de los revolucionarios.

Habían sido condenados muchos a presidio. La sentencia derramaba cadenas con una prodigalidad aterradora sobre el mísero rebaño, que parecía preguntarse con asombro qué era lo que había hecho en aquella noche. De los condenados a muerte, dos eran los asesinos del jovenzuelo del escritorio: los otros tres iban al suplicio en clase de peligrosos, por hablar, por amenazar, por creer fieramente que tenían derecho en el mundo a una parte de felicidad.

Mucha gente guiñaba los ojos con malicia al saber que el *Madrileño*, el iniciador de la entrada en la ciudad, sólo iba a presidio por algunos años. Juanón y su camarada el de Trebujena esperaban resignados el último suplicio. No querían vivir, les daba asco la vida después de las amargas decepciones de la noche famosa. El *Maestrico* abría con asombro sus ojos cándidos de doncella, como resistiéndose a creer en la maldad de los hombres. ¡Necesitaban su vida porque era un ser peligroso, porque soñaba con la utopía de que la sabiduría de los menos pasase a ser de la inmensa masa de los infelices, como un instrumento de redención! Y poeta sin conocerlo, su espíritu, encerrado en ruda envoltura, esparcíase con el fuego de la fe, consolando la angustia de sus últimos momentos con la esperanza de que otros llegaban detrás *empujando*, como él decía, y que esos otros acabarían por arrollarlo todo con la fuerza de la cantidad, como las gotas de agua que forman la inundación. Les mataban porque eran pocos. Algún día serían tantos, que los fuertes, cansados de asesinar, aterrados por la inmensidad de su tarea sangrienta, acabarían por desalentarse, entregándose vencidos.

El señor Fermín no percibió de este suplicio más que el silencio de la ciudad, que parecía avergonzada; el gesto de miedo de los pobres; la sumisión cobarde con que hablaban de los señores.

A los pocos días olvidó por completo este suceso. Llegó una carta a sus manos: era de su hijo, de su Fermín. Estaba en Buenos Aires y le escribía mostrando cierta confianza en su porvenir. Los primeros tiempos eran duros, pero en aquellas tierras, con el trabajo y la constancia, era casi seguro el triunfo, y él abrigaba la certeza de que marcharía adelante.

Desde entonces, el señor Fermín tuvo una ocupación y sacudió el marasmo en que le había sumido el dolor. Escribía a su hijo y esperaba sus cartas. ¡Cuán lejos estaba! ¡Si él pudiese ir allá...!

Otro día le agitó una nueva sorpresa. Sentado al sol, a la puerta de su casa, vio la sombra de un hombre inmóvil junto a él. Levantó la cabeza y dio un grito. ¡Don Fernando...! Era su ídolo, el buen Salvatierra, pero envejecido, más triste, con la mirada apagada tras las gafas azules, como si pesasen sobre él todas las desgracias y las iniquidades de la ciudad.

Le *habían soltado*, le dejaban vivir libremente, sabiendo, sin duda, que en ninguna parte encontraría un rincón para hacer su nido; que sus palabras iban a perderse sin eco en el silencio del terror.

Al presentarse en Jerez, los amigos antiguos huían de él, no queriendo comprometerse. Otros le miraban con odio, como si desde su forzado destierro fuese responsable de todos los sucesos.

Pero el señor Fermín, el antiguo camarada, no era de éstos. Al verle se incorporó, cayendo en sus brazos, con ese estertor de los fuertes que se ahogan sin poder llorar.

—¡Ay, don Fernando...! ¡Don Fernando...!

Salvatierra le consoló. Lo sabía todo. ¡Valor! Era una víctima de la corrupción social, contra la que tronaba él con sus ardores de asceta. Aún podía comenzar de nuevo la vida, seguido de los suyos. El mundo es grande. Donde su hijo encontrase la existencia, también podría buscarla él.

Y Salvatierra volvió algunas mañanas a visitar a su viejo compañero. De pronto, se ausentó. Decían unas veces que estaba en Cádiz, otras que en Sevilla, vagando por aquella tierra andaluza, que guardaba con los recuerdos de sus heroísmos y sus generosidades, los restos del único ser cuyo amor había endulzado su existencia.

No podía vivir en Jerez. Los poderosos le miraban con ojos de reto, como si fuesen a arrojarse sobre él; los pobres le huían, evitando su trato.

Transcurrió otro mes. Una tarde, al asomar María de la Luz a la puerta de su casa, creyó caer al suelo desvanecida. Le temblaron las piernas, le zumbaron los oídos; toda su sangre pareció afluir a su rostro en ardiente oleada y retirarse después, dejándolo de una palidez verdosa... Rafael estaba allí, envuelto en su manta, como si la esperase. Ella intentó huir, refugiarse en lo más apartado de la casucha.

—¡María de la Lú...! ¡Mariquilla...!

Era el mismo acento dulce y suplicante que al verse en la reja y, sin saber cómo, volvió ella sobre sus pasos, acercándose tímidamente, fijando su mirada lacrimosa en los ojos de su antiguo novio.

También él estaba triste. Una gravedad melancólica parecía darle cierta elegancia, afinando su áspero exterior de hombre de lucha.

—María de la Lú —murmuró—. Dos palabritas na más. Tú me quieres y yo te quiero. ¿Pa qué pasarnos el resto de la vida rabiando, como unos infelices...? Hasta hace poco, era tan bruto que al verte me hubieran dao tentaciones de matarte. Pero he hablado con don Fernando y me ha convencido con su sabiduría. Esto se acabó.

Y lo afirmaba con un gesto de energía. Se acababa la separación, se acababan los celos estúpidos a un miserable que no había de resucitar y al que ella no había querido; se acababa el rencor por una desgracia de la que no tenía culpa alguna.

Huirían de allí. Despreciaba a aquella tierra tan profundamente que no quería ni hacerla daño. Abandonarla era lo mejor; poner entre ella y ellos muchas leguas de tierra, muchas leguas de agua. La distancia borraría los malos recuerdos. No viendo la ciudad, no viendo sus campos, olvidarían por completo las tristezas que allí habían sufrido.

Irían en busca de Fermín. Él tenía dinero para el viaje de todos. Los últimos contrabandos habían sido *gordos*; una locura, que asombraba por su audacia a los del oficio: recuas interminables pasando por los caminos de la sierra, al amparo de su escopeta. No le habían matado, y su buena suerte le daba nuevos ánimos para emprender el largo viaje que cambiaría su existencia.

Conocía aquel mundo joven y a él irían, su compañera, su padrino y él. Don Fernando le había descrito aquel paraíso. Bandas infinitas de caballos salvajes, que esperaban las piernas educadoras del jinete; extensiones inmensas de tierra sin dueño, sin tirano, aguardando la mano del hombre para expeler la vida que germinaba en sus entrañas. ¡Qué Edén mejor para un campesino animoso y fuerte, esclavo hasta entonces en cuerpo y alma de los que no trabajan...!

Irían a ser libres y felices en plena Naturaleza, allí donde el salvajismo y la soledad habían guardado un pedazo de mundo limpio de los crímenes de la civilización, del egoismo de los hombres; donde todo era de todos, sin otro privilegio que el del trabajo; donde la tierra era pura como el aire y el sol y no había sido deshonrada por el monopolio, ni despedazada y envilecida por el grito de «Esto es mío... y los demás que perezcan de hambre.»

Y esta vida salvaje, pero libre y dichosa, reharía con el olvido la virginidad de sus almas. Serían seres nuevos, inocentes y laboriosos, como si acabasen de nacer del limo de la tierra. El abuelo cerraría sus ojos mirando al sol, con la tranquilidad del que cumple su deber volviendo a la tierra de donde surgió; ellos los cerrarían también, cuando les llegase su hora, amándose hasta el último momento, y sobre sus sepulturas continuarían la obra de trabajo y libertad sus hijos y sus nietos, más felices que ellos, desconocedores de las crueldades del mundo antiguo, pensando en los ricos ociosos y en los señores crueles, como piensan los niños en los monstruos y los ogros de los cuentos.

María de la Luz escuchaba conmovida. ¡Huir de allí! ¡Dejar a la espalda tantos recuerdos...! De vivir el miserable que había causado la ruina de su familia, persistiría en su testarudez de mujer simple. Ella no podía ser de otro que de aquel que había robado su virginidad. Pero ya que el ladrón había muerto, y Rafael, a quien no quería engañar, aceptaba generosamente la situación, perdonándola a ella, lo aceptaba todo... Sí; huirían de allí, ¡cuanto antes...!

El mocetón siguió exponiendo sus planes. Don Fernando se encargaba de convencer al viejo; además, le daría cartas para sus amigos de América. Antes de quince días se embarcarían en Cádiz. ¡Huir, huir cuanto antes de una tierra de patíbulos, donde los fusiles tenían la misión de aplacar el hambre, y los ricos le tomaban al pobre la vida, la honra y la felicidad...!

—Cuando lleguemos —continuaba Rafael— serás mi mujer. Repetiremos nuestras pláticas de la reja. Mejor aún. Extremaré mi cariño pa que no creas que queda en mí ningún recuerdo amargo. Todo pasó. Don Fernando tié razón. Las vergüenzas del cuerpo representan muy poco... El amor es lo que importa; lo demás son preocupaciones de animales. ¿Tu corazoncito es mío?, pues ya lo tengo todo... ¡María de la Lú! ¡Compañerita del arma! Vamos a marchar de cara al sol: ahora nacemos de veras; hoy empieza nuestro amor. Deja que te bese por primera vez en mi vida. Abrázame, compañera: que vea yo que eres mía, que serás el sostén de mi fuerza, mi apoyo cuando empiece la lucha allá abajo...

Y los dos jóvenes se abrazaron en la entrada de la casucha, juntando sus bocas sin ningún estremecimiento de pasión carnal, manteniéndose largo rato unidos, como si despreciasen el escándalo de las gentes, como si con su amor desafiaran los aspavientos de un mundo viejo que iban a abandonar.

Salvatierra acompañó en Cádiz hasta la escala del transatlántico a su camarada, el señor Fermín, que partía para el nuevo mundo, con Rafael y María de la Luz.

¡Salud! Ya no volverían a verse. El mundo es demasiado grande para los pobres, siempre inmovilizados en el mismo sitio por las raíces de la necesidad.

Salvatierra sintió saltársele las lágrimas. Todas sus amistades, los recuerdos de su pasado, desvanecíanse esparcidos por la muerte o la desgracia. Se quedaba solo en medio de un pueblo, al que había intentado libertar y que ya no le conocía. Las nuevas generaciones le miraban como un loco que inspiraba cierto interés por su ascetismo; pero no entendían sus palabras.

A los pocos días de la partida de estos amigos, abandonó su retiro de Cádiz para ir a Jerez. Le llamaba un moribundo, un camarada de los buenos tiempos.

El señor *Matacardillos*, el dueño del ventorro del Grajo, se moría definitivamente. Su familia imploraba la visita del revolucionario, viendo en su presencia un último rayo de alegría para el enfermo. «Ahora va de veras, don Fernando», escribíanle los hijos. Y don Fernando fue a Jerez, y emprendió a pie el camino de Matanzuela, aquel camino que había seguido de noche, en diversa dirección, tras el cadáver de una gitana.

Cuando llegó al ventorro supo que su amigo había muerto algunas horas antes.

Era un domingo por la tarde. Adentro, en la única habitación de la choza, estaba tendido sobre un pobre lecho el cadáver hinchado, sin otra compañía que las moscas, que revoloteaban sobre su rostro violáceo.

Afuera, la viuda y los hijos, con la resignación de una

desgracia luengamente esperada, medían copas y atendían a los parroquianos sentados en las inmediaciones del ventorrillo.

Los gañanes de Matanzuela bebían, formando un gran corro. Don Fernando, de pie en la puerta de la choza, contemplaba la vasta llanura, sin un hombre, sin una bestia, con la monótona soledad del domingo.

Sentíase solo, completamente solo. Acababa de perder el último de los camaradas de su juventud revolucionaria. De todos los que habían disparado en la sierra y afrontado la muerte o el presidio por el romanticismo de la revolución, no quedaba ninguno a su lado. Unos huían en desesperada carrera al otro lado del mar, espoleados por la miseria; otros se pudrían en el seno de la tierra sin el consuelo de haber visto la Justicia y la Igualdad imperando sobre los hombres.

¡Qué de esfuerzos inútiles! ¡Cuántos sacrificios estériles...! ¡Y la herencia de tanto trabajo parecía perderse para siempre! Las nuevas generaciones desconocían a los viejos, se negaban a recibir de sus brazos, fatigados y débiles, el fardo de odios y esperanzas.

Salvatierra miraba con tristeza al grupo de los trabajadores. No le conocían o fingían no conocerle. Ni una sola mirada se había fijado en él.

Hablaban de la gran tragedia, que aún parecía tener bajo su lúgubre peso a la gente de Jerez: de la ejecución de los cinco jornaleros por la entrada nocturna en la ciudad. Pero hablaban apaciblemente, sin pasión, sin odio, como si estas ejecuciones fuesen las de unos bandidos famosos rodeados del aura populachera.

Sólo mostraban alguna vehemencia al apreciar el valor con que habían muerto, el gesto que les acompañó al patíbulo. Juanón y el de Trebujena habían marchado al palo como lo que eran: como hombres incapaces de miedo ni de fanfarronadas. Los otros dos asesinos habían muerto como unos brutos. Y el recuerdo del pobre *Maestrico* casi les hacía reír, con sus temblores de angustia y sus vivas a la Revolución, para infundir valor y contener su nerviosidad de sensitivo.

De los poderosos, de los que habían ordenado el suplicio exagerado e injusto, de los que tal vez prepararon el suceso inicial para justificar la represión, ni una palabra. El miedo servir, el propósito de no pensar, se reflejaban en los ojos de todos. Callaban y seguían bebiendo.

Un hombre se aproximó a Salvatierra. Era *Zarandilla*,

cada vez más cegato. No había reconocido al revolucionario hasta que los del ventorro le dijeron que estaba allí.

Preguntaba con gran interés por Rafael. ¡Ay, don Fernando! ¡Cómo habían cambiado las cosas en Matanzuela, después de la partida de aquel muchacho! Ahora el cortijo era de don Pablo Dupont, y tenía como nuevo aperador a un hombre rígido y duro de entrañas, un negrero que le atormentaba a él y a toda la gente.

Pero los gañanes, ¡allí los veía!, más contentos que antes, satisfechos del nuevo amo, mostrando igual vergüenza que si fuesen mocitas ruborosas, para aproximarse a todo hombre señalado por el odio de los ricos. Habían reconocido a Salvatierra, y fingían, sin embargo, no haberlo visto nunca. Temían comprometerse.

Era una nueva casta de trabajadores que *Zarandilla* miraba con extrañeza. Mostrábanse entusiasmados por el aumento de jornal. Ya no ganaban dos reales; sino dos reales y medio, y atribuían este aumento a su sumisión y disciplina. «Siendo buenos, sacaréis más que a las malas», les habían dicho. Y ellos lo repetían, pensando con desprecio en los malvados alborotadores que intentaban arrastrarlos a la rebeldía. Siendo obedientes y humildes, tal vez llegasen, con el tiempo, a cobrar tres reales. ¡Una verdadera felicidad...!

El cortijo Matanzuela lo miraban como un paraíso. El caritativo Dupont era de una generosidad inaudita. Cuidaba de que los braceros oyesen misa los domingos; y de mes en mes organizaba comuniones para los gañanes. Los que en días de holganza no iban a sus casas, quedándose en el cortijo para seguir las pláticas religiosas de un sacerdote enviado de Jerez, tenían por la tarde, en el ventorro, unas cuantas copas pagadas por el amo.

Dupont era un creyente *moderno*, como él decía. Todos los caminos resultaban buenos para llegar a la conquista de las almas.

Y los gañanes, según confesión de *Zarandilla*, «se dejaban querer», rezaban y bebían, fisgándose un tanto del amo con burlona gravedad, y llamándole «primo».

La larga permanencia de *Zarandilla* al lado de Salvatierra, y la curiosidad que éste inspiraba, acabaron por vencer el apartamiento de los gañanes. Algunos se aproximaron, y poco a poco fue formándose un corro en torno del rebelde.

Uno de los más viejos le habló con tono socarrón. Si don Fernando corría el campo para soltar soflamas como en otra época, perdía el tiempo. La gente estaba escamada: era como el gato escaldado del refrán. Y no es que los gañanes estuvieran bien. Se iba viviendo, pero peor estaban los pobres a los que habían ajusticiado en Jerez.

—Los viejos —continuó aquel filósofo rústico— aún le tenemos cierto aquel a su mercé y a los de su época. Sabemos que no se han hecho ricos con sus sermones como muchos otros: sabemos que han padecido y se las han tragao de muy duras... Pero mire su mercé a los chavales.

Y señalaba a los que se habían quedado sentados sin aproximarse a Salvatierra; todos jóvenes. De vez en cuando miraban al revolucionario con ojos insolentes. «¡Un tío embustero, como todos los que se presentaban en busca de los trabajadores! Los que habían seguido sus doctrinas pudrían tierra en el cementerio, y él estaba allí... Menos sermones y más trigo...» Ellos eran listos, habían visto lo suficiente para enterarse y estaban con el que daba. El verdadero amigo de los pobres era el amo con su jornal; y si encima daba vino, mejor que mejor. Además, ¿qué podía importarle la suerte de los trabajadores a aquel tío que vestía de señor, aunque raído como un pordiosero, y no tenía callos en las manos? Lo que deseaba era vivir a costa de ellos; un falsario como tantos otros.

Salvatierra adivinaba estos pensamientos en los ojos hostiles.

La voz del viejo rústico seguía acosándole con su socarrona filosofía.

—¿Por qué ha de tomarse su mercé esos fríos y calores por lo que les pasa a los pobres, don Fernando? Déjelos: si ellos están contentos, su mercé también. Además, todos estamos escarmentaos. Con los de arriba no se puede. Su mercé, que sabe tanto, vea de conquistar a la guardia civil, tráigasela a su idea, y cuando se presente al frente de los tricornios, pierda cuidao, que todos le seguiremos.

El viejo llenó un vaso de vino y se lo presentó a Salvatierra.

—Beba su mercé, y no se haga mala sangre queriendo arreglar lo que no tiene arreglo. En el mundo no hay de verdá más que eso. Los amigos, unos falsos; la familia... buena pa comérsela con patatas. Todas esas cosas de rivoluciones y repartos, mentiras, palabras pa engañar a los pimplis. Esto es la única verdá, ¡el vino!: de trago en trago nos lleva entretenidos y alegres hasta la muerte. Beba, don

Fernando; se lo ofrezco porque es nuestro, porque nos lo hemos ganado. Es barato: sólo cuesta una misa.

Salvatierra, el impasible, se estremeció con un arrebato de cólera. Sintió impulsos de repeler el vaso, de estrellarlo contra el suelo. Maldijo la pócima de oro, el demonio alcohólico que extendía sus alas de ámbar sobre aquel rebaño embrutecido, esclavizando su voluntad, infundiéndole la servidumbre del crimen, de la locura, de la cobardía.

Ellos, arañando la tierra, sudando en sus surcos, dejando en sus entrañas lo mejor de su existencia, producían este líquido de oro; y los poderosos se valían de él para embriagarlos, para mantenerles como encantados en una falsa alegría.

Eran los esclavos más infelices de la historia; ellos mismos trenzaban el látigo que les tenía sometidos, ellos forjaban la cadena que les mantenía amarrados; hambrientos, como el hambre prolongada de una alimentación engañosa, falsamente alegres con la alegría enfermiza de la embriaguez.

¡Y reían! ¡Y le aconsejaban la sumisión, burlándose de sus esfuerzos generosos, alabando a sus opresores...! ¿Pero es que la esclavitud había de ser eterna? ¿Las aspiraciones humanas iban a detenerse para siempre en esta momentánea alegría de bruto satisfecho?

Salvatierra sintió que se desvanecía su cólera; que la esperanza y la fe volvían a él.

Comenzaba a caer la tarde; llegaba la noche, como precursora de un nuevo día. También el crepúsculo de las aspiraciones humanas era momentáneo. La Justicia y la Libertad dormitaban en la conciencia de todo hombre. Ellas despertarían.

Más allá de los campos estaban las ciudades, las grandes aglomeraciones de la civilización moderna, y en ellas otros rebaños de desesperados, de tristes, pero que repelían el falso consuelo del vino, que bañaban sus almas nacientes en la aurora de un nuevo día, que sentían sobre sus cabezas los primeros rayos del sol, mientras el resto del mundo permanecía en la sombra. Ellos serían los elegidos; y mientras el rústico permanecía en el campo, con la resignada gravedad del buey, el desheredado de la ciudad despertábase, poníase en pie, para seguir al único amigo de los miserables y los hambrientos, al que atraviesa la historia de todas las religiones, insultado con el nombre de

Demonio, y ahora, despojándose de los grotescos adornos que le da la tradición, deslumbra a unos y asombra a otros con la más soberbia de las hermosuras, la hermosura de Luzbel, ángel de luz, y se llama Rebeldía... Rebeldía Social.

Madrid, diciembre 1904. Febrero 1905.

EN ESTA COLECCION

49845-7	104/05.	DIECISEIS ESQUELETOS DE MI ARMARIO, LOS VARIOS.
49846-5	104/06.	ERRORES MORTALES I, LOS. VARIOS.
49847-3	104/07.	ERRORES MORTALES II, LOS. VARIOS.
49848-1	104/08.	HORAS TOMADAS A LA NOCHE, I. VARIOS.
49849-X	104/09.	HORAS TOMADAS A LA NOCHE II. VARIOS.
49106-1	106.	SI HUBIERA UN MAÑANA. SHELDON, SIDNEY.
49107-X	107.	MANIPULACION DE LAS MENTES, LA. COOK, ROBIN.
49108-8	108.	COMO SI FUERA DIOS. COOK, ROBIN.

Biblioteca de Harold Robbins

49861-9	109/01.	INSACIABLES, LOS. ROBBINS, HAROLD.
49862-7	109/02.	BETSY. ROBBINS, HAROLD.
49863-5	109/03.	NO AMARAS A UN EXTRAÑO. ROBBINS, HAROLD.
49864-3	109/04.	PROFANADORES DEL AMOR, LOS. ROBBINS, HAROLD.
49865-1	109/05.	PIRATA, EL. ROBBINS, HAROLD.
49866-X	109/06.	DAMA SOLITARIA, UNA. ROBBINS, HAROLD.
49867-8	109/07.	TRAFICANTES DE SUEÑOS. ROBBINS, HAROLD.
49868-6	109/08.	AVENIDA DEL PARQUE 79. ROBBINS, HAROLD.
49869-4	109/09.	ADIOS, JANETTE. ROBBINS, HAROLD.
49870-8	109/10.	PREDICADOR, EL. ROBBINS, HAROLD.
49871-6	109/11.	LIDER, EL. ROBBINS, HAROLD.
49872-4	109/12.	NARRADOR DE HISTORIAS, EL. ROBBINS, HAROLD.
49873-2	109/13.	HEREDEROS, LOS. ROBBINS, HAROLD.
49874-0	109/14.	NUNCA ME ABANDONES. ROBBINS, HAROLD.
49875-9	109/15.	LAPIDA PARA DANNY FISCHER, UNA. ROBBINS, HAROLD.
49876-7	109/16.	PRECIO DEL PLACER, EL. ROBBINS, HAROLD.
49877-5	109/17.	AVENTUREROS, LOS. ROBBINS, HAROLD.
49110-X	110.	OBSESION DE JULIA, LA. STRAUB, PETER.
49111-8	111.	AGNES DE DIOS. FLEISCHER, LEONORE.
49112-6	112.	GRITO EN LA NOCHE, UN. HIGGINS CLARK, MARY.
49113-4	113.	MUERTE EN KENIA. KAYE, M. M.
49114-2	114.	PARACAIDAS Y BESOS. JONG, ERICA.
49115-0	115.	COLOR PURPURA, EL. WALKER, ALICE.

Biblioteca de Frederick Forsyth

49781-7	116/01.	CUARTO PROTOCOLO, EL. FORSYTH, FREDERICK.
49782-5	116/02.	ALTERNATIVA DEL DIABLO, LA. FORSYTH, FREDERICK.
49783-3	116/03.	EMPERADOR, EL. FORSYTH, FREDERICK.
49784-1	116/04.	ODESSA. FORSYTH, FREDERICK.
49785-X	116/05.	PERROS DE LA GUERRA, LOS. FORSYTH, FREDERICK.
49786-8	116/06.	CHACAL. FORSYTH, FREDERICK.

Biblioteca de Pearl S. Buck

49761-2 117/01. **VIENTO DEL ESTE, VIENTO DEL OESTE.** BUCK, PEARL S.
49762-0 117/02. **MADRE, LA.** BUCK, PEARL S.
49763-9 117/03. **ESTIRPE DEL DRAGON, LA.** BUCK, PEARL S.
49764-7 117/04. **ORGULLO DE CORAZON.** BUCK, PEARL S.
49765-5 117/05. **GRAN DAMA, LA.** BUCK, PEARL S.
49766-3 117/06. **PUENTE DE PASO.** BUCK, PEARL S.
49767-1 117/07. **PROMESA, LA.** BUCK, PEARL S.
49768-X 117/08. **ANGEL LUCHADOR, EL.** BUCK, PEARL S.

49118-5 118. **REY DE LAS RATAS, EL.** CLAVELL, JAMES.
49119-3 119. **CAPRICHO DE LOS DIOSES, EL.** SHELDON, SIDNEY.
49120-7 120. **EPIDEMIA.** COOK, ROBIN.
49121-5 121. **EXTRAÑO ACECHA, UN.** HIGGINS CLARK, MARY.
49122-3 122. **MUJERES.** FRENCH, MARILYN.

Biblioteca de Morris West

49741-8 123/01. **BUFONES DE DIOS, LOS.** WEST, MORRIS.
49742-6 123/02. **SANDALIAS DEL PESCADOR, LAS.** WEST, MORRIS.
49743-4 123/03. **NAVEGANTE, EL.** WEST, MORRIS.
49744-2 123/04. **ARLEQUIN, EL.** WEST, MORRIS.
49745-0 123/05. **EMBAJADOR, EL.** WEST, MORRIS.

49124-X 124. **CRISTAL ROJO.** FRANCIS, CLARE.
49125-8 125. **CONTACTO.** SAGAN, CARL.
49126-6 126. **CANTICOS DE LA LEJANA TIERRA.** CLARKE, ARTHUR C.
49127-4 127. **ANGEL NEGRO, EL.** ANDREWS, V.C.
49128-2 128. **NEW YORK, NEW YORK.** KRANTZ, JUDITH.
49129-0 129. **JARDIN SOMBRIO.** ANDREWS, V.C.
49130-4 130. **Q CLEARANCE.** BENCHLEY, PETER.

Biblioteca de Barbara Taylor Bradford

49721-3 131/01. **TODA UNA MUJER.** TAYLOR BRADFORD, BARBARA.
49722-1 131/02. **PROTEGE MI SUEÑO.** TAYLOR BRADFORD, BARBARA.
49723-X 131/03. **FUERZA DE VOLUNTAD.** TAYLOR BRADFORD, BARBARA.
49724-8 131/04. **VOCES DEL CORAZON.** TAYLOR BRADFORD, BARBARA.

Biblioteca de Heinz G. Konsalik

49701-9 132/01. **CRUZ EN SIBERIA, UNA.** KONSALIK, HEINZ G.
49702-7 132/02. **BATALLON DE MUJERES.** KONSALIK, HEINZ G.
49703-5 132/03. **LLEGARON DEL CIELO.** KONSALIK, HEINZ G.

49133-9 133. **CORAZON HERIDO.** FRENCH, MARILYN.

Biblioteca de Eric van Lustbader

49681-0 134/01. **JIAN.** LUSTBADER, ERIC VAN.
49682-9 134/02. **NINJA, EL.** LUSTBADER, ERIC VAN.
49683-7 134/03. **HECHICERA, LA.** LUSTBADER, ERIC VAN.

Biblioteca de Lapierre y Collins

49631-4 135/01. **ESTA NOCHE, LA LIBERTAD.** COLLINS, L.-LAPIERRE, DOMINIQUE.
49632-2 135/02. **OH, JERUSALEN.** COLLINS, L.-LAPIERRE, DOMINIQUE.
49633-0 135/03. **QUINTO JINETE, EL.** COLLINS, L.-LAPIERRE, DOMINIQUE.
49634-9 135/04. **¿ARDE PARIS?.** COLLINS, L.-LAPIERRE, DOMINIQUE.
49635-7 135/05. **...O LLEVARAS LUTO POR MI.** COLLINS, L.-LAPIERRE, DOMINIQUE.

Biblioteca de Isaac Asimov

49651-9 136/01. **FUNDACION.** ASIMOV, ISAAC.
49652-7 136/02. **FUNDACION E IMPERIO.** ASIMOV, ISAAC.
49653-5 136/03. **SEGUNDA FUNDACION.** ASIMOV, ISAAC.
49654-3 136/04. **LIMITES FUNDACION, LOS.** ASIMOV, ISAAC.
49655-1 136/05. **COMPRE JUPITER.** ASIMOV, ISAAC.
49656-X 136/06. **VIAJE ALUCINANTE I.** ASIMOV, ISAAC.
49657-8 136/07. **EDAD ORO I, LA.** ASIMOV, ISAAC.
49658-6 136/08. **EDAD ORO II, LA.** ASIMOV, ISAAC.
49659-4 136/09. **EDAD ORO III, LA.** ASIMOV, ISAAC.
49660-8 136/10. **PROPIOS DIOSES, LOS.** ASIMOV, ISAAC.
49661-6 136/11. **ROBOTS DEL AMANECER, LOS.** ASIMOV, ISAAC.
49662-4 136/12. **ROBOTS E IMPERIO.** ASIMOV, ISAAC.
49663-2 136/13. **FUNDACION Y TIERRA.** ASIMOV, ISAAC.
49664-0 136/14. **SUEÑOS DE ROBOT.** ASIMOV, ISAAC.
49965-8 136/15. **VIAJE ALUCINANTE II.** ISAAC, ASIMOV.
49666-7 136/16. **PRELUDIO A LA FUNDACION.** ASIMOV, ISAAC.

Biblioteca de Sven Hassel

49581-4 137/01. **«PANZERS» DE LA MUERTE, LOS.** HASSEL, SVEN.
49582-2 137/02. **BATALLON DE CASTIGO.** HASSEL, SVEN.
49583-0 137/03. **LOS VI MORIR.** HASSEL, SVEN.
49584-9 137/04. **GENERAL SS.** HASSEL, SVEN.
49585-7 137/05. **COMANDO REICHSFÜHRER HIMMLER.** HASSEL, SVEN.
49586-5 137/06. **GESTAPO.** HASSEL, SVEN.
49587-3 137/07. **PRISION GPU.** HASSEL, SVEN.
49588-1 137/08. **EJECUCION.** HASSEL, SVEN.
49589-X 137/09. **RUTA SANGRIENTA, LA.** HASSEL, SVEN.
49590-3 137/10. **¡LIQUIDAD PARIS!** HASSEL, SVEN.
49591-1 137/11. **COMISARIO, EL.** HASSEL, SVEN.

Biblioteca de Andreu Martin

Biblioteca de Wilbur Smith

Biblioteca de Dean R. Koontz

Biblioteca de Jack Higgins

Biblioteca de Tom Clancy

Biblioteca de Terenci Moix